LANSQUENET

Paru dans Le Livre de Poche :

LES FILLES DU CALVAIRE

LES PETITES MAZARINES

LA SAINTE FAMILLE

LE SONGE DE PHARAON

PIERRE COMBESCOT

Lansquenet

ROMAN

GRASSET

À Françoise et Jean,
À Zou qui m'a fait découvrir « une saison à La Goulette ».
À Jacqueline, ballerine et suprême Giselle.

Du ciel ou de l'enfer, l'Allemand ne sait ce qu'il aime le mieux. Mais la tâche d'organiser l'un ou l'autre l'enthousiasme. Et probablement un peu plus encore la mise au point de l'enfer.

Robert MUSIL.

Bien des destins avec le mien se tissent
Le Sort se plaît à les entrelacer.

Hugo VON HOFMANNSTHAL.

1

Une enfance au Tyrol

Prélude de feu et d'acier

Le feu la prochaine fois ! Ô divine et biblique menace ! On désespérait de ce feu destructeur, de ce grand brasier purificateur ! Même l'Allemand n'y croyait plus, aussi bramait-elle d'autant plus fort : *Loge ! Loge ! Hieher !* Marche funèbre et triomphale ! Badaboum ! Boum ! Boum ! Monstrueux déchaînement de cuivres et de grosses caisses ! Un orphéon de brasserie qui se déboutonne ! Il n'en fallait pas moins pour que la blonde Germanie se pâme. Le feu, pensez ! Mort et transfiguration ! Métamorphose ! Ô combien attendue ! Pas une de ces blafardes sérénades de nuit menées par une flûte mozartienne.

Hurlée, la menace divine se maintint dans le vent de génération en génération. Et finalement vint le feu ; et avec lui une tourmente de cendres, pelant culs et cerveaux, attisant la cruauté de la mémoire.

Le feu, donc ! Et que brûlent les grands bois de ma jeunesse ! Le reflet des flammes danse et s'étire sur les champs encore enneigés, allumant, dans le petit matin cotonneux, les eaux des cascades encore prises sous les glaces. Les arbres séculaires vacillent et s'écroulent sous un souffle de forge. Au loin, montant de la vallée, parviennent les canonnades d'un barrage d'artillerie. Le baroud d'honneur d'une poignée de SS probablement.

Par deux fois, de l'autre côté du pont de bois, on a crié mon nom. Quelqu'un a appelé « Kuno !... Kuno !... ». L'écho en a déboulé de la montagne, de derrière la sapinière... Du lac Aveugle qui sait ?

Ce matin un paysan m'a reconnu. Il s'affairait à entasser les cadavres sur les congères le long de la route. C'était un vieux tout malpropre et noueux qui puait le schnaps, la moustache jaunie par le tabac. Je crois bien qu'il avait été jadis journalier au château. J'ai tout de suite vu qu'il jetait un regard désapprobateur sur ma veste trop large et mes pantalons trop courts. Il a reniflé en se détournant. C'est qu'il a bien senti que le complet était celui d'un mort. À l'odeur, ça se reconnaît, les habits des morts. Encore un qui se fait la valise ! a-t-il dû se dire. À son air finaud quand il s'est mis à reluquer mes godillots, je n'ai plus eu de doute. Je m'attendais à ce qu'il appelât les deux SS qui, plus loin, bidouillaient leur moto en panne. Déserteur. Jugement expéditif. Deux balles dans le ventre et personne ne se serait plus inquiété de moi. Passé par profits et pertes dans la grande débâcle. Mais il n'en avait rien fait et était reparti en tirant par les pieds une barbaque fraîchement saignée avec un petit rire égrillard. La jupe de la môme était remontée sur ses cuisses. Et il n'en pouvait plus, le vieux. C'est qu'elle avait oublié de mettre une petite culotte. « Une jeunesse ! Pas bégueule ! Ah ! Ça pour ça non, qu'elle n'en faisait pas des manières pour s'allonger, la

Ulrika ! » Et il riait de plus belle, mécaniquement, comme un vieux qui sait qu'il n'y a plus que cela à faire, rire. C'est alors qu'il m'a conseillé d'éviter Schwarzauge, si j'avais l'intention d'y retourner. Sans lâcher sa viande, d'un coup de menton, il me désigna la colline au-dessus de laquelle s'élevait dans le ciel blafard une fumée noire. « C'est le château qui brûle. Hier encore, une compagnie de SS l'occupait. Peut-être y sont-ils toujours ; à moins qu'ils aient mis les voiles durant la nuit. Ici, tout le monde met les voiles. Sauf eux. Ils s'accrochent, nos petits gars. Ils leur feront payer cher leurs carcasses. Toute la sauce, ils la leur ont balancée, toute. Et faut voir comme ils leur résistent avec seulement deux Nebelwerfer 41 qu'ils ont planqués dans l'une des tours. Ils doivent tenir pour couvrir, à ce qu'il paraît, la retraite des Panzer-regiments qui refluent d'Italie ; et comme les Américains tiennent le Brenner, il y a des chances qu'ils rappliquent par la passe de Conradin. On se demande bien comment, vu que deux vaches n'y passeraient pas de front… »

Le Nebelwerfer 41. Je connaissais l'engin. J'en avais même fait une de mes spécialités. Un joujou plutôt hargneux avec son jeu d'orgues. C'est sûr qu'il fallait « y mettre la sauce », comme disait le vieux. Aussi à l'heure qu'il était, il ne devait pas rester grand-chose de Schwarzauge et des souvenirs de ma jeunesse. Ma jeunesse ! Ma jeunesse ! Je n'avais que ce mot à la bouche ! Mais qu'est-ce que le monde en avait à foutre de ma jeunesse ? Ah çà ! Mais vraiment rien ! Et moi le premier, je dois bien l'avouer. Et cependant, il faut que j'y revienne. Sinon, je serai passé sur cette terre avec encore moins de consistance qu'une ombre à midi.

Anciennement Schloss Frundsberg – c'est ainsi qu'on le trouve mentionné sur la carte dressée en 1663 par le père Du Val d'Abbeuille, géographe du Roi de France, encadrée et accrochée jadis dans la bibliothèque –, Schwarzauge était, comme on a pris l'habitude de le dire de n'importe quelle vieille pierre, un monument historique. Avec ses quatre grosses tours plongeant dans les douves, son châtelet, sa loggia à l'italienne donnant sur un jardin en terrasses, ses façades tatouées de grotesques, ses bossages en trompe-l'œil, ce château était, s'il faut en croire les historiens généralement peu enclins à exalter l'art germanique, un véritable trésor du patrimoine allemand. Le type même d'une architecture seigneuriale du Tyrol à la fin du XVe siècle et au début du XVIe, assez semblable à celle d'Amblas, demeure de l'archiduc Ferdinand, propre neveu de Charles Quint.

Schwarzauge était mon bien. Mon seul héritage. Et que ce trésor du patrimoine fût en flammes, je l'avoue, me soulageait d'un poids. Au fond, j'avais toujours détesté cette grosse bâtisse, avec ses trophées, ses massacres aux murs et tout le tintouin de son histoire. Un vrai clapier teutonique !

Je m'étais avancé sur le pont de bois aux planches disjointes et verglacées, m'agrippant comme je pouvais avec mes mains gelées à la corde qui servait de garde-fou. Je demeurais au milieu de la passerelle à contempler les eaux vertes et impétueuses de la Ziller qui bondissait sur les rochers, quand un coup de vent la fit tanguer. C'est alors qu'à nouveau je m'entendis appeler. La brume matinale amortissait les sons. Pourtant, cette fois, j'en étais sûr, on avait bien crié : « Kuno ! » Et Kuno, il n'y avait pas d'erreur, c'était bien moi ! Même étouffé, l'appel semblait se rapprocher. « Kuno, Kuno ! » Encore par deux fois et puis ce fut le silence. Plus rien. Sinon par instants le vol bas et sourd des choucas sur les pentes où une neige sale fondait par lambeaux. La montagne se défaisait lentement du brouillard, qui glissait en écharpes vers la vallée. Seuls quelques tirs de batteries dans la direction d'Innsbruck traçaient sur un ciel de zinc des lueurs incandescentes. Montaient de la vallée, se mêlant aux dernières canonnades, les sonnailles des troupeaux se préparant à la transhumance et qui disaient la vie qui s'écoule. Cependant ni le feu de la Flak, ni les tirs sporadiques des mitrailleuses d'une section de SS progressant en direction du Berghof – où Gros Göring s'était, dit-on, réfugié, déjà prêt à enfiler les pantoufles du Führer – et moins encore le bruit flasque des corps jetés comme des viandes anonymes sur les remblais de la route, n'empêchaient les roulades matinales et joyeuses des oiseaux.

Du côté de Schwarzauge, plus aucun tir ne se faisait entendre. Les SS avaient dû décrocher à l'aube.

Sous mes pieds, les planches vermoulues de la passerelle craquaient dangereusement. Je détournai mon regard du vide et le reportai vers la lente prairie fermée par la masse sombre des sapins.

J'étais bien de retour. Je reconnaissais ce paysage pour mien. J'avais l'étrange sentiment toutefois de ne l'avoir jamais qu'entr'aperçu, et seulement en un rêve lointain. Comme une impression dérangeante d'une autre vie qui continue à cheminer parallèlement à la vôtre – l'officielle. Une impression assez semblable à celle qu'on peut ressentir devant une photo jaunie où l'on aperçoit, parmi un groupe de gamins, un garnement à la bouille ronde, l'épi rebelle malgré l'eau de Cologne dont on a pris soin de le frictionner avant de le peigner, les genoux couronnés, la cravate de travers ; et dont on se dit, après quelque hésitation : mais oui, c'est bien moi, là ! Oui, oui, je me souviens très bien, c'était fin juin, le seringa embaumait dans la cour de l'école et Frau Schmitt m'avait mis un zéro à ma dictée. Mais quant à se souvenir du nom des autres, impossible. Et pourtant, pour eux aussi, une autre vie cheminait, parallèlement à celle qu'ils avaient vécue. À moins qu'elle ne se fût interrompue. Il y avait eu tant de morts.

À cet instant donc, je fus saisi de l'intuition d'être, à l'instar de ce domaine de grasses prairies, de sombres forêts, de vallées profondes, de brèches et de passes, de glaciers et de neiges éternelles, le dépositaire de vies inachevées, de destins à peine balbutiés, titubants, oubliés, qui, de près ou de loin, s'y rattachaient et qu'il me faudrait reprendre quelque jour à mon compte. Ainsi à peine entré dans l'âge des désillusions, m'assaillait déjà le sentiment d'obligations contractées en une vie antérieure. Je n'étais ni vraiment mort ni tout à fait vivant ; mais flottant au milieu d'un monde de ruines. En transit d'une certaine façon. J'avais cru jouir un temps d'une sorte d'immunité à cause du petit démon de la connaissance qui, je le pensais alors, me hantait. Mais celui-ci s'était tu depuis longtemps. Et devant l'horreur au quotidien, j'avais fini par ne plus ressentir qu'indifférence. Pourtant, combien de fois avais-je voulu rompre les brancards, briser les harnais, arracher les mors dont on m'avait muselé, leur crier que moi aussi, j'étais un sale métèque. Trop tard ! Et je fus condamné à passer par où était passé le gros du troupeau. Pour avoir gueulé, comme les autres, des ordres inhumains, je me suis senti expulsé de ma langue. Les mots les plus simples, les plus usuels, même les plus tendres, ont désormais dans ma bouche un relent de charnier. Un cadavre en sursis, voilà ce que je suis.

Et pour couper court à cette sentimentalité métaphysique dont l'Allemand est si friand, je m'apprêtais à enjamber la corde pour en finir avec le passé, lorsqu'une fois encore mon nom retentit, tandis que la forêt se mettait à frémir. Les murmures de la forêt, on y était ! Passage obligé de tout jeune Allemand. J'eus alors un rire salvateur. Pas un de ces rires de buveurs de bière. Mais un rire ironique, moqueur. Le rire d'un métèque. Voltairien de surcroît ! Un rire soudain qui se foutait du quart comme du tiers et du gars Siegfried tout le premier. Ce fils à papa m'a toujours fait glousser avec son ridicule nounours, son dragon, son cor magique, sa bague de chochotte et son air de gandin qui s'avise soudain que l'herbe est verte.

« Kuno », avait-on crié. Un appel qui tentait de se frayer un chemin par-delà ma mémoire douloureuse ; comme une plainte montée d'un autre âge, quand on savait encore s'attendrir, et qui me parvenait enfin alors qu'il ne me restait en héritage que colère et larmes amères et le minable désir de survivre, coûte que coûte, à mes égarements.

Rien de semblable, cependant, à un remords dans cet appel ; encore moins à un regret ; simplement un cri, comme lorsqu'on se réveille en sursaut après de longues nuits d'hiver et que soudain s'est mis à souffler le vent du sud, ce fœhn qui rabote le dos des cimes enneigées et vous met les nerfs à vif ; alors que dans la nature les racines encore gelées se gonflent de sève et que s'en vient comme une buée verte aux noisetiers et aux aubépines.

Sous cette brusque risée, le peu de neige poudreuse qui demeurait aux branches des sapins vola dans l'air matinal en mille cristaux, infimes abeilles scintillantes dans un pâle soleil. J'écartais les branches aux épines givrées et, empruntant par le sous-bois l'un des sentiers de mon enfance, je me dirigeais vers le rendez-vous de chasse situé sur le bord du lac Aveugle. Les traces laissées sur le sol par une harde de chevreuils fumaient encore. Autour des arbres la neige avait fondu, et, dans l'herbe brûlée, pointaient les premiers crocus. La terre, les racines, les mousses dégagées de leur gangue de glace rendaient une odeur de fine pourriture. Le parfum aigre du petit printemps, le premier printemps du monde. Un printemps d'avant le temps des assassins.

Je courais aussi vite que me le permettaient mes chaussures trouées. Une neige pourrie crissait sous mes pas. Je courais, aiguillonné par une force irrésistible qui m'enjoignait de me rendre là-bas. Une nécessité vitale ! Et je riais de cette idée de nécessité. Quand on a le cœur en bouillie, que l'on a vu de ses yeux ces fosses et ces ventres et ces tripes à l'air et toute cette pouillerie du désespoir, qu'est-ce qui peut bien demeurer encore de vraiment nécessaire, dites-le-moi ?

Je connaissais le sentier dans ses moindres aspérités. Chaque ravin, chaque fondrière ; je savais où passer les torrents à gué. J'aurais pu marcher les yeux fermés tant il m'était familier. Combien de fois ne m'y étais-je pas aventuré, le cœur battant, lors des nuits d'été, quand adolescent, las de chercher le sommeil et de divaguer après d'improbables voluptés, je m'échappais de ma chambre pour courir la prairie éperdument, pieds nus, foulant dans l'herbe drue les gentianes, respirant l'odeur amère de l'absinthe, épuisant l'irremplaçable enfance qui s'attardait en moi ; et à travers les bois finissant par me retrouver à l'aube près du lac aux eaux vertes et opaques. Le lac Aveugle ! C'est ainsi qu'on l'appelait.

Sous un ciel piqué d'étoiles, je m'enfonçais alors dans les profondeurs de la nuit, embaumant le parfum des résineux ; la forêt était comme duvetée de lune. J'atteignais la clairière du lac. Le ciel blanchissait déjà. Après m'être déloqué, je piquais une tête dans l'eau sombre et lisse. M'y retrouvaient certaines nuits, sans qu'on se soit donné le mot, des drôles du village, tous fieffés gredins auxquels j'avais fini par me lier. Pour la plupart de rudes gaillards, triés sur le volet par Mlle Marthe, la gouvernante du château. Ils servaient, l'été, parfois en automne, quand la saison des chasses se prolongeait, de valets de pied, de rabatteurs et même, pour certains physiquement moins décoratifs que les autres, d'aides aux cuisines.

Il s'ensuivait ainsi, dans la lumière indécise du petit matin, alors que rien dans la nature n'avait attrapé sa véritable couleur, des luttes violentes, pleines d'éclaboussures, d'où émergeaient au bout d'un moment nos corps ruisselants, essoufflés et rompus.

L'aube nous surprenait à plat ventre dans l'herbe humide, culs nus, assouvis, lavés de nos sombres désirs, heureux d'avoir épuisé en nous l'animal.

Le grand Max, qui se voulait le chef de la bande, y mena une nuit des greluches, racolées probablement aux Trois Cygnes, un établissement malfamé de Zell. Je compris tout de suite où il voulait en venir ; mais je me gardai bien de tomber dans le piège ; encore que l'une des filles me parût assez jolie. J'étais encore puceau et même avec entêtement ; à dire vrai, j'avais déjà eu des occasions dont je n'avais pas su tirer parti. Moins qu'une timidité maladroite, c'était plutôt mon indifférence aux filles qui m'empêchait de pousser mon avantage ; je n'en avais pas l'appétit, c'est tout. Cette nuit-là, je ne tenais pas à ce que Max fût témoin de mon fiasco ; et moins encore à me retrouver avec au cul son gros machin dont il était si fier qu'il l'exhibait à tout propos. À plusieurs reprises, il avait essayé de me coincer dans les couloirs du château. Il se fichait bien du qu'en-dira-t-on et plus encore des hiérarchies sociales ; et le fait que je sois le petit-fils du propriétaire ne le rebutait guère.

Ses collègues le craignaient car il appartenait, disait-on, au parti nazi autrichien où il s'occupait très activement des Jeunesses hitlériennes. Il était également coutumier d'indélicatesses, mais par peur de représailles jamais personne ne l'avait inquiété. Certains de ses camarades avaient même préféré se faire accuser à sa place plutôt que d'encourir le sort d'un jeune valet, retrouvé noyé dans la Ziller. C'est que le vent de l'*Anschluss* soufflait déjà sur l'Autriche et qu'il valait mieux se concilier un probable assassin qui avait déjà ses entrées chez le Dr Seyss-Inquart, promu depuis peu sous-secrétaire d'État du gouvernement Schuschnigg, que de se faire tabasser à mort, de nuit, en rentrant chez soi, par une bande de spadassins, débarqués tout exprès de Vienne ou de Munich.

De longue date, les faits d'armes de Max avaient trouvé quelques échos dans la région. Vrai ou faux, celui-ci se serait vanté, un soir de cuite à l'auberge, d'avoir participé quelques mois auparavant au coup de force mené à Vienne par les SS autrichiens contre la chancellerie, suivi de l'assassinat du chancelier Dollfuss.

Sans scrupule d'aucune sorte, en plus du chapardage, Max monnayait ses charmes avec un cynisme stupéfiant. Il passait pour s'être fait, d'une année sur l'autre, parmi les hôtes du château, une assez belle clientèle, sans égard quant aux sexes. Il n'était pas le seul parmi les saisonniers. Un certain nombre de jeunes valets pratiquaient ce libre-échange. Mlle Marthe fermait les yeux sur ce trafic car c'était un atout de plus, selon elle, pour le développement de la société de chasse de grand-père. Française, Mlle Marthe appliquait ce qu'elle nommait le « réalisme » avec une immoralité adorable. « Lorsqu'il s'agit de faire tourner la baraque, il faut ce qu'il faut », avouait-elle sans la moindre gêne.

Après cette tentative de Max pour introduire les filles dans nos nuits de Walpurgis, les baignades nocturnes perdirent de leur insouciance. Quelque chose s'en était allé et les équilibristes de la nuit que nous fûmes cet été-là s'en trouvèrent lourdauds.

Les orages d'été s'en vinrent et chacun se dispersa. Comme les fauvettes et les bouvreuils à l'aube désertent le sorbier dont ils picoraient les baies.

Ce fut, en fait, la fin d'une époque.

Encore une année, et Max devait livrer à la Gestapo son carnet d'adresses. Des hommes d'affaires de Francfort, des avocats de Hambourg, des diplomates de Berlin, des aristocrates viennois, amis de grand-père, tous chasseurs émérites, pour la plupart d'honorables pères de famille, furent arrêtés. Et à leur famille qui demandait pourquoi ? oui, pourquoi emmenait-on ainsi de force leur mari, leur père, les hommes en manteau de cuir noir qui les poussaient brutalement dans l'escalier criaient dans la cage pour toute réponse : « *Dekadent ! Dekadent !* »

Je demeurais après que le jour fut levé, à couvert des arbres, en lisière de la forêt. Les pieds gelés dans mes chaussures, j'observais. Le lac était couvert de brumes. Cependant, il me fallait être prudent. Je n'avais pas faussé compagnie devant Stettin à ma SS Panzerdivision pour me faire pincer comme un bleu par des tarés de la Volkssturm ou par une escouade de SS qui, n'ayant pas encore eu le temps de retourner leur veste, n'auraient pas hésité à me coller trois balles dans le ventre pour l'honneur du Grand Reich ou simplement pour s'emparer de mon minable complet.

À y réfléchir, qu'est-ce qu'il en avait à foutre d'un déserteur, le Reich allemand ? D'ailleurs, avais-je vraiment déserté ? Ou simplement refusé de me laisser anéantir pour des prunes ? Non que je tinsse essentiellement à ma peau de métèque, mais il y avait tout de même des limites. Sans ce colossal crétin de Gruppenführer SS Heinz Harmel, commandant la

10e Panzerdivision « Frundsberg » qui tenait à tout prix – *Deutschland über alles !* – à se frotter aux « orgues » du petit père Staline alors que la messe était dite et archi-dite, je serais toujours à faire le zigomar dans la tourelle de mon Tigre 471.

C'est qu'il en avait gros sur la patate, le lèche-cul ! Aussi en voulait-il et toujours un peu plus. Il lui fallait son petit fait d'armes à lui. Depuis longtemps, il est vrai, le Reichsführer SS Himmler l'avait à l'œil. Il s'était même vu obligé d'acheter sa croix de chevalier quand l'autre n'avait pas voulu la lui remettre : il avait signé naguère une autorisation de mariage de l'un des hommes de son régiment (il commandait alors le Panzergrenadier-Regiment « Deutschland ») avec une pute française. Himmler aurait voulu le casser ou l'envoyer commander un bataillon disciplinaire. Le moral des troupes l'en avait empêché. C'est qu'il était infiniment sourcilleux lorsqu'il s'agissait de maintenir la lignée sans tache de ses soldats, le Reichsführer ! Harmel avait fini par être muté comme commandant de la 10e SS Panzerdivision alors que tout était cuit.

Ça ne m'a pas été facile, croyez-moi, de mettre les bouts. On y pense, on y repense, on croit avoir pris sa décision, et puis on attend le moment opportun et, le moment venu, voilà le doute qui s'installe. C'est que ce n'est pas rien de buter deux gosses comme cela, de sang-froid ! Et du même coup d'entrer dans la peau d'un assassin. Mais aussi, pourquoi ne dormaient-ils pas à l'abri sous le char comme le mécanicien et l'obusier en chef, emmitouflés dans leur parka blanche au capuchon doublé de fourrure de lapin ? Cela m'aurait évité de les abattre, mes deux Rottenführer. Mais ils ne voulaient jamais me quitter. Ils voulaient apprendre de moi des choses ; que je leur lise encore et encore la *Vie de Georg von Frundsberg*, le patron de notre régiment. Des gamins impeccables, mes petits caporaux ! Nets, briqués et avec ça un moral à toute épreuve ; jamais de rouspétance même quand on leur servait la *Wassersuppe* où trempaient des morceaux de cadavre de cheval pour donner plus de consistance à la bouillasse. Pas tire-au-flanc pour un sou. Pas du genre à avaler l'acide picrique des obus pour se rendre jaune et feindre une hépatite. Du dur à cuire. De la pure viande SS, musclée, engraissée pour. Pas de ces Rottenführer de la Wehrmacht qui, dans les régiments huppés, donnaient à leurs officiers, à la place de « mon lieutenant » ou de « mon capitaine », du « Votre Altesse royale » ou du « Monsieur le comte » long comme le bras.

Une tignasse de paille, de grands yeux bleus, larges comme des soucoupes, et des cils longs et touffus, qui prêtaient à leur regard une langueur presque gênante. Deux vivants reproches pour le métèque que j'étais. L'un venait de Kiel et l'autre de Lübeck ; et on eût dit que leurs yeux pâles avaient capté la tranquille et nostalgique lumière de la Baltique et aussi ses violences quand, sur la mer, le ciel s'en vient à virer sans prévenir à l'orage.

On me les avait collés dans mon tank en Ukraine, encore bleusailles. Ensemble, on en avait vu du pays, en cet hiver de 44 : Kiev, Tarnopol, les contreforts des Carpates.

Près des fosses de Babi Yar, les mitrailleuses des Einsatzgruppen s'étaient tues depuis longtemps, mais l'odeur de cadavres se répandait partout, la terre en était contaminée.

À présent on glandait, immobilisés dans nos chars badigeonnés en blanc, planqués sous des filets de camouflage. Nous attendions dans cette immensité neigeuse, privés de ravitaillement et de carburant ; et l'Armée rouge déferlait sur nous. On était faits. Et sans grande illusion sur notre sort. Pour certains ce serait le poteau, pour d'autres les camps de Sibérie. De loin en loin, des bandes de cosaques du Régiment von Pannwitz passaient à cheval dans leur uniforme de la Wehrmacht, n'ayant gardé que leur traditionnelle *papakha* en astrakan. Ils fuyaient, en direction du Caucase, la vindicte soviétique et les agents du NKVD.

Dans la panade, pour y être, ça nous y étions ! Trogne crevassée, trouille au ventre et pieds en compote, loqueteux, pouilleux au-delà de la pouillerie, assaillis de vermines, blêmes certes, cependant toujours arrogants comme se doit de l'être un Reichsdeutschsoldat. Et mes petits caporaux, soldats de la dernière heure, perdus entre Dniepr et Dniestr dans cette immense sorbetière de sang, se trouvaient toujours là au bon moment pour me remonter le moral. Le matin, ils étaient les premiers à casser la glace et à se plonger dans l'eau pour finir par se frictionner l'un l'autre avec de la neige. « Venez mon lieutenant, ça fouette le sang et vous verrez qu'on finira par les avoir, les Ruskofs ! Et si c'est eux qui nous ont, alors ils n'auront rien à dire, ils nous trouveront aussi nickel qu'une pièce de dix pfennigs. » D'autres fois, ils se mettaient à crier en direction de la forêt de bouleaux : « Ruskofs vous êtes foutus ! » Ou en se roulant à poil dans la neige : « *Hie, Rus, bulbul, sdavaissa !* » Ce qui, dans le jargon qu'ils s'étaient inventé avec des mots russes, voulait dire : « Rendez-vous, les Russes, sinon on vous noiera ! »

Ils m'étaient attachés car ils voyaient en moi plus qu'un supérieur, un combattant éprouvé. Ils pensaient, ces petits couillons, qu'ils avaient une meilleure chance de survie s'ils profitaient de mon expérience. Or, en les regardant sous le feu nourri des « Katiouchas » qui zébrait le ciel, à chaque obus qui traçait de grandes gerbes noires sur la steppe immense et enneigée, ce fut plutôt moi qui appris à vivre comme eux dans l'instant présent. À leur côté, la tension nerveuse qui m'habitait se dissipa peu à peu. J'acceptais l'idée que la survie était une notion toute relative.

Ayant fait le vide en moi, pour attendre le moment où le Ruskof nous tomberait sur le poil, je tirais de mon havresac un vieil in-8°, format assez inhabituel pour l'époque de son impression, relié sommairement en maroquin sans fers précieux, ni armes, que j'avais ramassé sur la table de ma chambre à Schwarzauge le jour de mon départ, alors que je m'appliquais à faire tenir quelques livres dans mon paquetage. Quelqu'un avait posé en évidence cet ouvrage, après l'avoir sans doute subtilisé dans la bibliothèque du château. Je crois aujourd'hui deviner quelle main s'était ainsi employée à m'appâter. Et c'est un peu à cause de ce livre qu'aujourd'hui je m'en reviens par le sentier de mon enfance, alors que depuis longtemps je l'ai enterrée dans l'horreur et la désolation, vers ce rendez-vous de chasse du lac Aveugle.

Le titre de l'ouvrage à lui seul était bien mieux qu'une coïncidence : *Vie et mort de l'illustrissime capitaine Georg von Frundsberg ou l'école des lansquenets.* Par la main droite à moins que ce ne fût par la gauche, n'étais-je pas le dernier descendant de ce fier-à-bras de la Renaissance, l'inventeur des lansquenets ?

Rapide crayon de Georg von Frundsberg, lansquenet

Toute mon enfance et bien plus tard ensuite, chaque fois que je traversais la galerie du château, j'avais croisé ce personnage, ou du moins son portrait, commandé, disait-on – cela faisait partie des nombreuses légendes de la famille –, par le duc Alphonse d'Este à Dosso Dossi, artiste ferrarais à la manière mystérieuse et pleine de symboles. Il avait été peint au soir de sa vie, frappé déjà par la maladie dont il portait les stigmates sur le visage – malgré les efforts du peintre à les masquer. C'était en seigneur de la guerre qu'il avait posé. Il avait revêtu son habit tout en découpures, avec ses folies de lambrequins, ses barbes d'écrevisse. Un costume extravagant, tailladé, crénelé, découpé, déchiqueté, enrubanné aux manches du pourpoint, et sur le haut-de-chausses toutes sortes de langues de draps aux nuances pourpres dégueulant sur des brodequins fauves en cuir de Cordoue. Il était coiffé d'un béret à crevés, orné de plumes incarnates. Vraiment il avait fière allure, l'ancêtre, malgré sa bouche molle et de travers et un œil bizarrement clos tandis que l'autre, grand ouvert, presque cyclopéen, jetait des lueurs furibardes. Vision terrifiante que ce capitaine de la mort dans son cadre doré, posant telle une ultime expression du gothique flamboyant. Il s'était mis sur son trente et un pour les séances de pose. Celui qu'il revêtait les jours de gala pour monter à l'assaut. Ainsi l'avait-on vu bardé d'acier, tudesque tripaille de soie et de velours, à Marignan, à Valenciennes où il sauva, en engageant les régiments de réserve de ses lansquenets, l'armée de l'Empereur Charles Quint, à Vicence, à Pavie… enfin partout où l'ordre du jour avait été : aujourd'hui, on s'étripe avec grâce.

Un œil furibond, certes ! Cependant par instants comme un regret. Une nostalgie des franches empoignades. L'artiste avait si bien su rendre ce gros œil injecté de sang qu'allumaient parfois des lueurs de batailles.

Pavie, ce matin du 24 février, fête de la Saint-Matthias, également jour anniversaire de l'Empereur Charles. Dès la dernière veille, il avait fait annoncer aux troupes que l'affaire serait chaude. Puis pour plus de sûreté, avant de donner l'ordre de charger, il fit manœuvrer les lances afin d'éviter les rayons rasants du soleil levant et le vent debout qui rabat la fumée des arquebusades.

Le champ de bataille s'anime dans le petit jour ; les cris, les jurons, les ordres de commandement fusent dans toutes les langues et tous les patois. Les morions, les hallebardes, les plumails à perte de vue drapés d'écharpes de brume. Et en face la *furia francese*, cavalerie empanachée, superbe et suffisante, appuyée par les Bandes noires de messire Jean de Médicis et par les Suisses prêts, déjà, à la défection. Pour toute musique les cuirasses entrechoquées et le hennissement des chevaux. Pour la décoration, de jeunes cornettes galopent l'air affairé de carré en carré. Irrésistible l'odeur du crottin frais en ce petit matin frisquet de février.

La parade de mort s'anime et c'est soudain le froissement de l'acier, le choc des armures, les lances qui se brisent, la grisante odeur du carnage, les chevaux qui patouillent, et le jour qui a peine à se lever de derrière cet amas de corps entassés ; et, au soir, cette sueur de sang qui, pareille à la rosée vespérale, s'en vient imprégner l'herbe du champ dévasté, les glacis et les remblais, tandis que résonnent au loin les hauts tambours et le son aigu des fifres.

La nuit froide est tombée, hululante de chouettes. Les futailles débondées circulent parmi les hommes et les ribaudes qui les ont rejoints. Les échos de la ripaille se mêlent aux chants lourds et tristes des lansquenets et aux brèves *coplas* des bandes de Navarre.

Le morceau fut dur à emporter, malgré les renforts du Connétable de Bourbon et la sortie inopinée d'Antonio de Leyva de Pavie pour appuyer les piétons espagnols du marquis de Pescara que la gendarmerie française s'apprêtait à tailler en rondelles. Le très bilieux Pescara hurle : « Pas de quartier ! » C'est qu'il s'est senti frôlé par les ailes de la mort, le marquis : « Pas de grâce ni de miséricorde ! » En italien, en allemand, en français pour les troupes du Connétable de Bourbon, en espagnol, il glapit : « *El triumfo más bravo será de haber lo por mucha sangre derramada...* » Le triomphe par le sang ! *¡Afuera ! Afuera ! Adelante los mosqueteros !* Que les mousquetaires sortent et s'avancent ! C'est que place nette a été faite par la charge des lansquenets. Ils ont ouvert une brèche chez l'ennemi de leur immense épée qu'ils manient des deux mains. Frundsberg les a lancés à bon escient, au moment propice. C'est qu'il est soucieux de leur peau, le grand capitaine ! En compagnie de ses agents recruteurs, il les a cueillis un par un, minutieusement, comme des fleurs des champs, allant de village en village, par le pays tyrolien, jusqu'au fond des vallées les plus reculées de l'Arlberg ou du Hohe Tauern. Et avant chaque nouvelle campagne, c'est le même rituel. Des petits gars des hauts alpages taillés dans le roc, qu'il a briqués, lustrés, poncés de ses propres mains comme on le fait d'une précieuse armure dont on a grand soin. Ils sont la chair de sa chair. Une chair cannibale à qui il a offert aujourd'hui la cavalerie française à dévorer. Taïaut ! Taïaut ! Les petits couillus ! La curée se présente bien ! Oh ! l'effroyable hourvari que ce fut quand il lança ses chiens ! Dans cette mélasse épaisse, ce champ de morts, quadrillé de piques, de hallebardes où s'entortillent cadavres de chevaux et d'hommes, cet époustouflant amoncellement d'armures bosselées, de cuirasses noires de poudre, glisse le spadassin qu'on a payé grassement pour être certain que l'ennemi intime, du même camp parfois, est bien mort. Les coutiliers des hommes d'armes ouvrent de leur dague, comme des huîtres, les chevaliers français encore tout groggy de leur chute, blessés ou déjà morts. Ainsi la mitraille eut place nette. C'est qu'ils voulaient tous le plomber comme un perdreau. Et qui cela ? Mais le Roi de France, pardi ! C'était le mot d'ordre : pas de quartier ! Et où se trouve-t-il, le Roi François ? Rembuché dans le parc de Mirabelle. Alors que la curée monte irrésistiblement comme une lente marée avec la brume matinale, pris d'une ivresse héroïque, François Ier, visière haute car il n'y voit plus avec tout le sang qui ruisselle sur son visage, distribue des coups à droite et à gauche. D'un revers de son épée, il décapite le jeune Scanderbeg, dernier descendant du héros albanais Giovanni Castriota. Il est soudain pris d'un doute. « Qui a gagné la bataille ? » demande-t-il. « *Chi lo sa ?* » lui répond-on. Il aperçoit alors les piques espagnoles qui s'abaissent dans sa direction, déjà prêtes à l'asticoter. Il se sent comme un sanglier face aux épieux. « Sire, votre main ! Pour l'épée, l'on verra plus tard ! Votre main d'abord, ou vous êtes perdu ! » lui crie le brave Lannoy. Et le voilà, lui, l'homme de l'Empereur, l'épée haute qui se bat contre son propre camp pour dégager le Roi de France. Au loin, une rumeur se rapproche peu à peu en s'amplifiant. « *¡Carne ! Carne ! Sangre ! Sangre ! Borbón ! Borbón !...* » C'est au traître à présent de faire son entrée. On l'entend de loin venir. De la frange de la bataille où des escarmouches palpitent encore. Dans l'ombre, comme des vers luisants, du côté de la Casa dei Levrieri, brillent des mèches d'arquebuses. Probablement des Gascons irréductibles de messieurs de Lautrec ou de Montluc.

Le Connétable de Bourbon s'avance à la tête de ses bandes. Des irréguliers pour la plupart. Mercenaires de petites et grandes fortunes, ramassis de têtes brûlées glané au creux des sierras qui manient l'épée courte aussi bien que la sournoise *navaja*. Bourbon renifle comme un chien lâché sur une trace. Il recherche, n'ayant pu l'attraper vivant, parmi les morts entassés, la dépouille de son ennemi, l'amiral de Bonnivet. C'est qu'il tient à la faire pendre.

À qui l'épée du Roi ? Pour l'instant à personne et, plus tard, quand il sera temps de la remettre : certainement pas au Connétable de France !

« Bonjour mon cousin ! l'affaire a été chaude... » François lui retire à temps la main que l'autre voulait lécher. Comme un peu plus tard il fera mine de ne pas voir la serviette que le Connétable lui tend pour manger la soupe qu'on lui a préparée. Un *brodo* clairet qui deviendra la *zuppa pavese.* C'est qu'il est le seul prince du sang de la maison de France, le Bourbon, à pouvoir prétendre à l'honneur de la serviette. Les autres sont restés sur le carreau ou sont en fuite, comme d'Alençon. Tête chimérique, le Roi François dans le malheur se découvre fin diplomate. Il caresse et remercie le Vice-Roi de Naples, Lannoy. Il laisse courre les rêves de princerie de Pescara, qui secrètement aspire à un royaume en Italie. Comme il sait Frundsberg un homme de la nouvelle religion, il le cajole d'autant mieux. Il lui faudra bien un jour abattre cette maison d'Autriche qui veut tailler des croupières à sa belle France. Qui aura-t-il alors à lui opposer plus sûrement que les princes protestants d'Allemagne ? Il sait que sur le terrain de l'Empire, la victoire sera à celui qui aura installé le désordre sans l'aimer.

Tout ce tumulte, ces fanfares guerrières, ces fastueuses trahisons, l'artiste ferrarais, par fines touches de son pinceau, les a parfaitement rendus en brossant le gros œil du lansquenet – lequel, comme la loupe de l'objectif, a impressionné mieux que le plus précis des mémoires, pour l'éternité, la pellicule de l'Histoire. Dosso Dossi, si c'est bien lui qui a peint ce grand portrait, n'a pas non plus ménagé ses effets de pinceau pour rendre le pelage truité du dogue de combat qui se tient aux pieds du maître, l'air aussi rogue et peu amène l'un que l'autre, arborant un collier à pointe de fer. Y est suspendue une grosse médaille sur laquelle on lit un nom : Luther.

Ne pouvant non plus passer inaperçue dans la débauche de détails de cet habillement guerrier, modeste et cependant inquiétant le regard, une fine cordelette de soie et d'or qui pend au baudrier, soutenant la lourde épée sur le pommeau de laquelle le colosse pose une main gourde, même un peu déformée. La cordelette, il l'a fait tresser au retour dans sa bonne Allemagne après la bataille de Pavie. Dès qu'il sera entré dans Rome avec ses lansquenets, elle doit lui servir à étrangler le Pape Médicis, suppôt de Sodome et de Babylone. Un simple lacet d'or et de soie pareil à ceux qu'utilisent les étrangleurs du sérail pour éviter que ne soit répandu sur le sol le précieux sang des princes ottomans. Le voilà déjà le bras séculier de frère Luther.

Ah, le brave petit moine ! D'une grande Allemagne avec sa propre Église, il en avait, lui aussi, rêvé ! À la diète de Worms, n'avait-il pas tapé sur l'épaule du petit frère pour le ragaillardir alors que celui-ci se frayait un chemin dans la foule pour se rendre à la convocation de l'Empereur Charles Quint, ce bourgeois flamand qui soupèse ses États comme un épicier de Bruges ses lentilles ? « Par mes deux pendantes, petit moine, lui avait-il dit, montre-leur que tu en as aussi une paire puisque te voilà grand capitaine de la vraie parole de Dieu ! Dis-toi que tu montes à l'assaut et que tu fais un acte bien plus grand que nous au cœur de nos plus âpres batailles ! Va, Dieu ne saurait t'abandonner… » Et qu'en savait-il de Dieu dans ce monde où la vérole est au cul du Pape et des Rois ? Des métèques ! Tous des métèques ! Français, Espagnols, Italiens, à mettre dans le même sac ! Aussi, quand il avait fallu une fois encore lever des troupes, un an après Pavie, pour descendre sur Rome qui n'attendait que le premier assaut pour tomber comme une grosse poire blette, avait-il hypothéqué ses terres afin de bailler un florin d'or à chacune des nouvelles recrues. Il les voulait toutes sur le même modèle. Le muscle dur, la poitrine large, campées sur des jambes robustes, longues comme des fûts de canon bien huilés, à la fois lisses et noueux. De la barbaque solide avec en surplus de l'héroïsme à fleur de peau. Mais les temps changent. Tout se perd. Même les chairs les plus inaltérables se corrompent à la fin. Il leva douze mille fantassins qu'il briqua avec soin. Les meilleurs, il les emmenait avec lui nager au lac Aveugle. Il sentait bien qu'il y avait quelque chose d'obscène à afficher sa vieille couenne auprès de ces jeunes corps luxueux. Il comprit également que le respect et l'amour du métier s'étaient perdus. Il en appela à Dieu, à la sainte Bible, au petit frère Luther. Mais ni Dieu, ni le petit frère Luther et encore moins la sainte Bible ne les transportèrent autant que le lacet d'or et de soie. Ils voulaient le voir, le toucher. C'était déjà une relique. L'armée entière se mit soudain à chanter. Pas un psaume, mais un de ces chants lourds et cadencés qui disent le vent du nord et le mal du pays. C'est que cette troupe houleuse de colosses roux et blonds avait aperçu de belles espérances pendues à cette cordelette : Rome semblable à une catin avariée, ouvrant ses cuisses, prête à se rendre. Le pillage, le meurtre, le viol, l'incendie étaient à la portée de leurs piques, de leurs lances, de leurs puissants braquemarts.

Cette piétaille héroïque s'était rassemblée entre Bolzano et Merano. Il les avait divisés en compagnies avec leurs officiers et leurs trabans. Dix compagnies formaient un régiment. Chaque régiment était sous les ordres d'un colonel qui avançait à cheval derrière son porte-drapeau ; suivaient cinquante arquebusiers à pied, précédés par le bourreau cagoulé et portant le glaive de justice.

Avant même de donner le signal du départ, lui, Frundsberg, le père, avait eu à sévir. Trois gaillards furent décollés pour volerie et un autre eut à subir aux sons des bas tambours le supplice des piques pour *fututio et pedicatio* sur un jeune fifre. C'est qu'il aimait la musique le bougre, et cet amour de la musique débordait parfois sur le musicien, en général quand c'était un gamin. Il fut contraint à coups de fouet de se frayer un chemin entre deux rangées de piquiers qui le transpercèrent. Au moment où il passait devant lui, il avait détourné la tête. Oh ! comme il s'était senti à cet instant Judas. Il n'avait rien pu faire, rien voulu faire. Ce n'était pas sa première histoire. Il avait toujours été un fameux queutard. Toujours prêt à astiquer le train du premier bleubite qui lui tombait sous la main. Mais aussi avec quelle tendresse ! C'est que, par ailleurs, il était un bon père de famille.

À la tache alarmante pour l'œil que faisait dans le tableau cette mystérieuse cordelette rouge, comme un filet de sang, le peintre, dans un respect de symétrie, voulut sans doute créer un pendant en plaçant un petit livre en maroquin rouge dans la main gauche du grand capitaine, mon ancêtre – oui ! mon ancêtre ! je tiens à le dire et même à le répéter, tant on me l'a seriné dans mon enfance.

Le nom de l'auteur de cet ouvrage ainsi qu'une partie du titre se trouvaient cachés par l'énorme pouce du condottiere. Quelques mots du titre débordaient cependant qu'on devinait plus d'ailleurs qu'on ne les lisait : « *... o la scuola dei Lanzichenecci* ».

Quelle ne fut pas ma surprise quand je découvris ce

livre, même format, même simplicité dans la reliure, sur la table de ma chambre à Schwarzauge le jour de mon départ. Le tenant un instant dans ma main avant de le fourrer dans mon paquetage, j'avais eu le sentiment fugace de soupeser mon destin. En tout cas, de posséder enfin la clef de bien des questions que je m'étais posées durant mon enfance, sur moi, ma famille, les mystères de Schwarzauge... Grâce à ce livre je remonterais à l'ancêtre, et qui sait au péché originel. Du moins jusqu'au singe puisque, pour rendre plus étrange l'atmosphère de ce tableau et pour balancer la présence menaçante du molosse Luther, le peintre Dosso Dossi avait ajouté, ultime et dérisoire pirouette, un babouin dans le paysage.

Prélude de feu et d'acier, thèmes et variations...

Quand la 10e SS Panzerdivision fut créée et baptisée du nom de Frundsberg, on m'y muta. Cela allait de soi. Je sortais alors à peine de la SS Junkerschule de Bad-Tölz, cette école de cadets pour laquelle j'avais quitté mes études à l'Université de Munich. On ne m'avait pas laissé vraiment le choix. Ou j'obtempérais à cet ordre ou bien il fallait que je m'attende à des représailles à l'encontre de ma famille. C'est du moins ce qu'on me laissa entendre. Et ma chère Mlle Marthe, malgré ses larmes, ne fut pas la dernière à entrer dans ce jeu.

J'avais donc empoché le livre mais je n'avais pas encore eu l'occasion de l'ouvrir. Il m'avait fallu attendre les plaines de l'Ukraine pour voir un peu de quoi il retournait dans cet ouvrage, écrit en italien. Mes deux caporaux, Helmut et Dieter, insistèrent pour que je leur traduise certains passages.

Ce n'était ni plus ni moins qu'une manière de

bréviaire de la barbarie qui aurait pu m'instruire sur la race des seigneurs, l'éternel grand Reich germanique et toutes ces suprêmes foutaises dont on s'était employé à me farcir la tête. Si ce texte n'était pas apocryphe, il avait probablement été conçu pour chauffer les esprits au temps des guerres d'Italie, de Luther et du sac de Rome par les lansquenets. C'était un ouvrage de contre-propagande. Un traité de la désillusion propre à saper le moral des troupes. En fait, un brûlot sans grande saveur. J'allais lui en donner.

J'avais du mal à tenir le livre ouvert. Mes mains étaient gelées. Aussi Helmut me le présentait-il parfois comme l'enfant de chœur présente l'Évangile à l'officiant.

Je m'étais étonné de ne pas trouver sur la page de garde l'ancre enroulée d'un dauphin, la célèbre estampille d'Alde Manuce et de son successeur Alde le Jeune, imprimeurs et typographes de père en fils à Venise, auxquels n'aurait certainement pu échapper, en cette première moitié du *cinquecento*, la moindre nouveauté. Or, cet ouvrage, malgré son style assez plat, en était bien une puisque l'auteur, rompant avec la discipline tudesque, y débondait des tonneaux de vomi à la fois sur les princes, ces « eunuques du pouvoir » et l'Église, véritable « machine à décerveler ».

Quelques formules qui font mouche ne constituent pas forcément un pamphlet. On voit d'emblée où l'on met les pieds. L'art est de savoir ménager la surprise. J'apportais à ma traduction du délié et de l'insinuant.

Helmut et Dieter n'y entendirent rien, du moins au début. En fait, ils n'y virent que ce que nous voulons bien appeler aujourd'hui une « *road story* », dans sa brutalité et sa gouaille picaresque. Au fond, rien d'autre que ce qu'ils vivaient au quotidien. En quoi, d'ailleurs, ils n'avaient pas tort ! Je possédais le moule du livre. À présent, il fallait ciseler.

Sous le couvert d'une histoire de vieux soldat atrabilaire qui, au travers de mille embûches, s'en retourne mourir chez lui, je faisais courir *piano, piano*, toute une rhétorique de la violence, doublée d'un traité du désespoir. Et peu à peu, lecture après lecture, l'ouvrage devenait la confession d'un vieux reître regagnant au soir de sa vie son Tyrol natal, forteresse héréditaire, sanctuaire, en somme, assez semblable à cette « Redoute nationale » qu'on commençait à évoquer en cet hiver de 1944 comme repli ultime dans le cas de plus en plus probable d'un débarquement des Alliés. Ce condottiere fourbu, ce Frundsberg, vainqueur à Pavie, homme d'ordre s'il en fut, finissait par avouer que la victoire ne serait qu'à ceux qui auraient « su faire le désordre sans l'aimer ». Ce en quoi sa pensée rejoignait celle du Roi de France. C'était assez fort de café. Cependant, je ne forçais guère mon talent. Je ne suis pas pour détester foutre la merde. Il y avait de quoi surprendre, avouez-le, dans ce que je servais à mes petits caporaux. Et pourtant, Helmut et Dieter n'y virent que du feu. Pas un instant ils ne perçurent, en cette apologie de la subversion, toute la chatoyance démoralisatrice d'une pensée juive. Assez proche de ce que les talmudistes pratiquent parfois jusqu'au vertige de l'absurde et qu'ils nomment *pilpoul*. D'ailleurs, à la place de l'Ancre et du Dauphin, que je m'étais étonné de ne pas découvrir sur la page de garde, avait été apposé un compas ouvert sous lequel, allant d'une pointe à l'autre, était inscrite, en lettres hébraïques, la devise : « *Festina lente.* » Aucun doute : j'avais entre les mains un ouvrage sorti des presses de Gerson Soncino, l'Alde juif, demeuré à la postérité pour avoir publié, entre autres, l'œuvre d'Averroès traduite en latin par Abraham de Balmes. J'y vis un signe d'encouragement. Dès lors, je n'avais plus d'excuse à mettre un frein à mon travail de subversion.

Je me gardai bien de parler de ma découverte à mes deux zigotos et me contentai de les empoisonner lentement en leur distillant avec suavité le meilleur de ce texte.

Durant ces lectures chemina en moi encore qu'obscurément l'idée de donner une traduction à l'ouvrage. Mieux, de m'approprier l'œuvre comme un voleur. Occasion inespérée de sortir de l'univers monotone de la terreur qui m'entourait, quoique sans illusions, sachant déjà que toute voix qui s'élève de la terre un jour ou l'autre est contrainte au naufrage. Mais il me fallait à tout prix rechercher ce pays d'innocence où je puisse prononcer encore des paroles naïves. Je pensais que prendre au collet cet ouvrage et en faire un texte de révolte me cabrerait définitivement contre mon destin. À défaut, j'y trouverais cet oubli que j'avais cherché jusque-là dans l'aveuglement de la chair.

À présent, je suis moins sûr du désintéressement de ma démarche, ne sachant plus tout à fait démêler ce qui m'appartient dans cette traduction, de ce qui est le propre de l'auteur. Sans doute, à éclairer différentes situations obscures, sous-entendus, ragots et fagots d'une époque dont nous avons perdu à présent les clefs, me suis-je laissé entraîner dans le commentaire plus loin que je ne l'eusse souhaité. En effet, cette chronique – une dénomination que je préfère de beaucoup à celle de récit ou de roman – d'un voyage nécessite un éclairage particulier, pour ne pas dire : une initiation. Aussi devons-nous la considérer de la même façon que les tableaux de cette époque. Puisque, par son style arborescent, certaines de ses exagérations, son goût du mystère, son auteur se révèle contemporain des grands maniéristes. Il construit son récit sur différents niveaux, s'inspirant de certaines toiles de maître qu'il a pu voir durant ses nombreux séjours en Italie ; de telle façon que si l'on déplace la perspective on peut, sous un autre angle de lecture, découvrir de nouveaux personnages chevauchant dans un paysage différent. Ce texte n'est rien de moins qu'une anamorphose – mais allez faire comprendre à deux petits marloupins de la Baltique, quand vous êtes coincé au cul du diable, dans la neige et que vous vous les gelez au fond d'un char, ce qu'est ce phénomène optique propre au Grand Baroque !

Cette chronique doit être considérée sous un angle précis, si l'on veut en éprouver toute l'amère volupté ; comme certains de ces tableaux – je pense au célèbre portrait d'Holbein à la National Gallery de Londres, de ces deux ambassadeurs qui semblent ignorer à leurs pieds le grand parchemin de forme énigmatique, peint d'évidence dans une perspective différente. Un trou dans le cadre initial, perdu au cours des siècles, permettait, en y appliquant l'œil, de découvrir que le parchemin n'était qu'une tête de mort. Ce tableau recelait une vanité, un de ces *memento mori* dont la contemplation ramène à leur juste valeur les clarines de la gloire. Ainsi me voudrais-je un jour, pour mon opprobre, peint en pied, sur un arrière-pays de ruines, arborant sans fausse honte, et encore moins d'illusions, l'uniforme gris ardoise ; botté, cravaché, les deux runes d'argent au revers de ma tunique ; seule à faire défaut à cette panoplie de la honte, la tête de mort de la casquette. Cependant, en se portant de trois quarts vers la gauche, on pourrait apercevoir dans un ciel roulant l'orage la *Totenkopf*, comme un blason au ventre d'un nuage de cendre, alors qu'au loin passerait au milieu d'une ville incendiée un Tigre de la division « Frundsberg » ; un sacré engin bien en érection, mâté faut voir comme, avec son canon de 80 mm toujours prêt à gicler. Pas un peine-à-jouir, lui, comme notre grand Führer !

Helmut et Dieter, en jeunes fauves, avalèrent tout cru les aventures du capitaine Georg. Le carnage de Pavie, le sac de Rome par les lansquenets, le Connétable de Bourbon hennissant à la mort et les couilles du Pape à tout vent du haut du Saint-Ange, les mettaient en appétit, excitaient leur goût du sang. J'obtins l'effet contraire : une accolade de lumière dans cet air infecté de cadavres, l'oubli de leur sang rapide à la guerre, un monde d'humanité... qui sait ? Et tandis que je m'évertuais à cette tâche sans grand résultat, je commençais à méditer leur mort.

Après cette lente attente dans les plaines de l'Ukraine, il nous fallut battre en retraite. Notre division reçut l'ordre de gagner, à marche forcée à travers les Carpates, l'autre bout de l'Europe où les Alliés venaient de débarquer. Les T 34 soviétiques nous filaient le train, soutenus en vol par des Lavotchkine qui, en piqué, venaient sur nos têtes – à se demander ce que faisait notre Flak – nous narguer et nous balancer les sucreries de Staline. Une partie de nos Tigres et de nos Sturmgeschütz furent réduits à l'état de crêpes.

Déjà l'été s'épanchait, fastueux, lorsque nous fîmes notre jonction en Normandie avec l'armée du maréchal von Kluge. De drôles de feux de la Saint-Jean nous accueillirent. La nuit du dieu Soleil. Le Grand Solstice de la plus vaste connerie de l'histoire, oui ! « Nous sommes le feu et le bûcher ! » De toutes les fadaises qu'on avait appris à chanter aux *Hitlerjungen*, aucune ne se révélait plus juste. Ça, pour être cuits, on l'était cette fois ! Ceinturés d'un côté par les Américains et de l'autre par les Canadiens, on se trouvait piégés comme des rats. De sa tanière de Rastenburg en Prusse-Orientale, au milieu des forêts et des étangs, Hitler harcelait von Kluge, qui avait remplacé von Rundstedt sur le front de Normandie, d'ordres et de contrordres ; les Messerschmitt et les Heinkel ne se hasardaient plus dans le ciel, laissant le champ libre aux Mustang, aux Thunderbolt, aux Spitfire. Le bocage était devenu un piège pour les Tigres et les Panthères de la 10e Panzerdivision qui peinaient à passer les fossés et les haies. Dressés comme de grosses tortues sur leurs pattes arrière, nos chars offraient leur ventre comme cibles idéales aux tirs des Sherman.

Les bombes, les carcasses carbonisées des chars et des Panzerfaust dans les fossés, les morts enfoncés dans les trous d'obus avec leur casque sur la tête comme des boutures repiquées : rien ne semblait entamer le moral d'Helmut et de Dieter.

Apercevaient-ils les eaux claires d'une rivière qu'ils bondissaient de la tourelle, et s'en allaient en piquer une, tête la première.

Ainsi, pendant qu'ils s'ébrouaient comme de jeunes chiens au bord de la Dives, l'état-major était sans nouvelles du feld-maréchal von Kluge. Hitler, mis au courant de cette disparition, imaginait son commandant en chef passé à l'ennemi.

En fait, le convoi du maréchal roulait en direction du front quand il avait été intercepté par un chasseur américain. Von Kluge et son ordonnance avaient à peine eu le temps de sauter dans un champ : leur voiture radio était déjà en flammes. Il leur avait fallu plusieurs heures pour regagner le PC de la VIIe armée.

Depuis le complot des officiers de la Wehrmacht et l'attentat à la bombe du comte Stauffenberg, le 20 juillet précédent, Hitler soupçonnait von Kluge. Quand, à Berlin, l'état-major général fut informé de l'aventure du feld-maréchal, Hitler avait déjà pris la décision de le retirer du front pour le livrer à la Gestapo.

« Lieutenant Kuno, allez dire à vos deux jeunes caporaux qu'il n'est plus de saison de faire trempette… » C'est par ces paroles prononcées sur un ton mi-goguenard mi-sérieux, avec un fort accent qui trahissait son Bavarois de pure souche, que je fus accueilli le lendemain au rapport par un officier SS à la gueule couturée comme un reître de la Renaissance. De taille moyenne, bien ramassé, on devinait chez lui au premier coup d'œil quelque chose de métallique, d'inoxydable ; et sous un air affable, presque souriant, une implacable volonté de recourir, comme une nécessité vitale, à une violence épaisse. Il était coiffé du bonnet de campagne du simple soldat en toile ocre et portait à même le corps la veste courte du treillis des Panzertruppen, croisée et fermant sur le côté droit. Avec une sorte de désinvolture, ses médailles pendouillaient aux boutonnières, dont la croix de fer avec feuilles de chêne et épées et diamants. Je n'eus pas besoin de reporter mes yeux sur ses épaulettes pour savoir à qui j'avais affaire. Devant moi se tenait le légendaire Josef Dietrich, dit « Sepp ». L'apprenti boucher, toujours en quête, jamais satisfait ; l'engagé volontaire de la guerre de 14 qui prend part à la première bataille de chars de l'histoire du monde à Cambrai en 18 ; ensuite les corps francs ; la castagne à Berlin contre les Rouges ; la voie est tracée qui le conduira au nazisme ; choisi par Hitler en personne pour commander sa garde prétorienne de la *Liebestandarte Adolf Hitler*. Le plus décoré des généraux de la Waffen SS et même de l'armée allemande. À lui seul une machine de guerre ; sur tous les fronts au nord, à l'est, à l'ouest, partout où il faut en découdre, on le retrouve aux avant-postes. Pas du genre à se prélasser en buvant du champagne tout en parlant musique et théâtre sur les banquettes en moleskine des trains spéciaux pour officiers supérieurs de la Wehrmacht. Mais bien juché dans la tourelle de son char pour traquer l'ennemi blessé, cherchant dans la neige la trace de l'animal aux abois, humant l'odeur du sang dans le petit matin glacé. Sans états d'âme, toujours déterminé et animé du même sang-froid dont il avait naguère fait preuve lors de la Nuit des longs couteaux. « Vivre, n'est-ce pas assassiner sans relâche ? » avait-il confié à son ordonnance après avoir commandé à la prison de Standheim l'exécution des hauts gradés de la SA.

Éclatant de santé, avec cette brusquerie à peine masquée par une jovialité qui aurait pu laisser penser qu'il poursuivait une guerre sans haine, il affichait ouvertement ses contradictions de violences, de fidélités, d'opportunismes et de trahisons et par-dessus tout cet instinct de chasseur des origines.

Il saisit mon regard, qui s'était reporté sur sa casquette de simple soldat à la couleur si peu réglementaire.

« Vous avez remarqué ma *Feldmütze* évidemment !... Vous observez tout, lieutenant Kuno... Par les temps qui courent, cela peut vous servir comme vous desservir... Ma casquette ? ah oui ! Une casquette de simple soldat de l'Afrikakorps... J'y tiens énormément. Elle m'a été offerte par le maréchal Rommel lors de notre dernière entrevue, juste avant qu'il ne regagne son QG à La Roche-Guyon. Vous savez ce qui a suivi ? Une heure plus tard, sur la route de Livarot, sa Mercedes fut prise en chasse par un avion anglais ; son chauffeur fut tué et on retrouva le maréchal sous sa voiture avec une triple fracture du crâne... » Ici, le vieux briscard fit une pause et puis, baissant la voix comme s'il se parlait à lui-même, il pesta : « Foutu zinc anglais ! mais pouvaient-ils se douter, ces rosbifs, que s'ils avaient laissé le maréchal poursuivre sa route les choses aujourd'hui ne seraient peut-être pas là où elles en sont. » Je sentis son œil perçant posé sur moi. Je bredouillai quelques mots et terminai ma phrase par des vœux de prompt rétablissement pour le maréchal. « *Quatsch* ! foutaise ! Laissez tomber le maréchal, lieutenant Kuno ! Il est fait et personne ne peut plus rien pour lui comme personne ne peut plus rien pour von Kluge. Ni pour nous également, qui nous retrouvons dans le plus grand merdier imaginable depuis Stalingrad... Et qu'ai-je perdu, dites-le-moi, lieutenant Kuno ? Qu'ai-je perdu ? Les plus chers souvenirs ! Que signifie tout cela ? Tôt ou tard, il faudra bien laisser derrière soi cet affreux désordre... » Il me fit signe de rompre en portant son stick à sa casquette. Je rectifiai la position, claquai les talons et m'apprêtai à exécuter le salut réglementaire en poussant un sonore *Heil Hitler !* Sepp Dietrich se retourna et, avec désinvolture en ma direction : « Avec moi, ce n'est vraiment plus la peine, lieutenant Kuno... non vraiment plus... et surtout dans votre cas... »

Je demeurai saisi. Que voulait-il dire par « dans votre cas » ? J'y perçus une mise en garde. Et cette phrase : « Tôt ou tard, il faudra bien laisser derrière soi cet affreux désordre »... où l'avais-je entendue ?

Je le regardai s'en aller avec cette démarche souple et balancée du fauve. Les autres officiers, qui s'étaient retirés à l'écart lorsque le général m'avait adressé la parole, le saluaient au passage. Mais lui, comme s'il n'avait que faire de leurs saluts, jouait négligemment de son stick. C'est alors que j'eus le sentiment d'avoir déjà entrevu cette dégaine. C'était ainsi que je m'étais imaginé Georg von Frundsberg au soir de la bataille de Pavie. Sepp Dietrich était lui aussi un lansquenet ; le dernier des lansquenets. Alors tout s'éclaircit. Cette phrase désabusée qu'il me semblait avoir déjà entendue, c'était à Frundsberg que le général SS l'avait empruntée. Car ce furent bien là les paroles que le capitaine des lansquenets prononça, probablement même les dernières, avant le coup de sang dont il fut frappé quand ses troupes, ses « enfants » comme il les appelait, refusèrent de lui obéir et de continuer à marcher sur Rome faute d'argent. Mais comment pouvait-il la connaître ? Les coïncidences ont bon dos, en ces périodes troublées où le fils dénonce son père, où la sœur espionne son frère. Aussitôt, nombre de soupçons m'assaillirent ; et il me fallut bien en venir à mon cercle proche : l'équipe de mon char. Des gars de toute confiance qui se seraient fait tuer pour moi. Cependant, quelqu'un m'avait dans le collimateur. Qui ? Sepp Dietrich ? Certainement pas. Notre conversation avait été amicale et, de plus, il m'avait, à mots couverts, fait comprendre son écœurement pour cet absurde carnage ; ce qui, en somme, était un gage de confiance. Il ne m'avait pas caché l'absurdité de cette campagne et des ordres qui en réglaient le déroulement, généralement contradictoires, émanant d'un maniaque, reclus dans sa tanière de Prusse-Orientale d'où, appuyé sur des cartes, il extrapolait des manœuvres insensées sans se soucier des pertes humaines. En analysant chaque phrase, en décortiquant chaque mot, je fus bien obligé de m'interroger sur la signification des propos du général. Pourquoi Sepp Dietrich avait-il eu besoin de faire allusion à la baignade de mes deux caporaux dans la Dives ? Comment en avait-il été averti ? Mes caporaux n'étaient que des « moutons » de la Gestapo. On les avait placés auprès de moi pour m'espionner, c'est ce qu'il avait voulu me faire comprendre.

Dès que j'eus regagné mon char camouflé en lisière de la forêt de Gouffern, je fouillai dans mon paquetage : le livre ne s'y trouvait plus. Le soir il y était de nouveau.

Le lendemain nous parvint, par radio, l'ordre de retraite vers Chambois. Malgré des paroles grandiloquentes exaltant la grande Allemagne, c'était ni plus ni moins un sauve-qui-peut général. Je choisis le chemin le moins évident pour un char et décidai de passer par la forêt afin de me mettre à couvert des Spitfire. Puis, quittant la forêt, je remontai par un sentier entre deux vergers. Dans l'herbe, l'acidité des pommes gaulées par les obus se mêlait à l'odeur fade des cadavres. En haut d'une crête, une colonne de troupes, les bras en l'air, marchait, encadrée par les GI. Arrivé en vue de Chambois, j'évitai d'y entrer car une division blindée canadienne se présentait déjà à l'ouest. Nous fûmes une quinzaine de chars de notre division à nous échapper du piège. Nous abandonnions derrière nous un sol jonché des débris fantomatiques de trois armées. Les hommes se débandaient, abandonnant armes et matériels. La déroute était totale. Aux automitrailleuses, aux chars, aux canons, aux camions, aux remorques, aux cuisines roulantes laissés sur place, il fallait ajouter toutes les fanfreluches qui agrémentaient la veille encore l'ordinaire de messieurs les généraux d'état-major, caisses de champagne et de vins de Bordeaux, phonographes avec des disques où Wagner côtoyait Zarah Leander et en surcroît un reste de volailles en peignoir rose et en culotte de dentelle.

Le lendemain, j'appris la disparition du feld-maréchal von Kluge. Alors qu'il s'apprêtait à franchir le Rhin, devinant ce que lui réservait la Gestapo, il s'était empoisonné au cyanure. À cet instant, je me souvins de mes deux caporaux. Durant la retraite, dans le feu de l'action, j'avais fini par les oublier, ainsi que l'idée de m'en débarrasser. Et à présent que j'y repensais, je fus surpris de ne trouver en moi aucun scrupule moral à y opposer. M'étais-je moi aussi laissé gagner par cet instinct animal de survie ? Me serais-je laissé contaminer par la cruauté joyeuse du héros germanique ? Au fond de moi grouillaient des raisons plus douteuses ; de ces choses qui poissent parce qu'elles touchent de trop près à l'amour-propre.

Helmut et Dieter, à l'arrière du char, déployaient des trésors d'énergie à bayer aux corneilles. Leurs casques ornés de feuillage en guise de camouflage donnaient à leurs ombres projetées sur la prairie l'aspect d'animaux fabuleux. Le soleil oblique de cette fin de journée jouait sur leur corps et rendait duveteuses leurs jambes aux poils blonds ; et leurs yeux reflétaient l'acidité de l'herbe après la pluie. Nonchalants mais cependant aux aguets, je les entendais ronronner la haine ; et je n'aurais su discerner, à ce moment-là, s'ils nourrissaient ce sentiment à mon égard ou pour l'ennemi égaré à portée de leur mitrailleuse qu'ils dégommaient joyeusement comme à un stand de tir. De mon côté, je les ressentais telle une insulte. Une intrusion insupportable dans mes sentiments les plus secrets.

Une Mercedes dépassa mon char à la hauteur de L'Aigle. Deux gradés, sur la banquette arrière, discutaient avec véhémence. Je reconnus le premier pour Sepp Dietrich ; l'autre devait être son officier d'ordonnance. Au moment où la voiture longeait le flanc du Tigre, le général leva la tête vers la tourelle. M'apercevant, il fit signe au chauffeur de ralentir : « Alors, lieutenant Kuno, me cria-t-il, on a sauvé sa peau ? Cependant, prenez garde aux jeunes loups ! Maintenant, cap sur le nord-est ! Et tâchez de passer la Seine avant que les Anglais ne fassent sauter les ponts. C'est en Hollande que va se jouer la dernière manche. Quel gâchis ! Quel gâchis ! L'unique responsable de cette stupide opération de Normandie, c'est ce fou d'Hitler… » À l'arrière du tank, les deux jeunes loups s'étaient redressés. Un Typhoon passa au-dessus de nos têtes pour aller pilonner l'arrière du convoi, si bien que les paroles de Sepp Dietrich se perdirent dans le bruit des balles. À ce moment-là, la voiture du général accéléra. Je devais le revoir une fois encore, bien plus tard, dans sa cellule de la prison de Landsberg, où il finissait de purger sa peine. C'est durant cette visite qu'il m'avoua que les deux caporaux avaient été placés auprès de moi par ordre du Reichsführer Himmler en personne.

Nous fûmes en Hollande ; mais la dernière manche ne s'y joua pas. On s'enlisa dans les polders. Cette fois, comme la Flak, les mortiers et la Luftwaffe étaient au rendez-vous, on pensa tenir une victoire. Elle ne fut que d'un instant : le front craquait en Alsace. Nous demeurâmes à marauder quelque temps dans la forêt d'Haguenau. Cependant, les choses n'allant guère mieux en Poméranie, où l'armée russe d'Ukraine, ayant passé la Vistule, s'avançait vers Stettin, ordre fut donné de remonter jusqu'à l'Oder. Ce fut là qu'une nuit, alors qu'on entendait au loin sur l'autre rive les sapeurs soviétiques briser la glace pour y enfoncer les madriers d'un pont de fortune, je décidai de sauver ma peau. Je me glissai hors du tank. Un des caporaux, je crois bien que ce fut Dieter, qui m'avait particulièrement à l'œil, voulut me retenir par la jambe. J'étais déjà engagé dans la tourelle. Je lui balançai mon pied dans la figure et me dégageai au plus vite. Je l'entendis hurler : « *Schwein Jude !* » Il est vrai que j'étais un métèque et que j'avais du sang juif plus que je ne le croyais d'ailleurs. C'était même la grande supercherie de toute cette aventure. Mais le maréchal Model n'avait pas fait tant d'histoires pour décorer sur le front à Tarnopol un cochon de juif – ma pomme – de la croix de fer de première classe. Avant de refermer la tourelle, je dégoupillai une grenade. J'étais déjà dans la forêt quand retentit l'explosion.

Voyez un peu ce qu'il m'a fallu crapahuter pour revenir de Stettin jusqu'au cœur du Tyrol ! Sur la route balayée par le grand flux de l'exode devant les Russes, je déshabillai un cadavre pour lui faucher ses vêtements civils.

Ce n'est pas le retour à la maison auquel aspire tout Allemand qui m'avait poussé à affronter ces périls ; je me fichais pas mal de ce sol, de cet *Heimat* après lequel ils bêlent et qu'ils nomment le mal du pays alors qu'ils ont simplement l'estomac trop chargé de bière et de *Bratwurst.* Je n'en avais rien à foutre du sang et du sol, de l'humus des sous-bois et du « recours » à la forêt germanique. Mais qu'elle crève donc, la grande forêt ! On avait voulu me dresser. Je m'étais laissé faire. Par lâcheté, par peur mais aussi pour me conformer à je ne sais quelle idée de la famille. Je ne parlerai même pas du chantage qu'on exerça sur moi, puisque les jeux étaient faits déjà depuis longtemps ; bien avant que le grand Max ne ramène sa fraise. Alors, pourquoi fallait-il revenir ? Simplement parce que je ne savais pas où aller. Que je me sentais déraciné. Je n'étais plus d'aucun pays. Un juif errant ? Pas même, puisque demi-juif seulement ! À pleurer, non ? Un demi-juif errant dans les décombres du IIIe Reich.

La brume sur le lac se dissipait lentement. Sur la berge d'en face, je devinais la silhouette du pavillon de chasse. Ce n'était pas un de ces chalets en rondins mais un vrai petit manoir avec deux tourelles crénelées. Un *lodge*, ainsi que les Anglais nomment ce genre de construction. Notre domaine de Schwarzauge en comptait cinq à six, plus ou moins spacieux, au bord des lacs, dans les clairières aussi ; certains construits assez haut dans la montagne. Ils affichaient ce même style *gothic revival* qu'on appréciait au siècle dernier. Rien n'y manquait : ni les fenêtres à meneaux, ni les ogives, ni les gargouilles aux gouttières que l'on retrouvait au printemps par terre, descellées sous le poids de la neige. Les façades étaient repeintes chaque année, généralement dans des tons ocre, parfois pistache, généralement rehaussées de rechampis moins soutenus. On ne craignait pas non plus le rose fraise écrasée.

En été et à l'automne, ces pavillons étaient mis à la disposition des chasseurs. Cependant, le rendez-vous du lac Aveugle demeurait d'une année à l'autre invariablement inoccupé, car difficile d'accès. C'est du moins ce que je pensais jusqu'au jour où je surpris Elias, notre vieux majordome, qui y entrait en rasant les murs. Ces précautions excitèrent ma curiosité ; d'autant que le soir même, durant le dîner, sautant du coq à l'âne, on me mit en garde du danger qu'il y avait à approcher du pavillon depuis qu'une partie menaçait de s'écrouler. On essayait d'une façon grossière de m'en interdire l'accès. J'en eus la certitude quand Mlle Marthe évoqua les périls que l'on courait également à se baigner dans ce lac. Le torrent qui le traversait y provoquait, d'après elle, un courant dangereux.

Je ne pipai mot. Baissai le nez en lui glissant un coup d'œil oblique. Je compris qu'elle était au courant de mes escapades nocturnes. Cependant, grâce à ce don d'hypocrisie qui, dès mon plus jeune âge, fit partie intégrante de ce que j'appellerais « ma panoplie de survie », je la remerciai de sa sollicitude. Je ne trompai guère Mlle Marthe, qui me savait sournois et dissimulé.

Cette scène eut lieu lors de mon dernier séjour à Schwarzauge, au retour d'un voyage en France. Depuis longtemps le goût m'était passé de me baigner dans le lac Aveugle, cependant je continuais d'aller m'y promener de nuit.

L'année précédente, après avoir réussi mon *Abitur*, le baccalauréat allemand, je m'étais inscrit à l'Université de Munich. J'y avais déjà effectué un premier semestre de droit avec des résultats assez ternes qui n'auguraient guère d'une carrière brillante d'avocat. Au début de l'été, j'avais entrepris ce voyage en France pour visiter des grottes préhistoriques qui m'intéressaient dans le Périgord. C'est donc vers la fin d'août, après un détour par Paris, que je rentrai à Schwarzauge pour y passer une semaine avant de rejoindre Munich. J'étais à peine arrivé que grand-père Tassilo m'enjoignit d'abandonner mes études et de rallier la *Junkerschule* de Bad-Tölz, en Bavière, une des écoles de cadets les plus réputées, à la discipline de fer. Au vrai, grand-père ne m'enjoignit rien du tout car il était déjà gâteux. C'est en fait Mlle Marthe qui m'en donna l'ordre.

La nuit précédant mon départ, cherchant en vain le sommeil, je décidai d'une promenade en forêt. J'avais besoin d'un peu de solitude pour prendre du recul et réfléchir à la manière dont je pourrais me tirer du piège où je m'étais laissé prendre en acceptant sans regimber d'entrer à l'école des cadets. On était donc fin août. La lune était pleine et mes pas me conduisirent tout naturellement vers le petit lac. Je me trouvais donc sous ces mêmes sapins, en lisière de forêt, exactement où j'allais revenir huit ans plus tard. Sur l'autre bord, le pavillon de chasse affichait au clair de lune un air pimpant. Rien en tout cas qui aurait pu le désigner comme une ruine.

Cependant, depuis l'avant-veille, où j'avais surpris Elias y entrant, on s'était empressé de clouer des planches aux fenêtres et à la porte d'entrée. Malgré les planches et les volets, et probablement aussi les doubles rideaux qu'on avait tirés à l'intérieur, filtrait un rai de lumière à l'une des fenêtres du rez-de-chaussée. C'est alors que, glissant sur l'eau, venant à ma rencontre, j'entendis une musique que je reconnus tout de suite pour l'un des *Impromptus* de Schubert. Le plus léger mais aussi le plus tendu, celui de l'opus 142. Je l'avais torturé jusqu'au moindre soupir durant une année sous la férule de Mlle Marthe. Il me parvenait, telle une musique d'un lointain passé à la fois joyeux et triste, comme ces trouées claires mouchetant un sous-bois obscur. Les arpèges lumineux, sous les doigts de celui ou de celle qui jouait, m'atteignaient telles de petites flèches aiguisées, précises, blessures légères d'une douleur surmontée.

Le lendemain, alors que je me mettais au volant de la Mercedes pour me rendre à Bad-Tölz, je me penchai par la portière et demandai à Mlle Marthe, si elle avait jamais eu connaissance d'un piano au Chamois bleu – c'était le nom du rendez-vous de chasse. Elle se courba vers moi et, tandis qu'elle m'embrassait, je sentis une larme couler sur ma joue. Je voulus l'interroger. Mais devançant mes paroles, elle posa un doigt sur ma bouche. Je démarrai.

La trêve silencieuse qui précède le lever du jour était rompue. Les oiseaux s'étaient soudain mis à pépier. Les rayons d'un soleil peureux se frayaient un chemin par la combe de la Brèche-aux-loups, qui donnait son nom au pavillon de chasse situé plus haut, et s'en venaient allumer faiblement les cimes des arbres. Je me tenais toujours en embuscade, hésitant, inquiet d'affronter la débâcle de ma vie; pareil à ce couple de canards que j'entrevoyais, incertain et malhabile sur la fine plaque de glace craquant sous leurs pattes. De tous les lacs du domaine, celui-ci avait toujours été mon préféré. Bien avant mes baignades nocturnes, j'en avais aimé la lumière singulière reflétée par ses eaux troubles: moi-même, sous le masque d'une innocence trompeuse, je possédais sans doute cette ambiguïté qui fut cause de ma perte.

Aussi, après les horreurs de ces quatre années, de cet asservissement total au métier de bourreau, je revenais en ce lieu, mystérieusement attiré...

M'appelait-on encore? Kuno! semblait crier la montagne. Ce n'était qu'une avalanche déclenchée au loin par le tir d'un char. Un instant, je voulus me sauver. Ne rien savoir. Oublier qui j'avais été. Et, pourquoi pas, retourner sur le pont me jeter dans la Ziller. C'est à ce moment que la porte du pavillon s'ouvrit : Marthe apparut, emmitouflée dans un plaid que je reconnus. C'était la vieille couverture dont grand-père se couvrait les jambes les soirs d'hiver lorsqu'il demeurait immobile, l'œil fixe perdu dans ses songes, regardant le feu s'éteindre dans la grande cheminée du salon. À quoi songeait-il alors, le vieil homme ? Quels rêves ? Quels délires de puissance s'agitaient sous ce front de paysan têtu, dans cet esprit troublé ? Peut-être réfléchissait-il déjà au moyen de me briser ? Pouvait-il imaginer que moi, le métèque, sa honte, je reviendrais un jour de l'endroit où il avait voulu m'anéantir, malgré lui, malgré tous ses calculs et les efforts qu'il avait déployés ? Il avait, à dessein, raréfié la vie autour de moi. Et cependant, je m'étais accroché. J'avais poussé profondément mes racines dans cette terre solide et sans espoir afin de le narguer. Il m'avait jeté dans cet uniforme comme on jette dans un sac un chien qu'on veut noyer.

Marthe ! Marthe ! Et je courais dans la neige. Je sentais mes jambes si faibles. Je glissai et chutai par deux fois. Marthe ! Marthe ! C'est moi, Kuno ! Elle était vieille, si vieille et pourtant c'était la même Marthe que j'avais quittée. Elle me sourit. Elle toujours si soignée avait laissé sa bouche se démeubler. « Oui, Kuno ! Je sais bien que c'est toi, mon petit. Je t'attendais. Je t'ai attendu si longtemps… » Elle comprit mon regard et porta la main à sa bouche en écartant les doigts comme un éventail : « Oui ! Oui ! Mais tu sais ! le manque d'argent, le vieux dentiste mort de vieillesse et les jeunes partis pour la guerre… » Et me disant cela, elle s'effaça sur le pas de la porte pour me laisser entrer. Le vestibule, avec ses trophées aux murs, était saccagé. Dans le salon attenant, les canapés avaient été lacérés, les vases brisés. On s'était acharné sur le mobilier. Cependant, ce qui attira mon attention fut un piano qui, comme une embarcation à la dérive, semblait vaguer, toutes tripes à l'air, au milieu du désastre. Je me tournai vers Marthe : « Tu vois, j'avais raison, je n'avais pas rêvé, il y avait bien un piano... et quelqu'un en jouait ? » « Oui », répondit-elle, et ce « oui » sembla dans sa bouche sonner comme une délivrance. Il fallait que je sache absolument. Je pressentais un mystère dont dépendait ma survie. « C'était une femme ? » « Oui. » « Je la connaissais ? » Je me rendais compte que mes questions la mettaient au supplice. « Non !... Non ! Tu ne la connaissais pas... Elle oui ! Je lui avais donné de tes photos... Elle parlait de toi comme une grand-mère parle de son petit-fils, avec tendresse... Comment va Kuno ? Fait-il des progrès en français ? Et son latin ? C'est très important, le latin... » « Ma grand-mère ! Ma grand-mère juive ! Mais je pensais qu'elle était morte à la naissance de mon père ?... » Je mentais. Je savais bien que non, puisque j'avais vu des photos d'elle dans un album. Marthe demeurait silencieuse. « Elle est morte. Mais qui sait ? Nous avons bien survécu, nous. Cela remonte à si loin. Plusieurs vies. Oh ! une affaire bien compliquée. Tu sais... de ces histoires de famille... terribles et si simples au fond... »

J'étais prêt à tout entendre, à tout écouter, savoir enfin ! Savoir par où et quand ma vie avait bifurqué.

Un prénom à vous ficher la cerise

Kuno, ce n'est pas ordinaire comme prénom, j'en conviens. On ne m'a pas demandé mon avis, aussi. Puisque la farce est jouée, et qu'il n'y a plus rien, à présent, à ajouter ni à retrancher de mon destin, je ne vois pas vraiment l'utilité d'en changer. C'est qu'il y a un temps pour tout. Un temps pour agir ou encore pour ressasser ses souvenirs lorsque les remords s'en viennent le disputer aux regrets. J'ai depuis longtemps dépassé cet état. Alors mon prénom, c'est vraiment le dernier de mes soucis. J'aurais d'ailleurs l'impression de me renier, d'avoir honte de ma vie en en changeant. Cela dit, faut-il encore l'écrire avec un K et non, comme certains continuent à le faire, avec un C ?

Je sais bien que le k rebute de prime abord, et plus encore lorsqu'on l'écrit en majuscule gothique. L'Allemand est friand du K en majuscule. Enlevez-lui le K et la Germanie se met à boiter. *Kaiser, Kampf, Kraft, Krieg*... et même *Kultur* : ce n'est pas un hasard, non ? Quant à *Kinder*... Ce mot qui dans toutes les langues (*child*, enfant, *niño, bambino*...) appelle à la comptine, aux *nursery rhymes*, aux seins roses et lisses de bonnes nourrices, en allemand, avec le K, on entrevoit une pouponnière de piranhas. Malgré tout même aujourd'hui, alors que j'écris en français, évitant ainsi d'utiliser cette langue de Kapo faite pour éructer des ordres de mort, je tiens, comme un dernier lien avec ce passé qui me pèse tant, à demeurer Kuno ; ne serait-ce que pour ne jamais oublier cette peur diffuse qui me parcourait comme une onde au moindre aboiement.

Rien n'y fait, malgré les années : mon prénom provoque toujours chez moi une vague d'effroi. C'est que je suis le seul Kuno de mon espèce dont le prénom recèle je ne sais quoi de sinistre. Quelque chose qui m'a toujours empêché d'y adhérer ; de me conformer à ce qu'il évoque, pour d'autres, de forêts profondes (remarquez qu'en Allemagne les forêts sont toujours profondes et mystérieuses et la nature impénétrable, etc.), de hardes, de grands brames, de chasseurs… pour les massacres, il est vrai que je ne suis pas en reste !

Certains ont la chance de se nommer Gunther, Andreas, Wolfgang et même Amadeus. Moi, mon problème est simple, c'est d'être Kuno. Un Kuno marqué au fer rouge ainsi que le bétail ; et pas celui de Dieu, croyez-moi ! Un vrai miroir, ce prénom ! Qu'on le prononce, et aussitôt il me renvoie l'image d'un grand couillon timide, cintré dans une vareuse vert bouteille et coiffé d'une casquette de la même couleur à visière noire, surmontée d'un bandeau de velours passepoilé de blanc et frappé d'une tête de mort argentée. Une ceinture de cuir noir retient l'étui d'un pistolet P08, sur la manche gauche est cousue une bande noire où, brodé en fil d'argent, on lit le nom de la Panzerdivision et cousu juste au-dessus l'écusson : un grand F gothique sur une feuille de chêne. La culotte de cheval est taillée dans un drap côtelé d'un gris vert moins soutenu que la vareuse. Botté, cravache à la main, il claque des talons et, le bras tendu, il hurle : *Sieg Heil !* Le connard !

Cependant, je l'avoue, à part moi, personne n'a jamais trouvé à redire à ce prénom. Et moins encore, j'imagine, grand-père Tassilo, également mon parrain, lequel se doutait bien du tour de salaud qu'il me jouait en m'appelant ainsi.

Deux syllabes qui sonnent bien.

Qui, le jour de mon baptême, alors que grand-père, généralement plutôt pingre, avait fait donner les grandes orgues avec vin à la fontaine du village et pour les gamins dragées par poignées à toute volée dans les rues, aurait pu imaginer que le choix de ce prénom allait, dans un avenir proche, me porter une pareille cerise ?

Si j'ai pu échapper parfois à cette fatalité qui me file le train depuis ma naissance, c'est que, sous les apparences d'un pétochard de première, je n'aime pas qu'on me marche sur les pieds – fût-ce le destin.

Kuno n'était-il pas, en plus, un prénom de famille ? La famille, le groupe, la tribu, le clan, ça plaisante pas chez nous autres Allemands. De naissance autrichienne, j'aurais dû dire : « Teutons » plutôt qu'Allemands. Le Teuton a besoin de faire *Bund* ; d'aller repêcher à tout prix des collatéraux pour se maçonner une petite société. Ce n'est pas pour rien que les autres nations nous appellent les « Germains ». La famille ! la famille ! un prénom de famille ! Il y avait de quoi se méfier. Rien qu'à ce mot de famille, j'aurais dû avoir la puce à l'oreille. Parce que la nôtre de famille, faut l'avouer, elle n'est pas ordinaire. Pour dire : enfant, déjà, j'évitais de traverser la galerie des portraits de Schwarzauge (« Yeux noirs » le bien nommé) tant me fichaient la trouille, dans leur cadre doré, toutes ces gueules couturées de soudards et de reîtres goitreux généralement flanqués de leurs douces moitiés, copieuses matrones verruqueuses et poilues, aux lèvres pincées, aux regards torves, sans oublier la petite baronne de Münken couverte de poils comme un chat angora, épousée pour sa dot par un de mes aïeuls, celui je crois qui mourut au siège de Belgrade. Tous des Urslingen et des Frundsberg qui, en leur début, furent des gens de sac et de corde. Ils tenaient de leur nid d'aigle le passage des Alpes et rançonnaient marchands et pèlerins, se rendant par le Brenner aux foires de Vérone et de Prato et à Rome ; et par la suite finalement guère mieux : de petits seigneurs de la guerre, toujours se soutenant par la rapine, la brigue et un insatiable désir d'aller voir chez le voisin si les choux n'y sont pas plus gras. Bien des fois, je me suis étonné de la conformité de traits qu'offrait, à travers les siècles, cette suite de portraits. J'y décelais comme le miracle d'une permanence génétique à les considérer ainsi en rang d'oignons, alignés sur les murs chaulés, casqués, coiffés de béret en velours à crevés, perruqués, bien vernissés dans leurs cadres, avec de temps à autre, entre les tableaux, pour rompre probablement la monotonie de ces figures patibulaires, aux regards éborgnés, bigleux pour certains, physionomies en tout cas toujours hautes en crimes, une armure damasquinée à l'écrevisse ou à bassinet selon la mode italienne. Quand à partir du XVIIIe siècle ils abandonnèrent l'armure pour l'habit de cérémonie, avec sur le visage ce qu'il faut de mouches et de taffetas gommé pour masquer de vieux chancres, et à la boutonnière en sautoir la Toison d'or, ils gardaient sous le flot des dentelles ce je-ne-sais-quoi d'inquiétant et de brutal qui, de leurs ancêtres, avait glissé jusqu'à eux – comme si tout était écrit d'avance et que rien par la suite ne dût être amendé. Certains parmi eux avaient sans doute lu Leibniz, Lessing et les premiers romans de Goethe, et probablement entendu un opéra de Mozart à Munich, à Vienne ou à Prague. Mais ce n'était qu'un vernis.

Accepter d'être Kuno me fut difficile ; au vrai, ce fut ma première lâcheté. Mais qu'aurais-je pu faire ? Il paraîtrait selon Mlle Marthe – mais Marthe a toujours eu tendance à romancer les événements – que, rouge de colère, j'aurais braillé sur les fonts baptismaux. Par la suite, mioche dissimulé, et même assez vicieux pour devenir à ce point le contempteur de sa propre existence, quand je compris l'étendue des dégâts que ce prénom avait entraînés, il était trop tard.

J'imagine qu'il y a d'autres Kuno qui vivent heureux, aujourd'hui, de par la Teutonie, en Autriche, en Allemagne, mais aussi dans les Sudètes, au Tyrol du Sud, en Prusse-Orientale, tous territoires qui reviendront un jour à cette bonne Allemagne tant elle en a la nostalgie – cet intraduisible *Sehnsucht* ; des Kuno contents de leur sort et fiers de se prénommer ainsi que le garde-chasse du *Freischütz* ou encore le légendaire Kuno von Falkenstein peint dans sa *Chevauchée fantastique* par Moritz von Schwind. De bons Kuno, eux, en tout cas, avec de bonnes et braves femmes professant le trois K qui ont cimenté notre Teutonie : *Kirche, Kinder, Küche* (la sacro-sainte trilogie : église, enfants, cuisine). D'où une marmaille grouillante de petits Kuno aux trousses. La panoplie du bonheur en somme ! Pourquoi se poseraient-ils des questions ? Une vie réglée comme du papier à musique ; et si on y ajoute la partie carrée avec les voisins de palier après le porno du samedi soir et de temps à autre le club d'échangistes, on comprend mieux l'étendue de leur aspiration au monde – ce qu'on désigne généralement par la *Weltanschauung*.

Mon saint patron – puisqu'il faut l'appeler ainsi même si, au regard de Rome, sa sainteté a toujours paru fort douteuse – arrive tardivement dans l'histoire.

C'était du temps où les villes se vidaient de leurs habitants quand retentissait le cor d'ivoire des Normands et qu'on voyait paraître sur le Rhin les navires à tête de dragon. Au même moment, dans un monastère près de Fulda, un moine du nom de Gotteschalk – ce qui signifie : la gloire de Dieu (d'emblée, on sent bien qu'au fond de sa cellule, cet obscur copiste, tripatouilleur de manuscrits, ne se mouche pas du pied) – perfectionnait une hérésie qui devait par la suite faire sournoisement son chemin en Allemagne. Plus fanatique encore que lui, à ses côtés se tenait un frère lai du nom de Kuno, l'œil perçant, pourvu de cette agilité d'esprit propre aux grands hérésiarques. Aucun des problèmes relationnels entre Dieu et les hommes, souvent même conflictuels, ne lui était étranger. Il était en fait l'aiguillon de cette entreprise. Quand Gotteschalk désespérait après avoir épluché les écrits de saint Augustin et qu'il commençait à douter d'y découvrir la présence d'un Dieu à l'affût de nos destins, prêt à illuminer, à sa guise, nos ténèbres de pécheurs, c'était Kuno qui le poussait en avant, le stimulant par des paroles encourageantes. C'est lui qui veillait des nuits entières, passant au crible les textes souvent contradictoires des manuscrits en araméen, afin de retrouver un fil conducteur ; un point, une virgule, qui sait ! Un soupir étouffé du Père de l'Église qui les aiderait à étayer leur théorie de la prédestination. On ne saurait plus longtemps le cacher : c'étaient de véritables fanatiques, n'aspirant qu'à immoler la liberté humaine à la prescience divine. Quand ils ne trouvaient pas chez l'auteur des *Confessions*, ne fût-ce qu'un vague fumet d'approbation, sans trop s'embarrasser de scrupules, ils s'en allaient piocher dans les ouvrages d'hérésiarques qu'Augustin avait fréquentés à Carthage du temps où il flirtait avec les manichéens, secte par la suite exécrée.

Gotteschalk rêvait ; Kuno patrouillait en éclaireur. Et c'est ainsi qu'à l'ombre des campaniles de Fulda, Gotteschalk et Kuno laissaient déjà entrevoir la venue du Saxon Luther. L'Allemagne sans le savoir s'engageait dans la voie d'un mysticisme dont elle ne s'est guère écartée.

Kuno et Gotteschalk furent condamnés pour leurs erreurs. Le premier, plus rapide et sournois, s'enfuit et finit après de longues errances par trouver le martyre dans ces landes sablonneuses où les oies sauvages volent bas au-dessus des marais, là où déborde la Vistule. Une tribu fidèle au dieu Odin le boulotta, dit-on, encore vivant. Ceux qu'il avait eu le temps de convertir en firent une manière de saint ; puis s'en revinrent doucement au paganisme. Gotteschalk, lui, mourut de désespoir au fond d'une prison. Dieu, pensait-il, l'avait oublié – dans son testament il écrivit « soustrait à sa chaleur » ; il se crut prédestiné à la damnation. Pour parfaire cette sentence, il se pendit.

Kuno-le-cannibalisé, Kuno-l'hérésiarque, Kuno lieutenant de la 10e SS Panzerdivision… n'est-ce pas étrange, tout de même, qu'une chose aussi banale qu'un prénom puisse fausser par avance un destin – le bousiller ?

Ce n'est pas que celui-ci fût promis à un grand avenir ; mais l'avoir fichu en l'air avec un tel acharnement et une telle constance dans le ratage, il y a tout de même là quelque chose qui échappe à la logique ;

quelque chose de plus fort qu'un simple malentendu : une fichue fatalité.

Aussi me suis-je longtemps interrogé sur les intentions secrètes de grand-père Tassilo à mon endroit. Pourquoi tenait-il autant à ce que je relevasse un prénom, certes de famille, mais que plus personne ne portait depuis belle lurette ? Jusqu'à en faire quasiment une affaire personnelle le jour de mon baptême, malgré Marthe qui, sortant de sa réserve habituelle, le conjurait de ne pas tenter le sort ?

C'est seulement aujourd'hui, au crépuscule de ma vie, que je commence à entrevoir ses raisons, et aussi par quelles brèches il avait escompté que le destin se faufilerait.

Dans notre arbre jusqu'au XIVe siècle, il ne manque pas de Kuno. Il y en aurait même pléthore. Ils pendouillent par grappes à chaque génération. Kuno I, Kuno II, Kuno III... Kuno-Bras-de-fer, Kuno-le-Loup, le Tricheur, le Mauvais... il y a même un Kuno-Barbe-torte ; et, si on trouve encore un Kuno-le-Fier, même en écartant bien les branches les plus éloignées du tronc, on ne saurait relever ni un Kuno-le-Sage, ni même un Kuno-le-Débonnaire. Et puis soudain, plus rien. Pas la moindre Barbe-torte, pas le moindre Bras-de-fer. Plus de Kuno du tout. Mais en revanche des Guido, des Tassilo comme grand-père, des Guelfe, des Erwin, des Aloys, des Hynko, des Kajetan, des Bolko... par flopées ; on trouve même un Népomucène, c'est dire.

Le plus illustre de tous les Kuno, si l'on en juge par les annales de la famille, fut vicaire du Saint Empire sous les Staufen. Grand écuyer héréditaire du Tyrol, il fut un temps duc de Spolète. Plus tard, quand les

Papes furent à Avignon et Cola Rienzi tribun à Rome, il y eut encore un Kuno-le-Sanglant, dont le souvenir en Italie demeure cuisant encore aujourd'hui. Ensuite, jusqu'à moi, c'en fut fini.

Enfant au collège, plus tard à l'Université, enfin chez les cadets, certains camarades m'appelaient familièrement Kuku.

Cependant, avec le temps, ils se font rares, les vieux de la vieille qui peuvent se vanter de m'avoir connu sous ce diminutif ridicule ! Aussi, à mesure que le souvenir de ma jeunesse s'estompe, j'ai perdu l'habitude de me faire interpeller ainsi.

« Kuku ! Salut vieux pote ! Tu te souviens hein ! C'était le bon temps ! » La dernière fois, cela m'est arrivé à Vienne, il y a dix ans, vingt ans... peut-être plus. Je m'apprêtais à descendre du tram au coin de Tiefengraben quand je m'entendis héler de la sorte.

Connaissez-vous une ville plus déprimante que Vienne ? Moi pas ! Tout y est propre à vous ficher le bourdon, jusqu'aux rues lentes avec leurs façades muettes derrière lesquelles semblent aller et venir des fantômes. Cela vous porte à la longue sur les nerfs, cette présence presque palpable des morts. Et puis, cette atmosphère mitée de vieilles valses, de carrousel de fiacres pour touristes et leurs vieilles haridelles harnachées de plumets comme les chevaux de corbillards, et ces femmes grasses, entre deux âges, accrochées à leur maquillage ou à leur bronzage « Kitzbühel-Piz Buin autobronzant », certaines à la gueule de raies torpilles, qui s'en viennent chaque jour, à la même heure, s'attabler avec leurs souvenirs derrière les vitrines d'Umpelmayer ou de Demel et s'y empiffrer de *Torte mit Schlagsahne* ! Ah ! Jeunesse, jeunesse ! Tu parles d'une viennoiserie, que toutes ces petites chéries, laissées-pour-compte d'une autre époque. Je les ai bien connues, ces nymphes de l'*Anschluss* : ces Etti Oberhausen, Momsy Colloredo, Baby Hartenstein, Etelka Hunyady, Mantchy Harrach, Mimi Kleeborn, Emmy Trautmansdorf... Voilà les ultimes vestiges du bal paré mené jadis à grandes guides, entre Vienne et Budapest ! Pensent-elles le perpétuer en se bourrant de gâteaux tout en ratiocinant sur leurs souvenirs ? « Je sais, je sais, ma chère, nous sommes une génération perdue... Mais au moins nous nous serons bien amusées... Bon ! Hitler ! C'est vrai... mais qui pense encore au cher Adolf... Ce que je lui reproche le plus, vois-tu Minka chérie, c'est de nous avoir laissées dans cette panade sociale où nous nous trouvons obligées de voir des gens que nous n'aurions jamais salués autrement... Veux-tu que je te dise, au fond, ce que je ne lui pardonne pas, c'est d'avoir déshonoré l'antisémitisme... » Et elles dégustent leur *Strudel* exactement avec les mêmes moues gourmandes, le râtelier féroce en plus, que lorsque, jeunes filles, demi-vierges un peu folles, le feu aux joues, elles laissaient tomber le masque de leur costume de bergère rococo lors d'un bal au palais Schwarzenberg ou Pallavicini, émoustillées par une dernière coupe de champagne, la menotte déjà engagée dans la braguette entrouverte d'un beau cavalier, alors que, l'aube pointant, l'ivresse se faisait canaille. C'est qu'il faut bien nourrir leurs vieilles chairs lasses, et leurs amours défuntes. Ici, même la chantilly a un relent de fosse commune.

Vienne, capitale d'un empire depuis longtemps défunt, n'est, si vous m'en croyez, qu'une immense nécropole, entièrement minée par un dédale de galeries où, sous les plafonds peints et les ors ternis, se perpétue un cérémonial ridicule et suranné. Des corridors ne donnant que sur des corridors où ne se croisent que les ombres de quelques excellences, fonctionnaires à monocle, aux nuques grasses, aux gestes d'embaumeur, exécutants d'une bureaucratie tatillonne pour entreprises de pompes funèbres – oui dans cette Vienne si semblable à une grosse femme qui se serait trop fait maigrir pour repiquer dans la galanterie, jamais on n'entend si bien, pour autant qu'on soit sensible à cette musique, le bourdonnement du néant. On y est plongé, enveloppé. Et cela, croyez-moi, ne date pas d'avant-hier.

Métèques et rastas

« Les choses n'arrivent pas, elles sont là depuis toujours », avait l'habitude de dire grand-père Tassilo quand il lui prenait l'envie d'évoquer Vienne où il avait passé quelques années comme étudiant.

Probablement avait-il dû y subir des déceptions, pourquoi pas un chagrin d'amour, pour détester autant cette ville.

« Son charme sentimental à bon marché vous poisse l'âme. C'est ni plus ni moins une catin qui fait la retape pour des métèques… » Et voilà ! Le grand mot était lâché ! Le métèque était devenu au fil des années son obsession. « Ne me dites pas qu'il y a des Autrichiens à Vienne. Il y a tout sauf des Autrichiens. Rien que des métèques de la périphérie, qu'ils soient ruthènes, slovaques, croates, tziganes hongrois ou juifs de Galicie… Un peu d'argent gratté ici et là et bientôt il n'y paraît plus. Voyez le juif : après s'être fait couper ses papillotes, il s'en ira acheter un chapeau chez Habig, et se faire tailler un costume chez Knize, puis monocle à l'œil il se rendra au Prater de sa démarche inimitablement kasher. À la génération suivante, l'Empereur accordera un titre de baron à son fils. Et tout ça fait, vous voulez bien me croire, un monde !… »

Grand-père Tassilo ne trouvait jamais de paroles assez cinglantes pour cette ville et ses habitants. Et même pour les Habsbourgs. « Des Suisses mâtinés de Bourguignons et de Lorrains qui n'ont trouvé pour terminer leur dynastie qu'une sortie de secours à Madère… avouez qu'il faut le faire, s'en aller en exil à Madère ! »

Cependant, chez grand-père, l'antipathie pour les Habsbourgs ne s'étendait ni à la coupe des moustaches et des favoris qu'il portait en côtelettes à la manière de feu l'Empereur François-Joseph, ni à son abonnement au *Wienerblatt* qu'il recevait avec une journée de retard, et commentait après le dîner en fumant un havane, accompagné d'un verre de cognac, assis sur le canapé du salon, en émettant des grognements de vieux phoque, ses deux chiens préférés à ses pieds.

À sa décharge, grand-père pensait n'avoir rien d'autrichien. Il n'avait jamais rien compris au particularisme de la Double Monarchie, à ce *K. und K.* nouveau genre où s'était, selon lui, fourvoyé l'Empereur et dont les intellectuels d'aujourd'hui se tapent les cuisses. Avant tout, il était tyrolien. Il appartenait à cette vieille souche teutonne enracinée dans les montagnes ; et s'enorgueillissait d'avoir dans ses veines, comme tout vieux réactionnaire allemand, du sang de cet Arminius qui défit les légions romaines de Tibère.

Ainsi revendiquait-il haut et fort, pour lui et sa descendance, la pureté de la race. L'air revivifiant des montagnes l'avait, disait-il, gardé des souillures étrangères. Les cimes enneigées, les glaciers, le brouillard, les falaises, les vertigineux à-pics, la Brèche-aux-loups, les grands bois, les profondes sapinières et tout le saint-frusquin qu'on trouve au bout d'une cordée quand on s'élance vers les sommets, appartenaient à son sanctuaire. Ou, pour mieux dire, à ses puissances invisibles.

Ce sentiment d'engluement, qu'il ne ressentit jamais si bien qu'à Vienne, je le partage aujourd'hui. Pas pour les mêmes raisons, qui n'étaient au fond chez lui qu'une allergie aux métèques et aux rastas. Je pense au contraire que Vienne a perdu son âme quand ceux-ci ont disparu.

Même dans les quartiers populaires, on éprouve ce sentiment poisseux du temps qui stagne. Du côté de Mariahilf, dans la cité ouvrière de Karl Marx-Hof, il existe des coins de rue où, certains soirs d'été, l'âme se trouve empoignée par les vieilles rengaines d'un piano mécanique échappées d'une taverne, qu'accompagne une odeur de bière chaude et de tabac bon marché se mêlant aux effluves d'un tilleul en perdition sur le trottoir. On touche alors à la désespérance. La vie semble piétiner sur place, lancinante, croupie. Les choses sont là depuis toujours, immuablement. La fête est finie. A-t-elle jamais commencé ? Ces palais rococo peints en jaune, en pistache, en framboise écrasée, ces valses, ce violoneux qui vous le fait dans l'archet virtuose comme au temps où il paradait en tzigane au Kish Royal Café de Budapest, et cet autre encore, cocher un peu ivre mais parfaitement poli se livrant à une navette incessante entre la Hoffburg et la Kapuzinergruft, ne sont-ce pas des restes évanouis d'une civilisation injuste et délicieuse où l'on posait à une certaine légèreté d'être ? Mais fut-elle jamais légère, cette civilisation ? Aujourd'hui, on somnole dans des fauteuils en moleskine râpés qui sentent le champagne chaud. On regarde d'un œil las passer de grosses dames qui traînent de petits chiens. On fume en lisant quelques vieux numéros d'une collection du *Wiener Salonblatt* où sont évoquées les fêtes de jadis. On ne songe même plus à ouvrir le journal puisque rien ne peut plus arriver. On fume encore. On est là comme dans un aquarium et la vie est de l'autre côté. On attend. Quoi ? Rien.

Mais quand par surprise on se fait agresser par d'anciens souvenirs qu'on voudrait à jamais oubliés, que faire, sinon battre le rappel de ses lâchetés et foutre le camp ? Oui, décamper au premier « Koukou » suspect. Chaque fois que le passé me tombe ainsi sur le paletot, je ne demande pas mon reste, je prends la fuite.

Il ne faut pas croire que je sois honteux du petit bout de chemin accompli depuis le 28 décembre 1917, jour des Saints-Innocents où je poussai mon premier vagissement ; ou que je veuille me dérober à mon passé. Non. Je ne renie rien. J'ai vécu. Je suis parti de loin, de bien loin pour retrouver un semblant d'âme. Ce fut, en somme, une expérience dont je suis plutôt fier. Mais également soulagé de m'en être tiré pas trop mal.

Il n'y a plus grand monde autour de moi, depuis la mort de Mlle Marthe, pour en témoigner. La plupart sont morts ou ont filé en douce. En Amérique du Sud, dans des pays bananiers ; certains même ont changé de peau. Plus personne pour recueillir l'esprit des disparus. Aussi suis-je tout prêt à me mettre à table. À raconter scrupuleusement sans omettre le moindre détail – et même le plus intime ; à dire doucement les choses ; comme elles sont survenues simplement ; comment elles nous ont usés lentement. Dire ce dont personne, aujourd'hui, ne veut plus se souvenir que sur un mode mélodramatique d'autoflagellation, y compris les pensées les plus secrètes et les plus crasseuses. Délicieusement tout raconter. Balancer, dans les grandes largeurs. On sera toujours aussi malheureux, mais au moins les mots, ça venge.

Cela étourdit tout de même un peu, de se faire héler dans un transport en commun, alors qu'on s'y attend le moins. Le passé qui sans crier gare vous revient tout d'un coup en pleine poire. Quelque chose de froid, de mort vous fixe d'un regard délavé ; des yeux de noyé entourés d'une sérosité qui donne l'impression que le bonhomme va chialer. Il s'avance vers vous ; approche sa gueule cuite, pleine de balafres couperosées ; esquisse un pauvre sourire de ses lèvres trop fines, mangées de l'intérieur ; c'est classique, chez les vieux, pour peu qu'ils soient édentés. Il voudrait vous le faire au guilleret dans le regard ; y laisser danser une flamme, quelque chose qui vous parle. Ah ! le plaisir de se retrouver vieux pote ! Dire également ce qu'il a été jadis : le petit gars bien juteux qui avait de la ressource. Mais le cœur n'y est plus, lessivé lui aussi dans le grand gâchis de l'existence. Foutu par la vie ! Et son pâle sourire semble dire : qu'est-ce qu'on y peut ? Qu'y peut-on, oui, de toutes ces chienneries ? L'horrible de tout ça, c'est l'image qu'il me propose de la mienne ; se sentir si près de cette panade ; ce paletot élimé et cette haleine de dèche ; mais par-dessus tout, s'entendre appeler de ce ridicule « Koukou ! Koukou ! ». Comme deux notes tenues, en un naïf *staccato*. « Kou ! Kou ! » Dérisoire appel de trompette, écho oublié dans les nocturnes et lointains bois de l'enfance. Un conte de la forêt viennoise qui aurait viré au cauchemar.

Où sont passés papa et maman ?

Je fus baptisé à Schwarzauge au Tyrol dans la chapelle du château, le 11 décembre 1918. Presque un an après ma naissance, un mois jour pour jour après l'armistice de la Grande Guerre et, pas de bol ! une semaine après l'accident de voiture où mes parents trouvèrent la mort. Un mauvais tournant, une route verglacée, on connaît ça. Malgré les chaînes, les roues qui chassent, et, en moins de deux, la voiture est dans le fossé. Le fossé, ici, était un précipice à pic de cinq cents mètres avec, en bout de course, des rochers noirs sur lesquels la voiture, une Daimler-Benz, alla se fracasser. On retrouva la carcasse incendiée et plus rien de mes parents. Disparus en fumée, volatilisés, pffitt ! À l'exception cependant de leurs anneaux de mariage que grand-père Tassilo récupéra et plaça comme des reliques dans un coffret qu'il gardait dans le secrétaire de sa chambre.

Les années passèrent. Je m'éveillais à la vie. Un

éveil entrecoupé de longues somnolences, de hauts et de bas, couvé d'un œil attendri par Mlle Marthe et par grand-père dont le regard, je le perçus vite, était dépourvu en revanche d'aménité.

Je devais avoir douze ans, peut-être treize. Un jour que grand-père Tassilo était parti avec ses forestiers et ses gardes-chasse pour une randonnée en montagne, je me glissai dans sa chambre, ouvris le secrétaire. Le coffret était là, sorte de reliquaire en argent incrusté d'émaux de Limoges. Précieux objet qui avait appartenu, selon la tradition familiale, au fameux Connétable de Bourbon, celui-là même qui fut tué sur les murailles de Rome alors qu'il conduisait les lansquenets de Frundsberg à l'assaut de la ville. Je m'empressai de l'ouvrir. À ma stupeur, il était vide. Cette découverte ne fit qu'épaissir un peu plus le mystère qui planait sur la disparition aussi dramatique que synchrone de mes géniteurs et, par conséquent, sur ma naissance.

L'absence de parents ne m'a jamais vraiment pesé ; je dois même avouer que lorsque je comparais, alors, mon sort à celui de certains de mes camarades d'école, il m'arrivait de me réjouir d'avoir eu des parents aussi volatils. L'affection familiale n'est pas mon fort. C'est ainsi. Peut-on regretter ce que l'on n'a jamais éprouvé ? Et celui que je connus comme grand-père Tassilo, il me faut bien l'avouer : je ne l'ai jamais aimé ; lui-même ne faisait rien d'ailleurs pour se rendre aimable.

Pourtant, il m'arrivait d'admirer ses exploits physiques, la sûreté de son coup de fusil, ses talents de chasseur. Il avait du goût pour les carnages. Ceux-ci, par leur mécanisme quelque peu répétitif, s'ajoutant à la griserie du sang, finirent cependant par m'écœurer. Ils me furent toutefois instructifs, quand il me fallut assister plus tard à des carnages bien plus relevés.

Certaines lubies de grand-père me parurent, un temps, plaisantes, avant de m'inquiéter par leur injustice. Cependant là où les choses iniques trouvent naissance, également elles doivent y être expiées. Ainsi sur le tard, ses vues, tournant à l'idée fixe, entraînèrent sa perte. Et ce fut, alors, pour moi un grand soulagement dans la mesure où, depuis longtemps, j'avais conscience que nos vies s'établissent sur le terreau de plusieurs générations. Ainsi hérite-t-on des souvenirs de ses parents et de leurs préjugés de classe, leurs idées politiques, leurs a priori qui à la longue, pareillement à ces pluies d'automne qui transpercent et pourrissent lentement, finissent par moisir la fabrique d'une âme, aussi fine soit-elle. Aujourd'hui encore, grand-père Tassilo chemine en moi. Sa mort, l'incendie de Schwarzauge, la purification par le feu, rien n'y a fait. Il demeure pareil à ces maladies endémiques toujours prêtes à resurgir à la moindre fièvre bénigne. Il est le lierre qui m'étouffe toujours ; mon mauvais sang.

Grand-père Tassilo, intime

En y resongeant, je dois confesser que je n'ai jamais éprouvé de sympathie pour grand-père. Je ne le détestais point. Il m'indifférait, voilà tout. Déjà gamin, je soupçonnais quelque chose d'incertain dans notre parenté.

C'était un vieillard taciturne, qui pouvait se montrer brutal. Il dissimulait cette rudesse sous le bâti bougon et bon enfant du gentilhomme campagnard. Ainsi sa dureté pouvait-elle passer pour les brusqueries d'un tempérament misanthrope. Il avait de la lecture et montrait un véritable intérêt pour les sciences. Il mettait cependant un point d'honneur à passer pour un paysan du Danube, feignant de ne s'intéresser qu'à ses terres, ses bois et ses chasses.

Taillé dans le même bois qu'un paysan, il était d'un orgueil incommensurable, éteignant toute imagination qui semblait s'être bornée une fois pour toutes aux frontières du Tyrol. Cette province était son corps et son âme. Au fond, rien ne lui plaisait davantage que d'être pris pour un bouseux – de style, certes, assez frotté même quant à ses manières s'il s'en donnait la peine. Pour ses grandeurs, notifiées dans l'almanach de Gotha : comte héréditaire du Saint Empire, Grand Veneur du Tyrol depuis 1545 avec la qualification de *Hoch und Wohlgeboren* et le rang d'*Erlaucht*, qui entraîne l'*Altesse illustrissime* – il affectait de s'en ficher comme de colin-tampon.

Cependant, qu'un métèque viennois se plaise à faire du genre dans ses plates-bandes, et il fallait voir comment, en jouant de cette politesse exquise qui plaçait aussitôt trois cents ans de distance entre l'intrus trop familier et lui, il remettait les pendules à l'heure.

Il aimait les animaux bien plus que les hommes, hormis les chevaux qu'il détestait, à cause de son père, le comte Hynko, qui s'était en partie ruiné pour une écurie de course.

Je ne sais si les faits sont véridiques, mais il me souvient que dans mon enfance le vieux cocher Léopold – jeune homme, il avait été lad du comte Hynko, mon arrière-grand-père – pleurait, chaque fois qu'il avait un peu trop appuyé sur la bouteille, le sort de Bel Ami. À la fin, je démêlai au travers de ces pleurnicheries d'ivrogne que ce Bel Ami avait été un cheval que le défunt comte, son maître, aimait à monter sur l'obstacle. Celui-ci, lors de sa ruine, n'ayant pu le négocier en même temps que ses chevaux de course, vu son âge, et se refusant à l'envoyer à la boucherie, l'avait expédié à Schwarzauge avec le jeune lad afin qu'il y finisse ses jours au pré. Or une nuit, alors qu'il n'était au château que depuis une semaine, Léopold, qui couchait dans un réduit au-dessus de l'écurie, fut réveillé en sursaut par des coups de sabot frappés contre la palissade d'un box et des hennissements qu'il reconnut aussitôt pour être ceux de Bel Ami. Suivit un coup de fusil. La lumière d'une lampe à pétrole qu'on avait allumée filtrait entre les lattes disjointes du plancher. Léopold bondit de son grabat, s'accroupit sur le sol. Collant un œil à l'un des interstices, il aperçut Bel Ami ou plutôt l'œil hagard de Bel Ami – lequel tendait sa tête vers lui pour hennir. Égaré, rebelle, cabré, il refusait l'obstacle de la mort. Il s'écroula enfin sur sa litière et un sang noir gicla à gros bouillons de ses naseaux. Ce n'est qu'à cet instant qu'il remarqua près du box le jeune comte Tassilo, le fusil à la main. Celui-ci décrocha la lampe pendue à un clou et sortit à pas lents de l'écurie. Les chevaux d'attelage qui se trouvaient dans les autres stalles se mirent alors à hennir, et à donner des quatre fers. Cela se passait la nuit du 23 avril 1893. Le surlendemain, dans la nuit du 25, mon père, le comte Ulrich, voyait le jour à Schwarzauge. Deux jours plus tard encore, par le télégraphe, grand-père Tassilo apprenait la mort de son propre père. Il se joua là un menuet de la vie et de la mort que ne manquait jamais de souligner le vieux Léopold. Je l'entends encore ajouter en se resservant un verre de schnaps qu'il avalait cul sec après chaque gorgée de bière : « Et dire que ce couillon a cru tuer son père en flinguant Bel Ami ! Son père ! Tu parles ! Faut savoir avant de croire ! Tuer un cheval ! Ce n'est pas bien… Oh non ! Ça vraiment c'est pas bien ! » Et le vieux serviteur se resservait encore un coup. Et cul sec à nouveau ! Personne à part moi ne l'écoutait depuis le temps qu'il remoulait la même histoire. Cependant, s'il s'apercevait de ma présence, et qu'il n'eût pas encore tout à fait sombré dans l'alcool, il levait son verre et proclamait : « À Son Altesse illustrissime le comte Tassilo, le grand chasseur ! Le plus grand du monde ! Honneur et santé ! » Et comme si l'alcool avait eu un mauvais goût, il le recrachait par terre en marmonnant des jurons incompréhensibles.

Grand-père Tassilo était certainement l'assassin de Bel Ami, l'anglo-arabe bai brun de son père, car il y avait dans le désespoir du vieux Léopold, après tant d'années, une sincérité qui ne trompait guère. Mais pour quelles raisons ? Je l'ignorais et devais l'ignorer longtemps encore. Comme il me faudrait encore bien des années pour démêler tous les secrets touchant à ce que je dois, hélas, bien appeler ma famille.

Grand-père Tassilo, que de mémoire de Tyrolien on n'avait jamais vu le cul sur une selle, et dont on avait déduit qu'il abhorrait tout ce qui touchait à la gent chevaline, dormait avec six gros chiens vautrés sur son lit. Au salon, il ne se contraignait en rien, ni lui ni ses chiens. Allongeait ses jambes négligemment sur les canapés de velours, sans se soucier que ses bottes fussent crottées ou non, jurait en patois tyrolien et surtout bouffait du juif dès qu'on lui en donnait l'occasion. C'était un seigneur de la terre en toutes ses saisons. Il y collait violemment. Rien de ce qui en dépendait ne le laissait indifférent. Il aimait les neiges de l'hiver, la boue de la débâcle des glaces au petit printemps quand souffle le fœhn et le ruissellement des eaux ; il aimait encore les pluies d'automne quand le vent fait danser les feuilles jaunies dans les quinconces de tilleuls et qu'on l'entend hurler dans les sapinières ; et tout au long de l'année, la chasse, les chiens et le gros gibier. Et encore plus que le gros, le leste tel le chamois qui l'entraînait souvent vers les hauts sommets.

Il pratiquait généralement seul, sans invités, ces grandes battues, accompagné de ses gardes-chasse, de son valet de limiers ainsi que de quelques braconniers de haute volée qu'on lui avait signalés au village et qu'il priait de se joindre à lui pour une chasse à la loyale – ce qui, ajoutait-il, ne les empêcherait pas de revenir sur le domaine un autre jour pour s'exercer au filetage à leurs risques et périls.

Au fond, lorsque j'y repense, grand-père Tassilo possédait, sous l'écorce d'un salaud réactionnaire, l'âme d'un délinquant. Et peut-être est-ce à cause de cela qu'il fut fasciné par les nazis.

Il lui arrivait parfois, lors de ces courses en montagne après un chamois dont il avait perdu la trace, de s'écrier : « Allons, les gars, laissons courre l'animal ! Et à l'eau, camarades ! » Il appuyait alors son fusil contre un sapin, accrochait son chapeau à l'une des branches, jetait ses vêtements sur l'herbe, et en un tour de main se retrouvait à poil alors que le garde-chasse et les rabatteurs en étaient encore à se défaire de leurs grosses chaussures qu'ils portaient l'été, mollets nus, sans bas de laine, uniquement avec des chaussettes rouges roulées sur leurs chevilles. Sur l'herbe, parmi les colchiques et les mauves, grand-père en les attendant faisait le poirier en guise d'assouplissement. Trapu et tout en muscles, il était dépourvu du petit ventre qu'on attrape généralement vers la cinquantaine. Vrai montagnard, aguerri à l'escalade, il en remontrait aux jeunots les plus expérimentés à la lutte à mains nues. C'est d'ailleurs ce qu'ils pratiquaient sur ce bout de prairie. À ces moments-là, il n'y avait plus de Monsieur le comte. Ça claquait fort. L'empoignade bientôt était générale. Après une bonne suée, ils plongeaient tous dans la marmite du torrent, y barbotant tels qu'ils l'avaient fait gamins. L'eau froide de la cascade rebondissait sur leurs épaules. Ensemble, sous cette douche naturelle, ils plaisantaient de tout ; des derniers potins du village mais aussi de la récolte des arbres fruitiers ; des prunes surtout qui leur permettraient, en bouilleurs de cru expérimentés, d'approvisionner le village et le château en *Sliwowitz*. Ils évoquaient aussi les tailles d'automne avant les premières neiges ; les arbres qu'il faudrait abattre ; et chacun donnait son avis.

À cette époque, grand-père n'était plus de la première jeunesse. Il était de 1867, l'année qui avait suivi la défaite de l'Autriche à Sadowa face à la Prusse. Il allait donc sur ses soixante-sept ans quand je rejoignis, selon son désir, le camp d'été des Jeunesses hitlériennes.

Le comte Hynko, Viennois

Tout le contraire de son fils avait été feu le comte Hynko, mon arrière-grand-père – qui, lui, détestait, s'il fallait en croire Mlle Marthe, tout ce qui touchait à la campagne et particulièrement au pays tyrolien. C'est dire qu'on l'avait rarement aperçu dans ses domaines. De la campagne, en fait, il ne prisait que les tavernes de Grinzing, et sur le Kahlenberg quelques bobinards choisis pour leurs troupeaux de filles. En somme, il ne pouvait se passer du pavé viennois, son véritable élément. Ses uniques émotions agrestes lui étaient procurées par les fragrances des tilleuls du Prater et des glycines de la Hohe Warte au printemps. Et avec un petit clin d'œil malicieux, il ajoutait pour conclure la liste exhaustive de ses élans bucoliques : « Je serais injuste d'oublier nos fleurs du trottoir, la bonne odeur laiteuse des petites grues qui se livrent à la retape sous la lumière jaune des becs de gaz de la Kärntnerstrasse. Elles font, elles aussi, partie de mon jardin. »

Lessivé par le jeu et le train de vie qu'il menait à Vienne, le comte Hynko avait dû, à son grand désespoir, s'éloigner un temps de la capitale.

« Je retourne dans mon trou », avait-il l'habitude de menacer son banquier quand celui-ci se faisait tirer l'oreille pour lui avancer de l'argent afin d'éponger ses dettes de jeu et de faire face aux dépenses occasionnées par sa liaison avec une danseuse ou une chanteuse, selon les saisons. Mais cette fois le banquier ne voulut rien savoir et il se sentit obligé de mettre la menace à exécution.

Il était entièrement ratissé, au point qu'il s'était trouvé dans l'obligation de vendre son palais de la Renngasse, mitoyen de celui des Windisch-Graetz. Il ne lui restait plus que son majorat dont faisait partie Schwarzauge, bien inaliénable, ne pouvant donc être hypothéqué.

Cet arrière-grand-père, que je n'ai jamais connu, fut, à ce que l'on m'a raconté depuis – et pas seulement Mlle Marthe –, le plus charmant, le plus cynique et aussi le plus élégant des voyous viennois. On le retrouvait dans toutes les coteries à la mode. Le scandale ne l'effrayait pas ; au contraire, on eût dit qu'il le recherchait.

Un temps, on l'avait dit très proche de la sulfureuse comtesse Larisch, cousine de l'archiduc Rodolphe et un peu son ange noir ; elle lui procurait, disait-on, de la morphine. Après le double suicide de Mayerling, elle fut chassée de la cour.

Le comte Hynko était, en matière d'élégance, le nec plus ultra, un arbitre même. Habig, le fameux chapelier, avait baptisé un de ses modèles, devenu depuis un classique, de son prénom. Et aujourd'hui encore, on peut demander un « comte Hynko » lorsqu'on désire un feutre souple à large bord qu'on se doit de porter, cascadeur, de côté, légèrement sur l'œil. Les Viennois, qui avaient reconnu en lui une figure digne de leur panthéon, l'avaient surnommé, avec ce *Witz* qui leur est propre : *ein Werfluchter Kerl* (un foutu gamin). On le nommait aussi « la Terreur du Prater ».

Chaque matin, il y débourrait ses étalons sous le regard effrayé et admiratif des jeunes personnes qui s'y promenaient en compagnie de leur gouvernante.

Il aimait, dans l'ordre, les chevaux, les grands chiens et les femmes. *Horses, dogs and women are the highest form of animals*, plaisantait-il, et il est probable qu'il n'était pas loin de le penser vraiment. Il possédait une écurie de courses et ses couleurs – toque blanche, casaque jaune – étaient connues non seulement à la Freudenau mais aussi à Longchamp, à Epsom, à Dietershors, sur tous les hippodromes les plus courus d'Europe. « Blanc et jaune ! C'est culotté, non ? Les couleurs du Pape », précisait-il. Et d'ajouter, anticlérical dans l'âme : « Quand le Pape fait courir le Derby à ses vieilles rosses, c'est à la Sixtine lors du conclave et il est alors déjà à moitié boulotté par les vers... »

C'était un noceur épatant ; jamais en retard d'un scandale de femme ni d'un duel. Les trois frères Baltazzi, qui aimaient la bringue autant que lui, étaient de ses intimes. Originaires de Smyrne, ils posaient au dandy avec une ostentation qui frisait quelque peu le rastaquouère. Leur sœur, fort jolie, avait épousé un Hongrois, le baron Vetsera. Les trois frères – Alexandre, Hector et Aristide – plaçaient de grands espoirs en leur nièce Marie, qui promettait d'être une beauté. Ils possédaient l'inquiétant de l'Orient dont ils étaient issus, de même que le douteux. Ils en avaient gardé l'œil embué de khôl, l'habitude du tabac turc et, disait-on aussi, de l'opium. Ensemble, ils avaient mis au point un concours auquel devaient se soumettre tous ceux qui désiraient rejoindre leur groupe. C'est dire le chic et le faisandé du petit clan.

L'impétrant se devait d'exécuter trois fois le même parcours d'obstacles avec trois étalons différents, boire trois magnums de champagne et posséder trois femmes qui n'étaient pas toujours de celles qu'on dit de « petite vertu ». Il se trouvait des femmes du monde qui postulaient pour ce steeple-chase, souvent même de celles qui avaient été présentées à la cour. Le tour devait être exécuté en douze heures, l'ordre importait peu.

Les trois Baltazzi et le comte Hynko étaient donc inséparables. Aussi furent-ils au désespoir quand il leur fit part de sa décision de passer la main et de quitter Vienne.

Mariage du comte Hynko et naissance de grand-père Tassilo

Ulcéré par la bêtise congénitale du commandement autrichien coupable de la défaite de l'Autriche face à la Prusse, le comte Hynko avait donné sa démission de l'armée, où il commandait le 3e Dragons. Dans les salons viennois, les douairières, qui l'avaient si longtemps couvé des yeux, malgré ses frasques, comme un parti possible pour leurs filles, furent au désespoir.

« Tous des têtes ramollies, s'était-il mis à crier un beau matin dans les couloirs du quartier général ! Des viandes cuites ! Du *Tafelspitz* galonné ! Allez, qu'on amène la vinaigrette et la sauce au raifort ! » Et claquant la porte, il s'était retiré à Schwarzauge.

Tout ce fracas avait été orchestré de main de maître : ce n'était qu'un prétexte pour quitter Vienne la tête haute. Cependant, il y avait assuré ses arrières afin d'y revenir au plus vite.

En effet, avant de partir, il prit la précaution d'aller corner des cartes chez les douairières qui, plusieurs saisons de suite, l'avaient chauffé sans résultat en vue d'une alliance. Une fut plus prompte. Elle était veuve, mère d'une fille enfant unique depuis peu, car le seul fils de la famille avait été tué à Sadowa en même temps que son père. Cette malchance familiale devait également se reporter sur la fille : elle était laide ; de cette laideur des éternelles débutantes, au carnet de bal constamment vide, laissées-pour-compte de chaque fin de saison. Ce qui ne l'avait pas empêchée, comme toutes les jeunes filles de sa génération, de rêver en secret au bel Hynko von Urslingen pour l'avoir aperçu, elle aussi, un matin au Prater, caracolant sur un pur-sang bai brun. Mais elle avait sur les autres l'avantage d'être seule héritière d'une fortune un peu mieux que coquette.

Vilaine, montée en graine… et même un peu poilue ! Le comte Hynko l'envisageait comme l'obstacle simplement un peu plus difficile d'un parcours qui devait lui faire gagner le gros lot. Du côté Gotha, rien à dire : c'était une Dietrichstein-Lemnitz avec du sérénissime et de l'illustrissime à revendre. L'affaire fut rondement menée. Cependant la mère, alertée par des commérages de dernier moment, serra les cordons de la bourse quand chez le notaire on en arriva au nerf de la guerre. Pour ce qui était de la grosse galette : pas un kopeck, pas un thaler, pas un florin, pas un kreuzer, rien de palpable, rien de liquide, pas la moindre action au porteur, facile à négocier au petit matin quand on sort fourbu d'une partie d'écarté. Et cela, tant que le couple n'aurait pas eu un héritier. « Ah ! si vous saviez, cher comte, comme j'aspire à être grand-mère… tout cela n'est qu'une question de temps et ne dépend que de vous… Je ne recule que pour mieux vous faire sauter… » C'est qu'on avait rapporté à la princesse comment son futur gendre se vantait de passer l'obstacle. « La vieille garce ! » avait murmuré entre ses dents le comte Hynko. Mais elle fut inébranlable. Pas un sou. Seulement des bosquets, des bois, des forêts à perte de vue en Carinthie, dont elle lui abandonnait la gestion ; un paysage ingrat, chiffonné, avec des gibbosités hideuses se profilant à l'infini sur un horizon désespérant où planait une brume constante comme sur certains visages imbéciles transpire la bonté.

« Savez-vous, ma chère, que ce pays adorable vous ressemble… Vous en êtes… comment dirais-je… Oui, vous en êtes comme l'émanation, Rose. » Elle s'appelait Rose en plus ! Au vrai elle se nommait Ignatie, Josèphe, Willibaldine, Rose. Après mûre réflexion, finalement, au sortir du couvent, elle opta pour Rose.

Rose ne voyait aucune malice à ce qu'on la comparât au paysage de son enfance. Aussi tournait-elle amoureusement son museau de musaraigne adorablement velu et tavelé vers son jeune mari pour lui sourire de toutes ses dents gâtées. Décidément, elle est atroce, se disait le comte Hynko qui, lui rendant son sourire, se mettait à siffloter un air de polka à la mode : « Rose, Rose, Rose… nous irons à Lotz, Lotz, Lotz… » Et cela suffisait à Rose pour qu'elle se crût aimée. Chaussant son monocle, le comte Hynko considérait alors, en frisant sa moustache, toutes ces forêts qui lui arrivaient en un flot continu de verdure. « Ouais ! bon, on en tirera ce qu'on pourra. Au pire, on en fera des allumettes ! » Ce fut la seule fois où il visita le domaine que sa femme lui avait amené en dot. Ils reprirent le soir même le train pour Vienne et, le surlendemain, ils arrivaient à Schwarzauge.

Il ne s'habitua pas plus au Tyrol qu'à la Carinthie. En fait, il n'aimait que le pavé viennois, et ne raffolait que de l'ambiance métèque de la capitale. Tout le contraire de grand-père Tassilo. Il croyait, lui, en la Double Monarchie et se méfiait des Nibelung teutons. Ce n'était pas selon lui dans les Alpes, comme grand-père le pensait, qu'on trouvait l'Autriche, mais à sa périphérie, chez les Hongrois, les Ruthènes, les Galiciens, les Slovènes, les Croates… Dans les Alpes, on ne trouvait à l'entendre que des chamois, des edelweiss et des gentianes ; et d'ajouter : et le mal des montagnes également, qui vous fout dans l'instant un de ces dégoûts de la vie que je ne saurais vous dire.

Son exil à Schwarzauge frisa le cauchemar. Il troussait sa femme velue à la hussarde, tous les soirs après le dîner sur le canapé du fumoir sans même prendre la peine de la déshabiller depuis qu'il s'était aperçu qu'un duvet noir fleurissait non seulement sur ses joues mais également sur ses épaules et entre ses seins. La manœuvre exécutée en deux temps trois mouvements, il se redressait mécaniquement. S'étant rajusté, il claquait des talons à la militaire, signifiant que l'ordre était accompli ; ils prenaient alors la lampe à pétrole sur le guéridon – car le château n'était pas encore équipé au gaz ; quant à l'électricité, on n'en parlait même pas –, ramassait la culotte rose saumon aux dentelles déchirées (il fallait bien montrer quelque empressement pour donner le change) qui traînait sur le tapis ; puis ajustant son monocle, il se tournait vers sa femme : « Ne croyez-vous pas, chère, qu'il soit l'heure de nous retirer ? » Et sans attendre la réponse de Rose, il poussait la porte du fumoir et, passant devant pour l'éclairer, il s'avançait dans la galerie plongée dans la pénombre. Leurs ombres projetées sur les murs blancs entièrement tapissés de massacres – lesquels attestaient plusieurs générations de Nemrod en ce lieu – ajoutaient encore au fantastique de cette hallucinante procession nocturne. D'une main il brandissait la lampe, de l'autre il faisait tournoyer la petite culotte au bout de son index en sifflotant :

« C'est trop fâcheux d'être toujours seulette,
Mon Zzzaaanot, elle t'attend ta Zzzaaanette... »

Rose suivait en reniflant son chagrin. Les sœurs aux couvents des Innocentines de Klosterneuburg ne lui avaient jamais parlé de l'amour des hommes mais seulement de celui qu'on doit au Sauveur. Elle avait lu en cachette des romans français et s'était finalement fait une idée de l'amour, qui ressemblait fort peu à ce qu'elle éprouvait depuis son mariage. Elle se consolait au matin en jouant sur le Bösendorfer du petit salon des sonates de Mozart qu'elle déchiffrait difficilement de ses yeux de myope ; en revanche, lorsqu'elle les savait par cœur, elle les interprétait avec beaucoup de délicatesse et même de sensibilité. Le reste du temps, elle parcourait la forêt avec Udo, le garde-chasse en second, qui l'avait prise en amitié. C'était un jeune gars bien planté, au visage avenant. Un jour, il lui confia un fusil ; lui montra comment il fallait l'épauler. Elle se prêta au jeu. Tira. Et abattit l'oiseau. Elle s'étonna elle-même de ce que, ne pouvant, le nez sur une partition, faire la différence entre une noire et une blanche, il lui fût donné de tirer et de faire mouche du premier coup. Elle s'enhardit, et, toujours flanquée du garde-chasse, traqua le gros à la carabine. Elle était infatigable. Ses exploits cynégétiques la grisaient. Chaque randonnée l'entraînait plus haut dans la montagne. Elle apprit avec le jeune Udo à aimer le Tyrol ainsi que ses habitants. Et bientôt sut se faire aimer d'eux. Ainsi, par d'autres voies que l'amour conjugal, Rose la velue s'avançait-elle à pas lents vers le bonheur. Udo lui faisait retrouver, dans les coins perdus de ses souvenirs, les traces d'une adolescence envolée. Elle en devenait presque attrayante, du moins aux yeux du garde-chasse. Il faudrait des pages pour retracer les minuscules progrès quotidiens de l'amour chez cette femme laide au cœur tendre et blessé, jusqu'à ce jour d'été où, s'étant laissé entraîner sur les brisées d'un bouquetin aux abords d'un névé, la chaleur de la course, un petit lac aux eaux bleues et câlines et surtout le fait qu'à cette altitude les conventions sociales s'abolissent au point que, pour la comtesse Rose, le garde-chasse n'était plus qu'un jeune et bel homme et, pour ce dernier, la Reichgräfin Rosa une jeune femme émue et palpitante : tout concourut à ce qu'ils se jetassent nus dans le lac.

Cependant, chaque soir, le comte Hynko continuait à l'abandonner devant la porte de ses appartements, après lui avoir baisé la main et présenté sa petite culotte : « Une relique de notre amour, ma chère, conservez-la ! Une relique vraiment… » Pouvait-on faire plus mufle ? Et la plantant là, il gagnait ses appartements. À peine y était-il qu'il se précipitait vers un secrétaire duquel il tirait un cahier d'écolier. Fébrilement il le feuilletait, puis prenant une plume comme pour y consigner ses comptes du jour ainsi qu'un simple boutiquier, il y portait des croix et des chiffres ; en fait les dates qui correspondaient aux périodes de sa femme. « Zut ! Ce ne sera pas encore ce soir que je l'aurai engrossée ! » Et dépité, il refermait le cahier qu'il remettait dans le tiroir.

Enfin un jour, alors qu'elle s'apprêtait à tirer un cochon sauvage, la comtesse Rose eut une faiblesse. La tête lui tourna, elle rata la bête et fut prise d'une envie de vomir. Le comte Hynko, mis au courant de l'incident, courut à son secrétaire, ouvrit le cahier. Refit ses comptes et alors, se frottant les mains, il s'écria : « L'affaire est dans le sac ! »

Un célèbre obstétricien fut mandé d'Innsbruck, qui confirma l'état intéressant de la comtesse. Ayant accompli ses devoirs d'époux, Hynko pouvait regagner Vienne. L'exil du comte à Schwarzauge, par nécessité financière, n'avait duré que six mois.

« Surtout Rose, n'écrivez pas à votre mère ; laissez-moi lui apprendre la nouvelle en personne. » « Revenez vite, cher époux… sans vous, ici, je me sens menacée… » Rose, en six mois passés à Schwarzauge, était devenue une femme et en avait acquis le merveilleux pouvoir de dissimulation. Elle se fichait bien que le comte Hynko fût absent ; qu'il revînt ou non. Par elle-même, en dépit des brutalités de ce mari cynique, elle avait trouvé des consolations dans la musique de Mozart et de Schubert, dans les longues marches en montagne, dans les battues… et peut-être même quelques compensations auprès du bel Udo.

Ce fut un soir de bamboche dans un cabinet particulier du Sacher en compagnie des frères Baltazzi que le comte Hynko apprit par la même dépêche qu'il était veuf et qu'il avait un héritier, qu'il pouvait donc dès à présent gérer comme il l'entendait ses terres de Carinthie, ce qui était de loin la meilleure nouvelle. L'héritier se prénommait Tassilo. Il commanda un nouveau magnum de champagne et tous ensemble, jusqu'au petit matin, ils célébrèrent le retour de leur ami à l'état de célibataire et l'arrivée d'un héritier.

Le comte Hynko était un homme comblé : il était

veuf, propriétaire d'une immense fortune, et père. De ces trois états, c'est sans aucun doute le dernier qui lui importait le moins. Car il se fichait bien d'avoir un héritier, n'ayant jamais cru à la permanence des choses héréditaires, moins encore à celle d'un nom, ou d'une famille.

Le comte Hynko apparaissait à Schwarzauge pour disparaître aussitôt, appelé par un derby ou quelques nouvelles affaires de cœur. Sa belle-mère, la princesse de Dietrichstein-Lemnitz, ne le tenait désormais plus en lisière pour la simple raison qu'elle s'en était allée rejoindre sa fille Rose. La joie d'être grand-mère n'avait su compenser la perte de son unique enfant.

À Schwarzauge, près du petit lac glacier, le garde-chasse Udo avait planté un arbre le jour de la naissance de l'enfant.

Au village comme au château, personne n'y avait vu à redire et, depuis lors, nul n'y avait plus fait allusion, en particulier devant le comte Hynko, quand celui-ci condescendait à passer une nuit en son château, le temps de se faire présenter les livres par le régisseur. C'était durant ces séjours éclairs qu'il apercevait son fils. Il le vit ainsi grandir de loin en loin, sans aucune émotion paternelle. Comment aurait-il pu s'émouvoir à la vue de ce solide bambin, qui n'affichait aucune réceptivité aux choses qui l'intéressaient ? Et qui de surcroît se trouvait dépourvu de ces nervosités qu'on décèle dès le plus jeune âge chez les êtres destinés à un grand avenir ou à un splendide ratage. Par ailleurs, il lui rappelait une partie de sa vie qu'il avait sacrifiée au cynisme et dont certains soirs, avec le temps, l'alcool aidant, il commençait à ressentir le poids – un vague remords peut-être ? C'est une couenne, s'était-il dit en regardant le marmot courir dans les prés. Il sera comptable, alpiniste, chasseur, mais certainement jamais un cavalier. Il décida dès lors de l'abandonner aux montagnes.

Cependant, le comte Hynko avait repris sa vie d'autrefois. Il avait pu rattraper quelques-uns de ses plus beaux étalons, dont il avait été un temps obligé de se séparer. Ses couleurs brillaient de nouveau sur les champs de courses. Et lui-même avait recommencé à monter chaque matin, au Prater, Bel Ami, son nouvel étalon ; à entretenir des grisettes ; à séduire des princesses ; à jouer gros jeu avec ses anciens compagnons. Ce carrousel dura dix ans, quinze peut-être. Il fit l'expérience de l'opium et passa ensuite, avec la morphine, à la vitesse supérieure. C'est à cette époque qu'il eut sa brève liaison avec la comtesse Larisch. En outre, il lui arrivait de plus en plus fréquemment, lors de certaines parties de cartes qui se terminaient à l'aube, de faire des différences qui amputaient ses domaines d'une forêt de 1 000 hectares. Les terres de Carinthie fondirent à vue d'œil. Mais, bon an, mal an, le comte Hynko soutenait le train.

Les années d'apprentissage de grand-père Tassilo

Grand-père Tassilo demeura donc à Schwarzauge avec la nourrice et le garde-chasse Udo. Quand il fut en âge d'étudier, c'est chez l'instituteur du village qu'il apprit à lire. Il y fit ses petites écoles en compagnie des autres garçons, fils de paysans et de petits commerçants. Comme tous les gamins, il apprit à clouer les chats-huants aux portails des granges. Une fois, alors que les autres plus dégourdis avaient détalé dès qu'ils avaient entendu des bruits de pas, il se fit pincer par Udo. Celui-ci l'attrapa par l'oreille et l'entraîna au fond de la grange où il lui infligea une correction dont tous deux, quinze ans plus tard, parlaient encore en buvant leur *Mass* de bière à l'auberge.

Le cuir bien tanné, Udo obligea son jeune seigneur à déclouer l'oiseau qui vivait toujours. Ils le soignèrent. C'était une jolie petite hulotte. Elle guérit, voleta à nouveau. Cependant, comme elle s'était attachée durant sa convalescence à son ancien tortionnaire, chaque fois que grand-père Tassilo ouvrait la fenêtre pour lui rendre la liberté, elle étendait ses ailes, puis en deux battements disparaissait dans la nuit. Il avait à peine refermé la fenêtre que la hulotte était de retour. Il la devinait au travers des carreaux sertis de plomb, en verre soufflé comme les culs de bouteille. Il tenta le coup trois ou quatre fois. Puis se lassa et finit par l'accepter comme hôtesse. Il lui fallut peu de temps pour l'apprivoiser complètement. Le jour, elle dormait sur un perchoir dans son cabinet de toilette. Au soir, il la promenait sur son épaule. Parfois, elle s'échappait pour piquer sur un mulot ou quelque autre proie. L'escapade terminée, elle revenait se poser sur son épaule. Ils vécurent ainsi plusieurs années. Je ne sais comment ni de quoi elle mourut. Quand j'étais enfant, certains au château m'assurèrent que la hulotte était morte de sa belle mort et que grand-père, désespéré, l'avait fait naturaliser par le meilleur taxidermiste d'Innsbruck, qui empaillait les trophées de l'Empereur François-Joseph. Plus romantique, Mlle Marthe me laissa entendre que la hulotte s'était laissée mourir quand grand-père avait dû quitter Schwarzauge afin de poursuivre ses études dans un *Gymnasium* de Vienne.

Aujourd'hui, dans le petit appartement parisien de l'avenue Rachel où j'écris ces lignes qui serviront de prolégomènes à l'œuvre de ma vie : la traduction de *Vie et Mort de l'illustrissime capitaine Georg von Frundsberg ou l'école des lansquenets*, la petite hulotte est posée sur ma table de travail. De sous son globe de verre, elle me fixe de ses yeux brillants et cruels de rapace nocturne. Si je pouvais l'interroger et qu'elle me réponde, elle m'apprendrait des choses que j'ignore et que j'ignorerai toujours sur ma famille, malgré ce que j'ai pu glaner ici et là et tout ce qu'a bien voulu me dire Mlle Marthe. Mais les femmes en colère, même si elles jurent de tout dire, ont encore des pudeurs.

Cette chouette est le seul souvenir que j'ai gardé de grand-père Tassilo.

Udo veillait donc sur le jeune Tassilo. Il fut pour lui un véritable mentor. Il lui apprit à tirer le chevreuil, l'initia aux secrets de la montagne.

Dès qu'il fut en âge, il l'emmena dans ses courses. Ils partaient tôt le matin, revenaient tard le soir ; parfois, il leur arrivait de coucher dans les refuges.

Certains soirs d'été, tandis que le soleil déclinait à l'ouest, se découvraient à leur vue, dans la fluidité de la lumière du couchant, de longues et étroites vallées rabotées d'or, ainsi que le fourmillement d'une vie intense, tout à l'opposé de la leur, tributaire d'un univers tourmenté, sauvage et sylvestre. Ils y perçurent une capricieuse végétation, une fièvre de mouvements ; une vie nerveuse rassemblant les violences lyriques des rouges, des ocres et en abondance toutes les harmonies vaporeuses qui veloutent au soir la nature. Ils y sentirent une fougue, une fantaisie, un foisonnement de vie ; tout un brio de facilités luxueuses à l'opposé de leur dur travail de montagnards.

« C'est l'Italie », dit simplement Udo. L'enfant, lui, ne disait rien. Il y avait dans ses yeux l'éblouissement d'un monde nouveau. « C'est l'Italie, gamin ! répéta le garde-chasse. Notre Tyrol du Sud et puis tout là-bas c'est Meran. Et plus loin, tu peux voir Bolzen. Et plus loin encore, tout au fond, c'est le lac de Garde. »

Je ne suis moi-même jamais monté sur le Hochfeiler au-dessus de Mayrhofen ; peut-être même ne suis-je jamais allé jusqu'à Mayrhofen, d'ailleurs je me fous des Alpes comme de ma première chemise. Aussi, je ne saurais dire si, du plus haut sommet du Zillertal, on peut apercevoir Merano et à plus forte raison Bolzano – c'est à dessein que j'italianise le nom de ces deux villes puisque à présent elles ont été arrachées au peuple allemand, comme eût dit grand-père Tassilo.

Le propos du garde-chasse n'était pas d'inculquer à grand-père une géographie exacte du Tyrol mais de lui insuffler le désir du pays – un désir de ces terres chaudes, lointaines, inaccessibles qu'on leur avait dérobées à eux les Tyroliens du Nord – et de le faire rêver. Ainsi le marquait-il au fer, afin qu'il n'oublie jamais son appartenance, l'amenant sans que l'enfant s'en doute vers ce point imprécis et passionnel où naissent les mythes.

Le soleil s'était mis à l'affût de la journée et décochait des flèches obliques sur l'eau, qui renvoyait ses traits en un éclat d'acier. Vu de loin, le lac réfléchissait, par un effet de miroir, toute cette exubérance de vignes, d'oliviers, de bosquets d'orangers, de vergers en espaliers aux figuiers pantelants, de terrasses s'étageant comme en guirlandes et tout un art du négligé qui déjouait ce qui aurait pu paraître apprêté en ce paysage. Et pas seulement ce qui touchait à la vue mais aussi à l'odorat : le parfum du jasmin, l'odeur d'anis, de citron et d'amande mêlés et par-dessus le tout la senteur cuisante et musquée qu'exhalent les lauriers au soir d'une journée lourde et ensoleillée.

Udo détaillait à l'enfant chaque vallée et parfois, dans le feu de la description, il s'oubliait et lui disait : *mein Bub*, ce qui est plus intime que « gamin », car s'y attache une nuance de propriété. Du moins quelque chose d'une possession plus forte que celle qui convenait à un domestique vis-à-vis de son jeune maître.

Tassilo écoutait. « Connais-tu ce pays ? » lui demandait-il certaines fois. « Non, lui répondait le garde-chasse. Mais mon père l'a vu et me l'a raconté. Il y fut à la guerre dans le régiment tyrolien des *Kaiserjäger*. Au soir de la bataille de Solferino, il y laissa une jambe. Boum ! Un boulet de canon ! Et vrout ! Plus de jambe ! Il cria pourtant : Vive notre Empereur François-Joseph ! Pour ne pas pleurer. On ne sut jamais très bien si l'obus venait des lignes françaises ou s'il avait été tiré par un canon piémontais. Aucune importance ! La jambe était envolée, et de tous côtés c'était un tel charnier que ce fut un miracle qu'on ait pu le retrouver et le rapatrier.

« On le ramena sur un brancard par cette vallée que tu vois là-bas et qu'on nomme la passe de Conradin. C'est par là que le dernier des Hohenstaufen descendit en Italie en la compagnie de son cousin Frédéric d'Autriche. Il arrivait du Haut Domaine des Cygnes où il était allé embrasser sa mère une dernière fois. Une poignée de chevaliers et quelques piétons souabes et tyroliens le suivaient. Par ce passage, les deux jeunes gens, la chanson aux lèvres, s'en furent se perdre dans le mirage italien… » « *Na und ?* » fit Tassilo avec l'impatience propre à l'enfance qui veut tout connaître sur-le-champ, quitte à cravacher une histoire comme il le ferait d'un poney. « *Na und ?* Et alors ? Alors, je ne sais plus bien ce qui leur arriva ; ils furent pris dans une telle complication d'eau, de fleuves, de canaux, de marais où rôdaient les fièvres, un tel réseau de reflets et de contre-reflets que peu à peu leurs forces et leur jeunesse les abandonnèrent. En descendant de leur refuge héréditaire des Alpes, ils avaient pensé rejoindre la civilisation : ils ne trouvèrent qu'un ensorcellement mauvais. Bientôt ils furent minés par le doute ; leurs qualités originelles les abandonnèrent ; leur ardeur s'étiola ; la fièvre s'y mêlant, leur belle équipée tourna court. Notre nature de montagnards s'accommode mal des mirages du Sud. On y succombe pour n'y récolter qu'amertumes et désillusions. Et pourtant, à chaque génération, la même envie nous reprend.

« Mon père, je ne sais comment, connaissait bien toute cette histoire ; il nous la racontait avec simplicité, comme un conte pour nous endormir. À l'écouter certains soirs où il était en veine de détails, il nous semblait apercevoir au loin, comme en un rêve, ces beaux enfants scintillant dans leurs armures ; l'un n'avait pas quinze ans et l'autre allait sur les seize ; roses et blonds, on eût dit, à l'entendre, deux jeunes pages qui, pour une farce, se fussent revêtus des armes de leurs maîtres respectifs ; défaits de leur heaume qui pendait à l'arçon de leur selle avec leur écu, leurs longues chevelures libérées se mêlaient dans le vent, ainsi que les crinières de leur monture trottant de front en cet étroit passage. Nous étions sous le charme.

« Chaque fois qu'il reprenait ce récit, celui-ci s'allongeait, s'augmentant toujours de nouvelles anecdotes, et ainsi durait-il parfois jusqu'aux premières lueurs du jour. Mais il lui fallait finalement en venir à la défaite. Alors il se concentrait pour mieux entendre, remontant des siècles passés, la charge des chevaux, et nous qui l'écoutions, il nous semblait percevoir au loin le souffle rauque de la bataille : les hennissements, le cliquetis des éperons, le bruit sourd des masses d'armes sur les boucliers, les éclats des glaives dans le soleil. Sa tête était tout emplie de ce grand vent d'effroi qui souffla jusqu'au soir alors que chaque camp comptait ses morts. Il aurait sans doute voulu mieux dire le froissement des armures et aussi cette broussaille de lances et les flèches déchirant l'air ; et le regard fou des chevaux et leur piaffement ainsi que les fanfares et les tambours, mais il ne pouvait que répéter : “Les pauvres loupiots, les pauvres loupiots. On aurait dû les remettre à la mamelle tant ils étaient frêles et jolis ; les laisser au moins s'enfuir, regagner leurs montagnes. Eh bien non ! D'une poigne de fer, on alla les cueillir au cœur de la bataille pour les jeter au bourreau qui les attendait déjà en haut de l'échafaud à Naples…”

« Qui sait ? se demanda Udo, peut-être mon père, bringuebalé sur une civière, remontant vers ses montagnes pour y mourir, par le même chemin que les deux damoiseaux avaient emprunté et qu'après eux le grand capitaine Georg Frundsberg avait également pris pour revenir mourir chez lui, peut-être avait-il une fois encore murmuré : “Ah ! Ces pauvres loupiots !”

« Comme on était au début de juillet, il put une dernière fois sentir l'odeur du foin coupé et le térébinthe qu'exhalent les forêts de sapins.

« De retour à la maison, il s'endormit dans la sécurité d'une existence normale, entouré de sa femme et de ses enfants. Il eut cependant le temps de nous raconter encore le pays d'où il revenait et de nous confier ce qu'il tenait de son père, et celui-ci du sien… »

Tassilo l'écoutait. C'était encore une âme malléable. Udo lui distillait à dessein cet élément mystique, cette nostalgie particulière aux Allemands qu'on nomme le *Wanderlust.* Il le grisait des odeurs fortes, des parfums captieux de cette terre de mirages et d'aventures. Lui-même subissait encore ce charme comme l'essence de la nature germanique, qui le poussait à des rêves néfastes de conquête. Quelque chose comme le déchaînement de la force originelle, contre la perfidie civilisatrice. Sans peut-être même le savoir, Udo ne faisait que reprendre à son compte la lente rumination d'une vengeance dont, ce jour-là, il s'arrogeait l'héritage.

Les Allemands sont ainsi : ils remâchent leurs griefs à travers les siècles. Pour eux, le meurtre de Conradin par le duc Charles d'Anjou, frère de Saint Louis, autant dire par un Français, est toujours d'actualité. C'était un boniment qui traînait dans les vallées du Tyrol comme depuis quelque temps également dans les terres sablonneuses de Poméranie. Il y avait là comme une levure qui allait faire d'un songe creux la réalité de demain.

La triste histoire de Conradin avait certainement impressionné le jeune Tassilo puisque, des années plus tard, alors que le garde-chasse était mort et que l'arbre qu'il avait planté près du petit lac avait atteint les dix mètres, les larmes lui venaient aux yeux quand le nom du dernier des Hohenstaufen était prononcé.

Le comte Tassilo à Vienne

Grand-père Tassilo avait escaladé à peu près tous les sommets alpins des environs en compagnie d'Udo quand, un beau jour, une voiture attelée de quatre lourds chevaux s'immobilisa dans la cour. Il en descendit un prêtre qui demanda à parler au jeune comte. Le domestique auquel il s'était adressé lui désigna un garçon que rien ne distinguait d'un petit paysan, en train de s'amuser d'une chouette à laquelle il lançait des morceaux de viande et qui après s'en être saisie au vol revenait se poser sur son bras. « Voici le jeune comte », fit le domestique.

Quelques heures plus tard, la voiture repartait avec le comte Tassilo alors âgé de douze ans et le prêtre, un des pères jésuites du Theresianum, le fameux collège viennois fondé au temps de l'Impératrice Marie-Thérèse pour les jeunes nobles. Le comte Hynko avait mandé à Schwarzauge l'un des recteurs de cet établissement afin qu'il se rendît compte des capacités intellectuelles de son fils et sondât également ses lacunes ; en tout état de cause, il devait le ramener à Vienne.

Un garçon de cet âge ne pouvait qu'embarrasser sa

vie de célibataire ; aussi, après quelques jours passés en sa compagnie où il se força à prendre un ton paternel, le père jésuite réapparut pour l'en débarrasser. Malgré son faible niveau, l'enfant fut admis comme interne au collège qu'il ne quitta plus jusqu'à son *Abitur*, à l'exception des petites vacances de Noël et des grandes vacances d'été, où il retrouvait Schwarzauge et son cher Udo.

Le Theresianum était encore à cette époque un des derniers bastions de la noblesse. Une absence de particule ou une noblesse fraîchement acquise, dissimulant mal à la génération précédente un aïeul vaguement rabbin, n'en interdisaient aucunement l'entrée. Toutefois, ceux qui auraient pu y prétendre par leur seul niveau intellectuel s'en excluaient d'eux-mêmes, pour ne pas gêner les autres. C'était cela aussi la Double Monarchie : savoir se tenir à son rang ; ne jamais franchir des frontières apparemment inexistantes mais bien tangibles dans le subconscient social.

Ainsi vit-on un célèbre praticien juif, qui, après avoir assisté à une représentation au Burgtheater, voulait emmener dîner au Sacher son fils pour fêter sa réussite à un examen, sortir rapidement de la salle à manger où le maître d'hôtel lui présentait sa table car il venait d'apercevoir le prince von W. et la princesse sa femme, tous deux ses patients. Pour rien au monde il n'eût voulu les gêner en leur imposant sa présence à une table voisine. C'était une époque où l'on ne recevait pas chez soi, dans un certain milieu viennois, aussi ouvert qu'il fût quand il s'agissait de faire la bringue, un médecin, fût-il le plus célèbre des praticiens. Rien n'était pourtant dit ; encore moins interdit : cela tenait d'un accord tacite. Les usages secrets de cette société, plus encore que les règles d'un cérémonial de cour, vous corsetaient si bien en vous indiquant votre place, que vous finissiez par étouffer ; et les plus sensibles, souvent les meilleurs, par s'étioler et en mourir.

Le suicide était devenu une viennoiserie à l'instar du croissant ou du *Strudel.*

Grand-père Tassilo détesta cette époque de sa vie ; il s'enferma dans une sorte de rêverie qui le ramenait à ses montagnes, à ses prairies, à ses lacs et à ses bois ; néanmoins, il réussit ses examens et, quoique sans éclat, passa son *Abitur.* Cette formalité expédiée, son père voulut le faire entrer à l'École des cadets, qui devait immanquablement le mener à l'École de guerre. Grand-père avait peu de goût pour le *Kriegspiel*, les théories d'état-major, et moins encore pour les militaires ; enfin ceux qui paradaient à Vienne sur le Ring et qu'il associait à son père. Il se soumit cependant aux exigences du comte Hynko et rejoignit l'École des cadets. Il en sortit aspirant mais dans un rang si médiocre qu'il n'était pas concevable qu'il se présentât au concours de l'École de guerre. Il se dirigea vers le Génie civil ; à la grande fureur de son père, qui n'avait pas assez de sarcasmes pour stigmatiser ce qu'il considérait comme une faiblesse insigne chez une personne de sa famille, a fortiori chez son propre fils. « Nous avons eu dans notre famille des porte-glaive, des trabans, des lansquenets... nous avons eu des hussards, des dragons, des voltigeurs, des ivrognes, et peut-être même bien des assassins... eh bien ma foi ! puisqu'il faut s'y faire et que tout change, nous aurons dorénavant un arpenteur, un poseur de pavé, un cantonnier en somme... »

Grand-père Tassilo demeura ce qu'il fallait de temps dans l'armée pour épuiser les insultes du comte Hynko puis, de guerre lasse, il donna sa démission sur un coup de tête, avait-on dit alors. En vérité, pour vivre le grand amour avec une jeune danseuse de l'Opéra. Il était en terrain miné, l'Opéra étant la chasse gardée du comte Hynko. Ce dernier, mis au courant de cette liaison, convoqua la demoiselle et fit si bien que cette dernière disparut du jour au lendemain sans laisser de trace. De ce jour, on vit le comte Hynko fréquenter le salon du banquier Josef von Hirschwitz. Personne ne fut donc surpris d'apprendre, à quelque temps de là, les fiançailles de son fils Tassilo avec Malvina von Hirschwitz, la fille unique du banquier. Le mariage n'alla pas sans peine car la fiancée, de confession juive, ne voulait pas renoncer à sa religion. On lui représenta ce qu'il y avait de déplacé dans sa conduite. On se fâcha. Puis on finit par transiger. Le baron von Hirschwitz, fraîchement anobli, ne voulait surtout pas qu'un trop grand attachement au Talmud compromît son petit plaisir de vanité : voir l'un de ses enfants accéder à la deuxième partie du Gotha. Il paya au chapitre de la cathédrale Saint-Étienne une somme colossale et la messe fut dite. Personne alors dans l'assistance, à la mine épanouie du comte Hynko, ne se douta un instant que, par ce mariage, il venait de renoncer à Tassilo pour son fils. Cependant, les nouveaux époux reçurent de lui Schwarzauge et les terres qui en dépendaient en toute propriété. Le jeune ménage quitta rapidement Vienne pour le Tyrol. Le comte Tassilo retrouva son cher domaine et Udo un peu vieilli mais encore assez alerte pour lui servir de garde-chasse. À courir les bois et les monts, ce qu'il pensait depuis toujours se confirma, à savoir la supériorité de la nature sur l'intelligence, ou si l'on préfère sur la raison. Il chassait jusqu'à l'épuisement. Chaque jour amenait de nouveaux carnages. Sa réputation de chasseur ne fut plus à faire. Bientôt, on apprit que la jeune comtesse espérait un heureux événement.

Cette grossesse arriva opportunément. Elle permit à la comtesse Malvina de décliner les visites de courtoisie que les voisins des alentours entendaient lui faire. Les châteaux des environs bruissaient de la mésalliance du comte Tassilo, et chacun était curieux d'apercevoir la *Judischegräfin.*

C'est à cette époque qu'apparut au château Mlle Marthe. Elle avait été engagée comme gouvernante afin de veiller au bon ordre d'une domesticité pléthorique et peu stylée.

La grossesse de la comtesse Malvina se déroulait sans incident. C'est du moins ce que l'on disait. Car elle demeurait volontairement recluse dans ses appartements. Elle ne voulait pour la servir que Mlle Marthe, qui devint bientôt aussi invisible que sa maîtresse. Personne n'avait le droit de pénétrer dans l'appartement, pas même le comte, qui d'ailleurs ne s'y risquait pas. Les repas étaient déposés à heures fixes sur des tables roulantes devant la porte de la chambre. La nuit, Mlle Marthe couchait sur un lit d'appoint dans le boudoir attenant à la chambre de la comtesse. Tout cela transpirait le secret. Jusqu'au médecin, qui arrivait nuitamment et repartait au petit matin.

Aussi, lorsqu'on apprit que la jeune comtesse avait donné naissance à un fils pour être aussitôt emportée par une fièvre puerpérale, personne ne douta qu'elle eût été victime de quelque machination ou, plus simplement, comme feu sa belle-mère la comtesse Rosa, de la faculté. L'enfant, prénommé Ulrich, était mon père.

Dans le même temps parvint de Vienne la nouvelle du suicide du comte Hynko. Il avait été retrouvé, une balle dans la tête, dans sa garçonnière de Türkengasse. À Vienne, les langues allèrent bon train. Les bruits les plus étranges circulèrent sur les causes de sa mort. On raconta longtemps par exemple qu'il s'était tué parce qu'il était inconsolable du suicide de Marie Vetsera à Mayerling. Le comte Hynko en aurait été secrètement amoureux du jour où il l'avait aperçue lors d'une réunion hippique au côté de sa mère et de ses oncles Baltazzi. Quand la liaison de la jeune baronne avec l'archiduc Rodolphe ne fut plus un secret pour personne à Vienne, il fit taire son amour. Vienne était friande de ce genre d'histoires, dussent-elles se terminer par un coup de pistolet. Pas une fois il ne fut fait allusion à sa ruine ; au fait qu'il eût renoncé à ce qu'il chérissait le plus au monde : ses chevaux ; et également à ses pipes d'opium.

Grand-père Tassilo, déjà frappé par la mort de sa femme, crut bon de ne pas se déranger pour l'enterrement qui se déroula au petit jour, sans prêtre ni *Grab Musik*, au Hietzinger Friedhof, derrière le parc de Schönbrunn. Les frais d'obsèques furent réglés par les frères Baltazzi, qui menèrent le deuil à défaut de la famille.

Le nourrisson fut confié à Mlle Marthe, ainsi que je devais l'être moi-même des années plus tard.

Le temps passa. Une saison chassait l'autre. Le

comte Tassilo traquait les chamois de cime en cime. Ulrich grandissait. Udo le garde-chasse mourut emporté par une avalanche. Le comte Tassilo fut bien le seul à le pleurer. Depuis longtemps, il s'était montré odieux par ses exigences auprès des domestiques du château comme aux yeux des jeunes forestiers.

« As-tu connu le garde-chasse Udo ? » avais-je demandé à Marthe un jour que nous faisions un pique-nique en été près du petit lac et qu'elle me montrait le grand sapin planté le jour de la naissance de grand-père. « Oui, il était encore à Schwarzauge quand je suis arrivée au château… Aussitôt qu'il me vit, il me renifla d'un air soupçonneux ; tel un chien, un gibier douteux… J'eus l'impression d'être une viande avariée… De prime abord, je compris que lui et moi, ce ne serait jamais le grand amour… J'étais française, je venais de Vienne ; j'étais tout ce qu'il méprisait, qu'il redoutait également… Où que j'aille, je le sentais derrière moi guettant, m'espionnant… Rapidement, il devint une obsession. Je crois bien qu'il me tint responsable du mariage de ton grand-père ; pire, de la survie de l'enfant. Un héritier donné aux Urslingen par la fille du banquier juif Josef von Hirschwitz, cela lui fichait en l'air la pureté de ses montagnes… »

C'était la première fois que, devant moi, quelqu'un évoquait ouvertement ma grand-mère juive, et il fallut que ce fût Marthe. Il est vrai qu'à écouter les réflexions des invités de grand-père quand ils passaient devant son portrait dans la galerie, je n'aurais certainement pas pu très longtemps ignorer la tare qui m'affligeait. J'aurais pourtant voulu en savoir un peu plus sur celle dont on évitait de prononcer le nom. Probablement parce que, à cause d'elle – et je dirais plutôt grâce à elle –, j'étais moi aussi un métèque !

Ce métèque qui mettait tant en verve grand-père, pour qui ni talent ni intelligence ne suffisaient à laver cette faute originelle. De surcroît, quand le métèque voulait poser au gentilhomme autrichien, comme le poète Hugo von Hofmannsthal, revêtu d'une veste tyrolienne pour se promener dans le parc de sa propriété de Rodau, il voyait rouge. Et le voilà parti sur ses grands chevaux : « Ferait mieux de se foutre sur le paletot un caftan comme son aïeul Izaak Hofmann. D'ailleurs, après deux générations de mariage catholique, il a bien compris qu'il n'entrerait pas chez nous de cette façon. Que sa noblesse de paille, ce *von* entre Hofmann et Hofmannsthal, ne lui servirait à rien. Alors qu'a-t-il fait notre grand poète ? Eh bien, il a épousé une juive ! Et de nouveau, hop, le revoilà à la case départ ! »

Moi aussi, comme mon poète préféré, celui de ma jeunesse, dont j'avais su tant de vers par cœur, dont j'avais porté le deuil avec ostentation pour emmerder grand-père lorsque j'avais appris sa mort alors même qu'il enterrait son fils suicidé deux jours plus tôt, j'avais, grâce à grand-mère Malvina, un quart de sang juif. Et pire que lui, ce ne serait pas la veste autrichienne que j'allais endosser, mais la vareuse vert-de-gris d'un lieutenant SS. Oh, comme j'eusse aimé en savoir davantage sur cette femme ! Je sentis Marthe réticente ; presque inquiète d'en avoir trop dit.

Suite et fin de grand-père Tassilo, intime

Si grand-père Tassilo, par réaction contre son père dont il se gardait par ailleurs d'évoquer la mémoire, avait en horreur le pavé viennois, il en exécrait bien plus encore l'atmosphère artiste et délétère. On le sentait près d'exploser quand par hasard la conversation tombait sur les cafés viennois à la mode où se réunissait l'intelligentsia. Cette dernière le mettait en veine de quelques bordées bien senties : « Tous des juifs de Galicie qui viennent de jeter aux orties leur caftan afin de chausser un lorgnon sur leur nez gras, ce fameux tarin *sui generis*, et se faire ainsi donner plus facilement du Monsieur le baron ! Et encore, quand ce n'est pas pour aller faire le zigomar dans une loge du Burgtheater où ils trouvent chic d'avoir un abonnement, afin d'y applaudir Charlotte Wolter ou la Sonnenthal ! Herr Theodor Herzl aimerait, paraît-il, trouver en Palestine un petit coin pour s'y retirer avec sa tribu mais, pour l'instant, il ne se prive pas d'empoisonner jusqu'à l'air de nos montagnes avec son feuilleton de la *Neue Frei Presse*. Et s'il n'y avait encore que les youpins ! Mais il y a aussi tous les autres : les anciens maquignons de Moravie ou de l'Herzégovine, les tziganes de la Puszta ! Et que dire du Houzoule subcarpatique ? » Mais par-dessus tout, ce qui échauffait sa bile était cette légèreté viennoise, cette *Wienerluft*, pesée, empaquetée, déjà prête à l'exportation. « De la chantilly ? Tu parles ! Du *schmalz* oui ! » Le schmalz, pour lui, c'était le gras de la fausse sentimentalité. Le seul effluve d'une valse de Strauss pouvait le porter à vomir. « Une musique de... de... Eh bien oui ! Ce sera dit une fois pour toutes... de youtre !... Une musique à vous foutre le tournis. Je suis sûr que David la dansait déjà pour embobiner ce vieux bougre de Saül », ajoutait-il dans ses bons jours. Mais au fond, ce n'était pas tant le fait que la tribu Strauss fût d'origine juive qui le rebutait, mais qu'elle représentât l'âme de la ville détestée ; par ailleurs, il adorait la musique d'Offenbach, qu'il lui arrivait de fredonner.

« Une âme, Vienne ? Je t'en foutrais ! Une ville où l'on empaille les excellences ! Un vrai cimetière ! Le Danube bleu ! L'avez-vous jamais regardé ? Noir comme l'encre, ce cloaque de toutes les défécations, de l'archiduc goitreux et crétin au youpin, praticien des songes. » Pour lui, tous les cafés du Griensteidl à l'Hawelka n'étaient que des bordels pour déséquilibrés sexuels. L'Autriche et la Double Monarchie ne coupaient pas à ses grosses plaisanteries, toujours volontairement débitées en patois tyrolien. Quant à l'Empereur François-Joseph, il assurait, avec son air pince-sans-rire, qu'il était mort-né et peut-être même bien lui aussi déjà empaillé ; mais comme l'on n'avait pas trouvé dans le cérémonial de la cour le paragraphe qui aurait dû déterminer qui, du conseiller aulique, du grand maréchal de la cour ou du chambellan, avait pour charge de lui annoncer ce pépin de naissance, il avait continué à faire semblant de vivre, de boire sa bouteille quotidienne de Johannesberg, de s'adonner à la chasse, de conférer la Toison d'or... Même de baiser la Schratt, ajoutait grand-père que n'effrayait jamais une bonne gaudriole bien salace. « Je l'ai vue, naguère au Burgtheater, jouer les ingénues. Elle n'avait pas le moindre talent. Il paraîtrait qu'elle en avait pour faire des omelettes aux cerises à son impérial amant. Ainsi le tenait-elle par la queue et le ventre. Avoir voulu triompher dans *Emilia Galotti* et passer à la postérité pour l'invention des *Kaiserschmarren*, c'est un comble, non ?... »

Lorsque grand-père Tassilo apprit le décès de l'Empereur, en novembre 1916, il se trouvait à l'état-major de l'archiduc Eugène à Bolzen. Il envoya le télégramme suivant : « Enfin, sire, on s'est décidé à ne plus faire semblant ! » C'est qu'il gardait une fameuse dent à cette vieille Majesté par-delà sa mort. En effet, c'est l'Empereur en personne qui lui avait interdit, injustement selon lui, d'accoler à son nom celui de Frundsberg éteint dans sa lignée mâle et dont il descendait (je devrais dire : nous descendions) par les femmes. Ce que grand-père oubliait de mentionner dans sa requête, c'est que cette alliance avec une sœur de Melchior, le dernier des Frundsberg, remontait au XVIe siècle ; ce Melchior était le fils du grand capitaine, inventeur des lansquenets. L'Empereur François-Joseph lui fit valoir que cette prétention était pour le moins tardive ; et que sa requête aurait dû être adressée en son temps, trois siècles plus tôt, à son ancêtre l'empereur Maximilien II ; mais que lui n'étant plus qu'Empereur d'Autriche, il n'était pas en son pouvoir de confirmer un titre ou de donner l'autorisation de relever un nom qui dépendait du défunt Saint Empire romain germanique ; et que, l'aurait-il eu, jamais il n'aurait permis que le nom de Frundsberg, qui tenait par tant de liens à Luther, aux désordres de la Réforme et à l'ignoble sac de Rome, fût accolé dans ses États catholiques à celui, éminemment respecté, des Urslingen, support indéfectible de l'Église romaine. C'était une fin de non-recevoir.

De ce jour, grand-père Tassilo fit l'économie du voyage annuel de Bad-Ischl où il se rendait chaque année en été pour présenter ses respects à l'Empereur, quand celui-ci y venait en villégiature. Cependant, de son côté, François-Joseph ne manquait jamais de demander quand il se rendait à des chasses au Tyrol : « Comment se porte Ma Majesté tyrolienne ? » Et, comme sa question semblait ne pas être comprise, il passait alors dans son œil bleu de basset triste une infime lueur d'ironie : « Eh oui ! Ma Majesté tyrolienne ! le comte Tassilo qui, comme chacun sait, vole ici de mes propres aigles... »

Quand, en 1918, la République succéda à l'Empire, les sarcasmes de grand-père ne faiblirent pas pour autant. Et le nouveau régime en prit lui aussi pour son grade. Ainsi, quand Kurt von Schuschnigg succéda à Dollfuss comme chancelier d'Autriche, bien qu'il fût tyrolien, et peut-être même à cause de cela, grand-père redoubla de violence. « Voilà encore un Tyrolien qui pose au monsieur viennois, s'écriait-il dès qu'il apercevait une photo du nouveau chancelier dans le journal. Chapeau d'un bon chapelier, costume d'un bon tailleur... Une soirée d'opéra par mois pour honorer son abonnement... la panoplie en somme ! et pour le reste du temps, on grouillotte dans les ministères, on salue bien bas en faisant attention de ne pas faire tomber son monocle, on patauge dans la paperasse, on bouffe de la note de service, on barbote dans la caisse. S'il éprouve quelques besoins physiologiques, ce qui est assez normal vu son âge, il connaît assez de *Puffmutter* dans la Agnesgasse pour lui procurer une "frauleuse" qui lui fera, pas vu, pas pris, entre deux réunions de son cabinet, un petit avantage. Cependant, comme il est sujet au coup de sang et que c'est un homme précautionneux, il porte toujours dans sa poche une lettre d'adieu adressée à sa femme. Vous voyez le bonhomme ! Et ça se dit tyrolien, ça ! Même si toutes les occasions lui sont bonnes pour entonner *Andreas Hofer*, notre hymne des montagnes. »

À l'exclusion de ces quelques marottes politiques qui lui permettaient de faire sa grande gueule sans toutefois aller jusqu'au prosélytisme, encore qu'il eût naguère subventionné Frau von Unschuld, une pianiste américaine d'origine autrichienne qui, à chacun de ses récitals, prononçait en guise de bis des discours enflammés, réclamant le rattachement du Tyrol à l'Allemagne, il faut avouer que, pour le reste, grand-père appartenait à un « autre âge ». C'est par cette formule que les quelques amis viennois qui lui demeuraient excusaient ses bizarreries dont la capitale se faisait l'écho de temps à autre, encore qu'il n'y eût plus mis les pieds depuis trente ans au moins. C'était, au fond, un mélancolique, échoué en marge de l'Histoire, toujours déplacé ; et qui avouait ingénument qu'il ne se remettrait jamais de la chute de l'Empire romain et moins encore de celle du Saint Empire germanique.

Cependant, nonobstant ses regrets et ses nostalgies, grand-père Tassilo était un patriote en son genre ; mais d'une patrie unique : le Tyrol. Et encore faut-il préciser « son » Tyrol. Selon grand-père, le vrai Tyrolien doit faire corps avec ses montagnes, avec lesquelles il doit se colleter journellement. Il y avait là quelque chose de plus fort qu'une appartenance à un terroir : une communauté de sort. Quasiment une mystique. Cette *Schicksalsgemeinschaft* si particulière aux peuples germaniques, qui tisse des liens indissolubles. D'ailleurs, lorsqu'on lui demandait sa nationalité au hasard d'un voyage, il répondait invariablement :

«*Echt Tiroler!*» Avec ce ton ne supportant pas de réplique du charcutier, quand il vous assure que le saucisson que vous vous apprêtez à lui acheter est bien pur porc, *echt Schwein* !

Le reste, à ses yeux, n'était que du folklore et des pacotilles pour touristes ; et en tout premier lieu les sports d'hiver qui, déjà dans les années trente, avaient mis à la mode des stations comme Kitzbühel, Lech, Zürs et Sankt Anton où les champions locaux du *schuss* et du *christiania* passaient pour s'occuper fort bien, en guise d'après-ski, des étrangers des deux sexes. Son pays tyrolien, à lui, était de son invention, et n'avait vraisemblablement pas plus de réalité que l'autre, hormis dans son esprit. En tous les cas il n'avait rien en commun avec ce qui est décrit dans les guides de voyage : villages coquets et vernissés, sentant le propre des gras édredons ; fenêtres dégueulantes de pétunias ; églises à bulbes. Mais un terroir mystérieux, plein d'abîmes insondables, de passes secrètes qui mènent aux contrées du haut, hérissées de larges forêts noires au milieu desquelles se cachent des lacs et des torrents qui cascadent à grand bruit par-dessus les rocs pour rebondir écumants en un matin rose, vif et froid. Je vous ferai grâce du chevreuil qui pointe son museau humide hors des taillis, des petits oiseaux qui babillent des mélodies aériennes et de ces créatures nées d'une légende runique que toute jeune fille du village qui se respecte se doit d'avoir aperçues une fois ; sans parler du haut domaine des neiges, blanc poudroiement de lumière, sur lequel planent, solitaires, les derniers grands aigles des Alpes. Je laisserai volontiers cela à grand-père pour revenir un peu plus bas vers la prairie aux hautes campanules, toute bourdonnante de mouches et d'abeilles, et où une forte odeur de résine s'échappe des bosquets de sapins. Les nuages sombres, le ciel qui se charge d'une lumière fielleuse annonciatrice des premières neiges d'automne appartiennent également au domaine du grand-forestier. Au moment de la coupe, c'est alors un jeu de faire glisser comme des traîneaux les grands fûts d'arbres vers la vallée.

Oui, à l'exclusion de toute autre chose, grand-père était un Tyrolien, d'un Tyrol aussi cucul dans son fanatisme des montagnes et ce recours incessant à la grande forêt que celui des Guides bleus et des Baedeker, avec tout l'attirail allant du *Dirndl* au *Lederhosen* sans oublier le ridicule *jodler* qui hulule vers les cimes en se tapant sur les cuisses.

Grand-père était radical. Mais d'un radicalisme qui prenait toujours le contre-pied de tout. Il était anticonformiste du plus profond de son âme. Il avouait ce radicalisme comme nécessaire ; aussi nécessaire que la guerre ou l'injustice sociale. Il ne croyait au fond qu'à ces *Holzwege*, ces chemins de montagne qui ne mènent nulle part. « Comme la vie », devait-il penser, bien que jamais il ne se fût autorisé une remarque personnelle qu'on aurait pu qualifier de sentimentale. Ainsi, lorsqu'il perdit la foi – si tant est qu'il l'eût jamais eue –, il continua à se rendre à l'église du village pour la messe dominicale où il occupait le banc seigneurial. Il n'aurait pas voulu, en se dispensant d'aller à l'office, mettre le village au courant de ses incertitudes et du même coup troubler la conscience de ses braves montagnards bien ancrés dans leur foi du charbonnier – lesquels, pour certains, avaient été tenus par lui sur les fonts baptismaux. Grand-père était un homme d'usages, pas de principes moraux. D'ailleurs, il était le premier à en convenir. « C'est le propre de tous les peuples civilisés qui ne forment pas des nations. » Et d'ajouter : « L'Autriche n'est pas une nation : tout juste un conglomérat de peuples. Vous en doutez ? Alors rendez-vous à Vienne et vous en aurez la certitude dans ce cloaque d'opinions, de littérature et d'usages… Un excès de civilisation en attente de la barbarie ! »

Et quelque chose me dit aujourd'hui, en me ressouvenant de ses paroles, qu'il la souhaitait, cette barbarie, comme un grand vent purificateur. En tout cas, il souhaitait une germanisation de l'Autriche, bien avant l'*Anschluss* qu'il allait bientôt appeler de ses vœux, jusqu'à cotiser à la caisse noire du parti nazi autrichien.

Dès que j'eus conscience de l'enfermement dans lequel, volontairement ou non, grand-père me tenait au milieu de ses montagnes, je reconnus en lui l'ennemi. Il y avait entre nous trop d'incompatibilités.

Aussi commençai-je d'abord par l'observer. J'étais encore à l'âge où l'on s'éveille au monde. Je me forçais donc à m'intéresser aux choses qu'il aimait. Je donnais ainsi le change. Jusqu'à douze ans, il me ficha une paix royale.

Cependant, malgré mes efforts, je sentais bien de sa part un éloignement ; une vague répugnance même. J'étais un enfant trop mince, trop frêle, trop brun pour lui ; je possédais un regard trop noir et mélancolique pour lui plaire entièrement ; et aussi par instants, sur le visage, une ombre fugace de tristesse que l'on surprend souvent chez les exilés. J'avais le mal du pays. Mais duquel ? Schwarzauge était pour moi une terre étrangère. Il n'y avait aucun doute. Il le comprit plus vite que moi. Cependant, de quel pays étais-je ainsi en peine ? Était-ce même un pays ? Ces questions me ramenaient toujours à mes parents. Comment avaient-ils vécu ? Quel était leur caractère ? Étaient-ils d'un naturel gai ou triste ? S'étaient-ils aimés ? M'avaient-ils désiré ?

Les questions les plus simples semblaient provoquer chez ceux que j'interrogeais un malaise qui finissait par se communiquer à tout ce qui m'entourait : au château planté sur son rocher en aplomb de la Ziller, cet affluent tumultueux de l'Inn ; aux gigantesques murailles jaunes tatouées de blasons, dans lesquelles se découpaient du côté de la rivière des galeries en ogives, superposées sur trois étages, aux quatre tours vénérables à bulbes, de styles composites à force d'avoir été relevées au cours des siècles ; aux couloirs sombres tapissés de trophées où les bois des grands cerfs se mêlaient aux simples andouillers des chevreuils ; aux escaliers rongés de salpêtre ; aux eaux dormantes des douves. J'imaginais autour de moi un monde grouillant de dissimulations et de mensonges.

Mlle Marthe

Même Mlle Marthe s'agaçait à la longue de mes questions ; elle prenait son air sévère pour mieux les éluder. Comme si c'était le moment de parler de ça ! Alors que le comte Moy et le bourgmestre de Mayrhofen venaient dîner en voisins ! Fallait-il que je l'ennuie avec des histoires de famille ? « Oui ! Ils s'aimaient si tu veux le savoir ! Ils s'aimaient follement ! »

Après de longues années passées au château, assez longues pour avoir assisté à la naissance de mon père,

Mlle Marthe y était devenue une sorte d'intendante. Elle possédait toutes les clefs de la demeure rassemblées en un trousseau, ce qui lui conférait un statut de gouvernante, encore que son état fût assez mal défini entre une domestique et l'amie de passage qui s'est éternisée dans son séjour et qui tient à rendre service. En fait, tout à Schwarzauge dépendait d'elle, de la lingerie aux cuisines. Elle en était la mémoire comme la conscience. Quand se présentait une affaire personnelle entre les domestiques, c'était toujours elle qui, en dernier ressort, la réglait. Même lorsqu'il s'agissait d'une affaire de cœur, et Dieu sait si la chose était courante, surtout l'été ou à la saison de la chasse, quand les invités de marque défilaient au château et que les chambres dans les combles, où logeaient les domestiques engagés pour la saison, retentissaient de rires.

Mlle Marthe possédait encore à son âge de jolis traits. Un beau nez aquilin et des pommettes hautes. Mais ce qu'elle avait de vraiment remarquable, c'était le bleu indéfinissable de ses yeux qui conférait à son regard vif et curieux une langueur qu'on eût pu prendre pour de la tristesse si, l'instant suivant, elle ne s'était mise à chanter à mi-voix, d'un timbre cristallin, un de ces airs de café-concert aux paroles saugrenues mais à la musique si nostalgique. Cependant je sentais bien que mes questions ne la laissaient pas indifférente. Elle avait beau se détourner et s'affairer auprès d'une pile d'assiettes afin de vérifier celles qui, ébréchées, ne pouvaient plus être utilisées, je voyais se rembrunir son beau visage à peine marqué par le temps ; son nez se pinçait ainsi que ses lèvres et se dessinaient alors aux coins de la bouche deux rides, comme des plis d'amertume que seules peuvent creuser certaines blessures de la vie.

J'aimais tendrement Mlle Marthe. Elle m'avait en partie élevé jusqu'à l'âge où grand-père, se réveillant soudain, m'avait dépêché dans un collège pour fils de famille en Bavière. Elle avait supervisé également l'éducation de mon père au même âge, puisque grand-mère Malvina était morte quasiment en lui donnant naissance.

Mlle Marthe m'apprit les fables de La Fontaine ; et plus que La Fontaine, cette sorte de légèreté qui tranchait sur l'atmosphère compassée et à dire vrai lugubre de Schwarzauge. Il émanait d'elle, bien qu'à l'époque dont je parle elle approchât de la soixantaine, ce charme particulier aux Parisiennes qui savent, avec un esprit de gouaille, tourner la moindre chose en insouciance et en gaieté. Et pourtant s'affichait un air de tristesse sur son visage si j'interrogeais Mademoiselle sur mes parents – on disait toujours Mademoiselle au château, jamais *Fräulein* ; non plus d'ailleurs qu'au village où elle descendait de temps à autre pour mettre une lettre à la poste, adressée généralement à une sœur qui habitait Paris. Une de ces tristesses dont on dit qu'on peut en mourir et qui prend ses racines très loin, très loin, au plus secret de l'âme – dans une autre vie, qui sait ? À ces moments seulement, j'entr'apercevais son âge et je remarquais ses cheveux gris auxquels sinon je n'aurais prêté aucune attention.

Elle répondait à mes questions d'une manière laconique mais, surtout, elle semblait préoccupée de ne rien laisser paraître des sentiments qui l'habitaient. Cependant des larmes embuaient parfois ses yeux.

« Est-ce bête ! disait-elle en s'essuyant. (Elle laissait alors échapper un petit rire mécanique qui n'avait rien à voir avec son rire habituel.) Oui est-ce bête ! Voilà mon rhume des foins qui me reprend... » Et j'avais beau lui dire qu'on était en automne et que les fenaisons n'étaient plus de saison, elle s'entêtait. « Puisque je te dis que c'est le foin ! Ne me mets pas au supplice avec tes questions. Le foin est partout, même l'hiver ! D'ailleurs, tu le sais bien, c'est dans La Fontaine : le coq et le rhume des foins... » Et de rire aussitôt du tour par lequel elle avait congédié sa tristesse éphémère.

Très tôt, je l'avais soupçonnée d'en connaître bien plus sur mes parents qu'elle ne voulait l'avouer. Et bien d'autres secrets encore, que les murs du château retenaient. En se taisant, croyait-elle préserver la paix des morts ? Peut-être simplement celle des vivants ? Son silence était moins guidé par la crainte que par un souci implicite de ne pas compromettre l'équilibre fragile qu'elle maintenait à l'intérieur de la grande demeure.

Rien ne lui échappait. Et après tant d'années passées à Schwarzauge, elle avait dû être le témoin de faits qui, à la longue, finissent par détourner un destin. En tout cas elle connaissait, j'en étais certain, des choses restées inexpliquées touchant à la mort accidentelle autant que mystérieuse de mes parents, le comte Ulrich et sa jeune femme italienne Sara. Sa présence au château depuis si longtemps finissait par intriguer aussi. Comment avait-elle échoué dans ces montagnes, en ce pays de nulle part ? Pourquoi y était-elle demeurée dans une condition qui, d'évidence, était bien en dessous de la sienne ? Du moins de ce qu'elle eût pu espérer ailleurs ? N'avait-elle jamais aimé ? Eu un amant ? Cette femme qui m'apprenait La Fontaine, qui me chantait des airs d'Offenbach et des chansons d'Yvette Guilbert, et pas les moins lestes, comme *Le Fiacre* ou *Madame Arthur*, avait fini par devenir pour moi une énigme qui ajoutait encore au malaise ambiant de Schwarzauge.

Ce que j'appris finalement de la disparition de mes parents ne fut que la version officielle : celle qu'on avait donnée jadis aux domestiques du château, que le village avait reprise et qui semblait contenter tout le monde, même le vieil Elias, le majordome, auquel grand-père ne versait plus, depuis longtemps, ses gages, tellement il faisait partie du mobilier, et qui s'y conformait, avec cependant parfois quelques accrocs dus à son penchant pour le *Sliwowitz*.

Le comte Ulrich, gravement blessé en 1916 dans les montagnes près de Bolzen, avait été fait prisonnier par les Italiens. Évacué à l'arrière, il avait été soigné à l'hôpital militaire de Ferrare. Le dévouement particulier d'une jeune infirmière l'avait attendri. Dans une odeur d'éther et de vieux pansements, l'amour était né entre eux. Mon père se fiança avec Sara, l'infirmière, alors qu'il était encore sur son lit d'hôpital. Par la suite, quand il fut tiré d'affaire et qu'il put se déplacer, les autorités militaires italiennes, touchées par cette idylle et ayant obtenu sa parole de ne point essayer de s'évader, lui permirent de se promener le soir sur les remparts de la ville en compagnie de l'infirmière. Ils devaient se marier trois mois plus tard. Et moi-même, j'allais naître à quelque temps de là. J'avais un an lors de l'Armistice.

Dès qu'il fut libéré, mon père revint à Schwarzauge

avec ma mère et moi. On était vers la fin de novembre 1918. La semaine suivante tous deux se tuaient en automobile.

Ce qui me troublait dans ce récit, c'était la raison qui avait conduit une mère italienne, croyante, et souvent bien au-delà de la superstition, à ne se décider que plus d'un an après la naissance de son enfant à le faire baptiser. C'était inconcevable en un temps où rien ne laissait présager un armistice rapide. Or, si j'avais été baptisé à ma naissance, pourquoi en ce cas un deuxième baptême ? Quel avait été le prénom choisi par mes parents en tout premier lieu ? Certainement pas celui de Kuno ! Autant de questions qui demeuraient pour moi sans réponse.

Lorsque je m'éveillai de ma petite enfance, j'étais Kuno et définitivement orphelin. De plus, j'avais été probablement baptisé deux fois. J'allais l'être, sans m'en douter, une troisième fois, et au vin de tokay, avec pour parrain un dictateur qui ne serait autre que Benito Mussolini. Il me fallait attendre quelques années encore.

Le Führer, les petits pois à l'eau et le Tyrol du Sud

Lors de l'entrevue d'Hitler et du Duce à Munich en septembre 1937, le dictateur italien, au cours d'un déjeuner aujourd'hui historique, fit un peu plus qu'une allusion à Kuno-le-Sanglant.

Le déjeuner avait lieu non à la Maison brune mais dans l'appartement privé du Führer, Prinzregentstrasse. Un appartement cossu, tenu par sa sœur. Il en payait le loyer avec les droits de *Mein Kampf*. Le repas fut, comme à l'ordinaire, frugal. Hitler détestait s'attarder à table. Il avait avalé une assiette de petits pois à l'eau dont il était friand, au désespoir de Mussolini, qui adorait les *piselli alla romana*, surtout lorsque, au petit printemps, ils arrivent tout droit des collines romaines dans leur cosse craquante, humide encore de rosée, ronds, bien lisses et qu'on les jette, juste comme cela, sans même les faire blanchir, dans la poêle avec des petits lardons ; deux minutes à peine suffisent pour qu'ils soient *al dente*. Le Duce avait dû se passer ce jour-là des petits pois du Führer ; sans trop de regrets, il est vrai, après les avoir vus, flottant dans un bouillon suspect, racornis, d'une couleur indéfinissable, assez semblable à la peau vert-de-grisée de son compère. Pas fameux. Eh oui ! Il n'y avait pas droit ! Était-il bête ! Puisqu'il n'était pas végétarien. En revanche, on lui avait servi un plat local : « *Schweinbraten mit Knödel* », et il s'en était fallu de peu que, pour souligner le caractère typique de cette spécialité, la cuisinière qui avait pétri de ses mains d'étrangleuse la boule de mie trempée dans du lait et roulée dans du saindoux n'y eût planté deux petits drapeaux bavarois blanc et bleu.

Les petits pois déclenchaient invariablement chez le Führer une crise de météorisme dont il se soulageait sans la moindre gêne pour ses voisins de table.

C'est à ce moment-là qu'il sonda Mussolini, à la plus grande surprise de ce dernier, sur ses intentions à propos du Tyrol du Sud. Surpris, le Duce se rengorgea, puis allongeant un peu plus son menton carré déglutit lentement. Malgré l'empâtement de son cou, un cou de taureau bien romain, chacun put voir la glotte monter et descendre par deux fois. Alors en se balançant sur les hanches, gonflé, craquant presque dans son nouvel uniforme de la Milice fasciste, soie et coton, d'un chic fracassant, qu'il s'était fait couper pour l'occasion, il laissa échapper comme un miaulement douloureux d'eunuque, celui d'un replet matou qu'on eût dérangé dans sa sieste, alors que son visage mobile d'acteur de *varietà* transpirait au même instant la ruse : « Mais ceci... enfin s'il y avait une demande de restitution du Haut-Adige, regarde au premier chef l'Autriche et son chancelier von Schuschnigg, ne croyez-vous pas, *carissimo* Adolf ? Et puis que dirait la Société des Nations, et la France en particulier ? » « Certes ! certes ! mais vous savez, *mein lieb* Benito, que la patrie de l'Allemand ne tient pas entre des frontières ; déjà après la guerre de 70 avec la France, les vrais Allemands, les grands Allemands reprochaient à Bismarck d'avoir, par le nouveau Reich, rétréci l'idée allemande de l'Allemagne. Retrouver celles d'avant 14, les élargir de l'Autriche, fût-ce même de la Bohême, ne serait pas encore assez. Il resterait toujours des Allemands se réclamant de leur germanité jusqu'en Lettonie. Savez-vous, *mein lieb*, ce que c'est que le sentiment germanique ? Quant aux Français, comme ils se croient aimés des Allemands, avec eux il ne s'agit que de "*fienassieren*", et puis comment pourraient-ils comprendre notre nationalisme hors de l'espace de nos frontières ? » Ici Hitler, qui comme beaucoup d'Allemands ajoutait au culte de la force l'orgueil de la ruse, émit un gros rire ! Ce rire qui prend l'Allemagne quand elle a réussi à tromper le voisin et par lequel elle avoue : voyez comment moi, la grosse et poussive Allemagne, je suis fine et malicieuse ; comment je suis une femme d'esprit. Le rire s'éteignit et Hitler reprit : « Quant à l'Autriche, n'est-elle pas déjà un peu l'Allemagne ? »

Le comte Galeazzo Ciano, gendre du Duce et son ministre des Affaires étrangères, jeta un coup d'œil à la dérobée à Herr von Ribbentrop, revenu tout exprès de son ambassade de Londres pour assister au déjeuner. Une idée, quelque chose d'encore flou, presque de vaporeux pour l'Italien, mais bien concret pour l'Allemand, venait de passer dans cet échange de regards : l'*Anschluss*.

Il se jouait, dans cette atmosphère confinée, une partie de quatre coins entre des maîtres renards. Le Duce et son gendre avaient épluché *Mein Kampf* et avaient en mémoire le passage où l'auteur réclamait, fort de la minorité germanique qui y vivait, le retour du Sud-Tyrol ainsi que des Sudètes à la nation allemande, hypothétique nouveau Reich quoique déjà en gestation dans tous les esprits.

Le Führer, de son côté, connaissait les liens du Duce avec Dollfuss, le précédent chancelier d'Autriche, assassiné par ses sbires de la SS. Ses oreilles bourdonnaient encore des éructations de son compère lorsque celui-ci s'était rendu à Vienne pour saluer la dépouille de son ami, le chancelier défunt. Certaines phrases avaient transpiré dans la presse autrichienne ; d'autres lui avaient été rapportées par le vice-chancelier d'Autriche, le prince Starhemberg. « L'Autriche annexée à l'Allemagne ? Mais cela signifierait la fin de la civilisation européenne, si ce pays d'assassins et de pédérastes devait envahir l'Europe… » Starhemberg, représentant des médiocrités déçues qui s'était naguère traîné aux pieds d'Hitler, n'en croyait pas ses oreilles. Le Duce roulait des yeux. Chacune de ses paroles était ponctuée de gestes amples, que même, devant un public acquis, un histrion de province n'eût osés. Toujours plus véhément, il avait poursuivi : « Vous cherchez le coupable ? Il est là-bas, là-bas à Berlin. C'est Hitler, l'assassin de Dollfuss. Ne cherchez pas ailleurs, vous le savez très bien. C'est lui le responsable, cet horrible dégénéré sexuel, ce fou dangereux qui voudrait imposer sa révolution de vieilles tribus germaniques à notre civilisation latine... Aucun autre pays au monde n'aurait toléré l'abominable et répugnant spectacle qu'Hitler a donné au monde, le 30 juin dernier. Seuls des Allemands primitifs, prêts à tout, même au meurtre, acceptent des actes pareils... » Dans sa fureur, le Duce avait confondu deux dates. Le chancelier d'Autriche avait été assassiné le 25 juillet 34 ; or la date mentionnée était celle décidée par Hitler pour liquider Röhm et ses SA ainsi que le général von Schleicher, ancien chancelier, Gregor Strasser, ancien secrétaire du parti nazi, le général von Bredow, le comte von Alvensleben...

Depuis cet été de 1934, trois ans s'étaient écoulés. Et Hitler s'était essayé à un pas de séduction en direction de Rome. Ribbentrop, qui connaissait le goût immodéré de Ciano pour les jolies femmes, avait envoyé à Rome comme « *secreta ambasciatrice* » une de ses cousines, l'élégante et très en vogue Veronica von Clemm-Hohenberg, une *professional beauty* connue du Tout-Berlin. Bientôt, le Duce ne vit aucune difficulté à un voyage en Allemagne chez le dégénéré de la veille. Il est vrai qu'il venait de croquer une partie de l'Abyssinie et qu'il devait se chercher, au plus vite, en Europe, une oreille compréhensive.

« L'Autriche, certes, est une belle garce qui vaut bien que l'on se penche sur son destin... Mais le Haut-

Adige, *caro*, est italien et je pense qu'il devra le rester… comme une compensation… un *pretium doloris*… si vous voyez ce que je veux dire. »

Adolf ne voyait rien mais en revanche entendait son ventre gargouiller. Il n'aurait sans doute pas dû reprendre de petits pois. Il se le reprocha amèrement. C'était toujours comme ça : quoi qu'il fît, il s'en voulait invariablement après coup. Ainsi avait-il gracié Röhm dans un premier temps. Et puis ensuite, il s'était repris et avait donné l'ordre qu'on le suicidât dans sa cellule.

Mes ancêtres, Georg von Frundsberg et Kuno-le-Sanglant, pointent le nez.

Hitler tira de sa poche une boîte de pilules du Dr Köster que lui avait recommandées pour ses vents son médecin attitré, le célèbre praticien berlinois Morell, le seul en qui il eût confiance.

« … Si vous voyez ce que je veux dire, *carissimo* ?… » répéta le Duce. « Je ne vois pas… Non, *lieb* Benito, je ne vois pas… » Il se fit un silence autour de la table. Le Duce, en acteur qui sait que l'effet, même le plus gros, paie toujours au regard d'un public qu'on sent à sa main, attendit encore une ou deux secondes pour lancer : « Mais Frundsberg et ses lansquenets, le sac de Rome, et si on veut remonter en arrière un peu plus encore, que dire de Kuno… » « Kuno ? » répéta Hitler, le regard fixe, comme réveillé en sursaut d'une songerie intérieure. « Kuno ? Kuno ? Non je ne vois pas… Frundsberg, évidemment ! Le moindre écolier de chez nous connaît Georg von Frundsberg, l'inventeur des lansquenets ! Les *lange Kerle* de Frédéric-Guillaume, aussi géants qu'ils eussent été, n'étaient que des nains à côté des Tyroliens de Frundsberg.

C'est le père de l'infanterie allemande !... Il faudra bien un jour qu'Himmler se décide à donner son nom à une division SS. Mais Kuno, lui, j'ai beau chercher, je ne vois pas... C'est comme avec votre fin de non-recevoir sur le Haut-Adige, vous me créez là un problème, Benito... Kuno ?... Kuno ?... vraiment je ne vois pas... » Cette affaire du Haut-Adige, qui revenait sans cesse sur le tapis, risquait de compromettre l'entrevue qui, pourtant, s'annonçait sous de bien meilleurs auspices que celle de Venise, deux ans auparavant, où, fier comme un dindon dans son uniforme de commodore d'opérette, rugissant tantôt, tantôt pontifiant, le Duce avait littéralement écrasé son invité de sa superbe. À ses côtés, Hitler était apparu miteux, serré dans un vieux trench-coat élimé de conspirateur, quand de concert ils avaient salué sur le balcon des Procuraties une foule clairsemée, et cela malgré les figurants et la claque, rameutés du théâtre de la Fenice.

Le silence une nouvelle fois s'était installé. Le Führer semblait mâchonner de mauvaises pensées, faisant aller de droite et de gauche sa petite moustache comme un lapin en colère devant une inaccessible touffe de serpolet. C'est alors que, repoussant insensiblement son fauteuil, Mussolini se déplia ainsi que ces baudruches de foire que l'on gonfle lentement. Il ne se levait pas : il s'élevait. Pour un peu, on eût cru qu'il n'en resterait pas là et qu'il allait monter lentement vers le plafond. Cependant, avant d'entamer l'ascension finale, il s'empara de son verre de tokay et comme emporté par une mélodie intérieure, congénitale dirions-nous, propre à tous les Italiens nourris de mélodrames et de grands airs d'opéra, il le brandit avec ce geste du ténor avantageux, qui s'apprête à affronter un steeple-chase de «*ff*» couronnés d'un tonitruant contre-ut dans le genre bien éculé d'un *brindisi* des familles. Au lieu du : *libiamo...* attendu, la cavatine fut d'une tout autre farine : « Ennemi de Dieu, de la pitié et de la charité, tel était le cri de guerre de ce Kuno von Urslingen, quand à l'appel de Louis de Hongrie, qui voulait rafler le royaume de Naples, il descendit des montagnes à la tête de sa bande de trois mille Tyroliens. Il allait comme le grand vent qui dessèche, pareil à une épidémie. Il ravagea le Latium et la Terre de labour, mit le feu dans Agnani, assiégea Rome puis repartit, toujours pillant et brûlant, avant de disparaître dans ses montagnes, s'éteignant soudainement comme une mauvaise fièvre... »

Hitler battait des mains. « Bravo ! Bravo ! Archibravo ! *Mensch ! Das ist ein richtiger Mann !* » Les grands comme les infimes tyrans qui sommeillent en nous ont souvent de ces emportements soudains, aussi joyeux que ridicules. Mais celui-ci, avec ses peurs, ses caprices, ses idéologies atroces, avait des engouements d'enfant.

Faut-il croire que cette évocation de l'éphémère fortune de Kuno-le-Sanglant par Mussolini fut pour moi, alors même que j'en ignorais tout, comme une confirmation de mon destin ? Serait-ce à cet instant précis que je fus contraint de me glisser dans un destin qui, de toujours, m'aurait été imparti ? Les choses n'arrivent pas, elles vous attendent depuis toujours. Il est vrai qu'à cette époque j'appartenais déjà aux Jeunesses hitlériennes.

Durant tout le reste de la visite d'État qui se poursuivit à Berlin, on ne reparla plus de la question du Haut-Adige. On eut beau jeu d'imputer cette situation inconfortable aux perversités du traité de Versailles. Certains, même, pensèrent y voir les séquelles du vicieux traité de Westphalie : à Berlin, les diplomates de la Wilhelmstrasse prétendaient que les fonctionnaires du Quai d'Orsay en possédaient tous une copie dans le tiroir de leur bureau. En somme, c'était de la faute à Mazarin et plus encore à Richelieu.

Grand-père Tassilo n'était pas loin de partager ce point de vue sur Richelieu ; ou plutôt sur les diplomates français qui, depuis le Roi François Ier, avaient pour mot d'ordre : « tenir les affaires de l'Allemagne en si grande difficulté qu'il se pourra ».

Ainsi, par-delà les siècles, nourrissait-il un ressentiment tenace pour le cardinal-duc dont il prenait la célèbre formule : « Il faut abattre la maison d'Autriche ! », moderne *Austria delenda est*, comme une pierre dans son jardin. Non pas qu'il tînt en haute estime les Habsbourgs, qu'il considérait, depuis qu'ils avaient déménagé au XVIe siècle leur capitale d'Innsbruck à Vienne puis à Prague pour revenir ensuite définitivement à Vienne, tout juste comme des seigneurs de la petite périphérie, autant dire moins que de la crotte de bique. Mais simplement parce que le cardinal n'avait jamais prétendu ni revendiqué quoi que ce fût sur le Tyrol, comme si ses montagnes à lui, Tassilo, Reichgraf von Urslingen, dont il se pensait l'émanation, et son château de Schwarzauge, le cœur mystique, n'eussent pas existé pour ce ministre : pire, qu'il les tînt pour quantité négligeable.

Grand-père Tassilo abat ses cartes

Lorsque j'atteignis mes douze ans, l'attitude de grand-père changea du tout au tout à mon endroit. Jusque-là, j'avais été élevé en sauvageon, dans une liberté totale. Je descendais seul au village pour me rendre à l'école. À pied en été ; en luge ou à ski en hiver. Le fait d'être du château ne m'épargna pas les taloches de l'instituteur. Cependant, pour marquer la différence entre mes camarades et moi, il m'adressait toujours la parole à la troisième personne en faisant précéder mon prénom d'un « Monsieur », que ce fût pour me questionner sur une leçon ou m'avertir qu'il m'avait vu lancer une flèche en papier sur le tableau noir. Ce qui donnait : « *Mein Herr* aurait-il la délicatesse de réserver les feuilles de ses cahiers à sa composition d'allemand plutôt que de s'essayer à de vaines expériences d'aéronautique ? » Je ne perçus l'ironie de cette politesse que sur le tard. C'était un de ces bons maîtres à l'ancienne. Aussi eut-il à cœur de prévenir grand-père Tassilo de mes longues somnolences et ensuite de mon soudain éveil intellectuel. Ce fut probablement sur ses conseils qu'on me dépêcha dans un collège religieux en Bavière, où je devais parachever mes études secondaires.

Le soir, de retour au château, après mon bain, généralement glacé en hiver – car le temps que les brocs d'eau chaude arrivent à l'étage où se trouvait ma chambre pour être versés dans le tub (les bienfaits des commodités sanitaires modernes s'arrêtaient à l'étage noble), l'eau était déjà froide –, Mlle Marthe se consacrait entièrement à moi durant l'heure qui précédait le dîner. C'était à peu près la seule joie de la journée. Avec elle enfin, je parlais une langue que j'appréciais, éloignée des aboiements de l'allemand. Un jour que je faisais part de cette impression à Marthe, elle m'affirma que l'allemand avait ses beautés ; surtout lorsqu'il était chanté.

Mais que certaines oreilles devaient y être rétives, par exemple celles de l'Empereur Charles Quint qui assurait qu'il n'avait jamais entendu une langue aussi laide, à telle enseigne qu'il ne l'utilisait qu'avec ses chevaux.

De ce jour, l'attitude de grand-père changea vis-à-vis de moi. Jusque-là, il avait semblé tolérer mon existence. Ce soir-là, passant par le petit salon où Mlle Marthe et moi nous nous tenions, surprenant ma réflexion sur la langue allemande, il décida de me prendre en main. C'est de cette époque que datent mes premières humiliations. Rapidement, elles s'exacerbèrent pour devenir quasi quotidiennes. Au début, je me disais : puisque je l'agace, j'existe à ses yeux. Il me fallut quelque temps pour me rendre compte de sa perversité. Je m'en ouvris à Marthe, qui lui trouva des excuses. Il n'était pas un méchant homme au fond et s'il employait cette méthode, ce n'était que pour mon bien, afin de m'aguerrir.

À présent, le souvenir de ces humiliations sournoises, de ces avanies, pour mieux affronter l'érosion du temps, s'est concentré sur un ou deux épisodes typiques. Pourquoi se souvenir de telle vexation plutôt que de telle autre ? Probablement parce que aujourd'hui je peux en mesurer les conséquences sur mon caractère.

Je revois parfaitement le salon tel qu'il était ce soir d'hiver. Mlle Marthe était au piano et me chantait un *Lied* de Schumann sur un poème d'Heinrich Heine. Dehors, il neigeait. Le feu dans la cheminée faisait par instants siffler les bûches encore humides. Je ne me souviens plus très bien des meubles qui se trouvaient autour, ni même de l'endroit où j'étais. Mais je revois le piano, un grand laque noir, flottant dans une lumière rose, presque satinée, que diffusaient les abat-jour des lampes servant à lire les partitions. La nuit, qui tombait vite en cette saison, avait dû nous surprendre car, avec le feu dans la cheminée, ces deux lampes, fixées au piano par un bras pliant, étaient les seules sources de lumière de la pièce. Le reste du salon de musique était plongé dans l'ombre où grand-père Tassilo se tenait déjà depuis un moment, nous observant. Nous ne l'avions pas entendu entrer. Aussi Mlle Marthe fut-elle surprise comme moi, quand il l'interrompit : « Arrêtez ! Je vous prie Marthe ! Arrêtez tout de suite ! Je ne supporterai pas que ce juif, qui n'est d'aucune paroisse et certainement pas de celle d'Allemagne, nous parle de nos vieilles légendes. » « Mais c'est un *Lied* de Schumann... » « Je le sais bien Marthe... ne me prenez pas toujours pour un paysan inculte, je vous prie... » À cet instant, m'apercevant derrière le piano, il se tut. Ma présence avait semblé soudain le calmer. Était-il confus de s'être emporté devant moi ? Ou bien de s'être laissé surprendre dans ce qui ressemblait fort à une scène de ménage ? Il fit mine de se gratter la gorge. Toussa et s'adressa à Marthe en prenant soin de l'appeler « Mademoiselle », afin de bien marquer une certaine distance que l'instant précédent, se croyant seul, il avait franchie d'un simple « Marthe ». Ce « Mademoiselle » s'adressait évidemment moins à Marthe qu'à moi, et je n'en fus pas dupe. Aussi, de ce soir-là considérai-je Marthe et grand-père d'un tout autre regard. Ils étaient amis, peut-être bien complices.

« Mademoiselle... reprit-il, Mademoiselle Marthe, peut-être vous surprendrai-je en vous disant que je joue les *Waldszenen*. Et même, je peux avouer sans trop de fatuité, avec une assez jolie sensibilité. Cependant, quand ce grand compositeur s'attelle à mettre en musique les poésies de *Monsieur* Heine, je ne suis plus d'accord. Non, plus d'accord du tout. *Aus alten Märchen winkt es hervor mit weisser Hand*… Du fond des vieilles légendes… c'est bien, n'est-ce pas, ce que vous étiez en train de chanter ? Alors parlons-en ! Qu'est-ce qu'il en connaît, ce juif, de nos vieilles légendes ?… Qu'il se contente de son Golem ! Et qu'il laisse en paix nos Nibelung et nos Lorelei… En tout cas, il ne lui appartient pas d'en parler en son nom ! Les juifs ont-ils jamais fait partie de notre peuple ? Car c'est cette appartenance à la tribu qui nous place au-dessus des démocraties flasques comme la France ou l'Angleterre. L'Empire, le Reich, sont des idées universelles ! Que notre pauvre dynastie de prognathes habsbourgeois, au cours des siècles, a fini par oublier, et vous voyez ce qu'il en est advenu ! L'Allemagne, la grande, celle du Reich, celle de Bismarck – d'ailleurs, qu'elle soit prussienne, peu nous importe ! – a déjà livré deux des guerres carthaginoises ; *Herr* Hitler, si je l'ai bien compris, s'apprête à livrer la troisième et probablement la dernière. Voilà pourquoi il faut laisser la France cuire dans son jus avec ses partis socialistes, antimilitaristes, communistes, catholiques de droite, de gauche, francs-maçons, ses congés payés, ses courses cyclistes, ses nuits du Vél' d'Hiv… Cependant ne croyez pas, chère Mademoiselle Marthe, que je sous-estime le talent de *Monsieur* Heine ! Mais il ne me convient pas : c'est un cosmopolite de l'Internationale juive et son livre est écrit pour mettre au courant ses amis juifs de Paris sur le danger que l'Allemagne fait courir au monde dit civilisé. Il retourne nos cartes, s'insinue dans nos petits secrets. "L'Allemagne de 1840 pensait encore à Conradin", écrit-il quelque part. C'est vous dire que je l'ai lu…, et bien lu… et s'il croit que je n'y pense pas tous les jours à Conradin ; et *Herr* Hitler, à quoi pense-t-il en ce moment, si ce n'est à Conradin ?… » « Monsieur le comte ! interrompit Marthe. Pour Kuno, de grâce ! Ce sont là des sujets trop graves et complexes pour qu'il les comprenne… » « Mais si, mais si… Il le faut, il le faudra bien… À son âge, j'escaladais les Alpes. Lui il préfère caresser un piano. C'est une nature artiste comme mon père, le comte Hynko… Les nerfs fragiles, la décadence à fleur de peau… Il lit en cachette Thomas Mann… si, si je le sais… Ne croyez pas que je sois aveugle… Je connais parfaitement ses lectures… croyez-vous que je ne vois pas votre manège ? D'ailleurs pour couper à tout cela, j'ai pris mes dispositions : il rejoindra durant quinze jours, au mois d'août prochain, un camp des Jeunesses hitlériennes… »

J'avais désormais compris qu'il était dérisoire de m'opposer à sa volonté et que le mieux à faire était de me laisser porter par les événements. À la grâce de Dieu ou du Diable. Me laisser faire sans nulle résistance. Le désarçonner par ma complaisance. Plier comme le roseau de la fable. J'avais découvert en lui un despote à sa manière. Un despote se défendant tout en vrac contre le modernisme, l'indépendance intellectuelle, la liberté sociale, le cosmopolitisme, les métèques, les rastas, le croisement de races… J'avais saisi quelque chose d'un bourreau dans son regard, alors qu'il me fixait. Mon bourreau ? Qui sait, peut-être également de lui-même ? En tout cas, un bourreau qui voulait brusquer mon destin, assujettir mon esprit, me réduire, me briser… Mais pourquoi ? Pour prouver sa supériorité, comme il l'eût fait avec un de ces banquiers juifs qu'il avait fini, nécessité oblige, par recevoir à ses chasses ? Mais n'étais-je pas son petit-fils ?… N'étais-je pas de son sang ?…

De ce jour, j'appris à connaître mon ennemi. J'épousais le terrain et jouais de sournoiseries. Rien n'y fit. Même quand je revenais du pensionnat pour les vacances, l'accueil cordial qu'il me réservait était toujours empreint d'ironie ; et cela suffisait à me replonger dans cette atmosphère de mensonges et d'équivoques. Notre conversation prenait rapidement le tour d'un interrogatoire de police.

Ce soir-là, au son de la musique de Schumann, grand-père Tassilo me fit entrer dans la nasse. Pour quel dessein ? Le saurais-je jamais ?

Mlle Marthe toisait grand-père. Son regard bleu, généralement caressant quand il effleurait les choses, était devenu d'acier dur. Je n'ai jamais revu un regard semblable à l'exception d'un soir, il y a très longtemps, à Paris, au théâtre Marigny, lorsque Mme Sylvie, alors déjà très vieille, créa *La Visite de la vieille dame*. Un de ces regards implacables de basilic ; un démenti à tout espoir, et cependant par instants s'y glissait une tendresse éperdue, dépassée depuis longtemps, qui venait ajouter à cet inexorable mépris. Grand-père Tassilo ne put le supporter, aussi lui tourna-t-il le dos en se dirigeant sans un mot vers la porte. Avant qu'il ne l'eût atteinte, Mlle Marthe revint à la charge en plaquant un accord sombre au piano :

« Bravo Tassilo, très bien ! Poursuis la belle éducation de ton petit-fils ! Kuno pourra comme cela réciter le soir aux nazillons, à la veillée, *Les Deux Grenadiers* de Heine. Il connaît le poème par cœur… » Grand-père s'était retiré dans l'ombre, furtivement comme il était venu. Mlle Marthe s'apprêtait à reprendre le morceau où il avait été interrompu quand la porte grinça et nous entendîmes : « Surtout Marthe, qu'il précise bien que les deux grenadiers sont passés par les mains du rabbin circonciseur… c'est un détail, mais d'importance… » La porte cette fois refermée, on l'entendit rire dans le noir, d'un rire qui se perdit dans les escaliers.

Au mot de circoncision, Mlle Marthe avait changé de visage. « Oh, le méchant homme ! Le méchant homme ! Il ne dit cela que pour se venger. Mais je suis là et tant que je serai là, il sait bien qu'il ne pourra rien entreprendre… » Elle me prit dans ses bras et me serra alors violemment contre elle. Il y avait dans cette étreinte soudaine un besoin de protection. Mais qui protégeait l'autre ? Je me le demande encore aujourd'hui.

De cet instant, je compris qu'entre Mlle Marthe et grand-père, j'étais l'enjeu de quelque chose qui appartenait à un passé vers lequel, malgré moi, on tentait de m'entraîner. « S'il continue ainsi, un de ces jours, je ferai mes paquets et je te prendrai avec moi ; et il restera seul dans son vieux château au milieu de ses chères montagnes, à y rassir comme un vieux croûton… » lança-t-elle en direction de la porte. Menaces en l'air ? Ou pressentiment qu'un jour viendrait où nous devrions nous enfuir ? Pour que cela arrivât enfin, savait-elle, alors, qu'il lui faudrait voir et subir bien des chienneries ? Et Schwarzauge en ruine et le temps des assassins…

Le soir même, j'interrogeai le vieil Elias, le valet de grand-père, afin qu'il m'expliquât ce qu'était une circoncision. Il éluda la question. Pas le temps. Trop compliqué. Et puis trop de travail : demain commence le premier week-end de chasse. À la fin de la saison, on aura toujours le temps d'en reparler. À la fin de la saison, c'était toujours comme cela, à la fin de la saison… Et à la fin de la saison, il n'en fut plus question. C'est qu'entre-temps, j'avais rejoint les *Hitlerjungen*, où j'appris que la circoncision chez eux n'était pas exactement de mise.

Une société de chasse

Quand grand-père Tassilo imagina une société de chasse, lui et moi étions déjà à couteaux tirés.

La grande dépression, qui s'était établie en Autriche après l'armistice de 1918, avait entraîné des faillites en cascade dans l'industrie et la banque. Placée en actions, la dot de sa femme, née von Hirschwitz, dont il avait vécu confortablement depuis sa mort, s'était peu à peu envolée en fumée. Mais plus que la lente déconfiture et la faillite finale des Hirschwitz, ajoutées aux folies de son père le comte Hynko, qui ne lui avait laissé que des dettes, c'étaient ses choix politiques qui l'avaient poussé à faire « l'aubergiste », comme il aimait à plaisanter.

Je ne le compris que lorsqu'il m'obligea à rejoindre les *Hitlerjungen* : grand-père Tassilo casquait pour le parti nazi, et pas que de petites sommes. Il y était tenu. Par qui ? Pourquoi ? Tout cela se passait dans le secret de son cabinet de travail. Mlle Marthe était-elle au courant ? Probablement.

Cette allégeance au parti d'Hitler n'était pas pour

surprendre, en son début du moins, découlant en droite ligne de ce qu'il avait toujours ouvertement été : un national-allemand « bouffeur de juif » ; et cela depuis l'époque où il étudiait à Vienne, quand il avait refusé, lors d'une *Mensur*, de se battre au sabre avec un camarade juif de sa corporation, déclarant alors qu'un juif était inapte à donner satisfaction d'honneur. En cela, il était une manière de précurseur, puisqu'il devançait de quelques années le décret de Waidhofen de 1896, par lequel l'Assemblée des associations armées d'étudiants évoquait pour la première fois les qualités fondamentales des aryens face à l'indignité endémique des juifs, leur contestant ainsi tout droit à se battre.

C'est seulement quelques mois avant l'*Anschluss*, peut-être un an, que des uniformes allemands apparurent à Schwarzauge. À cette époque, la chasse de grand-père n'était déjà plus fréquentée par les *settembrini* – c'est ainsi qu'on appelait alors ces mondains internationaux qui, de Salzbourg où ils venaient en coup de vent d'entendre un opéra de Mozart, débarquaient à Schwarzauge afin d'y tirer en le ratant un chevreuil à dix mètres, et, dépités, filaient aussitôt en cabriolet par le Brenner vers Venise, où il n'était pas question pour eux de manquer *le regate*, coup d'envoi de la saison mondaine de septembre sur le Grand Canal et au Lido.

Si j'étais trouillard, rêveur et parfaitement dissimulé, je n'étais pas totalement imbécile et j'avais bien perçu cette mouise qui commençait à imprégner les murs de Schwarzauge.

Cependant, puisqu'il y avait assez de bois à engouffrer dans les cheminées et dans les immenses poêles en faïence dix-huitième que grand-père avait remis en état afin d'éviter d'utiliser l'antique calorifère (bien plus coûteux vu le prix du coke), je n'arrivais pas à comprendre pourquoi, en plein hiver, quand il faisait si froid que les garçons du village patinaient dans les douves, je n'avais droit qu'à deux bûches dans ma cheminée pour chauffer ma chambre. J'en fis un jour la remarque à la cantonade, profitant de ce que grand-père se trouvait dans la pièce à lire le journal – je ne l'affrontais jamais de face. Je m'entendis répondre d'une voix sortant de derrière le fauteuil : « Les métèques vivent confortablement à une température de 25°. Ils y prospèrent, s'y épanouissent comme des fleurs exotiques et parfois, ô miracle ! s'y liquéfient. Vienne et Berlin sont devenues de véritables couveuses en l'espèce. La race des chefs, au contraire, aime le froid ; elle s'y aguerrit ; y acquiert sa solidité. Ce n'est pas que je veuille, Kuno, vous chipoter une ou deux bûches mais il vous faudra choisir votre camp… Je sais que vous ne pensez qu'à quitter Schwarzauge ; que vous rêvez de vous rendre à Vienne pour vos études dès que vous en aurez fini du collège… Ne me dites pas non, je le sais… Même Mlle Marthe vous y encourage… cependant, avant, vous irez dans ce camp de jeunesse, quoi qu'il vous en coûte… ensuite on verra… Je sais que je ne pourrai m'y opposer longtemps… vous vous rendrez donc à Vienne et vous serez un de plus parmi ces jeunes gens qui viennent s'égarer parmi les juifs centenaires qui hantent les cafés, et qui en sont morts. Qu'auraient-ils pu faire d'autre ? Les cafés sont les catacombes des juifs d'aujourd'hui, sans lumière, sans amour. Tout le monde ne supporte pas cela… »

Mlle Marthe, qui redoutait toujours de me voir ainsi dressé contre grand-père, m'avait aussitôt saisi par le bras et à voix basse :

« Les temps ont changé, m'avait-elle dit, et il faudra par toi-même faire ton chemin dans la vie... » Quel chemin évoquait-elle ? Voulait-elle me mettre en garde ; me dire que nous étions pauvres ou du moins que nous ne roulions pas sur l'or ?

Et les tableaux de la galerie, toutes ces gueules de travers, pourquoi ne pas les vendre ? Certains peints par des maîtres italiens de la Renaissance comme le portrait par Dosso Dossi de Georg von Frundsberg ou même d'autres d'Holbein ou de son atelier, valaient des fortunes.

Cependant, jamais grand-père n'aurait consenti à s'en séparer. Malgré des offres alléchantes de musées américains, il s'y était toujours refusé. Aussi, de notre grandeur passée, aurions-nous tiré à peine un bol de lait, s'il n'avait eu l'idée de fonder un société de chasse par actions. C'était une façon de louer son domaine forestier à des métèques de Vienne et, plus volontiers encore, aux « Iroquois » – c'est ainsi qu'il appelait les Américains, qu'ils fussent WASP ou banquiers juifs de Wall Street, ayant survécu au Jeudi noir.

Avec les permis, le garde, les rabatteurs, il fournissait également le gîte et le couvert. Généralement, il mettait à la disposition de ses hôtes les pavillons de chasse. La plupart, perdus dans les bois, au bord d'un lac, auprès d'une cascade, offraient les commodités de véritables petits manoirs. Si certains « invités » préféraient loger au château, il n'y trouvait rien à redire car, pour quelques centaines de dollars ou de livres sterling, il était prêt à boire le calice jusqu'à la lie. Malgré quelques haut-le-cœur devant ce petit monde de cosmopolites dédaigneux et contents d'eux, qui pratiquaient le *name-dropping* comme d'autres le ping-pong, pensant que le fait de posséder un Purdey et d'avoir chassé en Écosse une fois par hasard la *grouse* avec le prince de Galles et, à cette occasion, obtenu sa photo dans le carnet mondain de *Country Life* ou de *Town and Country* les autorisait à afficher un air supérieur, grand-père Tassilo assumait avec la meilleure grâce et une parfaite exactitude son rôle de « taulier ». Il faisait les honneurs de sa demeure à ce *smart set* ; et sa politesse extrême, pour une oreille avertie, sonnait comme une impertinence.

Ces parties de chasse, pour les plus courtes, ne duraient qu'un long week-end ; d'autres au contraire se poursuivaient tout un mois d'été et même jusqu'à la fin de l'automne, quand les sangliers déboulent dans les champs de maïs. Aussi, du mois de juin jusqu'aux premières neiges, *Schloss* Schwarzauge était-il envahi par une faune qui nous amusait infiniment, Mlle Marthe et moi.

« Ma saison commence ! » s'exclamait cette dernière, qui devait veiller à tout ; et même se faire agent recruteur dans les villages alentour pour y débusquer de jeunes gaillards qui lorsqu'ils auraient revêtu les vieilles livrées, ressorties pour l'occasion de la naphtaline, sauraient donner le change comme valets de pied. C'était évidemment la tenue des grands soirs. Le reste du temps, cette jeune valetaille arborait, avec un foulard rose en guise de cravate, la veste tyrolienne typique et les *Lederhosen* qui mettaient en valeur leurs cuisses nues. Ce qui n'était pas pour déplaire à certains des chasseurs. On comprend dès lors que la sélection fût drastique. Aussi bien découplés qu'ils fussent, nonobstant la plus jolie gueule du monde, ils étaient recalés s'ils n'atteignaient pas le mètre quatre-vingts à la toise. Mlle Marthe recrutait de la même façon méthodique qu'un directeur de music-hall lorsqu'il auditionne ses boys. Il en était de même pour les jeunes femmes de chambre. Mlle Marthe était au fond assez contente de ce tohu-bohu, qui tranchait avec le long endormissement des mois d'hiver où elle et grand-père Tassilo redevenaient le geôlier l'un de l'autre. Moi aussi d'ailleurs, car ce fut durant ces week-ends de chasse que je m'affranchis définitivement de ce qui me restait de moralité, en surprenant ce que l'on nomme les réalités de la vie.

Par le trou de la serrure, je regardais cette faune se livrer à ses rites tribaux : sexe, alcool, drogue et potins vachards ; ces derniers n'étant la plupart du temps qu'une récapitulation des trois autres. Ainsi à les épier, je fus à l'école de la vie et, je dois l'avouer à ma confusion, j'y pris du plaisir. Après la malice, je découvrais la perversité de bon aloi.

Il se trouvait là aussi quelques Autrichiens, *go-between* infatigables tel le comte Moy ou la Reinhausen, pour cornaquer ces internationaux racolés au gré de leurs désœuvrements sur le yacht des Zographos, dans un *lodge* au Kenya, une *cabana* du Grand Hôtel des Bains au Lido, une réunion hippique piazza di Sienna à Rome, une *party* à Long Island ou tout simplement entre deux cocktails bien frappés au bar du

Claridge's de Londres. La baronne Reinhausen avait tout d'une intrigante de haut vol. Chaque été la ramenait à Schwarzauge, immanquablement flanquée de son neveu Andréas, un grand jeune homme diaphane qui préférait de beaucoup les émotions de l'aquarelle aux plaisirs trop sanguinaires de la chasse.

Quant à grand-père, un seul coup d'œil lui suffisait pour repérer les trois ou quatre métèques bon teint auxquels il allait réserver un traitement de faveur. C'était un misanthrope mais un misanthrope surmonté en qui le farceur n'avait pas été complètement étouffé.

Dès qu'il avait jaugé sa clientèle, il appelait le vieil Elias et lui glissait ses consignes à l'oreille : « Le grand jeu pour ces deux-là… tu m'entends, le grand jeu… Ils sont si élégamment vêtus, si finement chaussés… Il nous faut mettre un peu de poussière sur tout cela… Et puis le souvenir aussi, Elias… Le souvenir ! C'est important ! Ils doivent en avoir pour leur argent, des souvenirs !… » Et murmurant ses paroles à l'oreille de son vieux domestique, son regard s'attarda sur le couple que cornaquait la baronne. C'est qu'il se demandait bien où cette vieille peau avait pu lever des oiseaux pareils, aussi élégamment tweedés, buvant leur thé avec une grâce exquise, le petit doigt en l'air, et cette expression jumelle d'extase que seule la physionomie du snob peut afficher lorsqu'il croit enfin toucher au but. Mais plus que tout il aurait aimé connaître la somme ou le « petit cadeau » qu'elle leur avait extorqué pour son rôle d'intermédiaire, en sus bien entendu du prix d'admission, sorte de *green fee* comme dans les meilleurs golfs.

Durant presque une décennie la baronne, le comte

Moy, de même que deux ou trois autres vieux machins chlorotiques mais ayant de l'entregent pour quatre, eurent la prébende des chasses de grand-père qui s'en doutait bien sûr, mais peu lui importait puisque chacun y trouvait son compte. En effet, avoir été sélectionné parmi tant de candidats de tant de pays divers pour avoir le droit de venir chasser sur les terres du dernier des burgraves du Tyrol était un privilège qui, d'un coup, vous améliorait une position mondaine. Le « burgrave du Tyrol » ou encore le « dinosaure des Alpes », des formules pour appâter le gogo. En effet, c'était en ces termes que la baronne généralement vendait sa salade : « À la limite, je vous confierais que même s'il vous arrivait de faire buisson creux, ce dont vous vous garderez bien, étant donné le giboyeux de l'endroit et le fusil que vous êtes, c'est lui finalement qui vaut le détour ; et la baraque alors, je ne vous dis que cela… » Parfois, quittant toute réserve et oubliant sa condition d'invité non payant, elle s'arrogeait le droit de faire visiter le château, ne négligeant alors aucun sous-entendu ou commentaire fielleux.

Autant dire que j'attendais ce moment avec impatience, sachant qu'elle n'en raterait pas une. Pour moi, c'était d'un grand enseignement. J'y ai appris ainsi bien des petits secrets de famille. C'était une personne tout à fait déplacée. Certains disaient la baronne hongroise, d'autres pensaient qu'elle était croate et même un peu juive. Mais tous s'accordaient pour déclarer qu'elle avait été jadis une beauté à Vienne avant la Grande Guerre, une vraie croqueuse et tout à fait versée dans la galanterie. Cependant, comme personne ne l'avait connue à son heure de gloire, cette beauté, ce chic, ce *glamour* appartenaient au domaine des mythologies viennoises comme *Le Danube bleu* ou *Le Congrès s'amuse*. La touche finale du portrait fut donnée un jour par la personne dont je n'aurais jamais imaginé qu'elle en fût capable. « Avec un peu moins de perles, c'était la même : “grasse et tétonnière” avec ce même air de sous-maîtresse au salon ». Ce fut dit rapidement, en aparté, presque sifflé entre les dents et ponctué d'un éclat de rire cristallin. Je me retournai, mais Mlle Marthe venait déjà de refermer la porte. La baronne, dans la galerie, continuait sa visite. Campée devant le portrait du comte Hynko par Makart, elle enfilait les anecdotes, les unes après les autres. Elle était intarissable.

« Regardez comme il semble encore nous narguer après sa mort du haut de son cadre. Ah ! ce sourire d'enfant gâté… C'est tout lui ! » « Vous l'avez connu, baronne ?… » demanda Andréas qui avait posé vingt fois cette même question, car il était le faire-valoir de la baronne et c'était en partie à ce titre qu'elle le traînait toujours après elle avec l'idée, également, de lui trouver une héritière.

Le comte Hynko me paraissait formidable dans son uniforme de colonel des dragons ; dolman azur à brandebourgs noirs jeté négligemment sur l'épaule, une seule manche enfilée, cartouchière en argent où resplendissait l'aigle à deux têtes, culotte moulante en chamois rouge vif, une main nerveuse aux veines saillantes posée sur la coquille du sabre, l'autre tenant la *tschapska* à jugulaire avec sa queue de crin noir. Le visage était avenant, avec ce quelque chose de rêveur, un oubli enfantin. À le voir ainsi, on comprenait qu'il eût été cette « terreur du Prater » ; ce tombeur de femmes qui, selon la Reinhausen, se bousculaient dans sa garçonnière de la Türkengasse. À cet instant, elle appuyait ses paroles par des minauderies et des sourires entendus ne laissant aucun doute sur ses rapports avec le comte Hynko. Alors, portant une main obscènement grasse et baguée à sa poitrine, elle semblait par ce geste emphatique vouloir souligner qu'assurément son cul en avait pris un coup mais son cœur aussi.

Du haut de son cadre, le comte Hynko souriait ironiquement au manège de la baronne. Une ironie tempérée par ailleurs d'une sorte de mélancolie. Rien de marqué : une simple lueur, à peine teintée, comme pour atténuer la morgue hautaine du joyeux viveur et annoncer quelque chose d'un désenchantement automnal. Peut-être une inquiétude. Il semblait vouloir dire : voyez, je suis venu, je suis reparti… à quoi bon tout cela ?

Quoi, ce dragon n'avait-il pas été le héros de Sadowa ? Celui qui, à la tête de son régiment, alla narguer les bouches à feu prussiennes en un dernier baroud d'honneur, alors que la journée était perdue irrémédiablement ? Pour l'Empereur et la Double Monarchie ! aurait-il crié.

En y repensant aujourd'hui, il me semble que cette légère moue de désillusion était plutôt de la coquetterie. L'habillement ? À l'époque, j'avais compté les brandebourgs : ils étaient en nombre réglementaire ; le sabre où il fallait du bon côté… À présent je crois deviner d'où provenait cet air de gêne ; sans doute avait-il perçu, lors des dernières poses chez l'artiste, le ridicule de cette grandiloquente croûte et ce qu'elle recelait en fin de compte de petit-bourgeois. Rien, en effet, n'y manquait : ni le tombé de velours rouge, retenu par une cordelière dorée, ni la grosse fougère sur une sellette en barbotine, ni la tapisserie dans le genre « Gobelins canaille » pour maison close où abondait un troupeau de nymphes plantureuses et coquines. D'évidence, l'œuvre était d'un peintre médiocre mais à la mode, car aucun détail de ce qui devait être le chic de l'époque n'y manquait. Et c'était probablement de cette mode, qui lui rappelait trop les boudoirs viennois des conquêtes faciles, que le comte Hynko se montrait las.

Le tableau était bien d'Hans Makart, artiste actif, en cette fin de siècle à Vienne. Sa notoriété était telle que les princesses, comme la moindre débutante du Burgtheater, désiraient poser dans son atelier. Le beau monde commençait alors au bas de l'échelle, de la petite théâtreuse aux archiducs en passant par le baron juif.

Ce portrait était probablement l'une des dernières œuvres de l'artiste, car il était signé de 1883. Celui-ci était un grand expert de l'onctueux. Il brossait ses croûtes avec cette fausse allégresse et ce fouetté qui, au fond, rendaient parfaitement l'atmosphère délétère de Vienne et qu'il pensait être le seul à détenir depuis Franz Hals, l'avouant d'ailleurs sans complexe. Il est vrai que Makart, avec son savoir-faire, était devenu une véritable entreprise. Bien des salons de Vienne, et même de la Hofburg, s'enorgueillissaient d'avoir été « makartisés » avec des œuvres aussi indigestes que l'*Entrée de Charles Quint à Anvers* ou les *Noces de François-Joseph d'Autriche et Élisabeth en Bavière*. C'était devenu une fureur. Toutefois, à la même époque, les grands juifs éclairés, les Wertheinstein, les Rothschild, les Eskele, les Springer, les Wittgenstein, les Schey… avaient déjà commencé à se faire peindre par Gustav Klimt.

On comprend que le comte Hynko, en dépit de son dolman bien troussé, affichât cet air légèrement contrit ; d'autant que ses voisins dans la galerie, ses aïeux, et les miens, avec leurs gueules de forbans, avaient été portraiturés par des Holbein, des Cranach, des Dosso Dossi et plus près de nous des von Kobell. Même ma grand-mère Malvina, la comtesse juive, s'en tirait mieux que lui avec son portrait par Carolus-Duran.

Soudain, la Reinhausen baissa la voix. « Savez-vous qu'elle a été bradée par sa famille… Oui ! Oui ! On l'a forcée à signer le contrat. Et ensuite, comme elle ne voulait rien entendre, son vieux juif de père lui donna un coup sur la tête en plein milieu de la messe pour qu'à défaut de prononcer une parole, elle incline du moins la tête pour donner son consentement à l'archevêque… Ce fut un vrai scandale. Heureusement, elle mourut très vite ensuite, le temps, cependant, de donner un héritier. Je crois bien d'ailleurs que ce portrait est une commande posthume. On a prétendu que le peintre s'était servi d'un portrait que lui avait refusé la comtesse Greffulhe et qu'il avait envoyé, le visage retapé, comme celui de la comtesse Malvina… » Et suivait une description peu flatteuse de ma grand-mère.

Le soir, Mlle Marthe ne manquait jamais de venir dans ma chambre et tout naturellement, sans même faire allusion à la scène de la galerie et aux venimeux potins de la baronne, elle trouvait un biais pour amener la conversation sur ma grand-mère. Elle m'en parlait avec beaucoup de tendresse et d'amitié. « Ta grand-mère Malvina était d'une beauté orientale ; de ces juives à la peau si blanche qu'on aurait dit qu'elle était transparente. Ses épaules, sa taille souple ont été très bien rendues par le peintre français, sans aucune flagornerie. C'était un être éthéré exactement comme elle a été peinte dans cette robe de satin ivoire. Elle était infiniment cultivée. Elle aimait la littérature, la danse et la musique par-dessus tout. Déjà toute jeune fille, son père, qui ne savait rien lui refuser, faisait venir le quatuor Rosé à chacun de ses anniversaires. Elle avait connu en pension une Hongroise du nom de Jenny Feld. Celle-ci avait pour professeur de musique un jeune compositeur, M. Mahler. Ta grand-mère se joignit tout naturellement à leurs leçons. Jenny Feld reçut en cadeau du compositeur le manuscrit d'une symphonie et ta grand-mère quelques *Lieder*… » Il ressortait de ce que j'apprenais ainsi de Mlle Marthe que grand-mère Malvina appartenait à cette société éclairée que le comte Hynko aimait à hanter.

Viveur, certes, futile au dernier degré mais artiste, le comte Hynko fréquentait l'intelligentsia viennoise et la juive de préférence avec d'autant plus d'ostentation que la bonne société, ou celle qui passait pour telle, sentait si fort la réaction qu'elle lui donnait des nausées. Il semble qu'Arthur Schnitzler se soit inspiré de lui pour le personnage du Comte dans sa pièce *Liebelei*.

Cependant, à la longue, quelque chose me frappa dans les souvenirs que Mlle Marthe évoquait à propos de grand-mère. J'eus la vague impression qu'elle ne m'en parlait pas comme d'une personne morte depuis près de quarante ans, avec laquelle au fond elle avait peu vécu, mais comme d'une personne vivante, avec laquelle elle entretenait encore une intimité. Une amitié presque. Parfois, il lui arrivait de dire : « Sais-tu qu'elle t'aurait adoré ? Tu es exactement le petit-fils qu'elle aurait voulu… » Et cela ne me paraissait pas bizarre, de prêter des sentiments à mon endroit à une morte.

Un jour, se prenant probablement à ce jeu, Marthe m'avoua lui avoir donné une photo de moi tout petit, ajoutant que rien ne lui avait fait autant plaisir depuis longtemps.

« Mais voyons, Marthe, quand je suis arrivé d'Italie à Schwarzauge avec mes parents, j'avais déjà presque un an ; et elle était morte depuis vingt-cinq ans au moins ! » Alors, comme une somnambule que l'on tire de son sommeil, Mlle Marthe tangua un instant pour reprendre ses esprits. « Dieu que je suis bête ! Voilà ce que tu me fais dire avec toutes tes questions ! C'était bien évidemment la photo de ton père que je lui ai glissée entre les mains ; et c'est en la serrant sur sa poitrine que le soir même, elle mourut… » Mlle Marthe mentait. Je savais bien qu'elle mentait. Était-ce pour m'apaiser, éteindre mes questions ou cacher quelque secret qui, d'année en année, épaississait l'atmosphère irrespirable de Schwarzauge ?

À nous deux, comte Hynko !

Quand il lui fallait passer par la galerie et croiser le portrait du comte Hynko, son père, grand-père Tassilo détournait la tête en marmonnant des jurons en patois. Je l'ai même surpris à cracher par terre. Cette rencontre le mettait d'une humeur de dogue.

Mais plus encore que le comte Hynko dans son

cadre, le portrait de Kuno-le-Sanglant le jetait dans des rages folles. Je ne sais quel ancêtre au XVIIIe siècle, s'étant rendu compte que la galerie ne possédait pas de portrait de ce terrible condottiere, le fit peindre par Rosalba Carriera d'après une miniature. De Venise, la Carriera lui fit parvenir un exquis pastel où le sauvage guerrier était représenté en perruque poudrée avec un catogan capucine. C'était à la fois ravissant et grotesque.

Grand-père, bien avant ma naissance, avait fait venir au château un peintre suisse pour brosser en pied son propre portrait. Il était représenté dans un costume qui tenait à la fois du chevalier teutonique et du reître de la Renaissance, avec sa culotte gaufrée et son étui pénien en velours rebrodé de fils d'or. Il brandissait de ses deux mains un braquemart qui prenait tout l'espace supérieur du tableau. C'était terrible et presque aussi ridicule dans un autre genre que la perruque poudrée et le catogan du tableau de la Carriera. Cependant, grand-père en était fort satisfait, malgré certains anachronismes et quelques détails hâbleurs comme celui de la braguette. Il s'apprêtait à demander à ce peintre, après ce coup d'essai si réussi, le portrait de Kuno-le-Sanglant. Mais l'artiste dut rapidement quitter l'Autriche et regagner la Suisse car on se trouvait à la veille du 2 août 1914. Kuno-le-Sanglant demeura donc dans son cadre ovale en bois doré avec sa mouche assassine et ses pommettes roses. La guerre finie, le peintre était décédé.

Aussi à chaque fois, après avoir craché devant le portrait du comte Hynko, grand-père se mettait-il à piétiner de rage en croisant le tableau de la Carriera.

Après mon bref et dernier voyage en Allemagne, la

guerre de 40 terminée, repassant par la Suisse pour rejoindre Paris, je m'arrêtai à Bâle. J'y tuai une demi-journée d'attente en me rendant au musée. J'avais totalement oublié le portrait de grand-père. D'ailleurs, après le grand chambardement qui était survenu à Schwarzauge et l'incendie du château par les forces alliées lors de leur marche sur Vienne, je pensais qu'il était parti en fumée avec certains autres tableaux – ceux dont le Reichsmarschall Göring n'avait pas voulu pour sa collection personnelle. Or, à peine dans le musée, qu'aperçus-je dans la salle consacrée aux œuvres de Ferdinand Hodler (1853-1918) ? Eh bien, la figure si antipathique de grand-père Tassilo. C'était bien lui ! C'était son portrait, impossible de s'y tromper. Même gueule patibulaire, taillée à la serpe, même étui pénien, même braquemart brandi vers le ciel. J'aurais pu faire appeler le conservateur ; lui montrer le tableau ; lui dire que je détenais les preuves qu'il m'appartenait et que c'était mon grand-père, du moins continuais-je à l'appeler ainsi.

« Savez-vous, monsieur, que c'est peut-être dans ce musée le tableau qui est le plus photographié ? Évidemment, après *La Fiancée du vent* de Kokoschka... » me glissa le gardien, me voyant intéressé par cette croûte. « Ah oui ! avais-je fait... Vraiment ?... Comme c'est intéressant... Oui, c'est vraiment un sacré morceau de peinture... » « C'est cela, monsieur, un morceau de peinture ! C'est exactement ce qu'il faut dire... vous m'avez soufflé le mot... Hodler est un grand peintre... Le meilleur que nous ayons eu depuis longtemps en Suisse... Je ne sais pas ce que Monsieur pense de Klee ? Mais moi, si je puis vous donner mon avis : à côté de ça, c'est pas grand-chose... » « Vous avez raison », fis-je et je quittai la salle.

L'idée de récupérer ce tableau, qui un instant m'avait traversé l'esprit, me parut soudain absurde. Tout cela n'avait plus d'importance : il me fallait tout oublier. Et puis si j'avais commencé avec cette croûte, il m'aurait fallu continuer avec les autres. M'attacher à recouvrer le portrait de Frundsberg par Dosso Dossi que je savais à la Gemaldt Galerie de Dresde. Et de fil en aiguille les Holbein, et le Cranach... Ce genre d'activité vous bouffe une vie. Et quand vous y arrivez – si vous y arrivez – vous avez vos tableaux, et puis quoi après ?... Moi, je voulais simplement savoir pourquoi la vie m'avait filé entre les doigts... Retrouver quelque part un paysage juste où je puisse prononcer des paroles naïves...

Chaque soir donc, alors que je traversais la galerie des portraits pour me rendre à la salle à manger qui se trouvait dans l'aile du nord où grand-père m'attendait pour dîner, le comte Hynko me regardait passer et, de son œil rieur de je-m'en-foutiste patenté, il semblait me dire : « *Und so was, mein Bub ?* Alors mon gamin ! Comme tu vois, me voilà fait comme un rat ! Englué dans cette croûte et suspendu sur un mur de Schwarzauge, le plus sinistre château de la terre, ça, on peut le dire, je suis frit. » Mon imagination d'adolescent s'amusait de ce dialogue. J'avais trouvé en lui un allié contre grand-père, ses diktats, ses silences, ses humiliantes rebuffades. Les livres qu'à l'époque je dévorais, surtout ceux que je chapardais dans la chambre de Marthe, alimentaient cette conversation univoque. Je lui parlais de *Bouvard et Pécuchet* et de mon désappointement de ce que le roman fût inachevé. Un roman évidemment, c'est grave… semblait-il me dire. Bien plus grave que la vie… Au fond, tout reste toujours inachevé… Pourquoi se contraindre, alors, puisque de toute façon c'est elle, la salope, qui aura le dernier mot ? Aussi, petit gars, fleur de mon hasardeuse semence, dis-toi bien en te le mettant une bonne fois dans le crâne : chaque minute de prise est bonne ! Le plaisir seul arrive à nous laver de l'idée lancinante de la mort, avec laquelle nous naissons. Allège-toi de tout remords, vis, habite chaque instant… La transcendance, l'absolu, le devenir… me demandes-tu ? Du vent ! Qu'il faut laisser au hasard ! Ou alors, poursuis-le dans les cartes, avec les chevaux, les chiens, les femmes, ou la guerre, pourquoi pas ?… Une vie pratiquée comme un sport dans l'excès… C'est de la haute école… S'il existe l'hygiène du corps, il s'en trouve aussi une du cœur. À éviter les choses qui laissent un arrière-goût dans la bouche et des aigreurs à l'âme et finissent par vous empêcher d'entendre battre le cœur. S'interdire pour cela d'entrer dans *l'espace noir*…

La lumière du soleil couchant d'une fin d'après-midi de septembre tombait par un œil-de-bœuf, éclairant d'un trait de lumière le visage du dragon, lui rendant du même coup ce teint rose et ce poil doré que n'avait pas voulu lui concéder le pinceau du peintre. Une lumière mélodieuse, presque automnale, concentrait sur la toile ses vibrations. Comme une palpitation qui peu à peu se muait en une musique de mots, l'âme vaporeuse et épurée du vivant qu'il avait été jadis. Des mots crissaient comme sous les pas, en automne, les feuilles mortes : Prater... Liebelei... Grinzing... Bel Ami... Sacher... Wienerwald... Fritzi... Mitzi... Putzi... et puis en un souffle, comme lorsque les violons, *pianissimo* d'abord, puis s'agaçant ainsi que des abeilles autour des campanules des champs, montent *crescendo*, soutenus par les cuivres et les vents, jusqu'à une plainte lancinante, j'entendis, en un soupir à fendre l'âme, le prénom de Marie. Un de ces soupirs qui font penser que les morts aussi ont de grandes tristesses. C'était chaque fois la même chose lorsque, par hasard, il m'arrivait de croiser à cette heure crépusculaire, alors que la cloche du château résonnait pour le dîner, le regard du dragon blême.

Quant à moi, depuis deux ans déjà j'avais rejoint les *Hitlerjungen*. Est-ce assez de dire que j'avais pénétré, sans le savoir, dans « l'espace noir » ?

Max Vögelbach entre en scène

La baronne Tilla von Reinhausen avait tout d'une vipère lovée dans un bocal de miel. Elle ménageait ses poisons, sauf quand on attaquait son neveu Andréas. Alors elle se dressait et de ce ton inimitable et sucré elle sifflait : « ... Mais non ! Mais non ! Andréas est un fort gentil garçon... D'abord il est mon neveu... Il se donne beaucoup et sans restriction... La ruine de sa famille lui a fait comprendre la précarité des choses... Et je dois dire, et j'en suis fière, qu'il s'est fait tout seul... » « *With ass' help !...* » glissa lady Sudburry à l'oreille du comte Moy qui, dur de la feuille et ne voulant ni se faire appareiller ni utiliser le cornet si chic de nos aïeules, faisait semblant de comprendre et, pour être bien certain d'avoir compris, répétait la phrase – évidemment de travers. « *Mass ! Did you say, dear ?* »

Il n'en fallait pas plus pour désarçonner la baronne qui, de toute manière, était prête à avaler un panier entier de couleuvres de lady Sudburry. En effet, cette dernière l'invitait, chaque hiver, à séjourner en sa compagnie au Palace de Saint-Moritz, pour l'unique et très compréhensible plaisir des gens riches : avoir une personne sous la main à torturer. Aussi, sans se départir un instant de son ton pointu, la baronne négligea la remarque et poursuivit : « Évidemment, il faut bien commencer... Il est vrai qu'il y a eu au début de sa carrière quelques malheureux flottements... Lorsqu'il fut l'assistant de ce décorateur dont j'ai oublié le nom... Un juif roumain, très riche, parfaitement laid, intime de Max Reinhardt, son souffre-douleur même... Toujours en voyage... Un pied au Ritz à Paris un autre au Colony à New York. Je crois même qu'il a aidé Max pour les décors du *Miracle* à Salzbourg l'année où Diana (lady Diana Cooper) tint le rôle de la Vierge... Tout le monde l'appelait *Kätchen*... vraiment j'ai son nom sur le bout de la langue... » « Rudolph Kommer », laissa tomber lady Furness que tous ces à-peu-près mondains commençaient à agacer. « Vous m'avez ôté le nom de la bouche, chère Thelma. Rudolph... C'est cela ! Rudolph Kommer, évidemment. Il a décoré un ou deux appartements de Leopoldskron. Et c'est d'ailleurs dans ce ravissant château de Reinhardt qu'Andréas habitait durant le dernier Festival avec ce... juif...

« Terrible, terrible vraiment ! Évidemment, vous savez comment est le monde, on s'est empressé de dire qu'ils partageaient la même chambre, pourquoi pas le même lit ?... Et quand cela serait ?... » Ici, le visage de la baronne prit l'expression d'un pékinois en attente d'un mollet à mordre. Elle regarda de ses yeux globuleux les quelques personnes qui s'étaient regroupées autour de la table où le thé venait d'être servi, tira une petite langue rose qu'elle passa sur ses lèvres, ce qui chez elle était un signe infaillible, et balança son venin. « D'ailleurs dites-moi, *Liebling*, lequel de nos charmants époux n'a pas eu dans sa jeunesse un petit coup au cœur pour sa jolie ordonnance ? » Lady Sudburry faillit laisser choir sa tasse de thé, tant le coup semblait imprévisible. L'affaire Sudburry avait fait la « une » de tous les journaux à scandales du Royaume-Uni. En effet, le vicomte Sudburry était un intime du prince de Galles. Il appartenait même au premier cercle. Sans lui, aucune chasse, aucune croisière n'était envisageable. De surcroît, il était l'écuyer du prince et le colonel des prestigieux *Coldsteam guards*. Or une nuit, il fut pincé par une ronde de *bobbies* sur les genoux d'un *horse guard* dans Green Park. « *Good shot !* » s'écria Thelma Furness qui, Américaine et également pairesse du Royaume comme Cassandra Sudburry, détestait cordialement sa compatriote. Thelma Furness avait été la maîtresse du prince de Galles avant Mrs Simpson, par ailleurs une de ses meilleures amies. Cette dernière l'avait évincée, profitant d'un voyage de lady Furness à New York. Sur le *Bremen* qui la ramenait en Angleterre, elle était devenue la maîtresse du jeune Ali Khan auprès de qui elle découvrit des jeux infiniment plus corsés que ceux auxquels elle se prêtait en compagnie de son princier amant, et qui tenaient, disait-on, à des enfantillages de nursery. Dès son arrivée à Southampton, elle voulut contacter le palais, mais en vain. Le lendemain elle reçut de chez Philips, le bijoutier de Bond Street, de la part de

« David » (c'est ainsi que, dans la camarilla qui s'était formée autour du prince de Galles, on nommait ce dernier) un brillant accolé à une émeraude, montés d'une façon exquise. C'était le cadeau d'adieu. Elle le comprit et ne tenta plus aucune démarche auprès du prince. Depuis, elle s'était rattrapée aux branches d'un *smart set* international. Chaque année la ramenait à Schwarzauge pour les chasses avec son amie Francine Davenport que plus personne n'invitait à la chasse en Grande-Bretagne depuis qu'elle avait abattu froidement son garde-chasse, officiellement son amant. « Peu m'importe qu'elle tire ses gardes-chasse comme des lapins, mais qu'elle ne s'avise pas de dégommer les miens, dont je fais le même usage… » s'était écriée la duchesse de Westminster, en s'empressant de la rayer de ses listes.

La Reinhausen voulut ignorer l'approbation de lady Furness. Elle connaissait cette dernière, qui ne se privait pas de répéter partout que Cassandra Sudburry n'était pas née comme elle le prétendait entre Park Avenue et la Cinquième, mais dans le Bronx d'un père rabbin et que son vrai nom de jeune fille était Ruth Steinblum. Elle pensa à ses vacances d'hiver à Saint-Moritz, qui venaient une fois pour toutes de s'envoler, et c'est presque profil bas qu'elle poursuivit l'éloge de son neveu : « Et depuis, beaucoup d'eau a coulé sous les ponts… Andréas à présent ne déserte plus le chemin des dames… Trois demandes en mariage ! Ce n'est pas rien… un véritable étalon ! » « Pas mal du tout ! si on pense qu'il a entièrement plumé Sibylle Altomonte, à qui il ne reste plus aujourd'hui que ses poumons, et encore assez mités pour les cracher dans un sanatorium du Salzkammergut aux frais d'Emerald Cunard, laquelle en fut priée par sir Thomas Beecham, ancien amant de Sibylle avant que celle-ci ne le cédât à ce vieux rafiot de la Cunard Line… Un drôle de coco votre Andréas !… » La pique venait de la comtesse Goetz, une cancanière des plus vénéneuses qui n'avait ni le tour suave ni la manière de la baronne mais qui avait pour elle un atout maître : avoir été l'une des premières à prendre sa carte du parti nazi. C'est elle qui, l'année précédente, avait présenté Joachim von Ribbentrop à grand-père Tassilo. Elle avait séduit ce dernier par tout un ragoût de généalogie. Elle prétendait descendre en ligne directe du fameux Goetz von Berlichingen, dit « Main de fer », sorte de bandit et de condottiere, ami de Frundsberg, au destin assez similaire. Elle avait précédé la princesse Hohenlohe dans le lit d'Heinrich Himmler, le maître de la SS. Son crédit, cependant, demeura tout entier auprès de son ancien amant qui, sur ses instances, allait créer une Panzerdivision Goetz von Berlichingen. « Voyez comme vous êtes, comtesse ! Je trouve Andréas parfait ! Il fait un métier difficile, qui demande infiniment de tact, d'élégance, de distinction, et même, dois-je le dire, de dévouement. Tenez : lorsqu'il se fiança à Baba Fritz-Mendel, et qu'ils firent le tour du monde, eh bien Andréas prit des leçons de repassage pour défroisser les robes de cette vieille peau quand elle les trouvait trop chiffonnées. N'est-ce pas mieux que du dévouement ? De l'abnégation… Et finalement, je dois avouer, moi, sa tante, que c'est en son genre un véritable inventeur ! N'a-t-il pas lancé un métier qui, sans lui, serait resté à l'état de bricolage : le fiancé professionnel ? » « C'est sans doute la nuit qu'il prend ses leçons de repassage… Ce matin, un valet de pied, vous voyez celui qui est très grand, très blond... se glissait comme un voleur hors de sa chambre... » soupira le marquis Stradani avec, dans la voix, une sorte de regret. « Ah ! la petite salope ! Oh ! le bâtard !... » s'écria Thelma Furness, C'était un cri qui venait, à défaut du cœur, d'un endroit qui, du moins souvent, en fait office, et qui ne laissait aucun doute sur son aptitude aux leçons de repassage. Encore que, pour celle prévue la nuit dernière, on lui avait posé un lapin. « Oui, oui, je le connais, c'est Max... Max Vögelbach... Un garçon très serviable... Il n'y a pas meilleur que lui... au... au repassage... N'est-ce pas, Thelma ? » s'empressa d'ajouter Cassandra Sudburry, pour égaliser le score des vacheries. Elle connaissait d'ailleurs parfaitement le sujet, ayant inventé une devise qu'elle avait, aussitôt, fait sienne : « *Alcool, drugs, niggers and after what else...* » On l'appelait d'ailleurs le piranha du sexe. Se tournant vers la comtesse Goetz, elle lui demanda d'une voix suave : « Mais n'est-ce pas vous, comtesse, qui l'avez introduit à Schwarzauge ?... »

C'était en effet la comtesse qui avait chaudement recommandé Max à grand-père Tassilo. Mlle Marthe, qui avait tout de suite jaugé l'individu à sa juste valeur, n'avait rien pu faire pour l'écarter. S'il n'appartenait pas encore à la Gestapo, il était du moins en cheville avec elle. Déjà depuis deux ans Max servait l'été au château, à l'exception de deux semaines qu'il se réservait au mois d'août et où, comme moniteur, il participait aux camps des Jeunesses hitlériennes. Il fascinait par une beauté de mauvais ange doublée d'une troublante animalité. Les femmes comme les hommes étaient captivés par son charme noir. Ce qui était relativement facile, compte tenu de la clientèle qui hantait le château à la belle saison. Il se monnayait sans vergogne. Mais ce qu'il préférait de beaucoup, c'était pervertir. S'emparer d'une âme, l'égarer était pour lui une drogue. À peu près tous les jeunes valets avaient été en butte à ses assiduités, comme certaines servantes d'ailleurs. Il étendait ainsi son pouvoir sur le château. Secret, il se tenait au courant de tout. Il notait les détails les plus intéressants au jour le jour dans de petits carnets qu'il glissait dans une enveloppe et, en fin de semaine, allait poster au village. Parmi ceux qui lui avaient résisté, se trouvait le jeune Ingo. C'était un garçon du village avec qui j'avais été à l'école primaire. Il était d'un an plus âgé que moi. Cette année-là, il venait d'avoir seize ans et pour la première fois il avait été engagé par Mlle Marthe, qui l'avait commis au service du pavillon de la Brèche-aux-loups que lady Furness avait loué pour la saison d'été. Ce n'était pas la première fois que cette Anglaise résidait à Schwarzauge. Généralement, elle préférait loger au château. Mais elle gardait espoir que David, enfin lassé de se faire talquer le postérieur par Wallis Simpson (c'était disait-on leur grand jeu érotique), lui reviendrait. En ce cas, le rendez-vous de la Brèche-aux-loups lui laissait infiniment plus d'intimité pour recevoir l'héritier du trône d'Angleterre.

Ingo avait tout de suite compris le manège de Max et où celui-ci voulait l'entraîner. Au village, on se méfiait de Max qui, l'année précédente, avait dénoncé comme juif le cordonnier, lequel avait été en butte à des brimades. Son échoppe avait été couverte de phrases obscènes agrémentées d'étoiles de David.

Puis, une nuit, sa vitrine avait été brisée. Les habitants du village n'étaient pour rien dans ces vexations. Mais le cordonnier fut dégoûté et, malgré l'attitude amicale de ses voisins, un beau matin il prit le train avec sa femme et ses deux enfants et jamais plus personne ne les revit.

Au lieu de refuser les avances de Max, Ingo, qui était curieux, entra dans son jeu. L'histoire du cordonnier l'avait troublé. Il soupçonnait Max d'y être pour quelque chose. Depuis un certain temps, de pareilles scènes se répétaient dans les villages alentour. Ces menées étaient le fait de commandos de malfrats débarqués de Vienne mais aussi de Munich, de Rosenheim. Ils préparaient l'*Anschluss*, se vantaient-ils quand ils avaient un verre dans le nez à l'auberge du coin. Chacun était en attente. L'Autriche vivait ses derniers jours. Ingo s'approcha de Max comme le jeune chasseur qu'il était. Il le débucha, le suivit sur ses brisées et ne se laissa pas donner le change. Il le brossa aussi loin qu'il put, le poursuivit et l'autre, pensant pouvoir lui donner le contre-pied, se trouva forcé sans le savoir. Max était un homme de la plaine du Salzkammergut, il tenait plus du loup que du renard. Aussi, sans s'assurer de la sincérité d'Ingo, lui fit-il miroiter de grandes possibilités pour l'avenir, si du moins il voulait bien lui faire confiance. Déjà, Max pensait le tenir à sa main. Mais c'était Ingo en réalité qui l'avait piégé. Max aimait boire. Ce n'était un secret pour personne, parmi les jeunes domestiques de Schwarzauge. Max, par on ne sait quel passe-droit, avait obtenu une chambre séparée des autres valets. La nuit Ingo se rendait dans sa chambre, n'oubliant jamais d'apporter des munitions. C'était toujours des bouteilles de cognac, de kirsch, d'Imbeergeist… Sous l'emprise de l'alcool, Max se confiait. Ainsi raconta-t-il à Ingo comment il avait fait partie du commando qui avait pénétré dans la chancellerie de Vienne et comment il y avait assisté à l'assassinat de Dollfuss. Il lui avoua aussi qu'il avait été dépêché à Schwarzauge pour préparer le terrain. Que c'était un nid de youpins. Et qu'à la Gestapo à Munich, on le savait. Et que la première chose que le parti ferait quand l'Autriche serait envahie, ce serait de mettre sous séquestre le domaine et de s'emparer de la collection de tableaux.

« À Munich où j'ai parlé de toi, on a besoin de types de ta trempe… Il va y avoir beaucoup de changement ici. Le vieux comte Tassilo est foutu. D'ailleurs, il n'est pas le fils de son père. Ce n'est un secret pour personne. Et puis son mariage avec une juive a fini par le discréditer… » « Mais la comtesse est morte depuis longtemps, il y a prescription… elle est morte à la naissance du comte Ulrich… Et lui également est mort… » « À d'autres ! Il se trouve, à Vienne, un dossier épais comme ça… D'abord, le comte Ulrich, bien que tout le monde fasse semblant de l'avoir enterré, est bien vivant ; et puis d'ailleurs, il n'est pas le fils du vieux… Quant à Malvina von Hirschwitz, elle est tout aussi vivante qu'Ulrich… Elle vit retirée dans la montagne, au-delà de la Brèche-aux-loups… Depuis trente ans, elle y vit seule. Elias le majordome s'occupe d'elle. D'ailleurs comme elle, il est juif. Mlle Marthe va la voir presque tous les jours… Tout cela, je te le dis, Ingo, c'est youpinerie et compagnie… Mais je t'en raconterai bien plus une autre fois… »

Sans doute dut-il se rendre compte, le lendemain au réveil, qu'il en avait trop dit. Il comprit qu'il s'était compromis pour rien, car Ingo ne cédait pas pour autant à ses avances.

Ce fut ce même jour, lors du dîner, que Thelma Furness, voulant un peu de vin, n'entendit plus le tintement habituel de sa bague sur le cristal du verre qu'elle tendait à son voisin. « Ma bague, s'écria-t-elle. Ma bague, la bague de David. Mon dieu ! Jamais je ne me le pardonnerais si je la perdais... Peut-être l'ai-je laissée dans ma salle de bains ?... » « Certainement !... Certainement !... renchérit le marquis Stradani pour la calmer. Dans votre salle de bains ! Oui ! Oui ! Il faut envoyer tout de suite quelqu'un y aller voir. » Mlle Marthe dépêcha aussitôt Ingo. Une demi-heure plus tard, il était de retour de la Brèche-aux-loups, bredouille. Ni bague sur la table de nuit, ni sur la coiffeuse, et encore moins sur le lavabo.

Après le dîner, Max glissa à l'oreille d'Ingo de ne pas se donner tant de mal pour une bague qu'il avait dans sa poche. Il la lui montra. « Je connais un receleur à Innsbruck. C'est moitié pour toi, moitié pour moi. » Ingo comprit aussitôt que l'autre lui tendait un piège. Il fit semblant de marcher dans la combine et, le soir même, alla le dénoncer à Mlle Marthe. Il lui raconta également ce que Max lui avait dit la veille : le nid de juifs, la comtesse Malvina et son fils le comte Ulrich toujours vivants... Et aussi ce qui se tramait à la Gestapo.

La police débarqua au château. On fouilla la chambre de Max, où l'on ne trouva rien. La police repartit avec Max, menottes aux mains. Elle ne le garda que quelques heures et, le lendemain, Max reprenait son service au château comme si de rien n'était. Ce jour-là, je croisai Ingo par deux fois dans les couloirs du château. Je sentis bien qu'il voulait me parler. Mais il y avait toujours un autre valet avec lui. Finalement, le soir, il me prit dans un coin au bas du grand escalier. Il n'eut que le temps de m'avertir. Que grand-père Tassilo était entièrement sous l'influence de Max. Et que je devais absolument protéger mon père... Pourquoi me parlait-il de mon père ? Je n'eus pas le temps de lui poser cette question que Max, sortant de l'ombre, le poussait violemment de l'épaule : « Allez ! Assez traîné, il faut monter à la Brèche-aux-loups, faire les chambres des nouveaux arrivants... » Ingo se retourna vers moi. Il était pâle. Je suis à peu près certain aujourd'hui qu'il savait ce qui l'attendait.

Le soir, il ne prit pas son service. Mlle Marthe s'en montra inquiète. C'est alors qu'Elias, qui jamais ne se serait permis une remarque sur un des employés du château, laissa tomber à la cantonade : « Peut-être n'a-t-il pas l'esprit tranquille... ces jeunes gens font des bêtises et ensuite les regrettent... » Mlle Marthe, qui ne s'asseyait à table que lorsque nous étions dans l'intimité et qui, lors de ces grands dîners, comme ce soir-là, se tenait entre la porte de l'office et une des immenses tables à gibier qui servaient de desserte, le regarda avec surprise. Elias continuait à passer les vins.

Grand-père était très droit et très pâle au bout de la table où il présidait. Il jeta également un regard à Elias.

Le lendemain matin, Ingo était toujours absent. On l'envoya chercher chez lui au village. Mais sa mère ne l'avait pas vu depuis l'avant-veille. On prévint la police. Et c'est tout à fait par hasard qu'un pêcheur de truite donna l'alarme, ayant aperçu un cadavre qui flottait en aval de la Ziller. Le corps repêché ne laissait aucun doute. C'était bien Ingo. Dans la poche de sa veste, on retrouva la bague de Thelma Furness. La police ne poussa pas plus loin son enquête. À quoi bon savoir pourquoi le jeune homme avait la figure tuméfiée et le corps plein de bleus, comme s'il avait été roué de coups avant d'être jeté dans la rivière !

Deux jours plus tard, comme s'il ne s'agissait que d'une nouvelle de peu d'importance, grand-père Tassilo, au milieu des aboiements des limiers, alors qu'il s'apprêtait à partir pour la chasse, me dit : « Kuno, la semaine prochaine, vous vous rendrez à un camp de jeunesse près du Wolfgangsee. C'est décidé. Il n'y a rien à dire. Ce sera d'ailleurs très bien pour vous. Cela vous aguerrira. Et ainsi, de là, vous rejoindrez votre collège en Bavière ou, s'il vous reste encore des jours de vacances, vous pourrez revenir les passer à Schwarzauge. Je ne peux pas vous faire conduire par la voiture… Vous le comprenez, avec tous ces invités… Max vous accompagnera en train. Il est d'ailleurs moniteur dans ce camp… » Les valets de limiers essayaient de retenir avec leur fouet le vautrait tout en l'excitant de la voix. Aussi, entre les cris des valets et les aboiements des chiens, la voix de grand-père se perdit. Là-dessus grand-père donna de la trompe. On lâcha alors la meute qui s'engouffra dans le bois. C'étaient des chiens bien dressés pour la porchaison, sachant sans broncher déceler la ruse des vieux solitaires.

Je n'étais pas vieux, certes un peu solitaire, mais j'avais l'impression qu'on avait lâché la meute après moi.

Mon premier camp aux Hitlerjungen

« Coucou ! Coucou ! Ne fais pas cette tête ! C'est moi Franz ! Franz ! Ton copain Franz ! Me dis pas que tu ne te souviens plus ? Impossible ! L'été 33, 34 peut-être, le camp de jeunesse sur les bords du Wolfgangsee ! Mince ! pour moi c'est comme si c'était hier… »

Tu parles un peu si je m'en souvenais. Cela avait même été une fichue expérience. Mais ça vous secoue tout de même de recevoir comme cela, trente ans plus tard, en pleine poire, à l'improviste, et à Vienne de surcroît, dans un tram, un soir sale et gris de novembre, vos souvenirs de jeunesse, d'un petit vieux qui se lâche.

Il neigeait. La nuit tombait. Je m'arrachais tant bien que mal au Franz en question qui essayait de me retenir par un bouton de mon manteau. Il s'y agrippait désespérément. Je sautais du tram encore en marche, lui abandonnant mon bouton, au coin de Tiefergraben. Je clopinais comme je pouvais avec cette fichue blessure à la jambe qui, aux premières neiges, me torture, et souvent aussi quand il y a de l'orage dans l'air. Malgré les flocons qui tombaient épais, et le tram qui machinait dur sur les rails en jetant des flammèches bleues sur la neige, j'entendais encore le Franz qui s'égosillait. Coucou ! Coucou ! Évidemment, je l'avais reconnu, malgré son air crevé. Mais à part moi, qui aurait pu imaginer dans cette épave le petit dur, bâti fallait voir comme, qu'il avait été jadis ? Un vrai aryen. Blond, la mâchoire carrée, l'œil myosotis et à dix-sept ans mesurant déjà à la toise son bon mètre quatre-vingts. Rien à voir avec le fantôme du tram, cette chiffe molle avec sa voix brisée, couvant un cancer de la gorge.

Toujours le premier à sauter dans le lac, le matin pour le décrassage ; et pas le dernier la nuit à se faufiler entre mes draps pour se faire astiquer. Un sacré vicelard, l'animal !

Quelques jours avant la fin du camp d'été, il était finalement arrivé après deux semaines d'un baratin virtuose à emballer la Anja. Pas vraiment une beauté, la donzelle, mais appétissante avec ses bonnes joues, son teint rose de poupée pour touriste et sa gorge pigeonnante ; et surtout remarquablement idiote à en juger par son grand rire chevalin qui faisait bondir ses seins quasiment hors du corsage chaque fois qu'elle s'esclaffait.

Elle servait à la buvette de l'embarcadère, vêtue d'un *Dirndl*. Elle portait des bas blancs et des souliers à boucle d'argent et était coiffée d'un minuscule chapeau de feutre vert, surmonté d'un plumet en poil de blaireau, qui tenait par miracle sur le haut de sa tête entre deux tresses roulées en macarons sur les oreilles. Franz l'avait entraînée en pédalo de l'autre côté du lac. Elle n'avait fait aucune difficulté. J'avais depuis longtemps compris, en regardant faire à Schwarzauge les jeunes valets avec les servantes, que tout cela faisait partie d'un jeu, qui eût réduit la conquête à peu de chose, puisque dès le début le résultat était donné. Mais Franz n'aurait, vis-à-vis de moi, éprouvé aucune gloire à triompher trop rapidement de cette cruche. Son orgueil eût souffert d'une victoire trop facile. D'autant que, depuis le début du camp, il posait au chef de bande. Probablement aussi voulait-il croire ou faire croire à la virginité de la demoiselle. En ce cas, il était le seul à se faire des illusions. De notoriété publique, Anja était une Marie-couche-toi-là. Elle en avait dessalé plus d'un, à ce qu'on racontait. Mais ça, Franz semblait vouloir l'ignorer ; et encore davantage les extras auxquels elle se livrait presque sous son nez avec des techniciens de cinéma.

En dehors de notre groupe de jeunesse et des touristes qui s'attardent encore durant les derniers beaux jours au bord du lac, il s'y trouvait également, cet été-là, l'équipe d'un film. On tournait les extérieurs du *Lac aux dames*. En y repensant maintenant j'en suis certain, nous étions au mois d'août 33, l'année même de l'accession d'Hitler au pouvoir en Allemagne ; et non, comme le prétendit l'homme du tramway à Vienne (je n'ose l'appeler Franz), l'été de l'*Anschluss* – qui ne devait survenir qu'en 38, cinq ans plus tard. J'avais donc bien quinze ans et, lui, Franz, allait sur ses dix-huit.

Il est probable aujourd'hui que la jeune génération a oublié les romans de Vicki Baum, et vraisemblablement aussi le nom de la romancière. Mais à l'époque les midinettes de Vienne, de Berlin, réservoir inépuisable pour la *Trivialliteratur*, en faisaient leurs choux gras. Le succès du *Lac aux dames* dépassa rapidement les frontières de l'Autriche et de l'Allemagne. Et bientôt, le roman fut connu dans le monde entier. Anja avait probablement lu cette bluette, retraçant l'idylle sentimentale d'un maître nageur et d'une jeune Viennoise au bord d'un lac du Tyrol. Aussi l'éclairagiste du film comme le troisième assistant bénéficièrent-ils, dès qu'ils parurent, d'un prestige inouï aux yeux de la serveuse, qui nous relégua aussitôt, Franz et moi, au plus bas de l'échelle de ses soupirants. Durant quelques jours, elle ne nous prêta plus aucune attention : elle n'en avait que pour les techniciens du film. Elle ne leur ménageait ni ses agaceries ni ses éclats de rire. Franz faisait mine de ne pas s'en apercevoir ; il était, au fond, assez bonne pâte. Apparemment sans aucun amour-propre, du moins avec Anja. Si je le poussais un peu sur ce sujet, il prenait un air supérieur qui me laissait entendre qu'il n'en connaissait pas qu'un brin sur les femmes. C'est qu'il jouissait parmi nous tous d'un grand prestige du fait d'une virilité très au-dessus de la moyenne. En effet, il était mâté fallait voir comme, ce salopard. Il aimait d'ailleurs s'exhiber. Aux douches du soir, il en épatait plus d'un avec son machin, un sexe sombre et bien lourd. Il le faisait rapidement devenir énorme et dur et s'adressait à lui en l'appelant « *Notung* », du nom de l'épée de Siegfried. Une manière de se foutre des légendes germaniques dans lesquelles on marinait du matin au soir : serment des poignards, le *Horst-Wessel Lied* le soir autour du feu de camp et je vous fais grâce du reste.

À courir les bois, à escalader les pics, nous nous aguerrissions afin de devenir d'héroïques petits Teutons. Mais Franz, avec sa gouaille naturelle et cette sourde insoumission qui gronde souvent chez les demi-sel des faubourgs des grandes villes, s'en tapait bien de ce catéchisme à la gloire du grand Reich.

C'était un fils du prolétariat viennois. Papa ouvrier tourneur, souvent ivre et lui foutant des roustes ; maman couturière en chambre avec une clientèle de petites-bourgeoises pingres qui se rendaient chez elle pour les essayages, en rasant les murs. Un milieu assez sordide. Mais, au fond, ni plus ni moins qu'un autre. Que le mien par exemple, d'aristos péteux. Mauvaise tête, cabochard on ne peut plus, Franz avait cependant, comme tous les voyous, des principes. Dès son plus jeune âge, il avait tété aux mamelles de Bakounine et de Marx durant les réunions syndicales où ses parents l'emmenaient. Quelque chose lui en était resté. C'est au hasard du noyautage des quartiers pauvres de Vienne par le parti nazi autrichien qu'il eut l'idée, pour se tirer de la mouise, de s'inscrire aux camps de jeunesse. On ne parlait pas encore de *Hitlerjungen*. C'était une occasion inespérée de respirer l'air pur des montagnes. Sans profonde conviction, il avait trouvé là, à peu de frais, un moyen de se la couler douce durant deux semaines. Déjà à cette époque, son père, l'ouvrier tourneur, las d'espérer une prise du pouvoir du prolétariat après plus de vingt ans de militantisme, avait fini par rejoindre les Chemises brunes.

Franz en était déjà à son troisième camp, alors que moi je n'étais encore qu'un bleubite. On m'avait jeté chez les nazis pour se débarrasser de moi. C'est du moins ce que j'avais ressenti ; et malgré les années qui généralement estompent ce genre d'impression, j'en éprouve encore aujourd'hui un immense ressentiment.

« Ton grand-père est un homme d'un autre âge, m'avait dit Marthe pour me consoler. (Comme si être d'un autre âge pouvait l'excuser !) Son monde s'est écroulé avec la chute de la Double Monarchie. Il est de la vieille école qui croit encore à la discipline. Il a fait la guerre, il a connu de grands malheurs quand il a perdu son fils... » « Des clous ! » avais-je répondu alors, en repoussant pour la première fois de ma vie les caresses de Mlle Marthe. « Tu sais très bien qu'il crève de trouille. Il en est vert de peur. Il a voulu jouer avec les nazis et ce sont eux qui se sont montrés les plus forts. Maintenant, ils le tiennent par les couilles. Et ils ne le lâcheront plus... Quant à mon père, cesse de mentir ! Tu sais très bien qu'il n'est pas mort ! Max, lui, le sait. Alors, pourquoi tu ne le saurais pas, toi ? Oh ! Marthe ! Marthe ! Pourquoi m'avoir menti ?... » C'était la première fois que je parlais ainsi à Marthe. Elle avait courbé le dos sous mes reproches et était montée s'enfermer dans sa chambre. Le lendemain quand la voiture m'avait descendu à la gare avec Max, elle ne s'était pas montrée sur le perron pour me dire au revoir. Et son absence, alors, m'en avait dit plus long que tout ce qu'elle aurait pu me raconter sur mon père et les mensonges qu'on avait entretenus autour de moi.

Max, cet été-là, avait été promu chef de section. Tout de suite, il ne put encadrer Franz alors que, l'année précédente, il l'avait eu plutôt à la bonne. Max continuait à se saouler. Il buvait bière sur bière en les entrecoupant de petits verres de *Steinheger*. Bien mûr, il cherchait alors, pour un oui pour un non, la castagne. Et quand il se frottait à Franz, il trouvait toujours à qui parler. C'était un garde-chiourme-né. Il y avait probablement entre Franz et lui un vieux contentieux qui soudain, en ma présence, avait resurgi. Il le taxa d'abord de mauvais esprit. « Une forte tête qui n'a de cesse de battre en brèche l'autorité de ses chefs et de démoraliser ses camarades. Certainement un agent des bolcheviks enrôlé dans le mouvement pour mieux renseigner et saper de l'intérieur nos efforts pour régénérer une jeunesse guettée par la décadence. Décadent lui-même. » C'est ce qui était écrit dans le rapport, noir sur blanc ; et la mention « décadent » était soulignée au crayon rouge.

Opprobre ultime qui, avec celui de juif, devait en conduire plus d'un par la suite en camp d'internement d'abord et d'extermination ensuite.

« Va voir un peu ce qu'il bonimente sur mon compte dans son rapport, le Max, m'avait dit Franz. Je crois qu'il m'a sacqué. C'est un tordu dans son genre. On ne sait jamais ce qu'il veut. Il y a des jours où on dirait qu'il aimerait bien se les dégourdir avec moi ; d'autres où c'est plutôt à Anja qu'il voudrait se frotter. »

Et de nuit j'y avais été, pas vraiment fiérot, mais pour Franz, que n'aurais-je pas fait ? Muni de ma lampe de poche, j'avais grimpé jusqu'à la cabane qui servait de bureau au chef du camp. Max n'était que la quatrième roue du carrosse. Un chef d'encadrement, mais qui connaissait bien la manière de se faire mousser.

Je crochetai facilement la serrure de la porte. Franz m'avait montré comment m'y prendre. C'était un as du crochetage. Une virtuosité qui en disait long sur son passé de monte-en-l'air, bien plus que les rapports de police afférents à ses divers fric-frac. Rapports que les nazis s'étaient empressés de faire disparaître lors de l'engagement de son père dans la SA.

Après avoir fouillé la cabane, j'allais repartir, n'ayant rien trouvé, lorsque j'avisai dans un coin une cantine. Une de ces cantines vertes de l'armée. Elle n'était même pas cadenassée. Je l'ouvris. Elle contenait une pile de dossiers parmi lesquels celui de Franz. Je le parcourus rapidement et m'apprêtais à le replacer quand j'aperçus mon nom, sur l'une des chemises cartonnées. Kuno von Urslingen. Pas de doute, il s'agissait de moi. Mon nom était écrit au crayon gras avec, dans le tracé des lettres majuscules, une velléité de gothiques. On avait omis, sans doute par manque de place, l'autre partie de mon nom de famille. Ce « und Frundsberg » dont grand-père n'était pas peu fier. Il en avait plein la bouche des Frundsberg, auxquels nous nous rattachions dans l'arbre par un tour de passe-passe assez suspect que n'avait pas manqué de stigmatiser l'une des premières éditions du Gotha.

J'ouvris la chemise et je lus ce qui était écrit. En fait, rien ou presque que je n'eusse déjà su. La seule chose qui me frappa fut un détail personnel sur ma queue. Le fait que j'aie subi l'opération du prépuce semblait les émouvoir. Cette opération était évoquée comme une opération d'hygiène pour un phimosis et non comme le rituel juif de la circoncision. Ma queue, sous les douches en pension comme au camp cet été-là, je dois le dire, en avait surpris plus d'un. Cependant, personne jamais n'avait fait allusion à une éventuelle circoncision.

Je répétai mot à mot à Franz ce que j'avais lu dans son dossier et les soupçons que les nazis semblaient avoir de son appartenance à un groupe de bolcheviks. « Et toi, me demanda-t-il, as-tu eu le temps de jeter un coup d'œil sur ton dossier ? » Je lui parlai du phimosis et de la circoncision. « Es-tu certain que tu n'as pas une mère juive ? Ou un père ?... As-tu été baptisé ? As-tu fait ta première communion ?... Au fond, ça n'a pas d'importance. Il faut te dire qu'ils savent tout. Si tu es clair, c'est bon. Si tu es juif et qu'ils ont inscrit : “opération hygiénique”, alors, c'est qu'ils ont leurs raisons de vouloir te dédouaner.

Quand on est entre leurs pattes, de toute façon, on est cuit !... »

C'est étonnant comme on peut se souvenir, après tant d'années, de chaque mot d'une conversation chuchotée dans la nuit. Ce ne fut qu'après coup, très longtemps après, que je rassemblai ces impressions éparpillées, qui à présent, avec la distance, même si elles n'appartiennent pas toutes à cette même journée, donnent à cette fin d'après-midi au bord du lac une rondeur mélodieuse et ce qui s'y attache de regrets. Chaque fois que j'y repense, la tristesse d'un abandon me prend à la gorge tandis que me revient par bouffées un peu d'enfance, accordé par cette charité ultime de la mémoire. Le soir qui descend tel un déchirement, les vallées soudain gorgées d'ombres violettes, l'odeur du foin coupé et plus près, au bord du lac, le clapotis de l'eau avec le soleil dispersé en mille gouttelettes scintillantes à chaque nouveau plongeon des nageurs, silhouettes lisses, profilées à contre-jour, en équilibre au bord du radeau. Tout est là, vivant, presque intouché, seulement un peu flou, comme une photo qui, avec le temps, aurait légèrement bougé.

De la rive, l'assistant metteur en scène, muni d'un porte-voix, s'adresse aux acteurs sur le radeau : « Allez mes chéris, encore une fois, et ce sera la bonne ! *Lac aux dames* 5ᵉ ! Clap ! Moteur ! » Les deux acteurs principaux et les quelques figurants recommencent la scène. Un simple raccord de mouvement. Une barge à fond plat sur laquelle sont embarquées les caméras ainsi que les perches du son, en virant lentement autour du radeau effectue une sorte de travelling aquatique. Le jeune premier plonge ; mais le soleil ayant tourné derrière la montagne, son corps tendu, en pénétrant dans l'eau, ne provoque plus aucune brillante éclaboussure. Les eaux du lac sont devenues foncées, couleur d'encre noire, et le paysage soudain décoloré prend les tons d'une carte postale sépia. « Coupez ! Plus assez de lumière ! C'est fini pour aujourd'hui ! On reprendra demain ! »

Je feignais de m'intéresser au tournage, mais en fait mon regard se portait bien plus loin que le radeau, vers un point que bientôt la brume, descendant sur le lac, déroba à ma vue. C'était le pédalo dans lequel Franz avait embarqué Anja et qui fuyait vers l'autre rive.

Sur le moment, je n'avais rien remarqué du manège de Franz. Il y avait des jours qu'on charriait Anja. C'était un jeu, ni plus ni moins. On se lissait les plumes, on se gonflait comme de jeunes coqs mais cela ne prêtait pas à conséquence. Nous nous donnions la comédie, imaginant en faire accroire, et à nous-mêmes plus encore. En regardant s'enfuir le pédalo, je ressentis pour la première fois cet étrange sentiment d'abandon qui sèche la gorge, et laisse le cœur battant. Surgit devant moi, alors, la possibilité d'une vie dénuée d'espoir.

Des liens s'étaient tissés à mon insu entre Franz et moi. Et l'impression qu'il s'était joué de mon amitié ouvrait soudain un précipice. Je me sentis exclu. Exclu et dépossédé. Pas juste à cet instant ou même pour cette unique raison ; mais depuis toujours, comme un sentiment immanent à mon être qui, en cette occasion, resurgissait. Je fixais l'horizon sans pouvoir en détacher mon regard. Peu à peu, cependant, je m'habituais à cette douleur ; j'y trouvais même une sorte de jouissance, que j'entretenais par les images de Franz et d'Anja. J'inventais leur corps à corps dans l'herbe épaisse. Les tourments que s'infligent les mélancoliques sont souvent producteurs de plaisir. Ils pensent se venger de l'objet inconnu qui est la cause de leur souffrance.

Je demeurai au bord du lac. La nuit avait succédé au lent crépuscule. Les techniciens s'affairaient encore à quelques mètres de moi, repliant les projecteurs et enroulant les câbles électriques. Aux pontons des auberges, les guirlandes de lumières multicolores oscillaient à la brise ; les rides de l'eau en renvoyaient le reflet brisé.

C'est alors que j'entendis derrière moi un éternuement, suivi d'un autre. *Gesundheit !* fis-je. *Vielen Danken !* me répondit-on. Je tournai la tête et aperçus alors, emmitouflé dans un châle écossais, appuyé d'une main sur une canne, et tenant un livre dans l'autre, un homme d'une soixantaine d'années qui s'appliquait à paraître, par son allure frileuse, bien plus âgé qu'il ne l'était. Il eut encore deux ou trois éternuements, qu'il étouffa en plongeant son nez dans un grand mouchoir rouge. Puis, lorsqu'il y eut bien reniflé, il posa sur moi un regard à la fois inquiet et caressant. Comme je demeurais muet, l'homme fut le premier à rompre le silence. « Alors jeune homme, on s'intéresse au cinématographe ?... » J'hésitais à répondre. Aussi reprit-il d'une voix doucereuse, non sans avoir auparavant jeté un regard à droite et à gauche tel un voleur pour s'assurer que la voie est libre et que personne ne sera témoin de son mauvais coup : « Je constate, à en juger par l'excellence de votre musculature, que vous êtes plus enclin aux exercices physiques qu'à ceux de l'esprit, n'est-ce pas, jeune ami ?... J'ai pris quelque licence à vous regarder lorsque en compagnie de votre camarade vous vous êtes baigné dans le lac cet après-midi... Ah ! l'éclat et la splendeur sombre de vos corps, l'ordre de vos mouvements, leur rythmique beauté... » Sa voix douce allait de pair avec un allemand soigné, recherché, presque précieux. On eût dit qu'il caressait les mots de sa langue avant de les laisser tomber. Chaque phrase était ponctuée d'un « *nicht wahr ?* », avec ce ton du mauvais prêtre qui prend, dans l'ombre du confessionnal, une sorte de jouissance à pousser, toujours un peu plus avant dans le détail, l'interrogatoire du pénitent sur sa faute charnelle. D'ailleurs de quoi se mêlait-elle, cette vieille baderne ! J'étais sur mes ergots et déjà prêt à envoyer sur les roses cette chochotte sirupeuse quand il s'avança vers moi, les yeux baissés, sans doute prêt à entendre les petites saloperies que mon âme débondée par ses soins laisserait filtrer. Il tendit une main dans ma direction, avec ce tâtonnement propre aux aveugles. Un geste à peine esquissé vers ma cuisse, qu'il retint soudain, saisi par un tremblement. C'est dire le trac que devait se payer le vieux schnock. Il en laissa échapper le livre qu'il tenait de l'autre main. Je me précipitai pour le ramasser. Comme effrayé par ma brusque avancée, il exécuta un bond en arrière avec une agilité de vieux chat rompu à l'exercice, à force d'avoir été échaudé dans ses entreprises. Tout à fait étonnant, ce saut. Presque comique. Je souris en lui tendant le livre. Il y perçut de l'ironie et m'arracha presque l'ouvrage des mains. J'eus cependant le temps de jeter un rapide coup d'œil à la jaquette cartonnée.

C'était une édition de la Deutsche Verlags-Anstalt, une maison littéraire réputée de Stuttgart. Il s'agissait probablement, vu le titre, *Uns nährt die Erde*, d'un de ces livres, très en vogue alors chez nous, traitant des régimes alimentaires et sans doute aussi du naturisme. Le nom de l'auteur ne me disait rien. L'ouvrage était traduit par Hans Prinzhorn, médecin aliéniste fameux, comme je devais l'apprendre, à quelque temps de là, en tombant sur sa nécrologie dans la *Süddeutsche Zeitung*. « Je vous prie, jeune homme, d'excuser ma brusquerie. Mais il y a dans mes *Nourritures terrestres* des pages bien trop éloquentes sur des choses que vous n'êtes pas encore tout à fait apte à comprendre... Et cela malgré votre jolie petite gueule, jeune Nathanaël. Et pourtant ! Oh comme j'eusse aimé, ne fût-ce qu'une once, une pincée de ferveur de votre part... » Toujours en baissant les yeux, il passa devant moi et, avant même que je puisse prévenir son geste, il attrapa mon bras et le pinça fortement. Je me retins de crier. Et tandis qu'il remontait lentement le pré en direction de l'auberge je l'entendis murmurer : « Nathanaël ! Nathanaël ! je t'en ficherai de la ferveur ! »

Un des techniciens du film s'approcha de moi et me demanda si le vieux bougre avait été correct avec moi. « Un homme charmant mais qu'il faut surveiller à chaque instant quand il y a de la jeunesse dans les parages. C'est un vieil ami du metteur en scène. Mme Colette, qui est l'auteur du scénario, n'a pas voulu se déplacer. Alors c'est M. André Gide qui s'est proposé pour récrire une ou deux scènes. »

C'était la première fois que j'entendais parler de cet écrivain. Le lendemain, Anja me remit de sa part le livre avec une dédicace pleine de sous-entendus où, plus que mon esprit, se trouvait exaltée la musculature de mes cuisses.

Le camp tirait à sa fin. Le dernier soir, Max prit une biture colossale et se battit avec Franz. Qui lui colla en pleine poire un sacré coup de poing. L'autre, en se frottant la mâchoire, grommela qu'il aurait sa peau.

Le lendemain, je reprenais le train pour Schwaz, où la voiture de grand-père vint me chercher. Il me restait encore quinze jours de vacances. J'en profitai pour faire des escapades nocturnes. J'allais me baigner dans les torrents. Parfois, j'y retrouvais des valets qui avaient eu la même idée. Ainsi, je trompais les dernières nuits de canicule.

Un soir, j'eus la mauvaise surprise d'y trouver Max. « Crois-tu que j'allais te lâcher comme ça, petite tête ?... » me dit-il. « T'es un trop beau parti, tu sais... »

Quelques jours plus tard, je rejoignais mon école en Bavière. C'était une vieille abbaye baroque reconvertie en collège pour fils de famille assez cancres. J'y demeurai jusqu'aux vacances de Noël, où je revins pour une semaine à Schwarzauge. Je m'enquis de Max, dont la présence au château avait fini par me terroriser. Personne ne sut me dire où il se trouvait.

De retour à Traunstein dans mon abbaye, je voulus écrire à Franz, mais toutes les lettres que je lui adressai à Vienne me revinrent avec la mention : inconnu à cette adresse.

Aux vacances de l'été suivant, parmi le bataillon de valets promu par Mlle Marthe, j'eus le plaisir de retrouver des têtes connues. Je fus rassuré de ne pas y croiser Max. Juillet passa, début août, il était de retour. L'enquête sur l'assassinat du chancelier Dollfuss avait fini par aboutir. La presse viennoise avait cité son nom parmi d'éventuels suspects. Cependant, la police n'avait pas cru bon de l'arrêter. Et grand-père, toujours sur les conseils de la comtesse Goetz, l'avait à nouveau embauché.

Au camp des *Hitlerjungen* qui suivit et qui eut lieu cette année-là en Bavière sur les bords du Königsee, Max avait pris du galon. Franz, lui, était absent. Je demandai à un des garçons qui le connaissaient s'il savait où il se trouvait. Je le sentis gêné. Je pus néanmoins tirer de lui ces quelques mots : « Politiquement incorrect ; on lui a fait passer la frontière et il se trouve près de Munich dans un camp d'acclimatation… De rééducation, si tu préfères… »

Ce fut en septembre de cette année-là que, pour la première fois, un dignitaire du nouveau Reich allemand fut reçu à Schwarzauge. La comtesse Goetz avait été si insistante que finalement grand-père s'était rendu. Le Reichsmarschall Hermann Göring avait donc été prié à une chasse à l'épieu.

L'étau se resserre sur Schwarzauge

À force de vivre dans un paysage mamelonné de verdure et de forêts, parsemé de chalets coquets et d'églises à bulbes se mirant dans un bout de lac ; d'avoir le sentiment d'appartenir à une nation élue – en tout cas, étrangère aux populations danubiennes de la plaine – et de ne hanter que les cimes avec leurs aigles aux puissantes serres, grand-père Tassilo ne comprit rien à l'*Anschluss*, qu'il pratiquait d'ailleurs déjà depuis quelques saisons en recevant les plus hauts dignitaires nazis à sa table et à ses chasses. Le Reich de mille ans, et toutes les fadaises qu'il nous fallut avaler, grand-père, qui par instants n'avait déjà plus tout à fait sa tête, les goba avec un empressement enfantin. Il applaudissait à tout ce que disaient ces beaux messieurs en uniforme. Pour lui, chacune de leurs paroles était pain bénit. Néanmoins, une chose l'inquiétait, sur laquelle d'ailleurs il revenait, en particulier le soir au coin du feu en buvant son alcool de framboise, quand, le cerveau plus aussi bien irrigué que le matin, il oubliait qu'il avait déjà posé la même question la veille. « Voyez-vous, ce qui m'inquiète, cher monsieur Heydrich, c'est mon Tyrol du Sud… Quand je pense à lui, je me sens amputé d'une jambe… Il faudrait que le Führer s'en occupe sérieusement… Pour vous dire si je suis concerné : je serais prêt à lever un régiment de lansquenets s'il se décidait à passer les Alpes… » Et comme la veille, l'Obergruppenführer Reinhardt Heydrich affichait un sourire bienveillant : « Je suis certain, mon cher comte, que le Führer Adolf Hitler a déjà envisagé quelque chose dans ce sens mais en ce moment, pour ne rien vous cacher de ses intimes pensées, ce sont plutôt les Sudètes et la Pologne qui l'inquiètent… » Alors, grand-père Tassilo, s'agrippant au bras du chef du *Sicherheitsdienst*, le terrible service des renseignements SS, et le secouant avec force : « N'est-ce pas, cher Reinhardt, que vous le lui direz ! Vous n'oublierez pas de lui rappeler, au Führer, qu'avec lui je suis partant pour le Tyrol du Sud… » C'était l'instant convenu où Marthe, après avoir regardé le vieil Elias qui s'affairait à servir les alcools, se levait de sa chaise et, aidée par le vieux majordome, tirait grand-père de son fauteuil. « Allez, monsieur le comte, je pense qu'il est temps de laisser ces messieurs ensemble et d'obéir à votre médecin en allant vous coucher… » À cette formule rituelle, qui permettait au maître de céans de prendre congé de ses hôtes et à ceux-ci, demeurés seuls, de vider la cave à cigares et de boire du champagne jusqu'à l'aube, elle ajoutait en français : « Vous savez bien, Tassilo, que ce Reich qui annonce une longueur de vie de mille ans vous accorde tout le temps voulu pour votre razzia sur le Tyrol du Sud. » À peine avaient-ils quitté le salon que Reinhardt Heydrich s'adressait à un jeune officier qui lui tendait un coupe-cigare : « Dites-moi, lieutenant Vögelbach, cette femme française est-elle également juive ? » « Non, Obergruppenführer. Mais si vous y tenez, je me charge de la mettre sur la liste… Vous n'avez qu'un mot à dire… » répondit Max (car c'était bien Max qui était réapparu en uniforme de lieutenant SS, là où jadis il se contentait de porter un habit de loufiat). « Non, non ce n'est pas la peine… » fit Heydrich, en dévisageant le jeune homme que lui avait recommandé, il y a quelques années déjà, le Reichsführer Himmler, à qui l'avait elle-même recommandé la baronne von Goetz – laquelle, comme de nombreuses femmes du monde, émargeait à la Gestapo. Une recommandation d'Himmler était un ordre, même pour le tout-puissant Heydrich – et à l'époque, arrivant d'Hambourg avec quelques casseroles à la queue, il était encore loin d'être tout-puissant. Un soupçon lui vint. Ce jeune homme qu'il avait promu officier ; qui vivait dans son ombre, ne respirant que par lui, devançant jusqu'à ses moindres désirs et cela depuis le jour où la comtesse von Goetz le lui avait présenté à Munich au Carlton *tearoom*, Brienner Strasse, à quelques mètres de la Maison brune, siège de la Gestapo – ce Vögelbach serait-il l'espion d'Himmler ? Le pion empoisonné qu'il soupçonnait le Reichsführer d'avoir glissé sur son échiquier personnel afin de mieux le tenir en lisière, pour faire ressortir sporadiquement un vieux dossier que le chef du service secret SA le comte du Moulin-Eckart avait ouvert naguère sur lui et où se trouvaient pêle-mêle des informations sur ses origines juives, sur sa jeunesse, sur son départ peu glorieux de la marine comme enseigne de 1re classe et également sur sa période SS à Hambourg du temps où il avait ordonné les provocations sanglantes de Davenhof et d'Altona – le « tueur de Davenhof », comme on l'appelait toujours dans les bas quartiers de Hambourg.

Il avait fait liquider le comte du Moulin-Eckart, durant la Nuit des longs couteaux. Mais les dossiers dormaient quelque part. Ses supposées origines juives, qui resurgissaient de temps à autre, d'une légère blessure, avaient fini à la longue, avec les premières persécutions raciales, les incendies de synagogues, et sa géniale invention de l'étoile jaune, par contaminer tout son corps ; certaines nuits, alors qu'il cherchait en vain le sommeil, elles le taraudaient telle une vieille gangrène. « Isidor Süss ! Isidor Süss ! » Combien de fois, enfant, n'avait-il pas entendu ses camarades du gymnase de Halle lui courir après en criant : Isidor Süss ! Il se dressait encore sur son lit tout en sueur pour avoir entendu en rêve ce nom maudit. Mais aussi, pourquoi son père s'était-il obstiné à envoyer des mandats de trois cents marks à une certaine Frau Ernestine Süss, dont on fit courir le bruit aussitôt qu'elle était sa mère ? Et même si son père, pour un œil malveillant, accusait quelques caractéristiques du type juif, lui et son frère Heinz en étaient entièrement dépourvus.

Bruno Heydrich avait enseigné à ses fils, dès leur plus jeune âge, en même temps que l'amour de la musique allemande, surtout celle de Wagner, le dégoût du juif. Mais ce qui l'avait blessé le plus et dont il se souvenait aujourd'hui encore comme d'une marque infamante – car la chose avait été imprimée noir sur blanc –, c'était l'article consacré à son père dans la 19e édition du fameux *Musik-Lexikon* d'Hugo Reimann, revue par le musicologue juif Alfred Einstein. On y lisait : « *Heydrich*, Bruno (de son vrai nom Süss), né en 1865, fils d'un facteur de pianoforte, contrebassiste dans l'orchestre de Dresde ; après des études de chant, fut engagé comme ténor héroïque à Weimar, Cologne, Magdebourg… où il tint les grands rôles du répertoire wagnérien. Comme compositeur, il est l'auteur de mélodies, de duos, œuvres d'orchestre et de musique de chambre ainsi que de plusieurs opéras dont *Amen* (1895) qui recueillit un succès d'estime… » Dans les éditions suivantes, l'affreuse parenthèse « de son vrai nom Süss » disparut à force de menaces et de démarches auprès de l'éditeur. Reimann eut la chance de mourir avant l'arrivée des nazis. En revanche, le nom d'Alfred Einstein fut consigné dans un petit carnet où Heydrich conservait méticuleusement celui des personnes à qui il voulait réserver un traitement spécial. Au côté d'Alfred Einstein figurait le prix Nobel de littérature Thomas Mann, sa bête noire. Einstein, comme Mann purent, dès l'accession au pouvoir des nazis en 33, échapper à Heydrich. D'autres n'eurent pas cette chance.

Cependant, l'idée qu'en Allemagne se trouvait encore, dans des bibliothèques privées et publiques, un grand nombre d'exemplaires de cette édition le rendait malade. Aussi, à ce moment précis de sa réflexion se demanda-t-il si le lieutenant Vögelbach n'était pas en possession d'un exemplaire du *Musik-Lexikon* dans l'édition de 1919. Et si, comme lui-même naguère s'était empressé de constituer un dossier sur Wilhelm Canaris dès qu'il avait été nommé amiral et chef de l'Abwehr, le service de contre-espionnage de l'armée, alors même que celui-ci avait été son mentor à l'école des cadets de la Kriegsmarine à Kiel, et qu'il en avait reçu en cadeau une édition du *Prince* de Machiavel, l'Oberleutnant Vögelbach, devenu peu à peu comme un autre lui-même, le confident de ses pensées les moins avouables, ne commençait pas à travailler pour son propre compte ou bien pour celui d'Himmler ; et pourquoi pas pour Goebbels, qu'agaçait sa trop rapide ascension ? L'idée que Jo-le-Boiteux puisse être jaloux de lui le remplit soudain d'aise. Il se carra dans les coussins du canapé et tira avec un certain contentement sur son cigare.

La lampe, avec son abat-jour en parchemin, posée sur le guéridon en bout de canapé, diffusait une lumière qui éclairait le profil du chef de la Sûreté du Reich. Posée sur un long cou, une figure longue et pâle aux traits chevalins, au front et au menton fuyants, avec un long nez de renard comme cassé et une chevelure plaquée, couleur de vieux gruyère. Ses sourcils très fins donnaient l'impression d'avoir été redessinés, comme ceux d'une star du muet.

Lorsque Heydrich demeurait ainsi songeur, chacun autour de lui s'employait à respecter religieusement son silence. Rien ne devait s'interposer entre lui et ses pensées secrètes quand il se projetait dans l'avenir pour préparer un mauvais coup.

Après avoir écrasé négligemment son cigare au fond de son verre de cognac, il se leva et se dirigea vers la cheminée où crépitait un grand feu. Le salon était une tabagie. Un cigare traînait encore allumé sur un guéridon en marqueterie, à côté d'un verre de liqueur renversé. Au-dehors la pluie tombait épaisse et venait par rafales drues frapper les vitres. Une pluie de fin d'été comme il en tombe au Tyrol après un orage en montagne et qui rend les routes impraticables durant plusieurs jours. Dans le parc, au-delà des douves, des silhouettes croisaient dans la nuit avec des torches et des chiens-loups.

Par ce temps, il n'était plus question de grandes chasses, prétexte qui avait conduit le chef de la Sûreté du Reich et ses sbires à Schwarzauge. Sans rivaliser avec Göring, chasseur infatigable, Heydrich prenait cependant du plaisir à se mesurer aux sangliers, à respirer l'odeur du sang, à se laisser griser par la chaude cruauté des curées. Dans les landes du Nord, il aimait tuer les laies au couteau.

L'Oberleutnant Vögelbach, qui se tenait silencieux, un coude appuyé sur la cheminée, le regarda se diriger vers lui. Sa taille fine, qu'on eût dit prise dans un corset, ainsi qu'une élégance nonchalante et recherchée, masquaient mal la tension violente que subissait son corps. Ses mains aux doigts étrangement longs donnaient l'impression d'être des araignées d'acier. Comme le prolongement de l'épée qu'il maniait en maître. En effet, Heydrich était un escrimeur émérite. Son tempérament froid s'accordait parfaitement à cet art. Il avait su, de bonne heure, en acquérir l'implacable maîtrise. L'escrime lui avait valu un statut de champion alors qu'il n'était encore que cadet de la Kriegsmarine. Il tirait avec cette sûreté dans le regard, anticipant toujours sur la parade de l'adversaire ; de même que le joueur d'échecs quand il envisage la broussaille des tours, des fous et des cavaliers de son partenaire sait imaginer le chemin qui le mènera à mat. Déjà, à cette époque, se dessinait en lui quelque chose du policier. Il se surpassait dans les coups à double détente. Il rompait pour mieux déstabiliser son adversaire.

Rien ne le mettait de meilleure humeur que de laisser croire à un ennemi politique qu'il était dupe de sa manœuvre. Et le temps qu'il prenait ensuite pour pousser sa pointe ou abattre ses cartes lui était une jouissance que sa femme Lina, qu'il ne considérait au fond que comme une poulinière, n'aurait pas même imaginé pouvoir lui donner.

Sa relation avec les femmes révélait aussi un trait singulier de son caractère. En effet, il n'était pas loin de penser que l'homme qui se marie tente de satisfaire, pour l'expier, son vague désir de femme.

L'année précédente, il avait montré jusqu'où pouvaient aller ses pensées les plus tortueuses. Joseph Staline croyait pourtant l'avoir manipulé en lui faisant parvenir des renseignements, par des agents du KGB, comme si ceux-ci provenaient de sources allemandes. Ces documents impliquaient le maréchal Toukhatchevski et sa clique dans un complot dont le but n'était rien de moins que d'assassiner le maître du Kremlin. Déjà, depuis quelque temps, Staline prenait ombrage du maréchal et souhaitait s'en débarrasser. On était au début de 1937. Le pacte germano-soviétique ne devait être signé que deux ans plus tard, qui laisserait les mains libres à Hitler pour attaquer la Pologne puis la France et l'Angleterre. Heydrich comprit qu'il fallait d'ores et déjà endormir l'ours soviétique. Il feignit de tomber dans le piège. Il prévint Staline, qui manda un émissaire à Berlin au quartier général de la Sûreté du Reich dont le parc jouxtait le siège de la Gestapo et la SS Haus, la tanière d'Himmler, son supérieur hiérarchique, avec lequel de jour en jour il prenait ses coudées franches.

L'agent de Staline négocia avec Heydrich les documents et lui versa trois millions de roubles. L'Obergruppenführer éventa la ruse des billets. Ceux-ci, en effet, étaient marqués et devaient permettre au KGB de repérer par la suite les agents de la Gestapo qui les utiliseraient en territoire soviétique.

Chaque fois qu'Heydrich voulait se débarrasser d'un de ses policiers, devenu gênant, il l'envoyait en mission en Russie muni d'un bon paquet de ces roubles. C'est ce qu'il appelait « jouer au croquet ».

Tout le bénéfice de l'opération à long terme lui revenait. Il avait donné à Staline le plaisir de penser qu'il avait dupé le plus fin des policiers du IIIe Reich. De surcroît, en favorisant la chute du maréchal Toukhatchevski et de ses généraux, il avait partiellement décapité l'Armée rouge, anticipant la politique du Führer qui, selon lui, n'allait pas manquer de se retourner contre la Russie dès qu'il aurait réglé, après la Tchécoslovaquie et la Pologne, le problème de l'Angleterre et de la France. Ainsi devançait-il la pensée d'Hitler. Il avait compris que le temps était venu où l'on conclurait de si subtils traités que la paix même serait une guerre masquée.

Sans un mot, Heydrich traversa le salon et alla s'adosser à l'immense cheminée où de grands quartiers de chêne finissaient de se consumer. Ses bottes noires cirées à l'os reflétaient la lueur des flammes. Il se tourna vers l'Oberleutnant Max Vögelbach. Le jeune lieutenant SS soutint son regard, ce qui l'agaça. Depuis le jour où la comtesse von Goetz le lui avait présenté, le jeune homme avait pris une assurance incroyable. Parfois même, il se demandait s'il n'avait pas deviné le trouble que sa présence occasionnait en lui. Ce même trouble qu'il avait éprouvé le jour de leur rencontre, lui provoquant un si fort malaise qu'il n'avait surtout pas voulu s'en avouer la cause. Pourtant, les vices des hommes, il connaissait. Il se délectait à ressasser leurs plus viles pensées et en faisait son miel.

D'un regard, il avait jaugé l'individu. Un coup d'œil lui avait suffi pour voir ce qui était utilisable chez ce colosse blond, au regard froid, souple comme un félin, dont le sourire éclatant ne pouvait masquer l'humeur carnassière. Dangereux, certes, il l'était, mais comme la chasse et l'épée, le domptage était l'une de ses passions. D'emblée, Max Vögelbach lui fut indispensable. Il se souvenait parfaitement de quelle manière avait débuté leur conversation. « Jouez-vous d'un instrument ? » lui avait-il demandé. La comtesse avait voulu s'interposer et répondre à sa place. Mais il ne lui en avait pas laissé le temps. La regardant par-dessus la tasse de thé qu'il portait à ses lèvres, d'une voix doucereuse, il lui balança : « *Gnädige Gräfin*, auriez-vous l'amabilité de ne pas nous interrompre ?... en fait, ce que je veux dire, c'est de la boucler, vieille maquerelle ! » La comtesse von Goetz fut un instant au bord de s'étouffer avec un morceau de cake tandis que Max eut l'air aux anges. « Je joue, dit-il, de l'harmonica et aussi de l'accordéon... » « Et que lisez-vous ?... » « Comme journal, je lis *Der Stürmer* bien sûr... » « Ah ! oui ! évidemment bien sûr... » Il détestait ce torchon grossier et encore plus son directeur, Julius Streicher, devenu depuis peu *Gauleiter* de Franconie, un bagarreur de brasserie, bouffi d'un antisémitisme primaire qui maniait l'insulte lourdement. Une fois même, il avait évoqué devant Himmler le tort que faisait ce genre de feuille de chou auprès de sympathisants nazis que ces exagérations ordurières empêchaient d'adhérer pleinement au parti.

« Ce n'est pas que je veuille vous interdire la lecture de ce journal... loin de là ma pensée... mais je préférerais, voyez-vous, que vous preniez plutôt l'habitude de vous informer, fût-ce dans un journal qui n'est pas tout à fait de notre bord comme la *Deutsche Allgemeine Zeitung*. C'est chez nos adversaires que nous trouvons généralement les meilleurs renseignements et aussi les moyens d'allumer les contre-feux. Et comme livres que lisez-vous ? » « J'aime beaucoup les romans de Karl May... en ce moment je lis *Old Surehand*, c'est une histoire de western... » « Voilà qui est parfait ! C'est parfaitement imbécile mais vous êtes absous d'avance car notre Führer apprécie infiniment les romans de Karl May et sans doute a-t-il lu lui aussi *Old Surehand*... » Il joua ainsi du chaud et du froid avec le jeune homme pendant que la comtesse, tenant son face-à-main, essayait de repérer les fruits confits de son cake qu'elle s'en allait piquer d'une fourchette experte et qu'elle avalait tout rond avec un léger gloussement de satisfaction.

Ils se quittèrent sur le trottoir enneigé de la Brienner Strasse assez contents. Max, en guise d'au revoir, lui servit un «*Servus*» bien tyrolien. Heydrich se contenta de lever mollement le bras.

De retour à la Maison brune, il avait aussitôt diligenté une enquête sur ce Max Vögelbach, qui le confirma dans l'idée qu'il s'en était faite. Il était né dans le Salzkammergut, dans un petit village sur le Mondsee, d'une famille catholique avec laquelle il avait rompu à l'âge de seize ans. Il s'était rendu alors à Salzbourg où il s'était retrouvé d'emblée à la tête d'une bande de voyous à faire le coup de poing, quand ce n'était pas à déménager les demeures des environs. Durant le Festival, il trouvait toujours une occasion de se lier avec quelques riches pédérastes internationaux et mélomanes. Il avait été, durant deux saisons ensuite, garçon d'étage au Post Hotel. C'est là qu'il avait fait connaissance de la comtesse von Goetz et du marquis Stradani, un temps chargé d'affaires à l'ambassade d'Italie à Berlin. Il voulut faire chanter le marquis, qui l'envoya sur les roses. La comtesse plus sentimentale, qui déjà travaillait comme donneuse à la Gestapo, fut la première à déceler en lui, derrière le voyou, un véritable condottiere du crime. Elle transigea, se fit rendre la bague qu'il lui avait volée sur la table de nuit alors qu'il quittait sa chambre à la sauvette pour reprendre son service, et lui promit une rencontre avec une grosse huile de la Maison brune à Munich, qui saurait lui mettre le pied à l'étrier.

Heydrich avait épluché le rapport, qui n'avait fait

que l'exciter davantage. Sans principes, Heydrich s'octroyait assez de largeur d'esprit pour admettre auprès de lui des drogués et des gigolos. Il décela chez Max une ferveur dans le mal qui le ravit.

Dès lors, Max partagea son temps entre Munich, où sa seule fonction consistait à porter un bel uniforme de SS, l'Autriche, où il se rendait régulièrement comme courrier auprès de Seyss-Inquart, le chef des nazis autrichiens et, dès l'été 33, Schwarzauge, où il jouait les valets de pied. Plus tard il devait se rendre à Berlin quand Heydrich y fut appelé pour y réorganiser entièrement la police et veiller au bon déroulement des Jeux olympiques de 1936.

Max fit rapidement son chemin dans la capitale. Il maquereautait les rombières à petit chien du café Kranzler au coin de la Friedrichstrasse et, le soir, les vieux pédés de l'Eldorado, une boîte de tantes où Heydrich se montra une ou deux fois en sa compagnie.

Deux ans auparavant, Max avait été enrôlé pour l'opération *Festival d'été*. Le 25 juillet 34 une centaine de nazis viennois prirent d'assaut la chancellerie de la Ballhausplatz à Vienne et assassinèrent le chancelier Dollfuss. C'était une action préparée de longue main par Heydrich et le chef de brigade SS autrichien Albert Rodenbücher. Comme ses camarades il fut arrêté, et sans doute aurait-il été comme la plupart exécuté à l'aube, si Heydrich n'avait pesé de tout son poids pour que Max fût ramené coûte que coûte à Munich. C'est alors qu'il reçut pour mission de se faire embaucher chez le comte Tassilo von Urslingen et de voir comment le parti pourrait s'emparer du domaine de Schwarzauge.

C'était Emma von Goetz qui avait évoqué pour la première fois la possibilité de mettre sous séquestre le domaine de Schwarzauge comme bien juif. Ce n'était pas pour le parti qu'Heydrich avait entrepris cette opération de spoliation mais pour son propre compte. Il se sentait l'âme d'un seigneur féodal. Il avait le goût des terres, des chasses, des châteaux. Il possédait déjà à Berlin, sur le Schlachtensee, une villa cossue, dans la Baltique sur l'île de Fehman un domaine pour l'été qui lui venait en dot de sa femme Lina, née von Osten ; et enfin, près de Plauen en Saxe, une chasse et deux cents hectares de bois. Il ne lui manquait plus qu'un château avec des collections de peintures. Ainsi pourrait-il rivaliser à la fois avec Göring et Hitler dont le Berghof, à vol d'oiseau, se trouvait à peine à une cinquantaine de kilomètres de Schwarzauge. Heydrich nourrissait, depuis quelque temps, des ambitions de Führer. N'avait-il pas veillé personnellement à constituer un dossier sur Adolf Hitler et ses ascendances juives ?

Excepté le feu qui crépitait doucement dans la cheminée, et faisait danser les ombres sur les lambris, chacun était demeuré immobile. Depuis un moment déjà, sans que personne n'eût pris garde à sa présence, Mlle Marthe, ses longues mains posées sur ses genoux, se tenait assise au fond de l'immense salon, là où la lumière parvenait à peine. Nul ne pouvait l'apercevoir, ainsi recroquevillée sur un tabouret et cachée par l'une des deux immenses mappemondes vénitiennes. Aucune des paroles qui avaient été prononcées ne lui avait échappé ; encore moins les pensées secrètes remuées par chacun, ainsi que les mouvements des âmes. L'eût-on découverte là qu'on l'eût à coup sûr réduite définitivement au silence. Quand elle me rapporterait plus tard cette soirée, elle ajouterait : la mouche qui veut échapper au piège de l'araignée ne peut être plus en sûreté que sur le piège même.

Toujours adossé à la cheminée, Reinhardt Heydrich tourna son visage vers Max et se demanda s'il n'était pas en train de le trahir. Un instant, il pensa l'envoyer en mission chez les bolcheviks avec un paquet de roubles. Il se reprit : pourquoi me trahirait-il ? Dans quel intérêt ? Cependant, se doit-on d'avoir un but pour trahir et la trahison ne se suffit-elle pas à elle-même, pour le plaisir ? Lui-même n'avait-il pas déjà éprouvé ce plaisir délicieux mêlé de peur ? La trahison n'est-elle pas une façon de rendre aux ténèbres les partenaires de nos crimes et insaisissable la chair vacillante qui nous a émus au fond de miroirs troubles ? D'effacer tous nos remords et de s'habituer à hanter les décombres ?…

Un éclair frappa les vitres du salon. Il fut suivi d'un formidable coup de tonnerre. La lumière vacilla puis s'éteignit. Le salon fut alors plongé dans le noir. Il y eut un affolement. Des guéridons renversés, des bruits de verres cassés, de bottes claquant, suivis d'ordres gutturaux ; dehors dans le parc, les policiers agitaient leurs torches dans tous les sens ; des faisceaux de lumière zébrés par la pluie ; des cris brefs couraient au loin, mêlés aux aboiements de chiens.

La lumière revint. Les hommes d'Heydrich se tenaient figés, le revolver au poing. Sur le moment, ils pensèrent que leur chef avait été enlevé. Ils entendirent sa voix. Dès que la lumière s'était éteinte, Max Vögelbach s'était précipité sur lui, le jetant à terre et le couvrant de son corps. Heydrich, lumière revenue, s'était tiré de cette équivoque posture. En secouant de la main la poussière de son uniforme, il prit le parti de plaisanter : « Lieutenant Vögelbach, savez-vous que vous m'avez littéralement écrasé et que l'étui de votre pistolet, mal placé dans mon dos, aurait pu vous conduire, avec un autre que moi, directement au KZ pour atteinte à la morale ? » Tous les officiers se mirent à rire. Max rougit, ce qui augmenta encore l'hilarité ambiante.

Une porte s'ouvrit. Mlle Marthe se tenait sur le seuil. « Je vous prie de nous excuser pour ce désagrément. L'orage a fait disjoncter les réseaux électriques. C'est une très vieille installation qu'il faudrait refaire entièrement. Monsieur le comte, qui ne s'est jamais remis de la disparition de l'éclairage au pétrole et qui n'aime pas ce qui touche aux techniques modernes, pense que cette installation devra tenir autant que lui… Messieurs, je vous souhaite le bonsoir… » Et ainsi qu'elle était apparue mystérieusement, sortant comme de nulle part, Marthe se fondit à nouveau dans l'obscurité.

Des années plus tard, à mon retour de la guerre, elle me confia que ce soir-là, l'atmosphère de l'immense salon de Schwarzauge était insoutenable. « Ce n'était ni l'odeur du cigare froid, ni celle de l'alcool, mais un fade relent de cadavre qui imprégnait tout. Une fermentation, un lent pourrissement de chairs et de feuilles mortes mêlées, comme il s'en exhale parfois des fosses en automne lors d'un enterrement de pauvre. »

Ainsi que des automates, ces policiers brillantinés comme des chanteurs de charme, le torse bombé, cintrés dans leur vareuse noire à tête de mort, bottés, monocle à l'œil, cicatrice à la joue, allaient et venaient en une sorte de carrousel, se proposant comme une caricature du *Junker* pour journal de mode. Du menu fretin tiré depuis peu du ruisseau, qui faisait crisser leurs semelles comme s'ils foulaient d'infinis petits morceaux d'os, tout en se jetant à la tête, dans une sorte de surenchère, des slogans déjà rouillés. Des rogatons d'idées. Heydrich les écoutait, impassible. Devant tant de flagorneries et de bêtises, il ne pouvait réprimer un sourire en lame de couteau. Pour les faire taire, il se lança dans un de ces monologues dont il avait l'habitude.

Un personnage se tenait en retrait, comme pour mieux indiquer qu'il n'appartenait pas à cette clique d'assassins. Attentif et silencieux, il s'était assis sur une chaise à la frange éclairée du salon, là où l'obscurité grignote les traits du visage pour n'en laisser voir qu'une silhouette vague et ombreuse. Malgré son uniforme, son allure, pour ce qu'on en percevait, faisait penser à un intellectuel, un professeur d'université plutôt qu'à l'un de ces spadassins fanatisés. Il ne perdit pas une parole du chef de la police : « La plupart des œuvres de génie sont nées d'une profonde dépression pathologique, il ne faut pas nous le cacher. Les schizophrènes sont légion dans l'art et la littérature, au point que l'on peut se demander si ce n'est pas l'essence même du génie. C'est du moins ce que prétendent certains messieurs qui entendent ainsi tenir boutique de leur dépravation. La pathologie apparaîtrait alors comme le sang de l'œuvre, l'âme de la création. Être pédéraste, bisexuel, drogué, dégénéré en tout genre, alcoolique, névrosé, syphilitique, phtisique… deviendrait un passeport pour le génie ? Non, non, non ! Le Führer, grâce au ciel, nous a sauvés de cette tourbe ! Aujourd'hui il y a un art allemand ! Un véritable art allemand que le juif, malgré ses efforts, n'est pas arrivé à souiller… » À ce moment précis, son regard se fit plus perçant. Max et les autres, qui se tenaient quasiment au garde-à-vous, comprirent que le discours s'adressait moins à eux qu'à cette personne dans l'ombre dont Heydrich quêtait l'assentiment. Ne le voyant pas parmi ceux qui l'entouraient, ses yeux se durcirent. Il ne put s'empêcher un mouvement d'impatience et le stick qu'il tenait à la main claqua sur sa botte. D'une voix de fausset, formulant plus un ordre qu'une question, il s'écria : « Mein Herr Doktor Rahn, que pensez-vous de ce point de vue ? » Celui à qui l'Obergruppenführer avait donné du Herr Doktor se leva de sa chaise et pénétra dans le cercle de lumière. « Ô, siècles ! Ô, sciences ! Quelle joie d'être en vie ! Enfin c'en est fini des années parisiennes et décadentes de notre culture allemande ! Le retour vers un ordre nouveau du Graal est irréversible… » Tous applaudirent ce début qui laissait présager un développement fumeux dont était friand le nazi, du plus gradé au garde-chiourme. Le Dr Otto Rahn, de l'Université d'Heidelberg, était une sommité dans son genre. Un spécialiste du mythe germano-celte. En fait, un excentrique dont le cerveau était peuplé de bardes, de cygnes à transformation, de châteaux pyrénéens bourrés jusqu'aux échauguettes de Purs et de Parfaits, de cérémonies secrètes, suivies de toute une bimbeloterie cathare sans oublier l'amour suprême. Son ouvrage, *Croisade contre le Graal*, avait attiré sur lui l'attention des Rosenberg, Goebbels, Himmler et consorts, qui se sentirent confortés à la lecture du livre, dans leurs penchants pour le rituel vieux germain et la restauration des anciens *Burgs* (comme en Westphalie ce Wesselsburg, qui servait d'école à la SS et où se tenaient également les tribunaux d'honneur). Caressé dans le sens du poil par les nazis, le Herr Doktor vit en eux les nouveaux chevaliers du Graal. Aussi ne fit-il aucune difficulté pour entrer dans la SS où, dès 1936, il fut promu *Unterscharführer*. L'année suivante il fut affecté au camp de concentration de Dachau. C'est là qu'il écrivit son second ouvrage, *Luzifers Hofgesind* (La cour de Lucifer) où, d'emblée, on le sentait tout acquis à un antisémitisme de saison.

Heydrich l'avait amené à Schwarzauge avec ses malfrats pour le sonder et avoir son sentiment sur le château dont il entendait dépouiller ses propriétaires. Heydrich calculait loin. Un jour peut-être, plus proche qu'il ne l'espérait, Schwarzauge pourrait devenir ce refuge mystérieux qui intrigue et parachève une mystique autour du chef; une manière de nouveau Berghof. D'ailleurs, n'était-il pas, après Hitler, l'homme le plus puissant du Reich ?

Cynique, sans véritable idéologie, il se considérait comme un technicien. Un artisan, mieux, un artiste, qui eût professé l'art pour l'art. La voie qu'il suivait était étroite et dangereuse et cela l'excitait d'autant. Bien plus en tout cas que la morphine à laquelle l'avait initié le gros Göring. Il avait comme une prescience et se doutait bien que le chemin qu'il avait emprunté le conduirait, en un avenir proche, au but suprême. S'il était devenu antisémite, c'était pour mieux masquer cette histoire d'Isidor Süss qui courait sur son compte, dont le dossier devait se trouver dans un des coffres secrets d'Himmler. Cependant, il lui arrivait de confier à Max, quand ce dernier se sentait obligé de surenchérir dans un antisémitisme primaire qu'il pensait de bon ton d'afficher : « Surtout, ne crois pas que les juifs me gênent. Politiquement comme socialement, pas un instant ils ne m'inquiètent. J'en ai même connu de charmants. Simplement, dans l'état actuel des choses, ils me sont insupportables psychiquement... Insupportables comme le petit caillou dans la chaussure... » En effet, il essaya autant qu'il put de faciliter l'émigration des juifs allemands, mais devant le peu d'enthousiasme des pays disposés à les accueillir, il y renonça vite. Plus tard, il aura l'idée absurde et baroque d'une déportation massive de quatre millions de juifs provenant des territoires conquis ou d'influence allemande, vers Madagascar. C'est ici qu'il mettra à profit sa technique de musicien. De la main droite, il reprendra le leitmotiv d'une patrie pour les juifs de Theodor Herzl, qu'il entremêlera avec le thème enchanteur et bucolique du réveil de Brunhild et de l'oiseau de la forêt, tandis que de la gauche sourdement en mineur il fera entendre le motif du feu purificateur du *Crépuscule des dieux*, prélude à la solution finale et aux crématoires.

Il est l'homme des abstractions négatives – lesquelles l'ont vidé de toute chair, de toute vie, de tout sentiment humain. L'amour de soi le pousse à détester tous ses semblables. Et jusqu'à la nature qui a été chassée de son horizon. Il n'est plus que l'ombre de quelque chose qui, jadis, aurait pu être un homme. Par qui, où, comment fut-il anesthésié à la vie ? Par quel phénomène a-t-il rétrogradé dans le développement humain ? Le voilà réintégré dans le règne de ces insectes qui, ainsi qu'une mécanique, tuent froidement. Rien de tragique chez lui : il calcule et assassine comme un fonctionnaire. On s'interroge en vain. Faut-il voir là le surgissement d'un de ces instincts oubliés dans l'obscurité d'une caverne ; une lueur mauvaise ; la transgression de l'interdit qui envoûte ; une sorte de satanisme qui conduit à l'ivresse ; un jeu érotique qui, perdant son caractère sacré, est devenu l'immonde ?... Rien apparemment dans son caractère, ses dons musicaux et, par la suite, lors de son passage dans la marine, n'aurait, jusqu'à son ralliement au national-socialisme, une année seulement avant l'accession au pouvoir d'Hitler, laissé augurer une si brillante et fulgurante carrière dans le crime organisé et la délation méthodique.

Mais pour l'heure, c'était le château du vieux comte Tassilo von Urslingen qui intéressait l'Obergruppenführer Heydrich : « Peut-on faire, oui ou non, de ce lieu un nouveau château du Graal, le pendant au Tyrol des châteaux mythiques de Montségur et de Lavaur ? »

Le Doktor Otto Rahn sembla hésiter, comme s'il eût voulu se ménager une sortie. Il jetait un regard éperdu de droite et de gauche, tandis qu'il avançait son museau de rongeur de bibliothèque. On le sentait mal à l'aise dans son uniforme SS. De grosses gouttes de sueur lui coulaient le long des joues. Heydrich le fixait froidement. Il prenait un malin plaisir à le voir ainsi mijoter dans sa peur. Il était de la race des victimes : quand il en aurait assez de jouer avec lui, il ouvrirait la trappe. « Herr Doktor, je vous prie, ne me faites pas languir… » « Eh bien Obergruppenführer, je pense que ce burg a toutes les qualités requises pour accueillir l'esprit du Graal… C'est ici, n'est-ce pas, que se regroupaient nos vaillants soldats des guerres d'Italie sous le commandement du grand capitaine Georg von Frundsberg, et ensuite les reîtres de la guerre de Trente Ans. Déjà à cette époque, on y façonnait les corps et les âmes selon le modèle d'une chevalerie mystique. Rien ne s'oppose, au contraire tout concourt à ce que ce château devienne le lieu sacré des nouveaux lansquenets du Graal… » Et tandis que le Herr Doktor se perdait dans un dédale d'explications à grand renfort de citations de Wolfram von Eschenbach, de Lenau, de Goethe même, Heydrich, lui, rêvait d'une perfection dans l'ignominie comme la suprême discipline.

J'entendis d'incurables imbécillités, me raconta Mlle Marthe quand, revenant d'un voyage d'agrément en France où j'étais allé visiter les grottes de Lascaux, je repassais par Schwarzauge avant de me rendre à Munich, où j'avais entrepris depuis un semestre des études de droit.

Ce qu'elle ne me dit pas d'emblée, mais m'avoua bien plus tard à mon retour de guerre, c'est la scène qui suivit.

À un moment Heydrich, exaspéré par la cuistrerie d'Otto Rahn, lui coupa la parole. Il savait à quoi s'en tenir sur son pèlerin, parfaitement au courant des méthodes assez peu orthodoxes employées par le savant. À peine Himmler s'en était-il toqué qu'il s'était évidemment fait un devoir d'enquêter sur cet illuminé. Il avait même poussé ses investigations dans l'Ariège, où se trouvent les ruines du château cathare de Montségur. Le souvenir de cet étrange Herr Doktor y était encore vivace : pour étayer ses thèses sur le Graal, il n'avait pas hésité à dessiner lui-même des graffitis sur les murs en ruine du château.

Sans se soucier du savant qui continuait à parler dans le vide, il changea de sujet et s'adressa directement à Max : « Es-tu bien certain que cette Marthe n'est pas juive ?… Bien, bien, si tu me l'assures, je te crois… D'ailleurs, dans son dossier que j'ai fait rechercher à Vienne aux archives de la Sûreté, rien n'est mentionné à ce sujet. » Il tira alors de sa poche deux feuilles de papier auxquelles, de temps à autre, il se reportait comme pour se rafraîchir la mémoire : « Sais-tu que cette petite vieille fut jadis danseuse à l'Opéra de Paris ? Une danseuse très appréciée. Marie Guimard dite "la Guimard". Ce n'est que sur le tard qu'elle se fit appeler Marthe, son second prénom. Elle quitta Paris pour Saint-Pétersbourg où la demandait le chorégraphe Marius Petipa. Elle y créa un ballet. *Kalkabrino* ou quelque chose du genre. » Il jeta un coup d'œil rapide sur ses notes. « Oui c'est bien cela. *Kalkabrino*, sur une musique de Minkus. Elle y obtint un vrai triomphe. Aussi le Hofoper de Vienne l'invita pour une reprise de *Die Puppenfee*. Elle y récolta un triomphe personnel. On la distribua dans différents autres ballets où elle reçut le même accueil enthousiaste, en particulier dans *Giselle*. Puis un jour, son nom disparut mystérieusement des affiches… Pour les amateurs de danse déçus par la disparition de leur nouvelle idole, cela ne faisait aucun doute : elle avait été enlevée par un lord excentrique, un magnat américain, dans tous les cas un millionnaire… Grâce au ciel, la police de Sa Majesté Impériale et Royale, fort tatillonne à l'époque, dépêcha des “mouches” qui, bientôt, débusquèrent la belle et son amoureux, car c'était par amour qu'elle s'était retirée de la scène… » De nouveau, Heydrich consulta ses notes. Ses yeux, généralement pâles et sans expression, s'allumèrent. Il se redressa et jeta son regard au loin dans la pénombre qui régnait au fond du salon, comme le pêcheur qui envoie sa ligne vers les eaux sombres de la rivière afin de ferrer le poisson qu'il y devine. « Türkenstrasse numéro 10, une garçonnière transformée en nid d'amoureux. C'est dans cette garçonnière que la ballerine abritait ses amours… Et devinez un peu avec qui ? Eh bien, tout simplement avec le maître de Schwarzauge… » « Quoi, le vieux comte Tassilo ? » fit Max. Heydrich le fusilla du regard : « Pas le comte Tassilo mais le comte Hynko, son père, qui à l'époque était encore un très bel homme d'une cinquantaine d'années. Tout cela est consigné dans un épais dossier. L'Empereur François-Joseph avait donné à sa police d'État l'ordre de ne jamais perdre de vue le comte et de lui rapporter quotidiennement ses faits et gestes. Il le soupçonnait d'être en partie responsable du drame de Mayerling. En effet, c'était à travers le comte que l'archiduc Rodolphe avait fait la connaissance de la petite baronne Vetsera. Il l'aurait également, disait-on, initié à la morphine, lors de parties fines où la comtesse Larisch, sa maîtresse d'alors, jouait les pourvoyeuses. Mais pire que la morphine, le vieil Empereur soupçonnait le comte d'avoir donné à son fils des leçons de libéralisme qui, à ses yeux, n'étaient ni plus ni moins que des théories révolutionnaires… » Heydrich frétillait au milieu de ces potins vieux de plus d'un demi-siècle. Et c'est probablement grâce à cette faculté de s'identifier à des fantômes à travers les papiers jaunis de vieux dossiers qu'il arrivait à donner l'impression, fugace sans doute, de n'être pas tout à fait un monstre froid. Il trouvait là, par une méthode policière extrêmement sophistiquée, le moyen d'éprouver une manière d'empathie qui pouvait l'assimiler à certains romanciers desquels la vie s'est retirée et qui ne peuvent voir et s'émouvoir qu'à travers leurs personnages. De surcroît, Heydrich était un snob qui, ayant fait une percée sociale en épousant une fille de mince noblesse, prenait des airs de junker balte, jouissant de parler de pair à compagnon avec le défunt Empereur d'Autriche par le truchement d'un rapport de police.

« Le comte et sa danseuse vécurent quelque temps à la Türkenstrasse, jusqu'au jour où elle disparut. À Vienne, dans les cercles que fréquentait le comte et qu'il avait continué à fréquenter durant sa liaison pour donner le change, le bruit courait depuis longtemps qu'il était inconsolable de la mort de Marie Vetsera dont il avait été, au dire de certains, follement épris. Il aurait fait taire son cœur lorsque le prince en était tombé amoureux. À la même époque où disparaissait sa maîtresse Marie Guimard, son fils Tassilo épousait la fille du juif Hirschwitz. N'est-ce pas étrange de retrouver tout de suite après le mariage, auprès de la nouvelle comtesse, en lectrice et dame de compagnie, peut-être même un peu lingère, une certaine Marthe Guimard ?... »

Heydrich fit une pause, espérant peut-être que quelqu'un l'interromprait. Mais à part la pluie qui continuait à tambouriner sur les vitres, il n'y eut que le silence. Un silence profond, menaçant.

Heydrich se lança alors dans une de ses longues philippiques contre les juifs ; sur la manière dont ils poussaient leur sang impur jusque dans les plus vieilles familles : le prince Henckel von Donnersmarck s'alliant avec une Lachmann, putain berlinoise devenue entre-temps marquise de Païva, des comtes du Saint Empire comme les Urslingen-Frundsberg avec des Hirschwitz, en France un duc de Richelieu avec une Heine, un duc de Gramont avec une Rothschild, un prince de Faucigny-Lucinge avec une Ephrussi ; en Angleterre, c'était selon lui encore bien pire avec ces Sassoon et ces Montefiore qui faisaient la navette d'un marquisat à un duché… « Il faut éradiquer. Impitoyablement éradiquer ce mauvais sang… Et d'abord ici même. Comment pouvez-vous penser un instant que je puisse m'intéresser à ce château si je dois côtoyer une porcherie pareille ! Le vieux comte va bientôt mourir. Son esprit, déjà, bat la campagne… Mais la comtesse juive, la Hirschwitz qu'ils ont voulu faire passer pour morte en couches, est bien vivante… Le médecin d'Innsbruck qu'elle consulte parfois l'a avoué… Mais son interrogatoire a tourné court… Il était cardiaque… Aussi n'a-t-il pas eu le temps de nous révéler où elle se cache… Mais nous le saurons… nous le saurons… » Et disant cela son regard se perdait toujours plus loin dans l'obscurité, comme si son interlocuteur véritable se trouvait tapi dans la pénombre au fond du salon. « Pour le fils, le comte Ulrich, et sa femme juive italienne de Ferrare, nous en faisons également notre affaire ; quant au petit-fils, Kuno, nous saurons en temps voulu lui régler son compte. N'est-ce pas, Max ? S'il n'y avait eu Max qui a une étrange tendresse pour ce garçon, la chose eût depuis longtemps été terminée. Je me suis laissé dire que cette grosse truie de Göring s'intéresse également à ce domaine depuis qu'il y est venu chasser et a découvert la galerie de peintures. Nous calmerons son appétit en lui envoyant, pour grossir ses collections, les deux Holbein et le Dosso Dossi. Que ce château puisse rayonner des lumières du Graal, comme nous l'a fort bien expliqué Herr Rahn, c'est une chose, mais ne perdons pas de vue qu'il occupe également une position stratégique. D'ici, l'on contrôle la vallée de l'Inn en même temps que la passe du Brenner. Avec cette baudruche à tous vents de Mussolini, sait-on ce que l'avenir nous réserve ?... » « Je comprends, Gruppenführer... Mais, si je peux me permettre de revenir sur le cas des parents du jeune Kuno, ils sont morts. Administrativement morts... Même si, comme j'ai cru le comprendre, ils vivent toujours. Et là faudrait-il encore savoir où et sous quel nom ?... » « Vous êtes un enfant, fit Heydrich en caressant la main de Max. Croyez-vous, l'ami, que je me serais embarqué dans cette histoire si je n'y avais trouvé quelques garanties ? Un marquis, il y a peu conseiller à l'ambassade d'Italie, grand assidu de la décadence berlinoise, ami intime de la tribu Mann, je crois même un peu l'amant d'un des fils et surtout du gendre, l'acteur Gustav Grüngens, l'éphémère mari d'Erika Mann, et sur lequel par ailleurs j'ai un dossier important, a bien voulu collaborer avec nos services. Étant ferrarais de vieille souche, il connaît parfaitement le milieu juif de sa ville ; il m'a assuré que le couple Urslingen y vivait sous un nom d'emprunt. Bientôt devrait me parvenir leur véritable identité. Ensuite, ce ne sera qu'un jeu de les faire extrader et de les envoyer à Dachau. »

Ce soir-là, Heydrich ne livra que partiellement ce qu'il connaissait de Schwarzauge et des secrets emmurés derrière ses remparts. Mais il avait besoin d'encourager ses troupes, et la meilleure façon n'était-elle pas de leur jeter ainsi de temps à autre des bribes de renseignements, un peu comme des sardines aux otaries, ce qui les confortait dans leur vanité de partager les secrets de leur chef ?

Il glissa un regard vers Max et quitta sa position dos à la cheminée pour aller s'asseoir sur le divan.

« Joues-tu au croquet, Max ? » Ce dernier, qui était accroupi en train d'attiser le feu avant d'y remettre une bûche, se retourna, étonné. « Non… Eh bien tu as tort ! Le croquet, vois-tu, c'est le jeu par excellence du policier. On y apprend infiniment de choses sur la nature de l'homme et surtout comment son adversaire y perd son sang-froid ; il y a une tactique du croquet. On peut feindre des négligences afin de faciliter à son adversaire le passage de quelques arceaux et puis, quand le moment est venu, le coincer sous la cloche et alors, d'un coup de maillet, l'envoyer définitivement dans les choux… » Et disant cela, Heydrich se renversa dans le canapé et tendit son verre négligemment à l'une de ses ordonnances qui s'empressa vers la console où se trouvait un grand plateau en argent chargé d'alcools, et en revint avec la même diligence en tenant une bouteille de cognac.

Heydrich jeta un coup d'œil rapide au jeune SS tandis que celui-ci remplissait son verre. La présence de cette larve obséquieuse lui fit comprendre pourquoi il avait élu Max Vögelbach parmi cette tourbe de subalternes qui grouillaient autour de lui.

Max, toujours accroupi, s'employait à ranimer le

feu. Heydrich se laissa aller en arrière dans le canapé sans détacher les yeux de son protégé. Sa nuque bien droite, ses épaules, son large dos, ses mains carrées, ses fesses dures… amenaient l'Obergruppenführer lentement au bord du désir. Pour la première fois, il s'autorisa à le déshabiller en imagination afin de le retrouver dans son souvenir tel qu'il l'avait aperçu quelquefois sous la douche après une séance d'escrime ou de boxe. Max fut sans doute, dans la vie de ce monstre élégant, racé et puritain, se mouvant dans le crépuscule vers un paysage de ruines dépeuplé de toute humanité et de sentiments, le révélateur d'un chemin qu'il ne s'autorisa jamais à suivre. Ses virées à l'Eldorado ou au Kleist-Kasino de Berlin en compagnie de Max et de quelques tapettes de la SS n'entachèrent jamais sa réputation d'amateur de femmes.

La pluie avait cessé. Et le salon, comme un grand navire déglingué tanguant de bâbord à tribord avec ses verres brisés, ses tables renversées, ses bouteilles d'alcool répandues sous les fauteuils, allait pénétrer dans le calme de l'aube. C'est alors qu'Heydrich tira de sa poche une feuille de papier bleu, maculée de taches, du sang probablement, qui, avec le temps, étaient devenues marron. Quelques phrases s'y trouvaient tracées comme à la hâte. Avant d'en donner lecture il crut bon de préciser : « Les archives du défunt Empire d'Autriche sont inépuisables et nous réservent jour après jour des surprises ; à croire que ce n'était qu'un empire de fonctionnaires et de policiers. » Il but une gorgée de cognac, comme s'il avait besoin de s'éclaircir la voix : « Voici ce qu'écrivit le comte Hynko avant de se tirer une balle dans la tête. On le retrouva assis à son bureau, la tête sur son écritoire. Les taches que vous voyez sur le papier, c'est son sang. » Il agita la lettre au-dessus de sa tête comme s'il voulait accréditer ses paroles. Il répéta : « Vous voyez ces taches… c'est son sang et pas, comme on aurait pu le croire, des taches de café. Le comte se suicida au petit matin. On se tue toujours au petit matin, dans l'effroi qu'on ressent à l'idée d'affronter un jour nouveau. Jusqu'à aujourd'hui, personne ne connaissait l'existence de cette lettre d'adieu. Il y eut une conspiration du silence autour de ce mot. D'un côté, la famille du défunt n'en eut pas communication; de l'autre on en évita la lecture au vieil Empereur. Tous ces crétins de policiers pensaient évidemment que cette Marie à qui la lettre était adressée n'était autre que la jeune et défunte baronne Vetsera… » Heydrich se tut. Un silence épais comme celui qui prélude à un orage pesait sur le salon. Il tendit l'oreille. Nul ne broncha. Sa bouche accusa un pli amer. Se serait-il trompé? Égocentrique, il feignait d'être libéral et dépourvu de préjugés; il avait appris à se comporter mal avec bienséance et à ennoblir son âme impure. Pour un peu, il eût prêché la morale à ses victimes. Il avait pris pour devise, en en pervertissant le sens, la phrase bien connue d'un architecte viennois : « Un travail qui consiste uniquement à détruire, voilà un travail vraiment humain, naturel et noble. »

« Je vous lis le billet : "Marie, chère petite Marie, oh pourquoi es-tu arrivée si tard dans ma vie! Le peu de temps que tu y fus, j'ai compris le miracle que peut être une femme dans l'existence d'un jouisseur dissolu comme moi. Tu as été ma lumière et ma source. Tu m'as fait découvrir ce qu'était la véritable passion et combien j'en fus privé toute ma vie. Je t'ai demandé ce beau sacrifice et tu t'y es pliée sans cri, sans aucune plainte. Marie, oh ! Marie, tu as été, tu es, tu seras toujours et pour l'éternité mon seul amour. Je ne peux vivre sans toi, cela est au-dessus de mes forces. Adieu, petite Marie, prends soin de notre fils…" »

L'Obergruppenführer avait mis dans sa lecture ce qu'il fallait d'émotion. Il replia machinalement la lettre qu'il remit dans la poche de poitrine de sa vareuse. Son esprit était ailleurs. Comme le braconnier qui a posé ses pièges, il tendait l'oreille afin de déceler la brindille qui craque sous la foulée de l'animal, le bruissement des feuilles. Personne ne soufflait mot. La lumière pauvre d'une aube indécise s'insinuait entre les interstices des doubles rideaux en gros damas rouge effiloché par le temps, moisi par l'humidité. C'est alors que, dans ce silence étouffant, se fit entendre le cri d'un animal blessé, suivi du bruit flasque d'un corps s'affaissant sur le parquet. Brusquement, Heydrich se leva et s'avançant à grandes enjambées vers le fond du salon, il tira d'un geste brusque les rideaux des deux portes-fenêtres. Un jour maigre pénétra dans cette partie du salon où trônaient les immenses globes terrestre et céleste du géographe vénitien Coronelli. « Le piège a fonctionné ! » s'écria-t-il. Derrière l'une des mappemondes, Mlle Marthe gisait sans connaissance. « Max, ramasse-moi cette vieille et fais-la parler ! Si elle a su danser jadis, elle saura bien nous chanter quelque chose !… » En passant près d'elle, il lui balança un coup de pied dans le ventre.

3 bis avenue Rachel,
Paris XVIIIe

Mon escapade dans le Périgord terminée, je décidai, sur

mon retour, de m'arrêter quelques jours à Paris. Quand je débarquai du train le jour se levait et une buée de chaleur grise s'étendait sur la ville. La journée s'annonçait chaude. Les lumières des bars et des cafés ouverts la nuit brillaient encore. La brigade de jour, qui venait de relayer celle de nuit, ordonnait les chaises et les tables en terrasse. Des débardeurs étaient appuyés au bar devant un ballon de rouge. Des filles opéraient malgré l'heure matinale, racolant les voyageurs que leur démarche hésitante désignait comme des proies faciles.

Je fus surpris par la gaieté de la ville et l'insouciance de ses habitants, qui semblaient ignorer ou feindre d'ignorer ce qui se préparait outre-Rhin.

Grand-père Tassilo m'avait donné des lettres de recommandation que j'étais déterminé à ne pas utiliser. Les noms et les titres inscrits sur les enveloppes me laissaient présager le cabinet des antiques où la conversation tournerait inévitablement autour des exploits de chasse de la dernière saison, l'hallali d'un grand dix-cors dans un crépuscule sanglant au milieu d'un étang, le tout saupoudré de quelques remarques bien senties sur les méfaits de l'Internationale juive. Je connaissais trop bien cette société que chaque été ramenait à Bayreuth avant un détour par Schwarzauge et son besoin de se ressourcer dans des fariboles cynégétiques et de bonnes blagues juives.

Je préférai donc aller sonner au 3 *bis* de l'avenue Rachel, chez une demoiselle Léontine Gomard dont j'avais relevé l'adresse au dos de certaines lettres expédiées de Paris et destinées à Mlle Marthe, qu'il m'arrivait parfois d'aller chercher à la poste lorsque, après de grosses chutes de neige, je descendais au village à skis, la route du château, pas encore déblayée, se trouvant inaccessible au facteur. Je n'avais jamais interrogé Mlle Marthe sur cette Léontine Gomard. Un jour, alors que je lui tendais une de ses lettres, elle me dit : tiens, enfin des nouvelles de la famille !

« Léontine et Paul Gomard 4e étage, droite. » Je ne m'étais pas trompé. C'était bien ce qui était marqué sur l'écriteau affiché derrière la vitre de la loge, dont l'intérieur était dissimulé par un rideau crasseux maculé de chiures de mouches. En dessous de l'écriteau où se trouvaient inscrits les noms des locataires, pendouillait une pancarte prévenant que la concierge revenait de suite.

Je grimpai jusqu'au quatrième un escalier assez raide dont la rampe au vernis écaillé avait été garnie, jadis, de boules de verre soufflées qui avaient disparu.

Je sonnai à la porte de droite, comme indiqué. J'entendis, arrivant du fond de l'appartement, un bruit de savates sur le parquet et une voix de rogomme qui criait : « On arrive, on arrive… Si c'est pour le gaz, dites-leur, mon petit loup, qu'ils peuvent me le couper, j'en ai vu d'autres… » La porte s'ouvrit et une créature sans âge ni forme, dans un peignoir japonais troué par des brûlures de cigarettes, le cheveu en pétard, me regarda, étonnée. « Tiens, vous n'êtes pas le gaz ! » Elle me détailla, alors, de la tête aux pieds. Et probablement l'examen me fut-il favorable car son visage se radoucit. Quand je lui eus dit qui j'étais et comment j'avais eu son adresse par Mlle Marthe, ce qui n'était pas tout à fait la vérité, elle eut un instant d'hésitation. « Marthe ? » fit-elle. « Marthe ? Marthe ?… » Puis, frappée par une révélation soudaine : « Ah ! oui ! Marthe bien sûr… où avais-je la tête ! Marthe, ma sœur

Marthe ! Vous savez, ici, en famille, on l'a toujours appelée Marie ! D'ailleurs, quand elle m'écrit... rarement il faut bien dire... Elle signe toujours : ta Marie... Vous savez, Marie Guimard à l'Opéra pour un public averti, même si elle a pris sa retraite jeune, bien trop jeune à vrai dire... ça dit toujours quelque chose... Guimard, évidemment, ça faisait mieux que Gomard. Vous comprenez Gomard, Molard, Poulard... dans tout ça, y a du lard, ce qui n'est pas vraiment épatant pour une danseuse. Mais dans Guimard, la première syllabe donne des ailes... » Je n'avais aucune idée, à ce moment-là, de ce qu'avait été la carrière éphémère de danseuse de Marthe. « Marie... enfin Marthe, si vous préférez, avec le talent qu'elle avait, n'était au fond d'elle-même qu'une amoureuse. Aussi, ça n'a pas traîné. Dès qu'elle a trouvé chaussure à son pied, ça n'a fait ni une ni deux, elle a tout plaqué. Quelque temps, j'ai pensé qu'elle reprendrait sa carrière de danseuse... pour moi c'était une question de mois... le temps qu'elle fasse sortir du tiroir son Polichinelle... elle se devait à son art, non ? Eh bien, non ! Elle s'est obstinée... Il y a vraiment là un mystère... » Pas autant que pour moi, me disais-je en moi-même. Je regardais la vieille caqueteuse et essayais en vain de trouver sur son visage quelque ressemblance avec Marthe. C'est alors que résonnèrent des pas dans l'escalier. Quelqu'un montait. « C'est Paulot, mon petit-fils ; il habite avec moi depuis que Renée sa mère s'est tirée pour se remarier à Alger. Une sacrée moukère celle-là, pas le genre danseuse ! Toujours après un bat'd'Af ou un marsouin. Veuve joyeuse, c'est un emploi ! Son père, Paulot ne l'a jamais connu. Gazé, il est mort les éponges mitées le jour de l'Armistice en 18. Il avait eu le temps de s'oublier avec la Renée. Elle s'asseyait après avoir tiré les draps à califourchon sur le lit. Et hop ! Et hop ! Elle te le fignolait vite fait bien fait devant toute la salle où d'autres crevaient sans avoir la chance de connaître la petite secousse avant la grande. Ça, on peut pas dire, Paulot, elle l'a voulu. Pas une mauvaise mère la Renée, mais chaude du cul, aussi quand le bat'd'Af' est passé par là un beau soir de septembre, c'est Léontine qui s'est cogné le gnard... Regrette pas ! ah, ça pour ça, regrette pas... »

Le cheveu en bataille, blond tirant sur le rousseau, l'œil bleu et étonné, les joues rouges, essoufflé mais ravi d'avoir grimpé quatre à quatre, tel m'apparut ledit Paulot. Une enjambée de plus et il atterrit sur le palier. C'était un grand gars bien carré, à peu près de mon âge, affichant une expression ouverte et goguenarde qui me rappelait étrangement le camarade Franz. Il tenait sous le bras un étui de violon en cuir grenelé. Il me regarda, l'air amusé. Puis se tournant vers sa grand-mère avec cette ironie qui semblait ne pas le quitter, il lui dit : « Alors mémé, on rajeunit les cadres, on s'attaque aux petits jeunes à présent ? » L'insolence fit rire la vieille. « Veux-tu te taire, garnement ! Ne t'ai-je pas dit une fois pour toutes de ne pas m'appeler mémé ? Ça fait commun. Pas bourgeois mais commun. Appelle-moi Léontine, nom d'un chien ! Ou encore mieux Léo... Mademoiselle Léo, ça fait très bien, tiens ! Mademoiselle, comme pour les femmes de théâtre, les demi-castors et les sous-maîtresses... d'ailleurs, elles font toutes partie du même poulailler... » Mlle Léontine, s'avisant soudain que je me tenais là en tiers sans avoir été présenté, et voyant que Paulot continuait à me dévisager, moqueur, dit simplement :

« Tiens, tu connais Kuno… » Mon nom, presque familier dans la bouche de la vieille que je ne connaissais que depuis cinq minutes, me parut incongru. « … tu sais bien, le Kuno de la tante Marie… enfin de Marthe… tous ces mystères pour un prénom, moi cela me dépasse… Comme si elle n'avait pas pu continuer à s'appeler Marie… enfin, ça la regarde… À sa place, avec son passé et tout de même, il faut le dire, sa gloire, il y a belle lurette que je me serais tirée de ces montagnes… Pendant quatre ans, imaginez ! Quatre ans, après coup on se dit : quatre ans qu'est-ce que c'est ? Mais sur le moment ça fait un bail, quatre ans, sans nouvelles de ma propre sœur… la seule famille qui me restait… » Paulot demeurait la bouche ouverte comme si on lui en avait raconté une bien bonne. Au bout d'un moment, il posa son étui de violon contre sa jambe et me tendit la main. « Salut Kuno ! Moi c'est Paulot ! Depuis le temps que Léontine me parle du cousin autrichien… » Ce fut à mon tour de faire les yeux ronds comme des billes. « Léo est impeccable côté citrouille. Pas du tout de ces petites vieilles qui radotent. Même d'allure, hein ! Regardez-moi ça ! Ça a du panache, ça madame ! Faut la voir quand elle s'attife le soir pour aller au théâtre ou au music-hall… C'est qu'elle en connaît du monde, côté coulisses… Et pas seulement sur les boulevards… mais aussi au Français, où elle a panouillé dans sa jeunesse… Ça, pour raconter les magouilleries et les chienneries de ces demoiselles les sociétaires, elle n'a pas son pareil… Mais là où le bât blesse, c'est quand elle se met à parler de sa famille… Alors là, tu te dis qu'elle débloque, Léo… » La vieille avait quitté le palier. On l'entendait farfouiller au fond de l'appartement. « Elle se fait une beauté... Pensez, c'est pas tous les jours qu'elle reçoit son neveu Kuno l'Autrichien... Et puis aussi, c'est aujourd'hui gala. On enterre un de ses vieux potes au cimetière Montmartre et elle tient absolument à être au balcon quand la viande froide passera... »

On l'entendait bougonner toute seule dans l'appartement. Se morigéner avec des « ah çà, ma fille ! ». Et de traîner la savate dans le corridor et de nouveau : « Ah çà, ma fille, tu ne vas pas te mettre une nippe pareille sur le dos... non, ça non, avec le rouge que tu t'es mis sur les joues, tu vas ressembler à la Moreno... »

À un moment, elle passa sa tête à la porte d'entrée. Elle s'était fait un turban avec une serviette-éponge : « Vous n'allez pas, mes petits poulets, rester ainsi sur le palier à tourner autour du pot. Allez, entrez, je vais vous faire une bonne orangeade... C'est qu'avec cette chaleur qui nous est tombée dessus depuis quinze jours, après un début d'été pourri, on ne sait plus très bien quoi faire de soi... On boit, on transpire... On boit et on transpire encore... Et malgré les arbres de l'avenue Rachel, l'appartement, qui était frais hier encore, est devenu un four... »

Un quart d'heure plus tard, je me trouvais entre Paulot et Mlle Léontine, assis sur un canapé recouvert d'un velours grenat tout râpé, dont plusieurs boutons du capiton avaient sauté, en train de regarder un album de photos consacré à Mlle Marthe. Y étaient collés des articles de journaux de l'époque qui rendaient compte de ses débuts à l'Opéra, des photos d'elle dans ses différents rôles. On y voyait Marthe et Léontine entourant un petit monsieur au crâne chauve, portant lorgnon, sur le trottoir de l'avenue Rachel. Par-derrière, on apercevait vaguement un corbillard de première classe, attelé à quatre chevaux, harnais empanaché, houssés de noir, écussonnés avec les monogrammes du mort, et qui s'en venait par l'avenue dont le feuillage des tilleuls laissait filtrer des traits de soleil mouchetant de papillons de lumière le funèbre cortège. « C'est papa ! » s'écria Léontine, en pointant le petit homme d'un ongle au vernis écaillé. Et ce cri, dans la bouche de cette ancienne belle, avait une spontanéité et une fraîcheur qui rendaient encore mieux que la photo floue et défraîchie ce départ pour la promenade familiale, un jour d'été. Cette tranche de bonheur, dérivant ainsi qu'une île dans un passé depuis longtemps enfui, demeurerait tangible tant que cette photo pourrait témoigner de l'insignifiance et de ce quotidien minuscule : la barbiche et les lorgnons du père, la robe avec sa modestie en dentelle de Mlle Léontine et les bandeaux noirs encadrant le visage blanc et fin de Mlle Marthe, annonçant déjà la future ballerine ; et cette chaleur palpable sous les ombrages de l'avenue qui laisse imaginer aux terrasses des cafés proches du boulevard des verres de bière à col blanc. « C'est maman qui avait pris la photo, précisa Mlle Léontine. C'était un des tout premiers appareils, ce qui explique le flou. Mais ça laisse des souvenirs. Ce jour-là, on se rendait tous en famille au Divan japonais. Je m'en souviens comme si c'était hier. Papa, pour améliorer l'ordinaire, y faisait office de tapeur. Regardez cette photo encore : papa est au piano, à côté de lui, avec les mêmes lorgnons et la même petite barbiche, c'est Erik Satie, le compositeur ; la femme de dos avec ses gants noirs et sa robe absinthe… elle paraît marronnasse sur la photo, mais en vrai elle était absinthe… Fallait le faire, parce que pour la bonne mine, bonjour ! Eh bien, elle, c'est Yvette Guilbert ! Yvette, faut dire, elle n'en avait rien à foutre de sa bonne mine !… » Mlle Léontine parlait. Moi, je rêvais de ce Paris montmartrois tout en me souvenant de Mlle Marthe quand, enfant, au grand dam de grand-père Tassilo, elle me détaillait *Le Fiacre* et *Madame Arthur* et j'en voulais toujours plus et j'applaudissais à tout rompre. « Vous allez m'en faire un Gaulois !… » s'écriait grand-père en surgissant dans le salon et en rabattant violemment le couvercle du clavier d'où Mlle Marthe avait tout juste eu le temps de retirer ses mains.

Mlle Léontine tournait les pages du gros album armé de ferrures et son commentaire allait bon train. « Tiens, voilà Marie avec son grand amour à Vienne, au Prater… ça alors, elle aurait mieux fait de se casser une jambe le jour où elle l'a rencontré… » Marie portait un manchon en hermine et un chapeau bordé de la même fourrure. À son côté se tenait un homme élégant, d'âge mûr mais tout de même assez fringant. Je regardai bien son visage. Je crus reconnaître mon arrière-grand-père, le comte Hynko. J'allais de surprise en surprise. Celle-ci fut à son comble quand je tombai sur grand-père Tassilo, tenant dans les bras un jeune garçon qui, plutôt que de regarder l'objectif, avait le visage tourné vers Mlle Marthe. Là aussi flottait comme un fumet de bonheur. La photo avait été prise de manière que l'on puisse voir, sur un fond de montagnes, l'une des grosses tours de Schwarzauge. « Tiens ! Te voilà en petit Tyrolien. C'est l'une des dernières photos que Marie m'a envoyées… » Je n'écoutais plus ; mon cœur battait. Je suffoquais d'émotion. Aussi loin que remontaient mes souvenirs, je n'avais jamais eu ce sentiment que quelqu'un pût s'intéresser à moi. L'idée qu'une partie de mon existence, d'infimes fractions de ma vie, oubliées par moi depuis longtemps, avaient pu survivre là, dans un album remisé au fond du tiroir d'une commode, dans cet appartement petit-bourgeois où rôdait l'odeur d'un vieux matou, me bouleversa. Moins d'une heure plus tôt, j'ignorais leur existence, alors qu'eux me connaissaient depuis toujours.

« Nous avons même une lettre de la comtesse et une photo d'elle dédicacée... » « De la comtesse ?... » Mon étonnement sembla un instant décontenancer Léontine. « Mais elle est morte à la naissance de mon père... » fis-je. « Impossible, d'abord elle n'a jamais eu d'enfant et puis ensuite, chaque année, elle nous envoie ses vœux et même cette année encore... » En effet, il y avait bien dans l'album la photo d'une femme plus de la première jeunesse, mais au maintien élégant, vêtue d'un tailleur rayé noir et blanc, à la mode au début des années vingt. Elle se tenait contre un rocher au bord d'un lac de montagne que je reconnus pour être celui des « chamois ». Au fond, sur le côté, on devinait derrière des sapins le pavillon de chasse du « Chamois bleu » où jamais personne ne s'aventurait, tant il était loin du château et haut perché dans la montagne. Quant à la lettre que me montra avec une certaine fierté Léontine, elle était écrite en français et datée de l'année 1906 ; c'est-à-dire vingt ans avant que la photo n'ait été prise. La comtesse von Urslingen remerciait M. Jérôme Gomard d'avoir toujours cru à l'innocence du capitaine Dreyfus et d'avoir milité pour la révision de son procès. Elle le remerciait également de la Marche pour piano qu'il avait écrite afin de célébrer la réintégration de Dreyfus dans l'armée et qu'il lui avait fait parvenir par Mlle Marthe… « Vous voyez, mademoiselle Léontine, la comtesse aussi écrivait Marthe… » « Ah tiens ! Oui ! Oui ! Je n'y avais même pas fait attention… Et je dois dire que la comtesse en connaissait un bout en musique, parce qu'il s'était défoncé, mon Jérôme ! Il avait appelé son fox-trot *Marche séculaire et instantanée*. C'était assez canularesque, mais bien senti dans le goût… oui, tout à fait dans le goût du Divan japonais, le cabaret de la rue des Martyrs… Il y avait même une petite cadence assez *czardas*, plutôt grinçante et désaccordée, pour honorer cette fripouille d'Esterhazy… »

En tournant une page, j'aperçus une photo de grand-père Tassilo entouré de ses chiens. L'air à la fois bougon et bonhomme. Comme je m'attardais sur cette photo, Mlle Léontine laissa tomber : « Le comte Tassilo n'est pas un homme bon comme cette photo pourrait le laisser penser ; c'est un homme qui a des attendrissements poignants ; c'est assez courant chez les hommes de nature violente… La photo, ça trompe pas, c'est le négatif de l'âme… » Mlle Léontine connaissait les hommes sur le bout des doigts. Tout l'indiquait autour d'elle.

Cet appartement aux fenêtres garnies de rideaux en peluche et de cantonnières déglinguées que retenaient des embrasses effilochées et toute une surcharge de pompons et de passementeries fanées, et puis cet engorgement de bibelots, de lampes en pâte de verre, était bien celui d'une ancienne belle comme j'en avais lu la description dans les romans de Colette que j'empruntais à Mlle Marthe. Ce logement aurait fort bien pu être la tanière galante de Mamita Alvarez. Une Mamita qui aurait enseigné, à défaut d'une Gigi en col marin, à ce grand gaillard de Paulot avec ses paluches comme des battoirs qui, lorsqu'il s'agissait dans sa classe du conservatoire de faire vibrer la chanterelle, devenaient des mains de dentellière comment l'esprit vient aux garçons…

L'atmosphère de cet appartement, le bruit des voitures et des klaxons qui montait du boulevard de Clichy, la lumière rasante de cette fin de journée que tamisait le feuillage des tilleuls, jetant sur le velours des fauteuils et les tapis usés des mouchetures comme des moisissures dorées, me transportaient dans un univers inconnu. Nous nous heurtons souvent à des lieux, des comportements ou des caractères qui, par leur seule existence, invalident les idées que nous nous faisions jusque-là de la vie. C'est sous ce nouvel éclairage que nous nous apercevons qu'une grande partie de nos décisions, les plus infimes comme les plus importantes, échappent à ce que nous pensons être la normalité, ou pour mieux dire à une évaluation morale traditionnelle. Mes yeux se portaient tour à tour sur Mlle Léontine dans son déshabillé de soie japonais brûlé par les cigarettes, ses cheveux hirsutes aux racines blanches, se versant en douce des petits verres de porto ; puis sur Paulot, affalé dans le fauteuil, le regard alangui, lorgnant le plafond, la chemise ouverte, quasiment dépoitraillé, jouant avec un éventail en nacre. Et les voyant ainsi tous les deux, elle, probablement ancienne gommeuse reconvertie dans la galanterie ; lui, le petit-fils, déjà affranchi et qu'elle espérait pousser dans la gigolaillerie à défaut d'en faire un nouveau Paganini, je perçus soudain, par je ne sais quelle voix obscure, comme en un lointain écho, mon appartenance à ce monde, encore inconnu de moi une heure plus tôt. Quelque chose m'y avait préparé. Mlle Marthe détaillant *Le Fiacre* ? Une certaine affinité que l'on confond avec la voix du sang ? La fulgurante et éphémère évidence que ce coin de Paris m'était prédestiné.

Avant que l'ankylose de la vie ne s'en vienne attaquer le fragile désir d'éternité qui m'animait, j'aurais aimé trouver ma voie. Toutes les routes pourtant m'avaient semblé sans issue, ne menant qu'à ces montagnes, obsédantes présences, devenues intolérables. Ne me sentant ni le goût de la chasse, ni de l'alpinisme, moins encore celui de peindre ou d'écrire, je m'imaginais coincé à jamais dans cette vallée de Josaphat. Un destin avorté, dissous dans l'anonymat avant même d'avoir pu imaginer être simplement soi-même. Rien d'original au fond. Un seul recours : l'apprentissage des désillusions. Et pourtant, j'avais si fort rêvé de quelque chose qui m'aurait empêché de me lever triste et de me coucher malheureux ! Or, il avait fallu que ce soit à Paris, en ce soir d'août 1938, que je prenne finalement conscience de ce délabrement moral pour, enfin, m'éveiller au monde.

Ces photos de moi à tous les âges, dont j'ignorais quand elles avaient été prises, témoignaient que j'avais grandi sans avoir le sentiment de vivre ; que j'étais passé des *Lederhosen* aux pantalons de golf sans m'en rendre compte ; pour me retrouver en *Tyrolerjacke* genre spencer et pantalon de smoking posant pour le photographe *Wiener Salon Blatt* entre la femme de l'ambassadeur d'Angleterre et Frau von Ribbentrop, la femme de l'ambassadeur du Reich à Londres. Tout un pan de ma vie se trouvait enfermé dans un album relié de moire bleue avec un fermoir gothique, et dont j'eusse ignoré l'existence si je n'avais pas eu l'à-propos de venir sonner au 3 *bis* de l'avenue Rachel.

« Allez, assez pour aujourd'hui, trop de souvenirs cela finit par vous ficher le bourdon. Et puis, il faut que je me nippe convenablement, sinon je vais me retrouver en cheveux et à poil sur le balcon et le Maurice n'aura vraiment pas mérité ça. Faut tout de même que je lui fasse honneur à ce vieux bougre. » Sur ces mots, Mlle Léontine disparut en emportant l'album qu'elle replaça soigneusement dans la commode sur laquelle deux angelots en Sèvres dix-neuf cent mignardisaient sous un globe de verre. Paulot avachi dans le fauteuil, les cuisses écartées, s'étirait en me regardant d'un air narquois. Il venait de flairer la proie facile, la canaille !

« Ton cousin Kuno », c'est ainsi que m'avait présenté Mlle Léontine à Paulot. Sur le moment, j'étais tellement impressionné par sa ressemblance avec Franz que je n'y avais pas accordé attention. Mais maintenant que cela me revenait, je trouvais que c'était tout de même assez fort de café. Je sais bien qu'il se trouve parfois des parentés que l'on se prête et que l'on finit par ne plus distinguer des vraies. N'avais-je pas longtemps appelé Mlle Marthe « maman » Marthe ? Jusqu'au jour où grand-père Tassilo m'avait sévèrement tancé : « Kuno, maintenant que vous allez sur vos huit ans, vous n'avez plus l'âge de bêtifier de la sorte. Je vous interdis dorénavant d'appeler Mlle Marthe maman. Que cela soit compris une fois pour toutes, car il me serait pénible de vous le redire… » Ce jour d'autrefois, oublié, me revenait à présent. Par cette remarque, grand-père Tassilo m'avait rendu une seconde fois orphelin. Me revint alors le souvenir de la nuit qui suivit où, sans dormir, j'avais attendu l'aube en pleurant. Puis, las de pleurer, je m'étais révolté contre cette injustice, en lacérant mon oreiller de rage.

Le cousin Paulot continuait à me regarder. Brillait dans son regard malicieux du défi. Une lucidité, en tout cas implacable sur lui, sur moi, sur les choses. J'aurais aimé lui demander des explications sur ce cousinage. Mais je n'osais, ayant peur que mon regard ne se reportât sur ses cuisses, qu'il allongeait dans ma direction avec une impudeur totale.

Paulot, au second raclement de gorge, prit les devants. « Tu veux me dire ou me demander quelque chose et ça sort pas, hein !… » « Oui… enfin non, fis-je, ça n'a pas vraiment d'importance. C'était par simple curiosité… » « Allez, dis toujours… » « Eh bien voilà, je me demandais pourquoi tu t'appelles Gomard comme le père de Léontine. Ne porte-t-on pas généralement le nom de son père ?… » « Ah ! c'est seulement ça que tu voulais demander… » Paulot paraissait dépité. « Mais qui te dit que je ne porte pas le nom de mon père ?… C'est mon père qui, lui, ne portait pas le nom du sien… Léontine, que tu vois maintenant… rangée, bien tranquille, la vie pépère quoi !… dans sa jeunesse, eh bien, c'était tout le contraire… Une bringueuse, je te dis pas !… Fallait qu'elle dilatât tout… une passade c'était tout de suite le grand amour, et un amour devenait aussitôt une passion… Et puis elle savait pas dire non… Qu'un petit gars lui frise l'œil, et hop ! elle se l'empochait. Ce n'était pas par vice… Non ! Mais plutôt par peur. Oui, par peur de ce que le bonheur lui passe sous le nez… Voilà pourquoi celui que j'aurais dû appeler "grand-père", il n'a fait que trois petits tours avenue Rachel. À ce qu'il paraît, c'était un artiste, assez virtuose quand il s'agissait de faire ses gammes au pieu. Léo en rêve encore. Un matin, il a levé le camp. Mains dans les poches, la casquette sur l'œil, il a dévalé l'escalier pour aller chercher des cigarettes. Il n'est jamais revenu. Le grand amour s'était tiré sans laisser d'adresse, ni vu, ni connu… Léo a beaucoup pleuré. Puis elle a continué, mais là c'était pour la forme. Enfin, elle s'est arrangé une histoire ; il était devenu tantôt un chanteur d'opéra, tantôt un type de la haute reconverti dans le fric-frac mondain… De toute façon, toujours un mouton à cinq pattes… Mais avec Léo, c'est difficile de savoir la vérité… C'est une rêveuse. Une artiste comme tous les Gomard, elle fait de la dentelle avec ses illusions. Une fille-mère chez nous, ça n'a gêné personne. Avec les années, elle oublia le ténor comme le gentleman cambrioleur… et voilà ! »

Paulot s'était peu à peu rapproché de moi, et maintenant appuyait sa main sur ma cuisse. Paralysé, j'étais incapable de faire le moindre mouvement. Je baissais le nez piteusement et fermais les yeux. Un Viennois digne de ce nom, sachant les choses de la vie – pas un cul-terreux comme moi –, eût trouvé une plaisanterie pour détendre l'atmosphère. « Merci. Non, vraiment, eût-il dit par exemple, je ne fume ce genre de cigare qu'après le dîner… jamais avant… » Et on aurait pouffé de rire ensemble.

Sa main, au bout d'un instant, relâcha son emprise puis d'un geste brusque il m'arracha le magazine que je venais de prendre sur la table basse pour me donner une contenance : « Allez ! Laisse tomber cette revue. C'est un vieux numéro. Léo l'avait achetée parce qu'il y avait un reportage sur le Tyrol où l'on tournait il y a quelques années *Le Lac aux dames*. Je ne sais pas pourquoi elle l'a gardé. Ça a toujours été un vieux rêve… prendre le train de nuit à la gare de l'Est et débarquer le lendemain matin pour faire une surprise à Marie. "Coucou c'est moi, ta sœur Léo !" Elle trouvait que tante Marie ressemblait à Simone Simon, l'actrice du film… d'ailleurs regarde… » Paulot était à présent à genoux entre mes jambes, sa main cette fois-ci posée sur mon autre cuisse ; de l'autre, il tournait à l'envers les pages de la revue. « Voilà, c'est là… Regarde, c'est frappant. Non ?… »

Je n'écoutais plus. Je ne savais plus où j'en étais… Il me semblait tanguer au milieu de souvenirs. Les impressions que j'avais emmagasinées cet été-là au bord du Wolfgangsee me sautèrent au visage comme des paquets d'embruns. Les parfums de la forêt, les bruits des cascades, l'odeur d'herbe coupée, et au loin les sonnailles des troupeaux. Je revoyais le radeau sur l'eau, où se tenaient les acteurs du film avec leurs doublures et un peu plus loin la barge où le metteur en scène avait planté sa caméra. Sur une autre photo, on apercevait toute l'équipe au bord de l'eau et, au milieu du lac, un pédalo blanc. Mon cœur se serra. C'était, à n'en point douter, Franz qui s'éloignait en direction de l'autre rive en compagnie d'Anja. Cela ne pouvait être que lui. Et puis le rire d'Anja. Son rire de pintade chatouillée me revint aux oreilles. Et moi probablement j'étais là, derrière, hors du champ de l'objectif. D'ailleurs, en un instant, tout passa derrière le champ de l'objectif : les gueulantes et les injures de Max, les couplets scandés du *Horst-Wessel Lied*... le bourrage de crâne, la propagande. Le reporter qui avait pris ces photos s'était donné pour tâche de poétiser ce joyeux Tyrol. Il se moque d'être truqué comme un décor, le Tyrol, mais puisqu'on le veut ainsi, alors il prend la pose. En rajoute dans le géranium et le côté bon enfant. Aussi, ni les chants guerriers, ni les casques, ni les bruits de bottes ni les sections spéciales, non plus que les aristoloches et le gratte-cul dans l'herbe n'imprimeront la pellicule.

J'avais rejeté ma tête en arrière et fermé les yeux, c'est alors que je sentis la main de Paulot sur ma braguette. « Alors c'est comme ça qu'on bandouille, petit mec... Tu sais que tu me bottes assez... Mais si tu préfères les gonzesses... Je n'en ferai pas une affaire d'honneur... Chacun "à son goût" comme dit Léo... »

Même Franz, avec son culot, n'aurait pas osé parler ainsi. La nuit servait de paravent. Au matin, nous nous ébrouions dans le lac sans pour autant avoir le sentiment de noyer nos caresses et les lambeaux de désir qui s'y trouvaient encore attachés.

Je fus tiré de ma confusion par l'arrivée inopinée de Mlle Léo. Elle était quasi méconnaissable. Elle avait revêtu une robe du soir de satin crème dont le bustier, brodé de perles blanches, évoquait un champ d'étoiles de mer qui, tombant en guirlande des épaules, s'en allaient en biais se perdre dans le flou des godets de la jupe. Le satin était légèrement défraîchi, certaines broderies avaient filé mais l'ensemble avait de l'allure et me rappelait certaines tenues *risquées* que portait lady Sudburry quand elle se sentait l'obligation de frapper un grand coup, les soirs où des dignitaires du Reich étaient conviés à dîner au château.

Coiffée d'un turban de satin qu'elle avait agrémenté d'un bijou de pacotille et d'où s'échappaient des mèches en accroche-cœur qui semblaient comme peintes sur son front, Mlle Léo s'excusait : « Je n'ai pas eu le temps de faire mes racines mais comme je ne voulais pas faire honte à ce vieux Maurice je me suis confectionné ce turban. Qu'en penses-tu, Paulot ?... » Paulot, dès qu'il avait entendu dans le couloir un froissement de soie, s'était redressé. Il se balançait à présent d'une jambe sur l'autre. Mlle Léo eut un petit sourire. Elle n'était pas dupe de la bosse. Paulot se mit à tourner autour d'elle, s'arrêtant ici pour tirer sur le bas de la jupe qui godait mal, là pour fermer dans le dos un bouton-pression. Quand il eut fini l'inspection, il se planta devant sa grand-mère : « Léo, n'y a que toi pour enlever la toilette avec ce brio. Ce n'est même pas que tu sois chic... t'es... t'es... suprême... ma fille ! » « Eh bien, en voilà un compliment, Paulot !... Suprême ! Suprême ! Comme une volaille ! Eh bien je lui en foutrai à ce vieux bougre de Maurice, un suprême de volaille de cet acabit ! De la peau d'ange ivoire ourlée par Maggy Rouff, même d'un balcon, ça vous classe un enterrement... » Et puis, se penchant à l'oreille de Paulot comme si elle tenait à l'embrasser pour son compliment, elle lui souffla : « Allez, lâche-le un peu ce petit Boche, tu vas finir par le braquer contre nous... Tu vois bien comme il est rose et mignonnet et tout puceau... » Comme l'âge l'avait rendue un peu sourde, elle parlait fort, même en confidence. En moi-même, je pensais : « Puceau ! Puceau ! avec les leçons de Franz, peut-être que je pourrais lui en remontrer, à son Paulot... »

Mlle Léo était penchée au balcon et regardait inquiète de chaque côté de l'avenue, jetant de temps à autre un coup d'œil à sa montre. « On les aura ratés, nom d'un chien ! On les aura ratés ! C'est toujours comme ça. On se donne du mal. On se pomponne et finalement, on se retrouve de la revue... Qu'est-ce que je dis ! Mais pas du tout ! Voilà le convoi ! J'aperçois les chevaux du corbillard. Eh oui ! C'est bien celui de Maurice !... Allez, vite Paulot, sors ton violon qu'on la lui chante, sa ritournelle, à ce vieux cochon !... » Paulot tira le violon de son étui, puis alla rejoindre sa grand-mère sur le balcon. Sans même prendre le temps de l'accorder, il attaqua les premières mesures de *Mon homme*... Mlle Léo, bombant le torse comme si on allait lui épingler sur la poitrine le Mérite agricole, détailla, avec une gouaille qui ne devait rien à Mistinguett, le premier couplet.

Sur cette terre ma seule joie mon seul bonheur
C'est mon hô-ô-ômm-e !
Je lui donne tout ce que j'ai
Mon amour et tout mon cœur
À mon hô-ô-ômm-e !
Ce n'est pas qu'il soit beau
Qu'il soit riche, ni costaud
Mais je l'aî-î-îm-e...

Le corbillard était arrivé à présent à la hauteur du 3 *bis*. Les premiers à se montrer surpris furent les chevaux. Pour marquer leur désagrément d'une telle aubade, du moins si différente de tout ce qu'ils avaient pu jusque-là entendre en matière de marche funèbre – Chopin, Beethoven, Liszt, etc. –, ils se mirent à crotter avec un ensemble émouvant. Ce qui eut pour effet de produire un mouvement de panique dans le cortège. Des messieurs barbus au feutre noir ou portant de petites calottes et des dames recouvertes de la tête aux pieds d'un épais voile de crêpe se mirent à sautiller une manière de fox-trot pour éviter le crottin.

Cette réprobation générale, renforcée par celle de la synagogue qui tenait les cordons du poêle, n'empêcha en rien Mlle Léo de poursuivre sur sa belle lancée.

Y m'fout des coups
Y m'prend mes sous
Je suis à bout
Mais malgré tout
Que voulez-vous ?
Je l'ai tellement dans la peau
J'en suis marteau
Quand ses yeux sur moi se posent
J'deviens toute chose...

« Adieu Maurice, adieu mon Mômô ! Ta Léontine te l'avait promise, ta chansonnette... et elle a tenu parole. C'est tout de même mieux que tous les *schofars* de la synagogue, même quand ils se mettent à beugler ensemble... »

Mlle Léo regarda s'éloigner le convoi funèbre. Elle agita sa main en guise d'adieu. Ce n'est que lorsque le cortège fut arrivé au bout de l'avenue et qu'il s'apprêtait à pénétrer dans le cimetière qu'elle quitta son perchoir.

Elle se laissa tomber sur le divan en faisant valser en l'air ses mules à talon. « Voilà quarante ans de ma vie que je viens d'enterrer... Pas croyable comme ça vous file entre les doigts, hein la vie ?... Enfin, il l'aura bien méritée sa chanson, Mômô. » Une expression d'anxiété se dessina sur son visage. Se tournant vers Paulot, elle lui demanda : « J'ai tout de même pas été trop godiche... Hein, dis-moi ? Qu'en pensestu ?... » « C'était parfait, Léo. Parfait. T'as pas de bile à te faire. Dans son cercueil, le Maurice, il devait bien se gondoler en imaginant la mine que tirait sa bourgeoise en nous écoutant... Parfait ! Je peux pas mieux dire, Léo ! Parfait !... »

Mlle Léo soupira : « C'est tout de même que j'en ai, du chagrin... On peut dire ce qu'on veut mais c'était quelqu'un, Maurice... Maurice Frundsberg, fils d'Élie Frundsberg avec un frère mongolien ou crétin... enfin, en tout cas, pas la joie ! Et qu'il trimbalait partout !... Et pas comme un petit chien mais avec de la considération, fallait voir. Et celui qui lui en manquait, c'était son pied au cul !... »

Que le nom, ô combien sacré ! de Frundsberg fût également celui d'un vieux juif, je buvais du petit-lait ! Je m'imaginais grand-père Tassilo l'apprenant !

Sous l'effet de l'émotion et de la chaleur, le maquillage théâtral de Mlle Léo, qui n'avait pas lésiné sur le mascara, commençait à couler. D'un mouchoir qu'elle tira de son décolleté, elle se tamponna le front, où perlait une sueur qui s'apprêtait à entraîner tout un pan du ravalement. « L'autre – je ne sais plus comment il s'appelait... bon Dieu ! ça fait si longtemps... Bon ! bref ! on dira : le crétin – il le suivait partout. Au début ça agaçait... mais après, en y réfléchissant, il y avait quelque chose d'émouvant à voir ces deux frangins ; l'un bâti comme une armoire à glace avec un petit pois dans la tête et l'autre tout freluquet. Je ne leur ai jamais connu de mère, il paraît qu'ils l'avaient plantée là-bas en Galicie ou en Pologne... je ne sais plus très bien... avec une tripotée de sœurs tandis qu'eux, en compagnie de leur père, s'en étaient allés conquérir le monde. Ils rêvaient de la jolie colonie. Au Tonkin, c'est là qu'ils voulaient se rendre. À peine arrivés à Marseille, pas de bol ! Le vieux se chope la fièvre jaune, en descendant la Canebière, comme ça ! crac ! C'est malsain la fièvre jaune ! Deux jours après, il était mort. Plus de Tonkin. Maurice et son frère rappliquent à Paris. Et v'là-t-y pas qu'un soir, alors que je finissais de me démaquiller dans ma loge du Divan japonais où je doublais Gavrochinette, je vois débarquer ces deux fricotins. L'armoire à glace et le haricot vert. Le haricot me dit s'appeler Maurice et qu'il est fou de moi... Aussi sec, je te l'ai pris sous l'aile... Et je peux dire qu'au gamin, je lui ai tout appris... Le bon goût, les manières, la conversation avec les demoiselles... Une semaine après, il revenait avec un bouquet de roses... Il était devenu commis chez un pelletier rue du Caire. Six mois plus tard, il avait sa propre boutique à la porte Saint-Denis. Très vite il aima le jeu, les femmes, le champagne, la vie large. Je pensais qu'il me tirerait de mon clapier, eh bien non ! Quand on aime, on compte ; c'est quand on n'aime pas qu'on ne compte pas, me disait-il. J'exagère. C'est vrai qu'il a toujours été là pour faire les soudures de fin de mois. Il me disait, dommage Léo que tu sois *goy*, sinon je t'aurais bien mariée… » Paulot se mit à bâiller : « Écoute, Léo, tes histoires galantes n'intéressent personne et certainement pas Kuno, qui s'en tamponne… » « Mais non, mais non… tout au contraire, cela m'intéresse énormément… » « Ah bien ! tu vois, Paulot ! lui au moins est bien élevé et même si mes histoires l'emmerdent… il fait semblant de s'y intéresser… »

La nuit était descendue lentement. L'air était doux. Les tilleuls embaumaient. Les lumières roses et vertes du boulevard se reflétaient en clignotant dans les vitres de la fenêtre et je n'ignorais plus rien de l'irrésistible ascension de Maurice Frundsberg qui, de commis pelletier au Sentier, était devenu en peu d'années un magnat de la fourrure : l'heureux propriétaire de *Au Vison parisien*, possédant également une femme kasher et sans doute, comme un juste retour des choses, pour expier le lâche abandon de sa mère et de ses sœurs, une kyrielle de filles grasses et courtes sur pattes comme leur mère.

Paulot me proposa d'aller faire un tour « façon de gober l'air du boulevard ». Je me dis prêt à le suivre, inquiet cependant de ne pas trouver à cette heure une chambre d'hôtel. « Allez, ne t'en fais pas ! Ici dans le quartier, on trouve toujours un page pour se pieuter… Avec qui ? ça c'est une autre affaire mon Jésus !… » Léo étalait son appétissante et sympathique corpulence sur le divan. Elle avait gardé de sa jeunesse des étirements comme des promesses de volupté. Probablement s'imaginait-elle encore désirable, ne s'étant pas vue vieillir. Je remarquai pour la première fois ses bras nus – des bras de lutteur. Elle eut une moue féline et ses lèvres se retroussèrent, découvrant une dentition parfaite. Elle me fixa. Une lueur rapide s'alluma dans ses yeux ; on eût dit un vieux chat fixant un jeune oiseau. Elle eut alors d'une main lasse un geste, semblable à celui d'un joueur, pour dire que la main passe. Pour elle, elle était passée et pas seulement la main mais la vie tout entière. L'illusion n'avait été que d'un instant. Son regard se troubla, comme happé par le vide où elle tentait d'apercevoir les débris d'un passé irrémédiablement enfui.

« Et dire que j'étais jeune, belle et désirable ; et que sans Gavrochinette, toujours dans mes pattes, j'aurais pu faire la carrière de la Miss. Mais que voulez-vous, Gavrochinette et moi, nous avions le même répertoire... et elle, elle s'en foutait de se faire peloter par les vieux !... Et merde ! si au moins j'avais été une coucheuse !... » Je m'étais levé lentement et m'apprêtais à battre en retraite sans troubler cette belle rêverie intérieure. Cependant, lorsqu'elle m'aperçut debout, elle se redressa et me tendit sa main que je m'empressai de baiser. « Voyez-vous, mon petit Kuno, le crépuscule me pousse toujours à rêver. Surtout, maintenant que nous avons fait connaissance, revenez vite me voir... Sachez que vous avez ici une vraie famille... » Quelques minutes plus tard, je dévalais à la suite de Paulot l'escalier, mon *Rucksack* sur le dos. J'avais laissé ma valise à la consigne de la gare de l'Est, n'ayant pris que le simple nécessaire pour la nuit. Évidemment, avec mon sac à dos et mon short, je ne passais pas inaperçu sur le boulevard. Paulot voulut m'offrir un demi place Blanche. On s'installa à la terrasse de Graff. Habillé comme je l'étais, pas question d'aller à Tabarin.

« Allez ! fais pas cette trombine, ce sera pour une autre fois. De toute façon, les frangines de Tabarin, elles sont inabordables pour des mecs comme nous. Je t'emmènerai plutôt chez la mère Madeleine, qui saura nous arranger un coup. À moins qu'à La Nuit, Zizi-la-Teigne veuille bien nous faire toucher le gros lot. » « Zizi, fis-je, c'est une de tes amies ? » « Tu plaisantes ! Zizi, c'est un mac. Il y a un bail, quand il était débardeur aux Halles, on le connaissait sous le nom de Mathias ; aujourd'hui qu'il est le patron de La Nuit et qu'il est le berger d'une demi-douzaine de bitumeuses, il est devenu Zizi et même môssieur Zizi. Il a commencé comme beaucoup, tout en bas de l'échelle. Jeune, c'était un petit râblé, tout en muscles avec une gueule d'amour, un de ces miroirs à gonzesses. Elles flanchaient toutes... Déjà, il savait flairer la bonne affaire et aussi le danger... D'instinct, il pouvait prévoir la rafle. Avec un pareil blair, saute là-dessus ! s'était-il dit. Saute là-dessus, et il devint un parmi tous les demi-sel qui grouillottent autour de la Butte. Autant dire que s'il n'avait pas eu les cageots des Halles à se trimbaler la nuit, il n'aurait pas croûté, le môme ! Le monde de la pègre et du vice, comme dit le bourgeois, c'est dur ! Mais le monde du vice a des règles bien plus sévères que celles du bourgeois qui se lâche dans les claques à Montmartre. Zizi vécut comme il put de commissions, de coups de main, de chapardages... Un soir, il entra se taper un bock à La Nuit. Il avait la verve gamine qui plut tout de suite au gros Marcel, le propriétaire d'alors. Il revint le lendemain. Il avait flairé la bonne occase. Une nuit, il organisa un *steeple-chase* avec des tortues, ce qui fit gondoler la clientèle. Et ça pariait et ça pariait. Gros

Marcel était aux anges. Crois bien déjà qu'il en pinçait pour Zizi. Jamais il l'aurait avoué. C'était un dur, Marcel, à ce qu'il paraît… C'est que tout cela avait eu lieu bien avant ma naissance. C'était un ancien de la Légion avec un cœur tendre. Il aurait préféré se virer que d'avouer qu'il en crevait pour le môme. Quelques mois passèrent. Un soir, une des sœurs Bloch, qui était descendue aux chiottes en sous-sol, se mit à crier. Faut dire aussi qu'elles en faisaient des tonnes avec leurs gosiers, ces trois juives nabotes, assez tournées en graisse avec leurs cheveux rouges et leur frimousse chiffonnée. Chaque soir sur les dix heures, elles se pointaient à La Nuit. Elles occupaient toujours la même table où elles s'avalaient trois Picon-grenadine coup sur coup, pour se mettre en voix, disaient-elles, avant d'aller beugler dans le bastringue d'à côté. Comme elle ne remontait pas des gogues et qu'elle gueulait toujours, l'un des garçons descendit. Il remonta aussi vite, tout blême, et ne sut que bégayer : “Monsieur Mar… Marcel… il… est…” Et là il mima un pendu en agrémentant son geste du *couic* fatal. C'est qu'il venait de la bouse, le loufiat ; et chez les paysans, où le suicide par pendaison est bien plus commun que dans les villes, on ne prononce jamais le mot de “pendu”. La police retrouva Gros Marcel étranglé avec la chaîne des gogues à la turque, ses pompes tout embrenées, traînant dans la cuvette. Depuis vingt ans, il était en ménage avec la *Ban-ban*. On ne l'avait jamais connue que sous ce nom ; paraît-il que c'était à cause d'une boiterie. C'est elle qui en fit un tintouin, à la nouvelle. Elle pensait que c'était son devoir de veuve. Après vingt ans de collage, on se croit un pied dans le conjugo. C'est une chansonnette tout autre qu'elle poussa chez le notaire quand, le testament lu, elle réalisa qu'elle touchait zéro ! Que dalle ! Et que Zizi héritait de tout ; du bar, du bas de laine, des filles, même du trottoir... » Paulot ne négligea aucun détail concernant le cheptel. Ayant fini de m'affranchir sur l'irrésistible ascension de Mathias dit Zizi-la-Teigne, l'actuel patron de La Nuit, il s'apprêtait déjà à me faire un dessin de Madeleine, la tenancière du garni louche, quand il se trouva coupé dans son élan. À la table voisine, venait de s'asseoir un personnage qui arborait la panoplie du gandin ridicule. Guêtres blanches, œillet à la boutonnière, perle grise piquée dans la cravate, canne en bois d'amourette. Il était entouré d'un essaim de jeunes glaïeuls qu'il tentait de charmer d'un babil aussi effervescent que sa main baguée qui ondoyait sous leur nez, évitant chaque fois de peu les diabolos-grenadine, les panachés et les demis aux cols mousseux que le garçon de terrasse venait de leur servir. Il semblait jouer d'un violon. On eût dit qu'il ponctuait sa conversation de *pizzicati* aussi illusoires que son archet. Paulot se fit un devoir de m'éclairer sur le personnage, qui avait tout de la caricature du virtuose pour gravure de mode, et l'interprétation qu'il donnait du *Concerto* de Brahms. Interprétation qu'il n'approuvait pas. « La sonorité est belle, d'accord. Mais pour les intentions, il a tout faux... c'est même assez gerbant tant c'est raide... complètement à côté de la plaque... »

Oubliant d'un seul coup Montmartre, Tabarin et même le plan pour notre soirée en garçons, il m'embarqua, avec la flamme d'un professionnel, dans le *Concerto* de Brahms. « ... faut pas oublier que Brahms n'était pas violoniste et qu'au moment de la composition de cette œuvre il s'entoura des avis de Joachim, qui lui avait commandé le concerto. Or ne perdons pas de vue que Joachim, tout grand virtuose qu'il fût, était un petit juif hongrois qui avait du *schmaltz* à revendre. Une tziganerie qu'il voulait bien oublier quand il jouait le *Concerto* de Beethoven ; mais qui lui revenait quand il abordait celui de Brahms. Cependant, au rondo final, il retrouvait le grand style beethovénien afin de rompre avec le côté *alla ungherese* du début de l'*allegro giocoso* et gommer le *schmaltz* qui en sous-tend la nostalgie... » « Mais comment connais-tu ce mot de *schmaltz* ? lui demandai-je, étonné. C'est un mot de yiddish, le sais-tu ? » « Et alors, le langage des youpins, ça te défrise, Kuno ? » « Moi pas... non vraiment pas... mais en Allemagne et en Autriche, c'est plutôt mal vu en ce moment... » « Ah !... » fit Paulot, et après un moment de réflexion il ajouta : « C'est donc vrai ce qu'on dit, que le Boche aurait lâché la saucisse pour bouffer du juif ? Tiens, on pourrait leur envoyer avec leur numéro les trois sœurs Bloch, elles sont grasses à point... »

Je n'osai lui avouer que j'avais fait partie des Jeunesses hitlériennes où on m'avait seriné que le juif était un sous-homme et qu'il méritait d'être écrasé comme un cloporte. Je me contentai de lui demander s'il était juif. Il se mit à rire. « Ça c'est la meilleure ! Gomard, un Gomard à la synagogue !... C'est pas demain la veille qu'il aurait été élu, ce bon peuple... » Après un moment de réflexion, il avait repris, mais cette fois sérieusement : « Au fond, ta question n'est pas si naze que ça... Ce *schmaltz* dont on parlait il y a un instant, c'est peut-être à force de fréquenter le père Maurice... Oui ! Mômô Frundsberg quoi ! le pote à

Léo… que je me le serais chopé. C'est lui, bien plus que mon crétin de prof au conservatoire, qui m'a appris à me servir de mon archet, et comment, comme cela de chic, trouver l'accent juste… la bonne ponctuation, comme il disait le Maurice. Respire, respire à pleins poumons, respire la joie parce qu'il y a de la joie à être triste, à faire sentir la tristesse du monde… nous les juifs, nous savons ça depuis que le monde est monde… Il y a une logique de la musique en nous et personne n'y peut rien. Au bord de l'Euphrate, Abraham marchait d'un pas cadencé et il y avait de la musique dans sa marche. Et toute répugnance sociale ou raciale, n'en déplaise à Herr Wagner, n'y pourra rien. Les premiers, nous avons découvert que rien n'était plus démocratique que la logique, partant la musique qui en procède ; et elle ne fait exception de personne et se fout des nez crochus comme des nez droits… » Ici, Paulot s'était tourné vers moi comme s'il quémandait mon assentiment. Je demeurai muet. Et ce silence fut comme un retrait soudain, un désintéressement qui me fit comprendre combien, jour après jour depuis mon enfance, l'antisémitisme de grand-père Tassilo puis le bourrage de crâne que j'avais enduré chez les *Hitlerjungen*, et cela malgré le mauvais esprit par lequel je croyais m'être blindé face à cette stupide propagande, avaient fini par m'énerver au point que j'en étais arrivé à penser que toute cette mousse faite autour des juifs ne me concernait en rien et même qu'un quart de sang juif, c'était tout de même pas la mer à boire. Le terrain, extérieurement, pouvait sembler solide mais les galeries qu'ils avaient creusées le menaçaient d'effondrement. J'étais arrivé au stade d'une bienveillante neutralité. Paulot, voyant que je n'avais rien à dire sur ce sujet, avait continué. « Tu sais, Maurice, c'était un sacré bonhomme. Il aurait pu faire une carrière de virtuose qui aurait définitivement enfoncé l'autre là-bas avec son air rincé de momie revêche... Mais il a préféré les peaux de lapin, le renard argenté, les planches de Deauville et les petites femmes des revues, de Rip aux Nouveautés... *Et moi je prends le frais le cul sur la commode*... Pour Jane Aubert, ce qu'il n'aurait pas fait !... Je ne peux pas te dire ce que ça foutait en rogne Léo. Avec ses airs de sauterelle angliche, coincée du cul, vraiment je te comprends pas... *Mon cul sur la commode*, faut entendre ça... encore faudrait-il qu'elle en ait, un cul, cette limande... La Miss d'accord... c'est une oseille... Quand elle te balance *Mon homme*, c'est quelque chose... mais la Aubert, là vraiment, je ne te suis plus... Elle prend le frais, elle prend le frais sur sa commode... Mais elle n'a qu'à prendre des congés payés, comme tout le monde... Qu'est-ce qu'elle ne lui a pas dit, au Maurice... Mais lui il s'en foutait bien... C'est qu'il en avait vu, du paysage, depuis qu'il avait quitté sa Galicie natale où il faisait le violoneux dans les noces et banquets. *A yiddish mame dous ist des schenste von der welt*... fredonnait-il parfois quand il avait un petit coup dans l'aile. Par exemple, lorsque l'aube se levait, blafarde sur le boulevard, et que Léo, qui connaissait son pèlerin, toujours inquiète de ses virées m'envoyait voir s'il ne s'était pas endormi sur un banc, comme il en avait l'habitude lorsqu'ils bringuaient jadis ensemble. Parfois je le retrouvais en effet sur un banc en face de Médrano, en frac, la cravate en piqué de travers, le plastron à tout vent, son gibus entre les jambes, fredonnant de vieilles comptines en yiddish à un clochard qui, pour tout assentiment, lui rotait son gros rouge au visage. Parfois ils trinquaient. Litron de rouge contre bouteille de la Veuve Clicquot. Santé ! faisait le pochard. *Lachaïm !* répondait le Maurice. Cependant, si on voulait en savoir plus sur son village, il se fermait comme une huître, seuls ses yeux s'embuaient... D'autres fois il faisait tourner sa main à la hauteur de ses yeux, qu'il tenait quelques instants fermés, comme pour chasser de vieux souvenirs : l'enfant qu'il avait dû être, jouant du violon sur le toit, le chenapan dissipé de la petite *yeshivah* locale, la rue centrale de son *schtetl* bordée de pauvres masures au milieu de laquelle s'en va, en se dandinant, un troupeau d'oies poussé par une fille aux cheveux rouges dont il avait longtemps rêvé... Il nous en aurait probablement parlé de son village, mais c'était pour lui impossible... » Ce mot de *schtetl* ne m'était pas inconnu ; je l'avais déjà entendu. Mais où donc ? Je creusais mes souvenirs tandis que Paulot continuait à parler. Ce mot était lié dans ma mémoire à la musique d'un vieux crincrin désaccordé. Un vieux crincrin dans la prairie un soir d'été durant les feux de la Saint-Jean... Une silhouette familière. Elle se retourne. C'est Elias, le majordome de grand-père Tassilo. Il joue du violon et encourage de la voix les filles du village à sauter par-dessus le feu de joie. Il a un petit coup dans le nez et évoque les filles de son *schtetl* qui, si elles avaient eu à sauter ce feu, auraient bondi jusqu'au ciel.

« ... Oui, continuait Paulot, Maurice avait changé de peau, sans plus trop bien savoir où il avait abandonné l'ancienne. Pitoyable deuil de cette jeunesse perdue, dont certains soirs il portait le brassard noir. Qu'il aperçût dans un ciel d'hiver, au-dessus des Grands

Boulevards, une étoile d'où s'échappe comme d'une fenêtre éclairée un vieil air de violon, et aussitôt réapparaissait le brassard.

« Soudain il devine l'arbre enclavé au milieu de la plaine gelée, compacte et drue, où semblent s'être rassemblées, comme accroupies pour le narguer, toutes les composantes d'un paysage oublié, les maisons en bois, et les autres en pisé, et les pigeonniers ronds et dodus, blanchis à la chaux, le troupeau d'oies, la fille aux cheveux rouges… Le voilà qui tourne le coin du boulevard pour s'avancer dans la Chaussée d'Antin, l'étoile a disparu et la lune perchée au-dessus du clocher de la Trinité jette un reflet blême sur les pavés. Il est redevenu le vieux marcheur parisien. Un juif errant sans mémoire. Et pourtant, un instant, il avait espéré ; mais ne viendra pas la chose souhaitée : le souvenir de ce qu'il fut dans ce village, plein d'une humanité épaisse, quelque part sur les bords de la Vistule, entre Lublin et Mielec. Il hèle un tacot en maraude. La solitude tangible et féroce de la ville l'a happé à nouveau. Il roule vers la rue de Clichy, vers le Paris des néons. Bientôt, il sera rendu au promenoir du Casino… »

Je ne sais plus bien aujourd'hui, après tant d'années et de bouleversements, si c'est Paulot qui s'exprima ainsi, en remontant vers la place Pigalle, pour évoquer Maurice Frundsberg enterré ce jour-là et qui avait été non seulement l'amant de sa grand-mère mais également un peu son mentor à lui ; ou si c'était moi qui, par la suite, animé d'une sorte de prescience à rebours, lui avais prêté ses paroles. Paulot devait d'ailleurs me confier sur le tard, après avoir lu ce chapitre, que cela n'avait aucune importance que ce soit lui ou moi qui ait prêté ces sentiments à Maurice Frundsberg, car ceux-ci lui rendaient justice. Et qu'au fond, son destin s'était déroulé mieux encore qu'il ne l'eût souhaité, puisqu'il avait achevé sa course là où il voulait, à deux pas du Moulin-Rouge, fertilisant de sa vieille carcasse le vieux tuf de Montmartre, en somme sa seule patrie. Il s'était tiré à temps, s'évitant l'humiliation de se voir entassé dans un wagon plombé comme le furent sa femme et ses filles ou encore les trois sœurs Bloch, pour être conduit dans un camp d'où, par-delà les barbelés, le hasard faisant, il eût peut-être aperçu le *schtetl* de son enfance. La vie est un présent dont nous ne disposons pas, et Maurice le savait mieux que quiconque, à moins que le hasard ne jette un écrivain en travers du chemin pour la conjuguer au passé.

Nous bourlinguâmes de café en brasserie. On tua ainsi le temps dans la lumière des néons de la place Pigalle. Bientôt, on se retrouva au zinc de La Nuit, au milieu des gigolos et des frangines, comme il disait.

« C'est ici qu'on fait son choix. Il y en a pour tous les goûts. Je connais un prof de latin dans une école religieuse qui ne veut que des garçons bouchers. Parfois même, il les veut avec leurs falzars bleus à raies et leur tablier maculé de sang par-dessus. D'ici, il les amène chez Madeleine. Affaire faite il leur pose des colles, comme il ferait décliner *rosa* la rose à ses élèves. Il les sonde, leur demande où ils prélèvent l'araignée et la poire. Il leur tend des pièges, leur faisant croire que le faux-filet et le filet sont du pareil au même. Le garçon finit par avouer qu'il ne connaît rien ni au bifteck ni au bœuf, qu'il est scaphandrier au lac Léman et qu'il remonte à Paris en train, une fois par mois, pour arrondir sa matérielle... » Au bout d'un moment, quand il en vint à l'établissement de Madeleine, cette ancienne dame pipi du Cyrano qui tenait depuis quelques années avec une poigne de fer cette curieuse entreprise sociale, Paulot m'avoua, ne voulant surtout pas me dorer la pilule, que c'était plutôt un clapier pour *jésus*. « Cependant, ajouta-t-il, il lui arrive parfois de déroger à la règle qu'elle s'est donnée et de faire monter des échassières du passage pour les vicelards de la partouze qu'aiment mater leur gonze en train de se mastiquer une greluche. Si tu vois ce que je veux dire. »

Son ton gouailleur et l'argot qu'il employait faisaient que je ne comprenais pas grand-chose à ce qu'il disait. Mais il y avait dans son regard liquide, dans sa bouche aux lèvres lourdes, une telle vitalité carnassière qu'on imaginait qu'il vous parlait de caresses et de jouissance. Paulot ne possédait ni morale ni mœurs, mais un appétit de la vie qui le rendait aussi imprévisible que libre.

Paulot me désigna une jeune fille brune vêtue d'une jupe noire moulante et d'un chemisier également noir, boutonné jusqu'au cou. Seul un foulard rouge, noué autour du cou à la façon des apaches, tranchait sur ce deuil ostentatoire, alors que les quelques consœurs qui s'étaient regroupées autour d'elle portaient des oripeaux pailletés, agrémentés de boas aux couleurs fanées. « Elle se prénomme Zohra. On la dit à moitié arabe. Père allemand à la Légion ; mère fatma dans le bled chez Pépète, un rade sur la route de Tataouine, qui ne craignait pas de monter à l'étage avec le militaire… C'est ce qu'on raconte… mais va donc savoir la vérité… En tout cas, c'est une ruffiane qui connaît son métier… »

Paulot fit un signe à Zizi-la-Teigne. De derrière son

comptoir, il alla parler à la fille. Celle-ci acquiesça d'un signe de tête, but d'une traite son verre de Suze, et s'éclipsa du bar, irisée d'un mauvais reflet, avec cette démarche nonchalante de l'actrice sortant de scène et qui en sait long sur ce qui va suivre. « L'affaire est dans le sac », me glissa Paulot à l'oreille. Au bout d'un moment il se leva. Je le suivis. Nous sortîmes du café et, tournant à gauche, nous remontâmes l'impasse Guelma avec ses réverbères penchés et sa chaussée grasse aux pavés disjoints. Le caniveau sentait la tinette que les occupants de certains immeubles, faute d'un tout-à-l'égout, y déversaient. Après avoir sonné à l'une des maisons que rien ne désignait comme un hôtel de passe, on entendit une voix : « On vient, on vient... pas d'impatience les petits poulets... je vous tire le cordon. » Paulot poussa la porte. Derrière une sorte de guérite qui lui servait de comptoir, se tenait Madeleine. On aurait pu imaginer une sorte de commodore du vice, un poulpe purpurin et tétonnier ; il n'en était rien. Mme Madeleine, gros poisson de cette pègre qui prospérait en « régulière » dans le mystère insondable d'un appartement bourgeois, appartenait à la gent des rongeurs. Une musaraigne. Un nez long et effilé laissait deviner sa fouisseuse toujours en quête d'un vice qui lui aurait échappé. Sa bouche dépourvue de lèvres affichait un rictus amer. Tout en elle était pointu ou à angle droit. Ses yeux aigus et pénétrants jaugeaient dans l'instant le client qui se présentait. Elle savait aussitôt à qui elle avait affaire. Elle parlait peu si elle ne connaissait pas. Elle semblait toujours aux aguets, prompte à la réplique si on l'attaquait, peu encline à l'apitoiement. Elle était polie. Traitait son monde de haut. Il y avait de la duchesse des bas-fonds en elle. Indifférente aux recommandations, à l'état social de l'individu qui entrait dans son établissement, elle n'avait de révérence que pour les pourboires. S'il lui arrivait de rire en écoutant des blagues à la TSF qui grésillait au fond de son privé, c'était toujours d'un rire sans indulgence. Et s'il lui arrivait de lâcher une plaisanterie, c'était du bois sec qui craquait. Une boutade acerbe.

« Bon les petits, je vous donne la chambre 8 avec la 10 qui communique. La fille est déjà montée. Je la connais, c'est une tordue. Pas de scandale, pas de coup de canif, pas de croix des vaches, c'est pas le genre de la maison... faudra déguerpir avant huit heures demain. Je vous fais déjà une fleur en vous louant ces deux chambres toute la nuit... J'y suis de ma poche... Heureusement que c'est l'été et qu'on se bouscule pas au portillon... »

J'entrai au 8 tandis que Paulot poussait la porte de la chambre contiguë. Zohra m'y avait devancé. Elle était déshabillée et nue sur le lit, elle fumait les yeux au plafond en soufflant la fumée de sa cigarette en direction de la suspension électrique qui répandait dans la chambre une lumière glauque d'aquarium.

« C'est pour la nuit ou pour le moment ? » me demanda-t-elle sans détacher son regard du plafond. Je bafouillai : « Pour la nuit... » « Bien. D'abord tu déposes les cinquante balles en biffetons sur la table de nuit. Ensuite tu te déloques et tu viens me rejoindre pour que je te fasse grimper au paradis... » Une odeur puissante et inconnue m'attira vers le lit. Zohra allait être la première femme que je posséderais. À présent, elle me regardait. Se cambrait pour mieux projeter son bassin vers moi qui me tenais au bout du lit, nu et indécis. Elle écarta alors ses jambes. Son regard avait un éclat humide. Elle porta ses mains à sa fourrure fauve puis, de ses doigts agiles, entrebâilla les lèvres roses de son sexe. Je demeurai sans force, sans appétit devant cet orient ourlé de roses. J'avais beau m'imaginer en beau cavalier d'azur sombre, fier, superbe, le burnous déployé dans le vent du Sud, l'emportant nue, sabre au clair, vers l'ombre des aubes sanglantes, vers ces dunes sur lesquelles un soleil encore écrabouillé pend. J'avais beau me faire ce cinéma, ce fut le sabre au clair du jeune lieutenant des spahis me servant d'ordonnance qui m'aida à ne pas faire trop mauvaise figure quand je vins la rejoindre au lit. Malgré les touffeurs qu'exhalait son corps, parfums lourds comme en recèlent les chambres des morts ; de ces odeurs sombres et sommeilleuses, je me perdis en elle. Je ne sais ce qu'il advint de nos étreintes. C'était comme le galop de chevaux qui se noient. Je me sentis englouti. Au matin, j'avais un goût de cendres dans la bouche. J'étendis la main vers l'oreiller voisin : Zohra avait disparu. Et le trot de la grande jument bleu et noir aussi. L'ornière qu'elle avait creusée était vide. La journée était déjà commencée. Le soleil brillait entre les rideaux mal tirés. Et je dérivais seul dans ce grand lit, lourd de l'amère prescience que la femme n'était qu'un tombeau.

Alors que je m'étais à nouveau assoupi, je ressentis dans mon sommeil comme un halo de tiédeur. Quelqu'un me tenait enveloppé. Deux grands battoirs se glissaient sous mes aisselles pour me tirer. Aussitôt, j'imaginai le spahi sabre au clair. Comme Mazeppa, je me crus enlevé nu sur un alezan. Sabre au clair il l'avait, mon spahi qui allait et venait entre mes cuisses.

« Arrête, s'il te plaît », dis-je. « Tu as été minable cette nuit avec la Zohra. Moi j'ai un standing à tenir dans le quartier, si bien que j'ai été obligé de lui donner deux bonnes secousses. Sinon, je vois la tronche gouailleuse de la Teigne derrière son comptoir, la prochaine fois que je rappliquerai à La Nuit… La troisième, je te l'ai réservée. Ne me dis pas que ce n'est pas ce que tu attendais… » Il me renversa sur le ventre et étendit sur moi son ombre. Je mordais le polochon tandis qu'il me fracassait dur et tendre comme un jeune tambour qui bat le rappel.

Il roula sur le côté puis s'endormit. Je ramassai mes fringues, endossai mon sac et, à pas de loup, sortis de la chambre.

Paulot ouvrit un œil sans bouger pour autant : « N'oublie pas de donner un pourboire à la mère Madeleine en partant… » J'acquiesçai. « … Et puis quand même, Kuno, pour une première fois, elle t'a fait du bien ma bite ?… » « Qui te dit, Paulot, que c'était la première fois ?… » Et sur ces mots je refermai la porte de la chambre n° 8.

Quelques heures plus tard, j'étais assis dans un compartiment de l'Orient-Express via Innsbruck, Vienne et Budapest… J'étais seul dans mon compartiment, ce qui me permit de dormir allongé sur la banquette. À Kehl, je présentai mon passeport au douanier. L'arrêt était d'une quinzaine de minutes. J'en profitai pour descendre sur le quai et, d'une cabine téléphonique, prévenir le château de mon arrivée dans la matinée. Je reconnus tout de suite la voix essoufflée du vieux majordome. Je le priai de m'excuser d'un appel aussi tardif et lui confirmai que je serais à Innsbruck le lendemain matin vers les 10 heures et que, si on ne pouvait pas m'envoyer la voiture, je me débrouillerais par mes propres moyens, au pire je prendrais le car. La communication était mauvaise. Elias bafouilla quelques mots assez confus d'où il ressortait que Mlle Marthe était au chevet de M. le comte et qu'il ne pouvait pas la déranger.

Savoir grand-père Tassilo alité, lui que je n'avais jamais vu même avec un rhume, était pour moi une première, qui me laissait d'ailleurs totalement indifférent. Toutefois quelque chose avait dû se passer durant mon absence. Je remontai dans mon wagon et me rendormis tranquillement. Je rêvai à la grande roue du Prater et à Mlle Marthe au bras du comte Hynko. Et moi aussi j'étais dans la grande roue et je riais, et je riais…

Retour à Schwarzauge

La vieille Mercedes du château n'était pas à la gare d'Innsbruck. Je ne m'en inquiétai guère et pris le bus jusqu'à Schwaz et de là un taxi qui me déposa dans la cour du château. Le silence qui y régnait, en ce début de matinée, m'étonna. Même le vieil Elias n'était pas à son poste en haut du perron. Aucun valet, personne pour prendre mon bagage. Je payai le chauffeur et le gratifiai d'un bon pourboire pour s'être montré silencieux tout le temps de la course, ce qui n'était généralement pas le cas des taxis, qui se sentaient obligés de vous faire admirer le paysage ou bien de vous entretenir des bienfaits de l'*Anschluss*, ce qui n'était qu'un marchepied à un panégyrique du Führer. Le château était vide, dépeuplé de toute la valetaille qui, en cette saison de chasse, virevoltait habituellement dans tous les coins. Je traversai les galeries puis les salons. Une mauvaise odeur de cigare et de champagne chaud s'était comme accrochée aux tentures et aux tapisseries. Dans la galerie des portraits, plusieurs tableaux manquaient. On avait eu beau resserrer l'ensemble et rajouter des armures, les marques claires bien visibles sur le mur dénonçaient la disparition des grands Holbein et surtout du portrait du lansquenet Frundsberg par Dosso Dossi.

Je gravis rapidement l'escalier. Personne non plus dans les couloirs du premier étage. J'arrivai enfin devant la porte de ma chambre. J'entrai. La pièce était dans le noir. Personne n'avait eu l'idée de tirer les rideaux et d'ouvrir les volets intérieurs. Il y flottait une odeur de renfermé. J'ouvris les volets et poussai la fenêtre. La lumière pénétra dans la chambre. C'est alors que j'entendis derrière moi une voix familière, mais brisée : « Kuno, s'il te plaît, pas tant de lumière… Je t'en prie, referme un peu les volets… » Je me retournai, surpris. Marthe était assise dans une bergère. Dans la pénombre, je ne l'avais pas remarquée. Elle avait un bras en écharpe et son visage était tuméfié. En un instant, je compris ce qui s'était passé en mon absence. Je fus saisi d'un accès de rage froide. « C'est ce vieillard gâteux avec ses lubies de Grand Reich qui est évidemment la cause de cela… Où est Max, cet assassin ? Où est Max afin qu'on en finisse une fois pour toutes avec lui… » Marthe fit un geste de la main comme pour dire « envolé ». « Envolé, envolé… comme les tableaux, comme les deux grands vases en Meissen… envolé… c'est trop facile… » « Oh ! Kuno je t'en prie, ne l'accable pas… le jour où tu sauras tout ce qu'il a lui aussi dû subir… peut-être seras-tu alors plus indulgent… » « Indulgent pour quoi, pour qui ?

On m'a toujours tout caché... Et la grand-mère juive qui était morte, soi-disant, à la naissance de mon père ? Eh bien, veux-tu le croire, elle se portait comme un charme alors que je faisais mes premiers pas... Ne me dis pas non... j'ai vu les photos... Et mon arrière-grand-père Hynko au Prater avec la danseuse Marie Guimard alias Marthe Gomard qui tous les soirs triomphait à l'Opéra... et Paulot son petit-neveu et Léontine sa sœur... et le 3 *bis* avenue Rachel... tout cela ne te dit vraiment rien ? » Marthe demeura silencieuse, agitant la tête comme ces vieilles femmes saisies d'un perpétuel tremblement. Puisque je savais tout, que pouvait-elle ajouter ? Elle se leva péniblement du fauteuil et se dirigea machinalement vers la porte. J'eus l'impression à cet instant que je venais de faire crouler l'édifice fragile qu'avait été sa vie. Je devinais bien des choses, mais isolées ; j'étais loin de connaître l'envers de toutes les cartes.

Je la suivis dans le corridor ; non pour l'épier mais pour prévenir quelque chute tant je la sentais fragile. Elle descendit le petit escalier qui menait à la chambre de grand-père. Elias le majordome attendait devant la porte, un plateau à la main, sur lequel tintait dans sa soucoupe d'argent une écuelle à bouillon. « Je pensais que vous ne viendriez plus et j'allais moi-même donner son déjeuner au comte. » Mlle Marthe ignora le reproche du vieux domestique. « Dites-moi plutôt, Elias, comment les choses se passent là-haut au pavillon du Chamois bleu ? » « Bien tristement, Mademoiselle, bien tristement... Madame n'a vraiment plus le goût à vivre... Et même si elle ignore la maladie de M. le comte... Elle soupçonne que quelque chose s'est passé au château... » Il s'interrompit soudain lorsqu'il me vit surgir de l'escalier. Marthe aperçut son regard dirigé vers moi ; sans se retourner, elle dit d'une voix qui ne laissait rien trahir de ce qui s'était passé entre elle et moi dans ma chambre : « Peut-être serait-il convenable, Kuno, que vous veniez saluer votre grand-père... » Et avant même que je ne réponde, elle avait ouvert la porte de la chambre. Celle-ci était plongée dans l'obscurité, à l'exception d'une petite veilleuse posée au chevet du grand lit Renaissance à colonnes avec son ciel garni de lambrequins en tapisserie des Flandres. Cette lumière diffusait un halo rose, éclairant la tête du comte Tassilo qui reposait sur un oreiller dont la taie à jours de Venise était brodée d'une couronne comtale. L'œil droit de grand-père était ouvert et regardait fixement. Quoi ? Je n'aurais su dire. En tout cas, notre entrée dans la chambre n'attira pas son regard. Peut-être même au contraire le rendit-il plus fixe encore. L'autre œil, le gauche, demeurait fermé. D'ailleurs le côté gauche du visage était comme effondré. La bouche même pendait étrangement, laissant échapper un filet de bave. Mlle Marthe tira les rideaux. La lumière entra comme un grand flux dans la chambre sans même faire ciller l'œil qui se trouvait ouvert. « Avez-vous bien dormi ? » lui demanda Mlle Marthe alors qu'elle retapait son oreiller et tâchait de le remonter un peu, en calant par-derrière un polochon. « Voici votre petit-fils Kuno qui vient d'arriver ce matin de France... » Là non plus, aucune réaction. Le voir ainsi la face violacée d'un côté et toute pâle de l'autre, bavant comme un enfant au berceau, l'œil cyclopéen et sans expression, me remplit à la fois de pitié et d'une certaine joie. Bientôt, il ne serait plus. Et déjà, je me sentais en partie délivré de cet énorme poids qui avait pesé toute ma jeunesse sur ma poitrine. Mon ressentiment étouffa bien vite ma pitié et je regardai d'un œil sec la scène déplorable qui allait suivre.

Mlle Marthe s'était emparée de l'écuelle en argent qui contenait un bouillon liquide, seul aliment que le comte Tassilo supportait. Tenant l'écuelle comme le Saint-Graal, elle s'avança jusqu'au lit et, après avoir enlevé le couvercle et plongé la cuillère, elle s'apprêtait à l'introduire dans la bouche du comte quand le vieil Elias, rectifiant sa position, gonflant son bréchet comme il en avait l'habitude les soirs de grand dîner, annonça d'une voix forte : « Son Altesse Illustrissime est servie... » Le comte tenta d'ouvrir la bouche mais cet effort se termina en une grimace grotesque. La cuillère pleine de bouillon, sur laquelle Marthe avait soufflé pour le refroidir, disparut dans sa bouche mais à peine l'eut-elle récupérée que le liquide s'échappait d'entre les lèvres du comte Tassilo par la commissure du côté paralysé du visage et, glissant le long de son menton, vint maculer sa veste de pyjama et ses draps. Il toussa et une sorte de liquide vert se répandit sur la courtepointe. Il agita sa main pour repousser la cuillère que Marthe s'apprêtait à lui enfourner de nouveau dans la bouche. « Voyons, Tassilo, sois raisonnable. Il faut te nourrir. Le médecin l'a bien dit : "un œuf mélangé à un bouillon de poule. Et pour le désaltérer, de l'eau de fleur d'oranger légèrement sucrée. Et cela pendant huit jours le temps qu'il retrouve la parole." » Le comte Tassilo regardait Marthe, qui s'affairait pour le nettoyer, de son gros œil dénué de toute compassion. Je m'étais dissimulé dans l'ombre d'Elias. On aurait même pu penser que j'avais quitté la chambre. Cependant, de l'endroit où je me trouvais, je pouvais tout voir et entendre. Grand-père Tassilo était devenu comme un petit être convulsé qui se débattait, tel un animal effrayé pris au piège, dans la blancheur livide du grand lit bouleversé. Il savait qu'il allait mourir et il s'en allait plein d'humeurs, gonflé de regrets. Il partait avec un détachement haineux, une conviction glacée sur son sort. Marthe s'empara de sa main et la tapota comme celle d'un enfant. Je le vis, à ce geste, se raidir dans ses oreillers. Marthe dut comprendre alors qu'elle n'avait été qu'un rouage dans la machinerie de ce destin. Elle n'était que la conséquence d'une haine mesurée à pas comptés au travers de générations. Alors, j'entendis Marthe lui dire en se penchant à son oreille : « Tu m'as retranchée de la chaleur de ton affection et encore au seuil de la mort, tu te dérobes pour me contester toute réalité. Non, non, tu pourras toujours dire ce que tu veux, je le sais, il y a eu un plan mûrement réfléchi… un plan d'extermination… vous m'avez poursuivie jusque dans ma progéniture… » Tassilo ferma l'œil, comme pour mieux se retirer en lui-même. Il y avait là comme deux âmes en perdition au bord du néant. Marthe le secoua pour le réveiller à elle. Plus tard, des années après, elle me confia : « À ce moment précis, je fus envahie par un sentiment de solitude, de cette terrible solitude de l'exclu. J'eus l'impression que ma propre substance se délitait dans un enfermement définitif. Quelque chose comme une ville morte où ne resteraient que des traces anciennes de vie. Une solitude qui vous comprime l'âme et vous donne un avant-goût de la claustration éternelle. »

Marthe s'était reculée et, tendant le bouillon au majordome, elle dit : « Finissez, je vous prie, Elias, de faire manger M. le comte… peut-être aurez-vous plus de succès que moi… »

Alors, grand-père Tassilo ouvrit son œil et bredouilla, assez distinctement pour être compris : « Vous pouvez bouder, Marthe, rien n'y fera. Kuno doit abandonner ses études et rejoindre l'école des cadets SS de Bad-Tölz… » Marthe sortit de la chambre sans me voir. À mon tour, je me glissai hors de la pièce tandis qu'Elias se faisait recracher au visage par le comte le bouillon qu'il tentait de lui faire ingurgiter.

Je prétextai la fatigue du voyage pour ne paraître ni au déjeuner, ni au dîner. Je demeurai dans ma chambre à lire sur mon lit. Marthe vint me rendre visite. Mon silence l'inquiétait. Elle essaya plusieurs fois de mettre la conversation sur mes études à l'Université de Munich. Je sentais bien qu'elle essayait de trouver dans la conversation le moment pour m'annoncer la décision de grand-père Tassilo de m'envoyer à la *Junkerschule* de Bad-Tölz. Mais je ne lui donnais aucune prise, répondant laconiquement à ses questions. Marthe paraissait désespérée. Je la détestais pour s'être prêtée depuis tant d'années aux folies et aux mensonges de grand-père.

La nuit vint et, ne trouvant pas le sommeil, je décidai d'aller faire un tour dans le parc. Après avoir traversé la prairie, je m'engageai dans le bois et, sans même y penser, je me retrouvai au bord du lac Aveugle. L'air embaumait. Après les pluies des dernières semaines, le temps s'était remis et de nouveau la canicule menaçait. Je me déshabillai et plongeai comme autrefois dans le lac. Je nageai jusqu'à l'autre bord et c'est là, le nez dans les ajoncs, que j'aperçus Elias qui entrait dans le pavillon du Chamois bleu avec un plateau.

Le lendemain au déjeuner, je demandai à Marthe qui habitait en ce moment le rendez-vous de chasse du lac Aveugle. Elle parut surprise de la question. Et après un bref moment de silence, elle m'avoua l'ignorer puisque, pour elle, ce pavillon était demeuré définitivement fermé depuis que la société internationale avait déserté Schwarzauge et ses chasses. Elle se tourna alors vers Elias comme pour avoir son avis. Le visage de celui-ci demeura impassible. Il ne répondit rien et se contenta de soulever les épaules, ce qui, chez lui, voulait dire : Bon dieu ! mais qu'est-ce que j'en sais, moi !...

C'est alors que Marthe me mit en garde sur le danger de mes baignades nocturnes dans le lac Aveugle où le courant était traître. Puis changeant de sujet, elle me délivra le message de grand-père que je connaissais déjà. Je la sentais gênée. Elle cherchait à faire passer l'ordre de grand-père comme une simple suggestion qui arrangerait bien les affaires de la famille, sur laquelle pesaient des menaces dont d'ailleurs j'avais dû constater les premiers effets dans la galerie des tableaux. En fait, elle essayait de m'embobiner et d'obtenir de moi mon agrément pour quelque chose qui avait été décidé sans moi. Quand je lui dis que je connaissais la discipline SS depuis mes camps des *Hitlerjungen* et que je saurais très bien m'en accommoder, je la sentis soulagée. Incidemment, je lui demandai si Max, par hasard, était venu cette année durant mon absence. Elle me répondit que oui. « A-t-il aidé au service ? » « Non pas vraiment, il était là plutôt comme un invité... il cornaquait l'Obergruppenführer Reinhardt Heydrich... » « Oui je vois... » Ce fut à peu près toute la conversation que nous eûmes durant ce déjeuner.

La nuit suivante, je me rendis de nouveau au lac. Et

je vis qu'on avait cloué de planches les fenêtres ainsi que la porte d'entrée. J'entendis de la musique qui, sortant de la maison, venait jusqu'à moi en glissant sur l'eau.

Au matin je préparai ma valise : puisqu'il fallait partir, autant partir vite. On me fit dire que je pouvais prendre la Mercedes pour me rendre à Bad-Tölz. C'est en revenant de la salle de bains avec mes affaires de toilette que j'aperçus, posé sur le bureau devant la fenêtre, le petit livre en maroquin rouge. Je rangeai mes affaires de toilette avant de m'en emparer. Je le tournai, le retournai. Les pages piquées par le temps, gondolées par l'humidité, lui donnaient une apparence de grimoire. *Vie et mort de l'illustre capitaine Georg von Frundsberg ou l'école des lansquenets.* Exactement ce qu'il fallait pour un engagé dans la SS. Je fourrai le livre dans mon paquetage.

L'état de grand-père Tassilo était stationnaire. Il continuait à baver son déjeuner et son dîner mais la parole était revenue et il insultait Elias quand celui-ci voulait le faire manger de force. « Vieux juif ! lui criait-il, il y a bien longtemps que j'aurais dû me débarrasser de toi. » Je me dispensai d'aller le saluer avant de partir.

Marthe s'approcha de la portière. Elle pleurait. Je n'aurais su dire alors si elle pleurait sur elle-même, sur moi, sur sa vie qui lui avait filé entre les doigts, sur la chute de Schwarzauge que chacun pressentait, sur la mort prévisible du comte Tassilo... Elle demeurait là à la portière, attendant un signe. Je baissai la vitre. Je lui dis : « Sais-tu, Marthe, qu'il y a un piano au Chamois bleu ? Je l'ai entendu et, à moins qu'il ne soit mécanique, la personne qui en joue interprète merveilleusement Schubert... » Marthe pencha sa tête vers moi et m'embrassa. Elle posa un doigt sur mes lèvres. « Chut ! fit-elle, rien ne doit transpirer de ceci... » Elle recula. Je démarrai alors. Je m'interdis de faire un geste d'adieu : ne pas regarder en arrière, même dans le rétroviseur ! Je quittai le château le plus triste du monde où j'avais été un étranger ; j'abandonnai mon patrimoine, certain de ne jamais le revoir : je savais à présent que j'étais définitivement entré *dans l'espace noir*.

2

Tout est risible hormis se rire de tout

Retour au lac Aveugle « Elle est morte… peut-être pas… qui sait ? Que veux-tu dire par là, Marthe ? » « C'est une longue histoire. Maintenant que tout est accompli ; et qu'au fond le plus important c'est que tu sois de retour, laissons à jamais enfouies ces histoires de famille… » « Quoi Marthe ! Voudrais-tu me dire : “Enfonce-toi, enfonce-toi ce profond couteau ; et retire-le, retire-le lentement, avant que le temps ne revienne te l'enfoncer de nouveau” ? C'est cela que tu essaies de me dire. La vie ne consiste pas seulement à mourir et à se regarder mourir. Ce pays mutilé, c'est le mien après tout ! Mais les autres, que sont-ils devenus, le brave comte Tassilo et ses amis, ses bons amis de Prague, de Vienne, de Berlin… ? Ces inconscients, pires que des loups sauvages, dont je ne comprends plus la langue, une langue passée au gueuloir des gardes-chiourme ; une langue dont s'est exclu tout sens, où le prédicat et le régime, aux dépens du verbe, marchent à rebours l'un de l'autre… De ces hommes et ces femmes que j'ai croisés dans la vallée, condamnés à vaquer à leurs petites affaires, à babiller comme s'il ne s'était rien passé. Faire semblant que rien jamais ne fût arrivé. Ils avancent comme des aveugles, muets de toute lumière. Et moi je ne suis plus qu'un morceau de bois sec... »

Marthe étouffa un sanglot. « Alors, il n'y aura pas de fin à nos fautes, à nos punitions et à nos réconciliations... Les monstres que nous avons tous, à des niveaux différents, portés en nous aujourd'hui se rejettent la faute sur cet amas de ruines où se tient un conciliabule de vieux crânes... » Elle s'interrompit et d'un geste à la ronde me montra l'état du salon ravagé.

« Non, il n'y aura pas de fin à nos fautes... » Me prenant par le bras elle m'entraîna, alors, vers une fenêtre dont elle tira le rideau. Le matin était resplendissant. Elle ouvrit la fenêtre. Le souffle acide et guilleret du petit printemps envahit la pièce. « Il est temps, Kuno, de s'essuyer les yeux et d'attraper le sourire contagieux du soleil d'avril », dit-elle d'une voix détachée.

Je me jetai dans ses bras : « Oh ! Marthe, Marthe, pourquoi m'avoir jeté dans cet affreux traquenard ? Pourquoi ? Pourquoi avoir cautionné de ton silence le plan imaginé par cet esprit détraqué... oui ! pourquoi, sans m'avoir jamais rien dit, as-tu laissé libre cours aux fantaisies sinistres de grand-père Tassilo ? » « Je t'en prie, Kuno, ne donne jamais plus le nom de grand-père au comte Tassilo, maintenant que tout a été épuisé, qu'il ne reste plus que nous deux et des ruines disséminées sur une terre rouge, arasée par le crime, où ne pousse qu'une nature languide, empoisonnée par ses habitants sous un ciel bitumeux de ces flocons de suie humaine que les vents chassent aux quatre coins de la terre. Et cela sent encore la chair brûlée ! Cela fume encore ! L'incroyable est arrivé sous nos yeux.

Des millions de juifs, hommes, femmes, enfants, vomis, enlevés, emportés vers le ciel par les infatigables et voraces cheminées des camps d'extermination… » Je n'avais jamais entendu Marthe tenir des propos aussi véhéments sur ce ton de prophétie. Je savais qu'elle désapprouvait les positions politiques de grand-père et ses coquetteries avec les nazis. Les morts ! N'étais-je pas moi-même l'un de ces morts ? Au-delà de la mort. Faisant fi de tous ces morts qui m'obligeaient secrètement à m'avancer vers la vie. Pas seulement les juifs des fosses communes, mais les Russes, les Ukrainiens pourrissant dans la neige, les grands GI encore bronzés du soleil de la Californie tirés en plein vol et restés accrochés dans leur parachute comme pour une tranquille méridienne au milieu des aubépines du bocage normand, et mes deux petits couillus de caporaux liquidés par moi sans états d'âme… Comme si elle avait saisi ma pensée, Marthe ajouta : « Il reste la cendre et les os, serre-les par-devers toi précieusement comme le firent jadis tes ancêtres des débris de Jacob et de Joseph… » De plus en plus étonné, j'interrogeai Marthe : « Pourquoi dois-je m'inquiéter des cendres des tribus d'Israël ?… » La réponse vint, rapide comme le couperet : « Simplement parce que le comte Tassilo n'est pas ton grand-père. Que sa femme, la comtesse Malvina, n'a jamais été non plus ta grand-mère. Ton vrai grand-père du côté paternel est le comte Hynko ; du côté maternel, un vieux professeur de médecine, fameux ophtalmologue, Benjamin Portaleone, qui exerçait encore avant la guerre à Ferrare. Les Portaleone sont médecins depuis des temps immémoriaux. Il y eut un Abraham Portaleone qui vint exprès de Ferrare à Mantoue pour amputer la jambe du célèbre condottiere Jean des Bandes noires, blessé lors d'une escarmouche après la bataille de Pavie. C'est dire l'ancienneté de cette famille. Ta mère Sara était la fille du célèbre ophtalmologue. Elle était juive et très pratiquante. Or, pour la synagogue, une mère juive suffit à faire de toi un juif. » « Mais si le comte Ulrich, mon père, n'était pas le fils de grand-père Tassilo ni de la comtesse Malvina, comment était-il à demi juif comme on l'a toujours prétendu ? » « Non, il ne l'était pas. À moins que la synagogue n'ait donné un coup de pied en douce dans l'arbre généalogique de la famille Gomard ou Guimard si tu préfères… »

Alors revint à la charge tout ce que les murs de Schwarzauge, durant des années, avaient suinté de venin mensonger et d'iniquités, recelé de pressentiments étouffés, de ténèbres inracontables, d'angoisses tendues à la limite de la mort, pour étouffer la voix naïve de l'enfant que je fus, qui ne demandait qu'à courir et à bruire à travers la maison. J'avais grandi dans ce lieu fatigué des âmes. Un lieu désespérant où la cendre prévalait. J'y fus comme une barque à la dérive, exclu de tout rivage, privé de tout ancrage. De l'avenir, je n'avais que défiance. Je traversais, la nuit, les râles de la forêt pour chercher l'oubli dans l'aveuglement de la chair avec de jeunes saisonniers, près des pierres lissées par le torrent où tremblent les herbes tendres. Enfant déjà, j'étais un homme blessé, un homme de l'inquiétude. Les hauts ciels de la jeunesse, ce libre élan que je soupçonnais en moi se sont perdus dans les méandres de la mélancolie. Je n'ai jamais eu le désir de Dieu. Pourquoi ? Je ne saurais le dire. Je percevais le monde comme vacillant. J'étais mortel parmi les choses mortelles. Ma vie aride s'étendait, épouvantée chaque jour davantage d'elle-même. Ma jeunesse ne fut que tremblements, chuchotements insidieux. Je voulus oublier. Apprendre l'oubli. Éteindre en moi le frisson effrayant de la faute. Je me foutais de tout : de l'éternité, de la pureté des origines, de mes immémoriales racines. J'appris à tuer les morts ; à oublier le bruit des pas qui ressuscite les ombres tandis que mon sang devenait plus rapide à la guerre. En moi j'étouffais la peur et la pitié. Je m'avançais vers l'obscur, la raillerie mélancolique aux lèvres, menant à la mort, au milieu des aboiements des chiens des kapos, des hommes qui croyaient encore au printemps, à un pays innocent. J'ai vu la vie se vider de l'espoir près d'un abîme qui eût pu être la porte de l'enfer. Et cependant tout ce que j'ai entrepris, imaginé, tous ces massacres, ces exactions, ce lent perfectionnement de l'insensibilité, ne sont rien en comparaison du cœur d'un enfant égaré dans le mensonge. Pour moi il n'était donc pas question de dire : reviens-moi, bel instant de ma jeunesse ; mais de trouver l'oubli dans le silence confus où le souvenir insiste comme des cigales furieuses. La voix terrible de grand-père Tassilo qui, jusqu'à la fin des temps, demeurera malgré tout le seul grand-père, qu'il l'ait vraiment été ou non. Le petit monsieur n'est-il pas un métèque ? Peut-on dire qu'il soit allemand ? Sortons-nous du même tronc ? Avons-nous le même ramage ? Son écorce est bien singulière au jeune homme, son profil bien accusé et, quand je me baigne dans le torrent avec lui et mes paysans, j'ai honte de sa bite bleue et circoncise. Et murmurant cela à vous-même, quels crimes, grand-père Tassilo, ne m'appreniez-vous pas à commettre ? Et pourtant aujourd'hui, encore obscur à moi-même, c'est de vos remords que j'ai le cœur rempli…

Par où et quand le chemin bifurqua

« Vis pour ton plaisir », lui avait dit le comte Hynko en lui prenant le bras, un soir qu'il était allé la chercher à l'Opéra après une représentation triomphale de *Giselle* devant une salle comble et enthousiaste comme à chaque fois qu'elle dansait ce rôle. Il neigeait à gros flocons. Elle enfouit son visage dans le revers de sa pelisse en lui serrant bien fort le bras. Il avait quitté le club en plein milieu d'une partie d'écarté pour venir l'attendre à la sortie des artistes et l'emmener ensuite souper au Sacher, comme chaque fois qu'elle dansait.

Ce « Vis pour ton plaisir… », dit ainsi à brûle-pourpoint, n'était sans doute que la conclusion d'une conversation entreprise la veille, ou le matin même, avant que les deux amants ne se quittassent. C'était tout à fait dans le ton des principes cyniques d'un vieux « marcheur » viennois. Encore qu'en cet hiver de 1892, à cinquante-cinq ans, le comte Hynko von Urslingen n'eût rien d'un barbon. L'équitation, les courses d'obstacles, la salle d'armes où, chaque matin, il tirait au sabre, lui avaient gardé une silhouette de jeune homme qui contredisait les quelques cheveux à peine grisonnants aux tempes. Parfois, un air vague et un peu perdu pouvait dénoncer des habitudes d'opiomane. Marie Guimard, le premier jour où elle l'avait croisé au foyer de la danse après sa première représentation viennoise, l'avait tout de suite remarqué parmi la foule de ses admirateurs. Faisant fi de toute bienséance, elle s'était dirigée vers lui. Le soir même, ils étaient amants.

Loin d'afficher leur liaison, ils se cachèrent. Hynko

n'était pas jaloux des succès de Marie. De son côté, jamais Marie, les jours où elle était à l'affiche, ne demandait à Hynko, lorsqu'il la rejoignait tard dans la nuit à leur garçonnière de la Türkengasse, où et avec qui il avait passé la soirée. Sûrement la trompait-il avec d'autres femmes. Il lui arrivait même, certaines nuits, de sentir les effluves de leurs parfums. Mais elle n'était pas jalouse. Car elle savait que personne ne trompe jamais personne, puisque nul n'aime ou n'est aimé de la même façon. Et dans le cas de Hynko, elle savait qu'il eût été vain et indécent d'essayer, par des scènes bourgeoises, de réformer les habitudes d'un vieux noceur. D'ailleurs, elle-même n'était pas exempte parfois de certaines fredaines. Le grand élan, elle le réservait à ses partenaires qu'elle aimait jusqu'à la folie, entre tulle et velours, le temps d'une représentation de *Giselle* ou du *Lac des cygnes*.

En somme, elle n'avait pas attendu Hynko pour vivre selon son plaisir.

Elle lui serra plus fortement le bras. Il pensa qu'elle avait froid et dit : « En ces nuits engoncées de neige, les fenêtres peu à peu s'éteignent comme des sourires. Au fond, toutes les villes se ressemblent sous la neige. Tout y est gris. Un gris angoissant, de monde mort, de planète finie, de ville trépassée… Un gris qui nous rappelle que la ville est un cimetière de vivants… »
« C'est étrange ce que tu me dis là, répondit Marie. J'ai eu la même pensée ce soir alors que je voyais s'accumuler les flocons à la fenêtre de ma loge, tandis que je me talquais le visage et les épaules pour le deuxième acte et que mon habilleuse m'aidait à passer ma peau de morte. Ces jupons de tulle si légers qu'on dirait des flocons de neige. »

Tout en devisant, ils furent bientôt rendus au Sacher. Le comte Hynko avait réservé un salon particulier. Les valets s'empressèrent pour les débarrasser de leur manteau et pelisse. Marie enleva sa toque. Elle avait gardé sa coiffure de scène avec ses bandeaux lisses pour aller au plus vite et ne pas faire attendre son amant dans le froid.

Elle prit place sur la banquette avant que le maître d'hôtel n'ait eu le temps de tirer la table. « Vous rajouterez un couvert, je vous prie, car nous attendons un invité… » dit-elle. Le comte Hynko parut surpris. Mais ne posa aucune question, ne fit aucune remarque. Il s'assit en face de Marie. À peine le sommelier débouchait-il la bouteille de champagne que la porte du cabinet particulier s'ouvrit pour laisser passer une jeune fille. Le regard de Marie soudain changea. Le comte Hynko en ressentit une morsure au cœur. Marie saisit cette rapide expression de jalousie. Elle se leva pour aller accueillir la jeune fille. En passant près du comte Hynko, qui s'était également levé, elle lui dit à l'oreille : « Vis pour ton plaisir… n'est-ce pas ? »

Arrivée près de la jeune fille, elle glissa la main dans ses cheveux roux, qu'elle portait ondulés sur ses épaules. Elle approcha sa tête de la sienne. On eût dit deux collégiennes qui se retrouvaient après les vacances. Mais au lieu de l'embrasser sur la joue, Marie lui posa un baiser sur les lèvres. Alors, se tournant vers Hynko, elle lui présenta la jeune fille. « Je ne pense pas que vous vous connaissiez ; voici mon amie Malvina von Hirschwitz, le comte Hynko von Urslingen… »

Le souper se passa assez gaiement. Les deux jeunes femmes sur la banquette, un peu grises, riaient à tout propos. Hynko les regardait. Quelle sensualité splendide et libre se dégageait de ces deux êtres ! Quelque chose de doux, de moelleux, d'enjoué, de limpide… « Malvina et moi nous sommes rencontrées à un concert… J'avais égaré mon programme et Malvina m'a prêté le sien… à quoi cela tient, une amitié… Depuis, nous sommes vraiment inséparables, n'est-ce pas ?… » « Tu aurais dû me présenter ton amie plus tôt, Marie… fit le comte Hynko, d'autant que je connais son père… votre père n'est-il pas le banquier von Hirschwitz… » Malvina acquiesça. Hynko comprit qu'elle n'aimait pas qu'on lui parlât de sa famille. Les jeunes filles cessèrent de rire. La conversation resta en suspens. Ce silence fut comme un long tunnel. On eût dit qu'ils s'étaient embarqués par hasard, comme des inconnus, sur le même esquif. Et que, sans rien se dire, ils se regardaient tous les trois, se sentant fraternels, enfants d'une même destinée. Hynko fut le premier à briser le silence. À la cantonade, il laissa tomber : « Ne soyez pas le vrai amour d'une danseuse, l'amour de ses larmes, de ses moments de solitude, parce que alors vous ne l'obtiendrez jamais… » Marie ne répliqua rien. Elle se contenta de sourire. Ce pâle sourire embué de tristesse qu'elle affichait si merveilleusement sur scène dans le ballet de *Giselle* quand, au premier acte, le prince lui jure une foi éternelle. Elle laissa le silence s'éterniser encore puis après quelques instants, d'une voix douce, comme elle eût interrogé le comte Hynko sur le temps qu'il faisait ou l'heure qu'il était, elle lui demanda avec une innocence perfide : « Seriez-vous fâché, Hynko, si je vous disais que je crains d'être grosse de vos œuvres ? » La stupeur saisit Hynko, qui en laissa échapper sa flûte de champagne.

Il regarda avec consternation le parquet où la flûte venait de se briser. Cette chute semblait signifier pour lui l'irréparable. Ce fut Malvina qui, la première, rompit le silence en applaudissant. « Quelle merveilleuse nouvelle ! Vite, comte, servez-nous du champagne ! Qu'on puisse trinquer à cet heureux événement ! »

Ici, Marthe interrompit son récit. Les mots lui manquaient. Après tant d'années et une vie de sacrifices, elle n'en voulait cependant pas à son amant du peu d'enthousiasme qu'il avait marqué à l'annonce de sa prochaine maternité. Elle savait que certains hommes envisagent difficilement de quitter le rôle d'amant pour celui de père. Ils ressentent une crainte panique, presque originelle, de ne plus retrouver dans la femme fécondée cette fièvre de l'amante. « Je ne sais, vois-tu, Kuno, qui ce soir-là eut l'idée d'introduire le quatrième loup dans la bergerie. Mais ce fut lors de ce souper au Sacher que le nom du comte Tassilo fut avancé. Hynko ne m'avait parlé de son fils qu'en l'évoquant rapidement. Mais de ce qu'il en disait en passant ressortait que cet héritier, élevé dans les montagnes par des gardes-chasses, était moins un fardeau pour lui qu'une sorte de gêne, un gravillon dans sa chaussure. Cependant, comme rien n'est voulu mais que tout s'emboîte nécessairement toujours par quelque hasard qui vient s'en mêler et décider de tout, ce soir-là, sans que nous nous en doutions, ce qui allait bouleverser nos destins planait sur nos têtes, tapi dans les plafonds stuqués, dans le tain des miroirs au-dessus des banquettes.

« Est-ce Hynko qui, avec ce cynisme propre à son époque, voyant une possibilité de se refaire, s'adressa le premier à Malvina : "C'est bien dommage que ce couillon de Tassilo ait développé cette aberration de la pureté du sang ; à sa place il y a bien longtemps que j'aurais demandé votre main à monsieur votre père. Mais c'est un crétin. L'autre jour, le croiriez-vous, il a refusé de se battre avec un étudiant parce que celui-ci était juif…" À moins que ce ne soit elle qui, apercevant en cet enfant que je portais la faille par laquelle elle pouvait se glisser dans ma vie, dit : "J'épouserai votre fils, comte Tassilo, malgré ses répugnances pour les juifs. Il aura la jouissance de ma dot et en même temps la satisfaction de savoir que son héritier ne possédera pas une goutte de ce sang exécré. Pour cela, Marie devra le séduire afin qu'il puisse s'en croire le père…" En écoutant ces choses au fond assez monstrueuses mais débitées comme une évidence je pensai alors que la perfection dans le Mal, doublée de cette légèreté que pratique un monde à son déclin, est peut-être plus proche de nous que le Bien. D'ailleurs, le Bien est généralement si imparfait, pourquoi nous séduirait-il ?

« J'étais indifférente. J'aimais Malvina et Hynko également. Peu à peu, chaque soir où je dansais je m'apercevais que la routine s'emparait de mes gestes. Ma vie de femme s'était glissée dans mon sillage sur la scène. Je n'étais plus cet être désincarné qui doit brûler comme la neige. Je savais que mon temps était accompli. Mon art, tel que je le concevais, nécessitait une vestale. Au fond de moi, la ménagère déjà faisait sournoisement son lit. Un soir, sur scène je me sentis terne, dépourvue de lumière. Ce fut le dernier soir où je dansai. Le public qui ne sait rien, qui au fond ne sent rien de ce qui nous anime et ne voit que les défaillances techniques, crut à un caprice. C'est ce soir-là, après la représentation que je savais être pour moi celle de mes adieux, que je rencontrai pour la première fois Tassilo. »

Le piège Le comte Hynko avait tout prévu. Au lieu d'un cabinet au Sacher, il avait choisi une suite à l'Impérial, prétextant que tous les cabinets particuliers étaient occupés. Le traquenard était monté de main de maître. La haine est créatrice. Il fallait voir Hynko regarder son fils pour comprendre tout le dégoût qu'il en avait. N'y perçait même pas une de ces affections de devoir. Sans doute savait-il qu'il n'était pour rien dans la naissance de cet héritier qui commençait à jouer les petits coqs dans l'arbre généalogique. Le comte Hynko n'était pas un homme à croire aux théories patriarcales et aux doctrines d'une noblesse de droit divin. Son seul souci était de tuer le temps par des frivolités et un style de vie commode et nonchalant. Il aurait pu se contenter d'un héritier qui n'aurait pas été de son sang si ce dernier avait épousé ses idées. Quant à la religion, sa conscience n'y était nullement intéressée. Son impiété n'éclaboussait pas les lois de la bienséance car c'était un homme bien élevé et sensible au ridicule. Même poussé dans ses retranchements, il eût préféré quitter le terrain plutôt que de chercher querelle, en professant ouvertement un mépris pour la religion, face à des bigots aux excentricités jésuitiques datant du temps de l'Impératrice Marie-Thérèse. Il souriait de leurs salamalecs, comme de ceux des frères maçons ou des juifs orthodoxes. Et si par hasard le sujet venait sur le tapis, il en abrégeait l'ennuyeux développement en laissant tomber en français la phrase qui clôt l'air du prince

Orlofsky dans *La Chauve-Souris* de Strauss : « *Chacun à son goût* », qu'il eût d'ailleurs pu prendre comme devise.

Cette intrigue où il allait piéger Tassilo le mettait en joie. Marie lui avait fait remarquer que ce n'était ni plus ni moins qu'une mise à mort – à retardement mais une mise à mort tout de même. « Voyons, ma petite Marie, vous êtes trop sentimentale, c'est à peine une mascarade… c'est un peu comme lorsqu'on me traite de débauché. Les gens aujourd'hui n'ont plus aucun sens du vocabulaire, même le dictionnaire se sentimentalise. »

Le souper se passa sans difficulté. Le comte Hynko fit mine de s'intéresser aux travaux de balistique dans lesquels s'était jeté à corps perdu Tassilo en rejoignant l'École d'application du génie à défaut d'entrer à l'École de guerre. Ensuite, ils parlèrent du domaine de Schwarzauge et des améliorations qu'il fallait apporter au château pour le rendre plus habitable… Et tandis que Tassilo parlait, se grisant de paroles et de projets, le comte Hynko, par un simple regard au valet, veillait à ce que le verre de son fils fût toujours rempli. Quand il sentit que son élocution commençait à devenir pâteuse, il se leva. « Je crois qu'il est temps pour moi de rentrer… Ce fut une soirée charmante, Tassilo… Il faudrait que nous nous rencontrions plus souvent… Je sais… je sais… je n'ai pas toujours été le père que tu aurais souhaité… mais je compte bien me rattraper… Non, Marie, mon enfant… surtout ne bougez pas… Je compte sur toi, Tassilo, pour la faire raccompagner à son hôtel… »

Le comte Hynko parti, Tassilo vida encore un ou deux verres de champagne puis s'écroula sur la banquette. Marie fit signe au maître d'hôtel de transporter le jeune comte dans la chambre avoisinante, de le déshabiller et de le mettre au lit. Quand la table du souper fut desservie, elle donna un pourboire au sommelier, au maître d'hôtel et aux deux jeunes valets, et demanda qu'on ne la dérangeât plus. Elle se déshabilla, défit ses cheveux et, après avoir éteint les lumières du salon, ouvrit la porte de la chambre qu'elle referma aussitôt entrée. Elle se dirigea vers le lit, s'y glissa. Le jeune Tassilo dormait d'un sommeil de plomb. Elle ne dormit pas.

Par les rideaux mal tirés, un rai de lumière vint la frapper au visage. Déjà le jour se levait. Il lui fallait partir. Elle bondit du lit, alla se rhabiller dans le salon à la hâte et déjà elle se dirigeait vers la porte de la suite, quand elle revint sur ses pas. Elle s'assit à un petit bureau et, sur le papier de l'hôtel, écrivit ces quelques mots : « Savez-vous Tassilo, que vous êtes un véritable lion… Je ne regrette rien… Pour la première fois je me suis sentie vraiment femme… Adieu mon amour. » Elle plia le poulet et alla le placer sur la table de nuit du côté où dormait Tassilo. Ensuite elle disparut. Elle passa légère, telle une ombre, dans le hall d'entrée. Le veilleur de nuit, qui n'avait pas encore été relevé, dormait à poings fermés derrière la réception. Marie sauta dans un fiacre. Il neigeait toujours.

Marthe, ici encore, interrompit son récit.

Un mariage de raison

« Le comte Hynko eut point par point, tu peux l'imaginer, le récit de cette nuit à l'hôtel Impérial ; nuit en tout biblique, semblable à celle de Ruth la Moabite et de Both, si Tassilo avait su se montrer un peu plus vaillant et moins aviné. Il se félicita du tour que prenaient les choses. Il allait et venait dans sa vaste robe de chambre en buvant du café. Il se parlait à lui-même tout haut : “Je le savais bien… je le savais bien… À son âge, bâti comme il est, un verre de champagne de trop, ce n’est pas une raison pour ne pas honorer une jeune femme… Sans doute est-ce de famille ? Son grand-oncle Otto, le frère de sa grand-mère maternelle, la princesse Dietrichstein-Lemnitz, possédait ces dégoûts-là. Tous les prétextes lui étaient bons. Au soir de grandes manœuvres, à l’auberge, il préférait jouer sa partie de loto avec son ordonnance plutôt que de monter à l’étage où avait accouru tout un poulailler qui ne demandait qu’à se faire dégourdir les ailes, attiré dans ce fin fond de la putsza par le passage du 3e Hussards et du 2e Dragons. Ce n’était pas un mauvais bougre, quoique assez raide dans ses manières et pointilleux sur la discipline. Il avait refusé les meilleurs partis, toujours avec de fort bonnes raisons. On lui prêtait une liaison secrète avec une inconnue, une grisette peu présentable qu’il avait épousée – qui sait ? peut-être même avait-il des enfants avec ? –, le monde veut toujours une explication pour tout. On se contenta, longtemps, de ces hypothèses qui, au fond, n’étaient que des paravents pour cacher ce que chacun soupçonnait mais ne voulait ni voir ni entendre. Et puis, un jour, Otto von Rabenstein se fit pincer comme un bleu au Sacher avec un jeune liftier sur les genoux à une heure après minuit où, généralement, plus personne n’emprunte l’ascenseur. “Je lui cherchais une poussière dans l’œil…” fut sa seule excuse et, comme il voyait le doute s’inscrire sur le visage des témoins, il s’écria : “Eh bien zut ! je suis cuit !” Il fut si cuit qu'au matin dans sa chambre, on le retrouva la cervelle grillée.

« Voilà ce que me racontait le comte Hynko en marchant de long en large, sa tasse de café à la main. »

J'interrompis Marthe et lui demandai sans plus de ménagement si grand-père Tassilo était une « tante ». La réponse vint rapide, sans nuance ; un coup de pistolet tiré froidement. « Évidemment ! Il l'aurait même inventé ! » Il y avait là, par-delà la mort, comme un cri de vengeance. C'est que les femmes, même les plus intelligentes, les plus imaginatives, les moins convenues, qui font profession de compréhension jusqu'à entrer dans une sorte d'intimité où la confidence finit par s'imposer, n'arrivent jamais à pénétrer au cœur du mystère et s'en trouvent finalement frustrées. Ce fut aussi un cri de soulagement. Marthe pouvait enfin partager son secret et du même coup s'extirper d'une longue histoire où son rôle n'avait été pas moins qu'ambigu. « Il n'avait évidemment que mépris pour toutes les formes de l'homosexualité. Aucune ne trouvait grâce à ses yeux. Sa bête noire était le marquis Stradani. Devant lui, il n'avait pas de mots assez blessants pour stigmatiser ces mœurs. “N'est-ce pas, marquis, que ces gens sont vraiment des dégénérés qu'il faudrait une fois pour toutes rayer de l'humanité ?” Et disant cela, il oubliait, je crois bien, qu'il appartenait au même troupeau. Pour lui, on ne pouvait être bougre qu'au-dessus de deux mille mètres d'altitude et en compagnie de petits gars du Tyrol, à l'exclusion de toute autre personne. La vieillesse venant, il tomba sous la coupe de Max… Tu te souviens de Max Vögelbach ?… » Tu parles que je m'en souvenais de Max. Cet assassin qui avait voulu me la mettre…

« C'est Max qui fit chanter Tassilo. Il se vit contraint de donner des gages aux nazis et, entre autres, toi, Kuno, ce qui ne lui déplaisait pas... Mais Max, à l'époque du mariage de Tassilo et de Malvina von Hirschwitz, était encore dans les limbes d'une histoire à laquelle il était appelé à mettre le point final. Sans Max, rien de ce qui est arrivé à Schwarzauge ne se serait passé... »

Quatre semaines s'étant écoulées, le comte Hynko convoqua son fils pour parler entre hommes. Il lui fit part de la visite que lui avait rendue la veille la jeune ballerine Marie Guimard et du désagrément qu'il en avait eu. Tassilo sortit de cette rencontre bouleversé. Il allait être père sans l'avoir voulu, sans même se souvenir comment la chose avait pu se faire, tant ce soir-là il en tenait une bonne. Il fallait donc qu'il y eût un protecteur des ivrognes. L'idée d'être père ne le rebutait pas. Bien qu'il n'eût jamais imaginé se marier. Faire chambre commune. Honorer une fois par semaine, au moins, sa femme. Mais le pire de tout ! être obligé de faire la conversation. L'écouter dévider son petit univers de voilettes, de chapeaux, être obligé d'applaudir à ses progrès au piano ; s'appuyer, alors qu'on n'a qu'une envie c'est d'aller se coucher, le massacre de l'*Appassionata* qu'elle agrémente d'une fricassée de *rubati* et d'appoggiatures et qui ne sont que l'équivalence en musique de ses rêves de voilettes, d'oiseaux de paradis, de frivolités parisiennes. Se laisser envahir peu à peu par ce monde de babioles et de potins et finir par trouver au fond de son secrétaire un journal intime, où on découvre que cette oie savait mordre, qu'elle ne se faisait aucune illusion sur son mariage, qu'elle n'avait que mépris pour vous et en bouquet final que le jeune violoniste que vous aviez été dénicher à Innsbruck pour lui permettre de bousiller la *Sonate à Kreutzer* était au lit une meilleure affaire que vous.

Tout en regagnant son quartier, en coupant par le Volkspark il réfléchissait à la proposition de son père. Il y devinait un piège, sans pourtant l'affirmer. Combien il eût aimé qu'Udo, le garde-chasse, fût présent ! Lui aurait tout de suite débusqué le traquenard. Mais Udo était dans ses montagnes et ses bois de Schwarzauge et il lui fallait donner sa réponse le lendemain. Qu'avait-il à faire de la réputation d'une jeune danseuse ? Elle ne serait pas la première ni la dernière à avoir un enfant naturel. Aux dernières nouvelles la grande Sarah Bernhardt en aurait eu un du prince de Ligne. Et elle n'a pas fait tant d'histoires. Épouser la fille du banquier juif Josef von Hirschwitz qui, selon la faculté, ne peut pas avoir d'enfant, et qui avouerait, tant elle a d'admiration pour Marie Guimard, l'enfant de celle-ci pour sien, semblait à Tassilo une aubaine, étant donné l'énormité de la dot et les crédits avantageux que lui ferait la banque paternelle. Cependant au regard de cette fortune, lorsqu'il y réfléchissait bien, un mariage avec une juive lui paraissait une tache indélébile sur le blason des Urslingen. « Mais puisque je vous dis que ce sera un mariage blanc, puisqu'il n'y aura pas une once de sang juif chez votre héritier ! » lui avait à plusieurs reprises fait valoir le comte Hynko ; Tassilo avait eu beau lui rétorquer que si eux savaient que l'enfant était de pure souche aryenne, le monde, lui, ne manquerait pas d'y voir une mésalliance… et puis l'almanach de Gotha… « Mais personne ne le lit plus… et puis mon cher fils, au bout d'un moment, les secrets les mieux gardés finissent par s'éventer... » Et sur ces dernières paroles, le comte Hynko l'avait congédié.

Et maintenant c'était ce « cher fils » qui lui causait problème. D'aussi loin qu'il eût pu s'en souvenir, jamais son père ne lui avait donné du « mon cher fils » ou même du « mon fils » tout court.

La nuit porte conseil et l'idée de donner, avec l'argent des Hirschwitz, une nouvelle splendeur au domaine de Schwarzauge fit pencher la balance : le lendemain, se présentant aux premières heures de la matinée chez son père, Tassilo lui annonça qu'il acceptait l'arrangement de ce mariage et aussi que la vraie mère de l'enfant en devienne la gouvernante.

Ménage à trois

« Pour se venger de son futur époux dont elle connaissait l'antisémitisme, Malvina voulut corser l'affaire en refusant de se convertir, allant jusqu'à exiger un mariage à la synagogue. Seul le comte Hynko, qui avait éventé la supercherie, trouva plaisant son entêtement. En revanche, le baron Josef von Hirschwitz se mit à tonner contre sa fille. C'est qu'il se faisait une telle joie de voir son nom dans la prochaine édition du Gotha et de se trouver ainsi sur le même pied que les Rothschild, les Heine et d'autres encore, qui avaient fait épouser à leur fille des ducs français, des pairs d'Angleterre, des princes italiens encore que ceux-ci préférassent souvent la fille d'un *capo mafioso* pour redorer leur blason à une juive.

« Bref, on trouva un compromis : Malvina garderait la confession juive et le baron von Hirschwitz, après avoir graissé la patte du chapitre de Sankt Stefan, obligea tant le cardinal archevêque qu'il ne souleva aucune difficulté et les unit en grande pompe. Sur le registre paroissial, le nom de la nouvelle Reichgräfin von Urslingen, née von Hirschwitz, portait la mention : catholique.

« J'arrivai à Schwarzauge comme lectrice et gouvernante de la comtesse Malvina. J'étais déjà grosse de trois mois. La comtesse qui, de son côté, simulait une grossesse ne voulut en aucun cas que je sois logée à l'étage des domestiques. Elle exigea ma présence à ses côtés. Tassilo eut beau la raisonner, elle ne voulut en démordre. Que va-t-on penser ? que va-t-on dire ? Eh bien, on dira ce que l'on voudra et il en sera ainsi ! Tassilo comprit qu'il n'était pas besoin de pousser plus loin l'argument et qu'il se trouvait entièrement entre les mains de cette jeune femme, livré à ses caprices. Je fus le sujet de leur première querelle. Tassilo sortit de la chambre de sa femme en claquant la porte. On l'entendit s'éloigner. Sale petite juive ! Oh la sale juive ! Et ces mots, ainsi que ses pas, résonnaient sous les voûtes des couloirs. Les appartements de la comtesse se situaient dans la tour, donnant sur le jardin Renaissance, à l'opposé de ceux du comte Tassilo. Une grande chambre d'apparat, un boudoir et un salon en composaient l'essentiel. La première chose que décida Malvina fut d'ôter un grand cabinet espagnol du salon et le remplacer par un Bechstein qu'elle s'était fait envoyer de Vienne.

« Dans les premiers temps de ma grossesse, j'allais et venais dans le château pour donner le change. J'avais troqué mon prénom de Marie pour celui de Marthe. Je trouvai tout de suite un allié en Elias, le majordome. Il avait été amené à Schwarzauge par le comte Hynko qui semblait l'y avoir oublié, sauf pour les étrennes qu'il recevait chaque année ponctuellement. Son père avait été cocher à Vienne. Et comme à peu près tous les cochers viennois, il venait de Galicie. Je le soupçonnais d'être juif. Converti ou peut-être pas. Aussitôt qu'il aperçut la comtesse Malvina, il fut entièrement à sa dévotion, ce qui agaça le comte Tassilo. Il m'arriva également de croiser à plusieurs reprises Udo, le garde-chasse, dont les fonctions toutes forestières auraient dû le tenir à l'écart de l'office, et qui, pourtant, paraissait y régner en maître. Il me jaugea du regard, comme un gibier pris au piège. Son coup d'œil fut rapide, j'eus le temps cependant d'en saisir le mépris. La seconde fois je le croisai dans l'escalier. Il descendait, je montais. Il m'arrêta sans façon en me saisissant le bras au passage. Je me dégageai violemment. Et je le toisai avec cette hauteur que m'avait enseignée mon maître Marius Petipa quand il me fallut remplacer un soir, quasiment au pied levé, la célèbre Pierina Legnani dans *Le Lac des cygnes*. Je soutins son vilain regard. Un regard jaune de chien en quête de je ne sais quelle charogne. Il s'apprêtait à poser sa main sur mon ventre. Avant même qu'il n'ait eu le temps d'esquisser le mouvement, je lui collai une gifle retentissante. Il recula comme s'il avait vu un démon. "*Ist gut, ist gut*", fit-il et il s'éloigna dans l'escalier. Ce fut, je crois bien, la dernière fois que j'eus affaire à lui. Je l'aperçus de loin en loin. On eût dit qu'il m'évitait. L'hiver suivant, il fut emporté par une avalanche. Le drame eut lieu, si je m'en souviens bien, à quelques jours de ma délivrance. Peut-être même après la naissance d'Ulrich ton père. On retrouva son corps seulement au printemps, à la fonte des glaces. Tassilo tint alors à l'enterrer dans le caveau familial de la chapelle du château. »

J'écoutais ces histoires de tromperie dont j'étais au fond issu sans pouvoir poser une question sur certains détails qui me paraissaient peu clairs dans leur chronologie. J'étais sidéré.

« Deux ou trois jours après cette avalanche, nous reçûmes de Vienne un câble pour nous annoncer la mort dramatique du comte Hynko. Il s'était tiré une balle de revolver dans la tête. Mort foudroyante, précisa le médecin légiste qui, quelques jours plus tard, débarquait à Schwarzauge en compagnie du commissaire du VIe arrondissement où se situait l'appartement de la Türkengasse, pour remettre au comte Tassilo le rapport de l'enquête. Tassilo n'émit aucun souhait pour qu'on rapatrie le corps afin de l'enterrer dans la chapelle du château. Il donna toutes les instructions en revanche pour que, de la morgue, on le conduisît au cimetière de Schönbrunn, où les Urslingen avaient également un caveau. Pour un peu, il l'eût mis à la fosse commune. Malvina reçut et le commissaire et le médecin dans son lit, comme il se doit d'une jeune accouchée. Elle les pria de s'asseoir, ce qu'avait négligé le comte soit par morgue, soit par oubli. Se sentant en confiance, le commissaire tira de sa poche une lettre. “Cette lettre est sans aucun doute la dernière que le comte Hynko ait écrite avant de se griller la cervelle. Nous l'avons trouvée sur son bureau. Sa tête reposait dessus, ce qui explique qu'elle soit maculée de taches de sang.” Malvina la prit et la lut à haute voix afin que je puisse en entendre le contenu du boudoir où je me tenais au lit. Mon accouchement ayant été difficile et ayant nécessité les forceps on m'avait interdit toutes relevailles avant dix jours. “Adieu Marie ! Sans vous il m’est impossible de vivre ! Je sais que vous m’avez un peu aimé mais vous aimez l’autre tellement plus… Adieu !” En écoutant ces lignes de la bouche de Malvina, j’étouffai un cri. Les deux officiers ministériels se retournèrent vers la porte du boudoir. “Ce n’est rien, messieurs, c’est simplement ma cameriste qui a pris froid et qui trame un mauvais rhume depuis plusieurs jours.” “Voulez-vous que je l’examine ?…” proposa le médecin. “N’en faites rien docteur, j’ai fait mander d’Innsbruck un praticien qui nous a rassurés… Puis-je garder cette lettre ?” “Assurément”, répondit le commissaire. Les deux officiers se dirigeaient vers la porte que le fidèle Elias, qui avait assisté à la scène, s’apprêtait à leur ouvrir quand Malvina fit un geste pour les rappeler. “Mon mari est-il au courant de ce billet ?” “Non, comtesse, nous n’avons pas pensé que cela l’intéresserait, étant donné le peu de considération qu’il nous a semblé montrer pour feu le comte Hynko.” “Bien, bien, commissaire. C’est je pense ce qu’il fallait faire…” Le commissaire, se trouvant en confiance, se rapprocha du lit. “Évidemment le Tout-Vienne est au courant de ce billet. Vous comprenez que lorsque trente personnes se trouvent en même temps dans la chambre d’un suicidé, fatalement, il y a des fuites. Aujourd’hui, c’est le sujet du jour. Chacun donne son avis. Dans les salons, dans les cafés à la mode, au Sacher, à l’Impérial, chacun commente. Demain, ce sera autre chose. Pour la plupart cette Marie n’est autre que la défunte baronne Marie Vetsera et ‘l’autre’, par conséquent, ne peut être que S.A.I. l’archiduc Rodolphe.” “Mais vous, commissaire, quel est votre avis ?” “Moi, comtesse, j’ai quelques doutes…” “Et pourquoi donc ?...” “Question de verbe, de concordance de temps... Ainsi, s’il s’agissait de Marie Vetsera, il aurait écrit : ‘Vous aimiez l’autre tellement plus’ puisqu’il s’agit d’un billet écrit à deux êtres outre-tombe. Or, il a employé le présent en écrivant ‘vous aimez’, donc cet autre se trouve être bien vivant, comme d’ailleurs cette Marie...” “Vous avez raison, commissaire... Vous avez raison... la grammaire, encore plus que le style, fait son homme... Adieu, commissaire ! Merci encore...” La porte se referma sur le commissaire et le médecin. Alors ne pouvant y tenir, malgré les ordres de la faculté, je sautai de mon lit et, poussant la porte à demi tirée qui me séparait de la chambre de Malvina, je me précipitai auprès d’elle, ne prenant pas la peine d’étouffer mes sanglots. “Nous sommes des monstres, Malvina ! Des monstres froids ! Nous l’avons poussé au suicide en toute connaissance de cause, comme cela en badinant. Nous nous sommes jouées de lui. Nous avons agacé ses sens de notre folle passion. Il s’est pris au jeu... l’intrigue l’amusait... mais derrière sa carapace de vieux cynique, je crois bien qu’il m’aimait...” Malvina me serrait contre elle et me caressait les cheveux comme une enfant que l’on calme. Je la sentais elle-même troublée par cet événement. “Évidemment il t’a aimée ! qui ne t’aimerait pas, Marie ? Il t’a aimée comme son dernier amour. Depuis longtemps, il cherchait un moyen de sortir du jeu la tête haute. Il nous a trouvées. L’idée de notre couple de femmes l’amusait. Que voulions-nous ? Un enfant à nous, que nous élèverions. Qui serait notre enfant. Lui, que voulait-il ? Se venger d’un fils dont il désapprouvait les orientations politiques et dont il n’était pas sûr d’être le père ? Au fond il voulait l'éliminer de la famille. Le faire tomber de ce fameux arbre dont Tassilo est si fier… À ce jeu, chacun s'est blessé ; lui est devenu amoureux de toi, ou du moins l'a-t-il cru ; et nous, nous nous sommes laissé piéger dans ce château sinistre…" Je pleurai ainsi dans les bras de mon amante jusqu'au soir, puis je regagnai le boudoir.

« Tassilo se montrait rarement dans les appartements de sa femme. Bientôt, je pus me lever. On était au tout début du printemps. Aussi nous vit-on nous promener Malvina et moi dans le jardin Renaissance dont les buis gardaient encore quelques traces de neige. Malvina jouait le rôle de la jeune accouchée encore faible et moi, dont les jambes flageolaient véritablement, je m'efforçais de la soutenir pour donner le change sachant que tout le château nous épiait derrière les fenêtres.

« Malvina comprit rapidement son erreur. Tassilo était un être court, sans la moindre sensibilité et plein d'a priori et d'œillères. Il transpirait le mépris. Elle en eut confirmation le jour du baptême d'Ulrich. Il avait convié le ban et l'arrière-ban de la région. Beaucoup d'invités s'excusèrent car ils ne tenaient pas à frayer avec une juive, fût-elle par mariage comtesse du défunt Saint Empire. Chaque réponse négative jetait Tassilo dans une colère froide. Malvina sentait bien qu'un seul mot, fût-il anodin, prononcé par elle à cet instant, libérerait cette fureur contenue.

« Elle possédait l'art de l'attente et de la dissimulation. Elle ne souffla mot.

« Quelques jours avant la cérémonie du baptême à laquelle était attendu, malgré les désistements, un assez grand nombre d'invités, elle me fit part de son plan.

« Le jour venu, elle parut dans une chaise roulante que je poussais tant bien que mal. Je l'avais maquillée en blanc avec ce qui me restait de fards dans ma trousse de maquillage de théâtre. J'avais cerné ses yeux d'un bistre du meilleur effet. Elle était à faire peur. Elle eut le succès escompté. Avec des mines de circonstance les invités prenaient des nouvelles de sa santé. "Ils pensent que je serai morte dans huit jours et que Tassilo au fond aura bien fait d'épouser cette petite juive, il lui restera sa dot et un marmot qui déshonore sa lignée..." me glissa-t-elle à l'oreille. Tassilo ne comprenait rien à cette mascarade.

« Au dîner, assis à chaque bout de l'immense table avec entre eux une profusion de candélabres, de bougies et de girandoles, Tassilo interrogea Malvina sur la comédie de l'après-midi qui eut pour effet de faire fuir, la cérémonie à la chapelle terminée, tous les invités. "Comédie ? Mais non, ce ne fut aucunement une comédie. Je vais mourir, mon cher Tassilo. Je vais mourir pour avoir le bonheur de prendre définitivement congé de vous, de vos ancêtres, de vos prétentions nobiliaires, de votre esprit borné... J'ai remarqué au-dessus du pavillon du Chamois bleu, au-delà du lac Aveugle, très haut dans la montagne, une sorte de *cottage* de style Tudor, c'est là que je vais dorénavant me retirer. J'ai prévenu mon père de cette décision. Il vous conservera ma pension et vous versera le reste de ma dot. Vous n'y perdrez rien. Sauf une épouse pour laquelle vous n'avez que mépris."

« Le banquier von Hirschwitz, à qui suffisait l'honneur d'avoir eu une fille inscrite dans le Gotha, fût-elle morte des suites de son accouchement, sachant aussi ce dont Malvina était capable lorsqu'on la contrariait, n'eut qu'à se plier à ses exigences. Il connaissait sa fille, ses foucades, et aussi son entêtement. Pas de scandale, surtout pas de scandale. Comme il avait payé pour le chapitre de la cathédrale, il paya une grosse somme afin de faire passer sa fille pour morte, sans qu'elle le fût ; et obtenir également des papiers et un passeport, car Malvina avait l'intention de voyager.

« Sans passer par le château, on pouvait, par un chemin détourné facilement carrossable qui rejoignait la route d'Innsbruck, atteindre le cottage Tudor. Tandis qu'elle feignait une lente agonie, Malvina fit venir de Vienne des tapissiers, ainsi que tout un mobilier à sa convenance et évidemment un grand queue de chez Bösendorfer. La décoration du pavillon se fit en moins d'une semaine. Et tandis que les travaux tiraient à leur fin, les nouvelles de la santé de la comtesse, qui filtraient à l'extérieur, ne laissaient guère d'espoir. Il n'y avait que Tassilo, le majordome Elias en qui Malvina avait tout de suite deviné un coreligionnaire et moi, qui étions dans le secret.

« Un beau matin de printemps, j'entendis les roues d'une voiture dans la cour d'honneur, précédées de hennissements et de bruits de sabots. Je courus à la fenêtre du boudoir et j'aperçus un corbillard. J'ouvris la porte de la chambre de Malvina. Elle était déjà habillée, coiffée à l'impératrice, resplendissante dans un tailleur en faille rouge finement rayé de noir. Elle s'était défaite de son maquillage de morte. J'avais tellement acquiescé à cette mascarade que je la crus un instant ressuscitée. "Je suis morte au premier chant du coq et à présent je revis... J'ai commandé mes pompes funèbres à Vienne car il n'est pas question que je sois enterrée dans la crypte du château. Il y a dans le petit cimetière de Grinzing un carré réservé aux juifs, c'est là que je veux que l'on place mon cercueil."

« Les croque-morts, à qui l'on avait demandé le secret, montèrent le cercueil dans la chambre. Elias avait préparé des sacs de sable pour le lester. Malvina s'amusait follement de la supercherie. Elle alla jusqu'à caresser le bois, à s'assurer des ferrures. "Ça, on ne pourra pas dire que j'ai lésiné pour mes funérailles..." "Oh non, ça, Madame la comtesse ! Vraiment tout ce que Madame a choisi est du premier choix..." fit l'un des croque-morts. Puis, ouvrant le couvercle, il caressa avec un regard extatique le capiton rose, "voyez, Madame, comme cela est douillet. Et puis la couleur ira si bien au teint de Madame la comtesse... Non, je crois qu'on ne pouvait pas faire un meilleur choix...". Malvina et moi éclatâmes de rire. Rire qui redoubla devant l'air hébété du croque-mort, qui n'avait pas saisi toute l'incongruité de ses propos et ne les saisirait probablement jamais. Malvina s'enquit du trajet du corbillard. "Nous le conduirons jusqu'à Innsbruck, assura le plus âgé, qui semblait être le maître de cérémonie. Là, nous entreposerons le cercueil dans le fourgon de l'express de Vienne et, ce soir même, il sera dans la capitale. Le rabbin de la synagogue est prévenu, il viendra dire au cimetière le Kaddish et au plus tard Madame la comtesse devrait être enterrée définitivement demain soir." Malvina fit un geste que ces messieurs de la famille comprirent, puisqu'ils saisirent aussitôt le cercueil et le posèrent sur leurs épaules ; précédés d'Elias, ils sortirent de l'appartement. À pas lents, le cercueil ainsi porté progressa à travers les enfilades de salons pour aboutir à la cour d'honneur. Toute la domesticité du château y était réunie, qui, au passage du cercueil, se signait. “Jésus Maria !” cria une des petites bonnes avant de s’évanouir. Le cercueil fut hissé sur le corbillard. Une poignée de piqueurs avait été assemblée à la hâte par le comte pour sonner quelque chose qui aurait pu être la marche funèbre de l’*Héroïque*. Ce fut une telle cacophonie qu’il y eut des rires parmi les serviteurs rassemblés sur le perron. Nous nous tenions, Malvina et moi, cachées derrière un rideau de la fenêtre du boudoir pour regarder la scène ; nous fûmes également saisies d’un immense fou rire. Finalement, Malvina me prit dans ses bras et me donna un long baiser. À peine avait-elle détaché ses lèvres des miennes qu’elle se mit à sauter de joie. “Danse, danse de joie ! Danse aussi, Marie ! Imagine, nous sommes enfin libres ! libres, Marie ! libres comme l’air !” J’étais moins certaine qu’elle de cette belle liberté. Tout d’un coup, je me sentis engluée. Je venais de comprendre que la femme que j’aimais, pour laquelle j’avais renoncé à toute une partie de ma vie, ne serait jamais capable d’éprouver aucun sentiment humain. Elle ne cherchait qu’à dépasser les limites extrêmes de ses passions. La nuit précédente, lorsque j’étais venue la rejoindre dans son lit, une frénésie triste s’était emparée de nos corps. Avait surgi une brutalité sombre à laquelle je n’étais pas accoutumée. Je découvris une autre Malvina.

« Je te raconte ici de ces choses, Kuno, qui, aujourd’hui, doivent te sembler de l’histoire ancienne et de peu d’intérêt au regard des horreurs dont tu as été témoin ou que tu as vécues par toi-même ; mais ces choses lointaines, oubliées ou en passe de l’être, n’ont fait qu’augmenter la gangrène qui se propagea de génération en génération, ici, entre les murs de Schwarzauge comme une sorte de péché originel et qui eut sa part dans ce qui aurait bien pu être les derniers jours de l'humanité. »

Je ne sus quoi répondre. J'étais bouleversé par la révélation de cette mascarade cruelle. Mais le mal, alors même que je le croyais épuisé, progressait sournoisement, se frayant un chemin jusqu'à ce qu'à nouveau je le perçoive. Depuis longtemps je ne crois plus à l'harmonie de l'instant où surviendra le court-circuit entre le ciel et l'enfer.

Marthe reprit la parole. Il lui fallait dire. Tout dire. Et peu à peu, je sentis que s'installait, malgré ses torts et ce qui en découla, une grande pitié pour grand-père Tassilo qu'on avait joué et qui, comme un taureau entrant dans l'arène, aveuglé par le soleil, furieux, se jette sur les barricades en mugissant sa mort prochaine.

« Elle était nue et plus blanche que les draps, les yeux à demi clos, ses cheveux auburn répandus sur l'oreiller de fine batiste. En la regardant ainsi immobile, je ressentis une détresse que dans l'instant je ne m'avouai pas. J'avais dans la bouche une horrible sensation de terre humide. Je continuai à la fixer et je compris que rien ne la touchait plus de mon amour. En elle fermentait une rage de destruction qu'elle ne pourrait bientôt plus contenir. Elle était de ces femmes assoiffées d'infini, qui dans leur revanche à prendre vont de l'avant en ne laissant derrière elles que la terre brûlée. Je devinai qu'éprouver du plaisir à mes côtés ne lui suffisait plus : elle m'aime et je l'aime, devait-elle se dire. Et pourtant jamais rien ne serait comme avant.

« Elle s'épuisait à imaginer. Elle avait aimé en moi la danseuse. La gloire, les applaudissements. Elle n'eut de cesse de me couper les ailes pour que je lui appartienne complètement. Je me laissai faire. Je me savais unique ; mais mon art était éphémère. Je possédais un style qui ne devait rien à d'autres qu'à moi. Mais je ne voulais pas indéfiniment me copier. Devenir comme ces dîneurs en ville qu'on s'arrache pour leur esprit et qui, de saison en saison, racontent toujours les mêmes anecdotes, se paient des mêmes blagues.

« Évidemment, Marthe Guimard lingère et dame de compagnie remplaçant Marie Guimard, la coqueluche de Paris, de Vienne, de Milan et de Pétersbourg, n'avait plus tout à fait le même attrait. Cependant lorsqu'elle soupçonna que ce n'était pas seulement pour lui plaire que j'avais consenti à faire le sacrifice de ma carrière ; qu'elle n'était pas entièrement responsable de la mort d'une danseuse ; qu'au fond je m'étais autant servie d'elle, qu'elle de moi ; et que cette folie d'un enfant commun n'était au fond qu'une infâme comédie et pas du tout, comme on l'avait cru, une nécessité pour s'affranchir, alors elle décida, poussée par de nouvelles exaltations, de simplement mourir. Changer de peau.

« J'étais penchée sur elle, et je cherchais au fond de son regard renversé une lumière impossible. Elle m'avait rejetée parmi les choses échouées de sa vie. Je n'avais plus le sentiment de rien. Pour moi désormais, les jours s'écouleraient, monotones. »

Marthe – que je n'osais pas appeler, je ne sais par quelle crainte du ridicule, grand-mère ou même bonne-maman, malgré ce que je venais d'apprendre, dont j'avais eu de tout temps comme une vague prescience – Marthe donc, tandis que Malvina dansait, l'invitant à se joindre à elle, s'approcha de la fenêtre pour voir le corbillard chargé d'un cercueil vide, chargé en réalité de ses désillusions, s'enfuir vers la vallée.

À la nuit tombée, Elias fit atteler un cabriolet. La jeune morte promptement ressuscitée s'y jeta sans un regard pour la fenêtre derrière laquelle elle pouvait imaginer Marthe. Légère, sans aucun remords, elle disparut par un chemin de montagne baigné de brume bleue. Vers les hauts alpages elle s'en allait. Là où feu la comtesse von Urslingen-Frundsberg pourrait, en toute liberté, cultiver cette violence qu'elle mettait à détruire ceux qu'elle aimait.

Où il est reparlé de moi

Dans son domaine des hautes prairies, Malvina se désintéressa petit à petit des événements de Schwarzauge. Elle avait fait venir de Vienne une femme de chambre et une cuisinière et pour le reste Elias, qui lui était attaché comme un bon chien, faisait la navette entre le château et le cottage. Durant six ans, pas une fois elle ne s'enquit de Marthe. « Surtout, qu'elle ne prenne pas la peine de venir me rendre visite. J'imagine qu'avec son marmot, elle a assez à faire », ne manquait-elle jamais de préciser à Elias. Marthe racontait cela d'une voix détachée, sans amertume. C'était comme des vieilles peaux, des choses mortes. « Mais tout de même, avoir été si proches, vivre à quelques kilomètres l'une de l'autre, et ne pas avoir, je ne parle même pas ici d'élan amoureux, mais un commerce de simple amitié... » « Elle était comme cela... Il n'y avait rien à faire… ni à dire. Elias, qui voyait bien mon désarroi, me donnait de ses nouvelles en cachette. Elle passait l'été et une partie de l'automne dans sa retraite alpestre. Au début elle ne recevait personne. Finalement, elle eut des visites. Des écrivains, des musiciens qu'elle hébergeait. Aux premières neiges, elle faisait ses bagages et partait pour l'Italie. D'abord ce fut Florence, puis Naples. Finalement elle se fixa près de Bordighera, dans une villa avec un grand jardin plein de palmes où Claude Monet aurait, paraît-il, planté son chevalet. Elle aimait la peinture. L'idée que ce peintre eût hanté ces lieux l'enchanta.

« Les saisons passèrent, les années. Puis un jour, elle me fit parvenir une lettre. Elle voulait à tout prix rencontrer le petit Ulrich. Je faillis lui faire dire par Elias qu'il n'en était pas question. Et que Ulrich était encore trop jeune pour voir des morts. Cependant, alors que je ne pensais qu'à me venger, je tentai de lui trouver des excuses qui m'expliqueraient les raisons de cette cruelle froideur de six ans. La curiosité l'emporta. Je dis la curiosité, en fait je l'aimais toujours. Je prétextai donc une visite chez le docteur pour Ulrich. Elias attela et par la route d'Innsbruck à la hauteur du Calvaire, nous bifurquâmes et prîmes le chemin des hauts alpages.

« Malvina était sur le perron. Elle était sortie dès qu'elle avait entendu le bruit de la calèche. Près d'elle se trouvait une jeune fille qu'elle tenait par la taille. La vision était charmante. Elle me brûla le cœur. Malvina avait fait préparer le thé sous la véranda. Elle embrassa Ulrich, qui ne la connaissant pas eut un mouvement de recul. Puis elle me présenta la jeune fille. C'était une jeune Anglaise dont je ne saisis pas le nom et qui, d'évidence, était complètement sous le charme de Malvina. Je remarquai, non sans un certain plaisir, que Malvina avait pris un peu de poids et qu'elle n'était plus cette liane qu'autrefois on prenait à ma place pour la danseuse. Elle avait maintenant de la poitrine et quelque chose dans le bas du visage qui annonçait un futur double menton. Il y avait en elle de la "patronne". J'en fus ravie. D'autant que la jeune Anglaise ne cessait de me regarder alors que nous prenions le thé. Son regard me rendit plus légère, plus spirituelle. J'étais comme en apesanteur. Exactement comme jadis, lorsque je bloquais mon souffle pour entrer en scène. La jeune fille et moi étions en parfaite harmonie. Le regard de Malvina s'assombrissait. Elle finit par renverser sa tasse de thé sur la jupe de la jeune fille. "Dieu que je suis maladroite", dit-elle en se levant. Nous nous levâmes aussi. Je sentais qu'il était temps de partir. Elias, qui connaissait les humeurs de la maîtresse de maison, avait fait amener la calèche. "Juste avant de partir, Marie (elle m'appelait toujours Marie), veux-tu que l'on prenne une photo d'Ulrich et de nous ? Tiens Cynthia voilà l'appareil, tu n'as juste qu'à appuyer là…" La photo fut prise. Ulrich se tenait entre nous deux… » « J'ai vu une photo semblable dans l'album de ta sœur Léontine… » « Je sais, je sais… Malvina aimait se faufiler dans la vie des autres mais se gardait bien de laisser quiconque pénétrer la sienne… » « J'en ai vu une aussi avec Ulrich et grand-père Tassilo… » « Cela ne m'étonne pas. Jusqu'à la fin, autant qu'elle le put, elle tortura le vieil homme, le culpabilisa… »

Marthe passa rapidement sur l'enfance d'Ulrich, ses années au Gymnasium d'Innsbruck. Son service militaire dans les *Kaiserjäger* et finalement son engagement en août 14 dans cette unité de chasseurs alpins. Pendant deux ans et demi, sans nouvelles de lui, on le crut mort. Atteint par une balle, tombé dans une crevasse, emporté par une avalanche. « Tu peux t'imaginer, Kuno, ce que c'est pour une mère, deux ans de silence… car malgré tout j'étais sa mère… C'était mon sang, ma chair… Et de plus je l'avais élevé… Il sentait, pensait comme moi… J'avais réussi à le soustraire à la mauvaise influence de Tassilo… à ses idées rétrogrades… »

Marthe était demeurée seule à Schwarzauge ; en butte au mépris des gens du voisinage, qui voyaient en elle une Française, en dépit du nombre d'années passées au Tyrol. On l'arrêta pour la transférer à Innsbruck. Là, elle fut convoquée devant une commission. Mais comme on ne trouva rien à lui reprocher, il lui fut permis de retourner à Schwarzauge avec l'interdiction de s'en éloigner de plus de trente kilomètres, ce qui réduisait son champ d'action pour ses courses à Schwaz. Tassilo était à l'état-major sur le front du Tyrol Sud mais ne donnait guère plus de nouvelles. Quant à Malvina, privée de ses séjours hivernaux à Bordighera, elle s'était retirée dans la solitude de ses alpages, ne recevant que quelques artistes ou écrivains viennois. Elle fit un voyage à Berlin pour assister à des pièces de Wedekind montées par Max Reinhardt au Deutsches Theater. Marthe n'avait aucun soutien à attendre d'elle. Depuis des années les ponts avaient été rompus. Puis vint l'Armistice. Tassilo, de retour au château, reçut un télégramme d'Ulrich qui lui annonçait son arrivée imminente d'Italie. Quelques jours plus tard, pâle et amaigri, conduisant une vieille Bugatti, Ulrich débarquait dans la cour d'honneur de Schwarzauge.

Dans la voiture à ses côtés se trouvait une jeune femme, tenant un petit enfant dans ses bras.

Grand-père Tassilo était debout en haut de l'escalier d'honneur. Marthe avait couru jusqu'à la voiture pour embrasser Ulrich et souhaiter la bienvenue à la jeune femme. « C'est à ce moment qu'Ulrich se pencha à mon oreille : elle s'appelle Sara... Sara Portaleone. Depuis peu, Sara von Urslingen. Et me montrant l'enfant : lui, c'est mon fils Josef. Ma femme est juive, tu comprends... j'ai pensé à grand-père Josef Hirschwitz, s'il vit encore, cela lui fera plaisir... et en souriant il ajouta : peut-être pas autant à mon père... »

En effet, comme me l'apprit Marthe, la nouvelle du mariage de son fils avec une juive de Ferrare, en dépit du fait que sa famille fût honorablement connue, porta un coup terrible au comte Tassilo. Il n'aurait jamais pu croire qu'une telle chose lui arriverait à lui. Il était comme hagard. Durant le dîner il demeura muet, sans adresser la moindre parole à sa jeune bru, qu'il avait placée pourtant à sa droite. Quand Elias, qui avait pris sur lui d'ouvrir une bouteille de champagne, l'apporta à la fin du repas avec le dessert, Tassilo eut un mouvement de colère et lui jeta sa serviette à la tête. « Pas de champagne, s'écria-t-il, pas de champagne aujourd'hui, c'est jour de deuil. » Le dîner terminé, il s'enferma avec Ulrich dans la bibliothèque. Assise sur le canapé du salon, Marthe tenait la main de la jeune femme. De l'autre côté de la porte, le ton s'envenimait. Des rugissements parvenaient jusqu'au salon. Le premier à ouvrir la porte fut Ulrich. Il parut sur le seuil, blême. « Sara, ma chérie, rien ne pourra nous obliger à rester une minute de plus dans cette maison... Nous partons... Désormais, à Ferrare ta maison sera la mienne… Il est impossible de faire faire à Josef de nouveau un trajet aussi pénible en pleine nuit… Marthe se chargera de lui, elle m'a élevé, tu n'as rien à craindre pour notre fils… dans un mois ou deux, elle viendra nous rejoindre à Ferrare avec lui. » Elias fit redescendre leurs bagages. Sara était en larmes. Marthe essayait de la consoler du mieux qu'elle pouvait. Quelques instants plus tard la Bugatti démarrait dans la cour.

« Je ne savais pas, à cet instant, que je ne devais plus jamais revoir mon fils… » C'est ainsi que Marthe termina cette première partie de son récit.

« Ça tu peux compter que je te le rende, ton lardon ! Maintenant que je le tiens, il est à moi… le premier juif chez les Urslingen, ça vaut tout de même le détour… C'est une curiosité… un juif et de surcroît circoncis », hurlait Tassilo en parcourant à grandes enjambées le salon. « Jamais, jamais il ne le reverra… » Comment s'y prit-il pour simuler l'accident de voiture, personne ne le sut. Même Marthe, à qui je posai la question, ne put me répondre. Ce qui est certain c'est que huit jours plus tard eut lieu mon baptême en grande pompe. L'archevêque d'Innsbruck s'était déplacé. De ce jour, je devins Kuno.

Les années passèrent.

Après la chute de la Double Monarchie, le krach de 1929 annonça une autre époque. La faillite de la banque Hirschwitz laissa grand-père quasiment sur le carreau, lessivé.

Commença alors le temps des assassins. C'est de cette époque que date l'apparition des premiers émissaires du parti national-socialiste à Schwarzauge. C'est du moins ce que prétendait Marthe. On loua la chasse. Des personnages suspects s'introduisirent dans l'intimité de grand-père Tassilo. Et peu à peu commença la déchéance. Tassilo, qui avait toujours mis une certaine pudeur à cacher ses préférences masculines, prit des risques. Les choses durent se savoir et un beau jour apparut Max Vögelbach, beau comme l'ange de l'extermination.

« Dès que Tassilo l'aperçut, il fut saisi d'une sorte de démon de midi. L'autre, qui était prêt à tout, laissa venir le vieux. Ensuite il le fit chanter. Comme un chien qui va le nez au vent, Max sut rapidement débusquer ce que cachait l'envers des cartes. On ne devinait pas encore le but qu'il poursuivait ; mais c'était évident, il en poursuivait un. Quand Tassilo se reprit, il était trop tard. Il avait tout découvert, ou en partie. Aussi persuada-t-il facilement Tassilo de te faire participer à des camps de la jeunesse hitlérienne. Le reste, tu le devines… »

En effet, je le devinais ou plutôt Marthe m'aida à le deviner. Il fallait se débarrasser à tout prix de ma personne, puisque j'étais le seul héritier du domaine. Tout le monde croyait mon père, le comte Ulrich, mort dans l'accident de voiture. Les nazis pas. Ils savaient qu'il avait changé de nom et qu'après des études tardives à l'université de Bologne, il avait repris, en changeant de nom, le cabinet médical de son beau-père. Il était devenu à son tour un célèbre ophtalmologue. Après l'*Anschluss*, en s'emparant des archives, les nazis eurent la certitude que Malvina, la femme de grand-père, était toujours bien vivante. Reinhardt Heydrich voulait faire de Schwarzauge un nouveau Berghof.

Max fut chargé de persuader grand-père Tassilo que, si je n'abandonnais pas mes études pour entrer dans la SS, on me déporterait comme juif, ainsi que la comtesse Malvina dont il finirait bien par retrouver la trace. Marthe, qui avait surpris, lors du séjour d'Heydrich à Schwarzauge, une partie du complot, fut rouée de coups mais ne parla pas. Quand Max eut une explication avec grand-père, celui-ci s'emporta si fort contre lui qu'il eut une attaque d'apoplexie qui le priva de la parole. Et soudain, tandis qu'elle me racontait d'une voix claire ces événements que j'avais en partie vécus, elle prononça ces mots : « Tassilo au début ne voulait pas que tu partes, c'est moi qui l'ai persuadé qu'il fallait que tu t'engages… J'ai pris sur moi de t'en donner l'ordre… Nous étions aux abois. Quelques jours avant ton retour, Malvina, avec l'âge et ce qui se passait contre les juifs, était retournée à la religion de ses pères. Elle respectait le sabbat et allumait des bougies. Ayant entendu du bruit à l'extérieur, elle cacha les bougies sous un meuble. Ce n'était que le vieil Elias qui lui rapportait des vêtements envoyés chez le détacheur. Elle oublia les bougies. Et l'incendie se déclara. Elle faillit périr dans les flammes. On la transporta dans le relais, près du lac Aveugle. Mais elle n'avait qu'une obsession, son piano. Heureusement, c'était un des seuls meubles qu'on avait pu sauver. Elle n'avait peut-être plus tout à fait sa tête mais jouait encore très bien. C'est elle que tu as entendue le soir où tu es allé rôder près du lac. Le lendemain ou le surlendemain, tu partais pour Bad-Tölz. On était fin août.

« Début novembre, Max réapparut au château avec une escouade de SS. Il savait que je ne dirais rien. Aussi s'en prirent-ils au pauvre vieil Elias. Ils le rouérent de coups. Puis s'amusèrent à le brûler avec les pincettes de la cheminée. Il pissait et déféquait sous lui. Il était terrorisé. À la fin, il indiqua le lieu où Malvina était cachée. Et puis de honte il se cacha le visage et se mit à pleurer comme un enfant. Les autres lui crachaient dessus en lui criant : “Sale juif !” Et lui continuait à pleurer à gros sanglots. Elias, le visage baigné de larmes, soudain se redressa. Il ravala un sanglot. Sa face devint soudain bleue. Il ferma les yeux et s'écroula. Max, d'un bref signe, ordonna qu'on débarrasse sa vue de cette loque humaine. Ce furent ses termes. Le lendemain à l'aube, on était le 9 novembre, j'étais dans la chambre de Tassilo quand j'entendis des bruits de bottes dans la cour. Je courus à la fenêtre. Max et ses hommes se dirigeaient au pas de l'oie vers la poterne. J'imaginai tout de suite où ils se rendaient. Je revins vers le lit de Tassilo. Je lui avais caché la mort d'Elias. Je n'allais pas lui révéler la probable arrestation de Malvina. Je voulais l'épargner. Cependant, mon visage bouleversé devait en dire plus long que n'importe quelles paroles. Il bredouilla quelques mots parmi lesquels je saisis le nom de Malvina. Je ne sais combien de temps je demeurai dans la chambre à essayer de lui faire prendre son potage. Bientôt, j'entendis à nouveau les bruits de bottes. Je me précipitai hors de la chambre. Je butai sur tous les meubles. J'étais comme folle. J'arrivai au haut de l'escalier de la cour pour apercevoir Malvina en chemise de nuit traînée à coups de crosse vers une Mercedes. Elle me vit et me sourit. »

À ce stade de son récit, Marthe marqua une pause. Elle frissonnait. Pour ranimer le feu, il me fallait trouver, dans tous ces débris qui nous entouraient, un morceau de bois, ne serait-ce qu'une planche. Je ramassai un des pieds du piano brisé. « Oh non, Kuno, pas le piano de Malvina ! D'ailleurs, il va falloir bientôt profiter de la nuit qui tombe pour partir… » « Mais où aller ?… » « Je ne sais pas, mais partir… » Elle hésita puis elle dit : « Si nous allions à Ferrare, peut-être pourrions-nous retrouver ton père… ta mère aussi… Mussolini n'est pas Hitler. Il est probable qu'il a protégé les juifs… » Elle se mit à ramasser des hardes dont elle fit un ballot. Et tout en s'affairant, elle se parlait à elle-même. Elle était certaine que Malvina, en la voyant en haut de l'escalier, avait cru qu'elle l'avait donnée aux SS. Elle avait dû penser qu'elle exerçait ainsi sa vengeance. Une vengeance de femmes entre elles, de femmes amoureuses. Cette trahison comme une ultime preuve d'amour. Après tant d'années, tant de rebuts de sa part, Marie l'aimait toujours ; du moins assez pour vouloir sa mort afin de se libérer, de vivre hors de sa présence obsédante et interdite. Depuis longtemps, Malvina avait tué Marie, la sacrifiant à ses humeurs. Et finalement, Marie lui rendait la monnaie de sa trahison… C'est ainsi que la pauvre vieille se consolait de ce dont elle n'était pas responsable ; de ce 9 novembre 1938 qui allait devenir « la Nuit de cristal ». Celle des pogroms des juifs, des synagogues incendiées et des vases brisés.

Quand elle eut fini de rassembler ses effets, et de chercher ce passeport qu'elle avait fait renouveler au consulat français d'Innsbruck juste avant la déclaration de guerre, je me risquai à l'interroger sur le sort de grand-père Tassilo… « Il t'intéresse encore, ce sale bonhomme, qui n'était même pas ton grand-père ?… » « Pour moi, il le sera toujours… Je n'y peux rien…

comme toi, tu seras toujours Mlle Marthe… je voudrais pouvoir te dire grand-mère… mais le mot me reste dans la gorge… cela m'est impossible de t'appeler grand-mère… peut-être dans quelque temps… »

Enfin, je connus le triste destin du comte Tassilo. À peine Malvina fut-elle jetée dans la Mercedes que Marthe remonta dans la chambre de grand-père Tassilo. Celui-ci s'était traîné jusqu'à la fenêtre en rampant ; ses jambes ne le soutenaient plus depuis son hémiplégie. Comment s'était-il redressé ? Cela demeurera un mystère. Quoi qu'il en soit, il avait dû apercevoir la scène à laquelle Marthe avait assisté de l'escalier. Quand cette dernière entra dans la chambre, le lit était vide. Elle le crut tombé. Après quelques instants, elle l'aperçut. Il s'était passé autour du cou la cordelière de soie rouge des rideaux qu'il avait accrochée à l'espagnolette et il était suspendu, le visage congestionné, la langue pendante.

« Il mourut tel un paysan qui se suicide ; au fond sa vraie nature était celle d'un homme de la terre. Au Rathaus du village, il y a un registre où l'on peut voir à un signe, devant les noms des personnes décédées, celles qui se sont pendues. Il y a des familles entières de pendus. Comme si c'était héréditaire. Lorsqu'on interroge le préposé au registre des décès, il a toujours une explication. Ah ! le vieux Franz… oui… oui… il ne supportait plus le fœhn… huit jours de vent et il s'est pendu. Ou bien encore : Helmut, le bûcheron… oui, lui aussi s'est pendu mais c'est pour avoir bu l'eau d'une source… il y a des eaux de la montagne qu'il ne faut jamais boire… ceux qui en boivent entrent en contact avec les morts… alors les morts n'ont de cesse de les attirer… c'est un pays étrange que notre Tyrol !

Je voulus m'assurer de quelque chose. Je pris le registre et m'apprêtais à chercher le nom d'Udo. Udo le garde-chasse. Je crois bien que je n'avais jamais su son nom de famille. Aussi je dus m'en enquérir auprès du fonctionnaire, qui prit un air soupçonneux. Udo, celui du grand arbre près de la Brèche-aux-loups ? Mes parents m'ont raconté son histoire. C'était un grand chasseur. “Cherchez à Vögelbach”, finit-il par me dire. Je parus surprise. Il vit mon trouble... Oui ! Oui ! Vögelbach comme Max Vögelbach, ce voyou que vous employiez au château. Je crois même que c'est son petit-neveu. Je feuilletai fébrilement le registre et je tombai sur la famille Vögelbach. Depuis la fin du XVIe siècle, toutes les naissances et les morts étaient enregistrées. À chaque génération, un mort au moins si ce n'est deux de cette famille portait devant son nom le signe secret du pendu, tracé à l'encre : une boucle figurant le nœud coulant et la corde. Ce signe figurait devant le nom d'Udo. J'avais toujours cru qu'il avait été emporté par une avalanche. Le préposé aux naissances et aux décès devina ma pensée. Ne vous a-t-il jamais semblé étrange qu'on ait toujours fait référence à l'arbre que le garde-chasse avait planté le jour de la naissance du comte, comme étant celui d'Udo et non du comte Tassilo ? C'est que, même si le village faisait mine de croire à l'accident, il savait secrètement que le garde-chasse s'était pendu au grand sapin. Le curé de l'époque aussi ; ce qui ne l'empêcha pas de l'enterrer religieusement. Connaissant cette tentation de pendaison qui courait comme une fatalité de génération en génération dans la famille Vögelbach, je ne fus pas surprise que Tassilo ait choisi ce moyen pour mettre fin à ses jours. Il eût pu se griller la cervelle comme un aristocrate. Mais son sang paysan l'emporta.

« Dès que sa mort fut connue, les nazis prirent possession du château et je fus reléguée au rang de simple domestique, bien contente qu'on m'oublie… »

On l'avait si bien oubliée durant les quatre années de guerre qu'on ne pensa pas à Marthe quand les premiers obus américains tombèrent sur le château. Ce fut un sauve-qui-peut général. Les domestiques qui demeuraient de l'époque du comte Tassilo furent les premiers à se sauver. Un mouvement de panique générale. Les SS ne furent pas les derniers à prendre leurs jambes à leur cou. Certains furent rattrapés. Jugés sommairement pour abandon de poste et exécutés à l'arme blanche. C'est qu'il fallait se montrer parcimonieux avec les munitions, même celles des armes de poing. Le feu prit bientôt à la toiture. C'est alors que Marthe, qui s'était trouvé une sorte de niche dans la soupente qu'elle avait aménagée tant bien que mal, entendant le crépitement du feu dans la charpente du toit, décida de quitter son refuge. Dans les couloirs, les SS couraient de tous côtés avec des seaux d'eau pour éteindre le feu. Un obus s'en vint alors de plein fouet frapper la loggia qui donnait sur le jardin Renaissance, embrasant le grand salon. Les quelques toiles précieuses de la galerie qui demeuraient encore en place furent décrochées et embarquées dans les camions. Les autres avaient depuis longtemps été récupérées par le Reichsmarschall Göring. Marthe se faufila dans cette pagaille. Elle connaissait un passage dérobé pour sortir du château. Elle se dirigea vers les caves. Cependant, alors qu'elle allait s'engager dans l'escalier, elle fut saisie d'un doute et s'en retourna vers les appartements d'apparat déjà en partie consumés.

Enfin, elle arriva à la porte de la bibliothèque qu'elle ouvrit. La pièce était enfumée. Elle chercha comme elle put la table de lecture. Elle vit le petit œil qui brillait. Elle tendit la main, souleva le globe et s'empara de la hulotte naturalisée. Elle retraversa les flammes puis, par les caves et le souterrain, se retrouva dans la forêt. Au loin, Schwarzauge brûlait. L'incendie dura deux jours et deux nuits. Entre-temps, Marthe avait gagné le relais du Chamois bleu. C'est là que je la retrouvai, à l'aube du troisième jour.

La nuit était venue. Les tirs d'obus avaient cessé. Au loin, par-dessus la cime des arbres, le ciel rougeoyait encore. Schwarzauge brûlait toujours. Marthe voulait profiter de la nuit pour s'enfuir. Mais le ciel était sombre et sans lune. Aussi préféra-t-elle attendre les premières lueurs de l'aube pour s'y risquer. À l'heure où les grands bois s'étirent paresseusement dans le brouillard : ce moment de délicate balance où les bruits inquiétants de la nuit se taisent pour faire place à ceux de l'aube, encore gourds. Elle ramassa son ballot, ouvrit la porte et me fit signe de la suivre. Ainsi nous filâmes à la barbe du printemps. Dans l'air flottaient toutes les espérances. La clef des champs et la poudre d'escampette plein les poches, nous grimpâmes… un obus égaré était tombé près de l'arbre d'Udo et en avait brisé le tronc. Marthe et moi n'en dîmes mot. Façon d'en finir une fois pour toutes avec le passé. D'ailleurs, l'emprise de Schwarzauge commença à s'estomper dès que nous descendîmes vers le sud. L'air était imprégné de l'odeur de sainfoin et de marjolaine.

3

De l'art d'accommoder les décombres

Vers l'Italie

L'arbre d'Udo laissé à main droite, nous nous engageâmes dans la passe de Conradin. Les grands bois s'étiraient paresseusement. Le brouillard, qui s'écharpait à leurs cimes, laissait entrevoir les lueurs opalescentes d'une aube prochaine. Croisâmes-nous vraiment sans rien dire l'arbre décapité ? Ce que j'ai su d'Udo et que j'ai mentionné plus haut, c'est de Marthe que je le tenais et je pense, aujourd'hui, que ce fut en passant devant l'arbre brisé où il s'était pendu qu'elle me raconta l'étrange destin de ce garde-chasse. Nous qui vivons une double vie, à la fois dans le présent et le passé à gratter nos croûtes, à raviver nos plaies, nous savons que les choses ne furent pas toujours ce qu'elles paraissent lorsqu'elles sont par la suite couchées sur le papier. Dans une chronique – fût-elle une enquête sur notre propre vie –, les événements doivent figurer dans l'ordre. Dans la palpitation des premiers mots, il faut dire le destin déjà noué avec ses promesses tenues ou trahies, ses rêves, ses mirages, les illusions ainsi que les tristesses inhérentes à la race, voire les fatalités d'un mauvais sang.

Aussi, ne vous étonnez pas de ne pas trouver, dans les prochains paragraphes, l'éblouissement que je ressentis devant le paysage italien. Un paysage que j'aperçus à la brune quand le soleil presque couché ne dispense plus, par-dessus les monts, qu'un pâle rabiot, sous un ciel spacieux, d'un bleu profond qui n'attend que d'être piqué d'étoiles, pour devenir ce champ pour lucioles de l'infini. Un pays, donc, vallonné, riche jusqu'à l'ostentation, planté de vignobles légers, s'allongeant en vallées fertiles avec ses pailles blondes tondues et bien peignées, ses carrés de maïs qui se font en été une barbe rousse, et ses villas patriciennes assises dans leurs pierres avec leurs balcons promenoirs, gardées comme des gendarmes en rang d'oignons par de mélancoliques cyprès. Et à tout bout de champ, de petites églises qui relèvent le nez. Un paysage au débotté avec ce qu'il faut de rusticité dans un désordre apprêté.

Rien donc sur mon éblouissement ou peu de chose, puisque plus haut dans cette chronique je l'ai prêté à Udo lorsqu'il initia grand-père Tassilo à ce sentiment typiquement teuton du *Wanderlust* qui commence, on l'a vu encore il n'y a pas si longtemps, en maillot de bain avec des coups de soleil douloureux sur les cuisses et dans le dos, pour finir la mitraillette conquérante au poing.

Marthe marchait vite, d'un pas léger. Je suivais, traînant des pieds. Mes godillots de fortune m'étaient comme des brodequins de torture. « Allez, encore un petit effort, me criait-elle sans prendre la peine de se retourner, allez Kuno, tu as bien dû en voir d'autres… » Ça pour en avoir vu j'en avais vu ! Faudra des générations pour imaginer cette chiennerie, et toute cette merdouille des charniers... Et quand ils se seront faits à cette idée de la barbarie, il y en aura toujours quelques-uns moins imaginatifs, ou encore, comme grand-père Tassilo, hantés par ces folies d'un éternel recours aux « lansquenets », pour mettre en doute la réalité : ce temps des assassins, où des êtres d'une sensibilité rare, bottés de cuir et cravache sous le bras, dans les effluves crémeux d'une valse sentimentale, sabraient le champagne au bord des fosses, inventant du même coup l'horreur bucolique. De longtemps, me direz-vous, la barbarie existe, avec ses bûchers et ses empalements ; mais tout cela n'est que petite bière, un jeu de colin-maillard dans le « jardin des supplices » en regard de ce dont j'ai été le témoin.

La journée nous marchions et au soir, dans des granges abandonnées, nous engraissions les puces de notre sommeil. De loin en loin se faisaient entendre les armes. « Ce n'est rien », me criait Marthe. On eût dit qu'en quittant Schwarzauge, elle avait laissé ses soixante-dix ans bien sonnés derrière elle. Elle allait comme une gamine, leste d'une jeunesse soudainement retrouvée. Quelle énergie gloutonne ! Elle semblait vouloir en finir, effacer une fois pour toutes de sa mémoire le paysage sinistre de ces forêts de sapins à perte de vue et les gorges abruptes où hurle le vent du nord quand il s'y engouffre. Elle respirait enfin !

Elle avait macéré dans cette atmosphère de culpabilité, de violence et d'aspirations vagues comme il s'en forme régulièrement dans ces entrailles du monde que sont les Allemagnes. Il s'échappe sporadiquement de ce ventre en éternelle fermentation des pulsions sentimentales et inhumaines ; toujours quelques révoltes de l'esprit qui inventent des schismes ou parlent de pureté, de race élue, d'ordre nouveau, de domination… Pour dire : une insatisfaction vague où alternent violences et sentimentalité excessives, presque maternelles. Rien de ludique ou peut-être si : l'attrait cruel du malheur des autres.

Alors que nous descendions par un beau matin vers la plaine, un soleil trompette soudain fit se pavaner un lac à l'horizon. Mes pensées allèrent au grand capitaine Georg von Frundsberg dont j'avais en poche la *Vie illustre*, en partie annotée de ma main. À l'époque, en effet, ce n'était que des gribouillis en marge d'un texte obscur, plein de chausse-trappes, que je soupçonnais d'être un apocryphe, peut-être même un canular littéraire comme les *Chansons de Bilitis*, avec sur ces dernières l'avantage d'avoir été imprimé et relié par un faussaire parfaitement au fait des techniques des grands libraires-imprimeurs de la Renaissance italienne. Les chapitres s'ouvraient avec de jolies lettrines, et se terminaient par des culs-de-lampe comme on en voit dans le *Kriegsbuch* de Fronsperger, illustré des bois de Josse Amman.

Aujourd'hui je peux l'avouer, non sans une certaine fierté : le seul véritable titre de gloire que je puisse revendiquer est celui de traducteur. Un artisan traducteur, voilà ce que je suis. Ou plutôt ce que je suis devenu. Un ponceur de mots. Toujours revenant, toujours reprenant… Et si on me pousse un peu, peut-être même avouerai-je mon état d'architecte. L'architecte d'un destin baroque qui, peu à peu, au cours des ans, s'est substitué au mien. Le corps vivant et souffrant d'un texte. Ainsi ai-je pu m'abstraire de mon époque pour tendre à une sorte d'intemporalité légendaire. Je n'ai vécu toutes ces années jusqu'à mon âge avancé, je l'avoue volontiers aujourd'hui, alors que plus d'une fois ma vie menaçait ruine, que pour et grâce à Georg von Frundsberg. Il fut mon corset, ma dignité, devrais-je dire, mon honneur retrouvé. On me plaisanta, on se moqua, mais je tenais bon. Je fis, défis et refis souvent plusieurs fois le même passage. Je grattai, annotai. Cette traduction fut même certains jours mon rocher de Sisyphe ; en tout cas, ma tapisserie de Pénélope.

Rencontre vagabonde avec le capitaine Georg

C'était par ce même chemin que nous empruntions que, plusieurs siècles auparavant, il était remonté avec son escorte par petites étapes. Il s'en retournait tel le vieux sanglier blessé à sa souille, pour y mourir. Il remontait vers les Alpes pour gagner son repaire de Schwarzauge – à l'époque Schloss Frundsberg –, encore que beaucoup d'historiens le donnent pour mourant dans le château de Mindelheim que son père, après avoir vendu Schwarzauge (ou Frundsberg à votre guise), avait acheté à son beau-frère Ber von Reichberg.

Ouvrant la marche sur un solide roussin : « Paripatoc von, von, von… », la lance sur la cuisse, sans clairon ni tambourin ni trompette, son fidèle *Brandmeister* « l'ordonnateur du feu », une gueule à moitié brûlée par la poix des torches à force d'avoir razzié et incendié villes, bourgs et villages, et pourvue d'une mâchoire en cuir. Vision terrifiante et grotesque que ce cavalier de la mort. Venait ensuite un train de mules tirant une litière aux lourdes courtines sur laquelle était étendue, au milieu d'un amoncellement de coussins aux chiffres et aux armes de Mgr Alphonse duc de Ferrare, une bedaine tudesque, son vieux dogue de combat à ses pieds.

Ceux qui l'avaient naguère vu monter à la brèche entouré de ses petits couillus maniant leurs longues épées à deux mains, de fichus braquemarts qui, d'un coup d'un seul, vous coupaient un homme en deux, n'auraient pu reconnaître en cette tripaille de soie et de velours le grand capitaine, l'inventeur des lansquenets. Humilié par la bavette qu'on lui avait attachée au cou afin que la salive spumeuse qui s'échappait continuellement de sa bouche molle ne s'en vînt tacher son beau pourpoint, il promenait un œil cyclopéen et furibard (l'autre demeurait désespérément clos) sur le paysage alentour.

La parole embarrassée, sa violence naturelle entravée par la paralysie, il avait hâte de s'en revenir chez lui. Quitter à jamais ce pays. Oh ça, sur cette Italie de métèques, il aurait pu en dégoiser un brin ! C'est qu'il en avait tâté de leurs ruses et de leur habileté. La *combinazione* comme un des beaux-arts. Sans foi ni loi, tous les coups tordus sont permis. Aucune vertu, aucun honneur et encore moins de religion. Uniquement une « ripopée » de vices et de superstitions. Des esthètes en tricherie.

Le capitaine Georg ruminait ses souvenirs. Il en avait la bouche amère et le ventre ballonné. Il les rotait comme pour s'en défaire mais le suivait toujours cette odeur cadavéreuse. Il en était encore tout imprégné jusqu'à la nausée. À quoi tout cela avait-il servi ? Tous ces morts entassés dans la nuit froide ?

C'est qu'on l'avait bel et bien viré comme un malpropre ! Allez ! Ouste ! Du vent ! lui avait-on fait comprendre. Vire avec ton barda tudesque – il avait même cru entendre le mot « Boche ». Si au moins ils avaient eu des couilles, ils l'auraient dit, ce mot. Ils préférèrent se tortiller avec des élégances de gommeux ! À manier avec des pincettes, le vieux débris, leur avait dit le duc de Ferrare. Surtout, n'allez pas me le mettre en pétard. Du baratin et de la révérence soyeuse. Et les regardant lui servir toute leur panoplie de faux-culs, il s'était dit alors : ces gens du Sud nous craignent mais ne nous aiment pas. Personne au fond n'aime les Allemands ; et de plus ceux d'ici les méprisent ! Délaissant les chemins de la finesse, il ne leur reste que celui de la violence. La cruauté comme contrepoison du vertige qui les gagne avec le doute. Et se disant cela, tandis que les singes du duc lui débitaient leurs compliments, il ressentit en lui quelque chose de rauque qui l'empêcherait toujours d'atteindre à cette souple fluidité de l'homme de cour.

C'est qu'il en avait gros sur le cœur, Georg Frundsberg, de cet immense gâchis.

Il avait vu le monde et cependant jamais il n'avait trouvé un lieu où l'âme humaine subisse des influences aussi délétères et lugubres qu'en Italie. Jusqu'au snobisme dans le crime qu'il avait découvert tout jeune chez les Borgia et ensuite chez d'autres princes de moindre épaisseur. À qui ferait le plus joli coup fourré ! Les Este, chez qui il venait de passer un an, en avaient à revendre de père en fils, de cette *sprezzatura* dans le crime. Tout un art de la fourberie. De la nonchalance avec ce qu'il faut de légèreté. Ainsi, durant un an, avait-il eu loisir de contempler de près cette belle mécanique de la trahison huilée, graissée, comme une pièce d'artillerie au tir imparable. Avec quelle maestria Don Alphonse, duc de Ferrare, grand fourbe et grand capitaine savait naviguer entre France et Empire. Et mieux encore dans son privé au milieu des intrigues soyeuses des nains espagnols, des pages vêtus de satin noir, à toques roses et bas lilas, des espions de tous bords et surtout de ce sicaire qui à cet instant traverse comme un chat noir la place chauffée à blanc sous la lumière métallique du grand midi grésillant, avec dans sa poche un ordre de mort, alors qu'au bas des murs l'ombre s'est rétrécie en une mince bande violette et que les chiens rôdent sous les arcades du palazzo di Corte.

L'ordre de mort ! Don Alphonse est comme aveuglé par une bouffée de sang. Dans sa poitrine, le cœur lui bat dur comme une pierre. Les veines des tempes se gonflent. Et si, au lieu de serrer à cet instant les mâchoires, il les relâchait, un épais flot de sang noir sortirait de sa bouche. Il a suffi d'une ombre furtive pour que son âme se débondât, épandant sa furie, ses ténèbres, sa violence. Pas un muscle n'a bronché, cependant. C'est qu'il sait l'art d'apaiser cette tempête intérieure. Il lisse son regard. Le rend comme rêveur, lointain, presque absent. D'un geste délié et rapide, la main s'est portée naturellement à la dague comme le prêtre touche son scapulaire. Façon de conjurer ses doutes et le néant auquel aspirent les obscures palpitations de la vie. Façon aussi de reprendre pied pour échapper au temps, à la vieillesse, à l'effroyable torpeur, à l'âme en folie. Déjà, il entrevoit la *combinazione*. Dans une forêt d'épineux, le chemin qui le mènera à mat. Il connaît toutes les contre-attaques et toutes les défenses et peu lui chaut de sacrifier une pièce maîtresse.

Son frère et son demi-frère bâtard croupissent, l'un les yeux crevés, l'autre enferré au fond d'un cachot du Castello. C'est de famille, ce penchant à la fourberie et à la trahison. Chez son frère, le cardinal Hippolyte d'Este, elles y règnent en plein. Quant au grand-père, n'en parlons pas ! Il n'y a qu'à regarder sa statue pour comprendre le renard qu'il était, ce Nicolo d'Este, douzième marquis de Ferrare, condottiere, vraiment un artiste en son genre qui n'hésita pas à faire trancher la tête de sa femme, une Malatesta, et de son bâtard Ugo pour copulation sournoise.

C'est qu'il les connaît comme lui-même, tous ces Este, notre capitaine. Le duc et le cardinal et les morts aussi. Quotidiennement il les a épiés, durant l'année qu'il a dû passer à la cour de Ferrare, entre les mains des plus célèbres praticiens juifs.

Durant ces mois, il avait eu loisir de les jauger et ce bon marquis défunt sur sa statue également. La tête couverte de fientes de pigeons, grimpé sur son bidet de gala aux naseaux furibards, toisant crânement la foule qui se presse à ses pieds les jours de marché. Un groupe de maquerelles de haute graisse, bien lardées de satin, aussi pimpantes qu'une poire blette, avaient élu domicile dans son ombre pour mener leur concile d'amour.

« Il vous faut vous en aller consulter messer Portaleone. C'est lui qui a remis sur pied messer Giovanni de Médicis quand il fut blessé à la jambe devant Pavie. »

Ah, le brave condottiere ! Pourquoi avait-il fallu qu'un an plus tard, après le désastre de Pavie, il s'en vienne de nouveau se frotter à ses lansquenets ? Beaucoup d'eau avait coulé sous les ponts. Le Roi François avait tout promis dans sa prison de Madrid. Et libre, n'avait rien tenu. Et tout était à recommencer.

Lui après Pavie, il avait regagné l'Allemagne à la tête de ses lansquenets. Il ne pensait qu'au repos ; à d'épaisses nuits sous de grosses couettes sentant bon le frais, à de grasses ripailles, à de bonnes parties de chasse. Mais à peine les Alpes passées que déjà l'archiduc Ferdinand, ce demi-Flamand sans prépuce – circoncis par les barbiers juifs ou arabes –, s'affole. « Frundsberg, par pitié, il nous faut encore plus de troupes. Encore davantage de bataillons. » « Avec quel argent les paierons-nous, Votre Altesse ? » « Pas avec de l'argent, Frundsberg ! Certainement pas, nous n'en avons pas. Mais avec de magnifiques espérances. Offrez-leur Rome. Rome ! Eh oui ! un beau carnage suivi d'un beau pillage ! Les troupes du Connétable de Bourbon et du prince d'Orange arrivent par la Provence à grand galop… »

Mais que lui importaient à lui, Frundsberg, les querelles du Roi de France et de l'Empereur Charles ! Rome, c'était autre chose. Oh ! Ça oui ! il en avait rêvé depuis si longtemps de ce grand coup de balai dans la porcherie romaine ! Ouste ! Étrangler le Pape de ses propres mains, quel beau programme ! Une grande lessive avec le vent du nord revivifiant ! Une croisade ! La première étape d'une monarchie universelle des Allemands ! Un nouvel ordre moral. Oui ! c'était dit, il serait le bras séculier de frère Luther.

Et il avait vendu une partie de ses terres ; s'était endetté jusqu'au cou pour bailler un florin d'or à chacun des petits gaillards qu'il s'en était allé glaner dans les alpages tyroliens.

Cette piétaille héroïque, encadrée par ses capitaines, s'était rassemblée entre Bolzano et Meran.

Par le val Sabbia, Frundsberg et son armée descendirent sur l'Italie. Ils longèrent le lac de Garde pour bivouaquer sous les murailles de Salò. Un doute persistait sur la route qu'il fallait prendre. Dans Rome, le Pape Médicis s'affolait. Frundsberg attendait un courrier du Connétable de Bourbon. Dans Milan, le Bourbon était aux prises avec la trahison – pire, des ennuis d'argent. On était en novembre, les jours raccourcissaient. Les pluies, le froid, la neige viendraient bientôt, rendant impossible le passage des Apennins. L'Italie retenait son souffle, n'ayant à lui opposer que le pusillanime duc d'Urbin. Seul Jean de Médicis et ses Bandes noires se risquaient à tailler des croupières à son arrière-garde. Il se trouvait sous Mantoue. Frundsberg donna l'ordre d'avancer jusqu'à Borgoforte et de forcer les premières défenses du sérail de Mantoue. Harcelé par les chevau-légers de Jean de Médicis, Frundsberg donna ordre d'armer les fauconneaux et de faire feu. À la première salve, un boulet s'en alla briser la jambe du Médicis. Frundsberg ne devait apprendre que plus tard la mort du jeune capitaine. Messer Abraham Portaleone, qui exerçait à Ferrare et qui l'avait déjà soigné à l'époque de Pavie, ne put guère tenter que l'amputation de la jambe ; la gangrène s'y mit et, quelques jours plus tard, les Bandes noires se trouvèrent orphelines. Frundsberg en fut affligé. L'appétit de ses troupes le préoccupait cependant. Aussi leur laissa-t-il piller Borgo San Donnino.

Vers la fin de l'année il entra en Toscane. Un courrier de Milan l'avertit que le Connétable avait quitté la ville le deuxième jour de janvier. Bourbon, ayant passé la Trebbia, parut à la tête de ses *terceros* espagnols. Philibert de Chalon, prince d'Orange, commandait les chevau-légers ; quant aux piétons italiens ils étaient menés par Ferdinand de Gonzague, frère cadet du duc de Mantoue. Bourbon, demi-Italien par sa mère, une Gonzague, possédait la trahison à fleur de peau. Il se méfiait de son cousin de Mantoue. Aussi, quand il fut dans les rangs des Allemands, se sentit-il rasséréné. Oh ! comme le Bourbon le caressa dès qu'il l'aperçut. « Ah ! mon cher Frundsberg par-ci ; mon cher Frundsberg par-là ! Laissons-leur croire qu'on veut prendre Florence et marchons sur Rome ! » Le Bourbon se dépouillait chaque jour un peu plus de sa vaisselle, de ses bijoux, de ses habits précieux pour redoubler l'ardeur de ses troupes. Il piaffait et hennissait à la mort.

Bientôt, à la pluie succéda la neige. Les rivières débordèrent. Les routes défoncées, impraticables, contraignirent l'armée impériale à abandonner ses canons et les chariots des lansquenets remplis des gueuses et de leurs marmailles ainsi que de vieilles maquerelles édentées fumant la pipe. Les Allemands commençaient à tirer au flanc. Ils en avaient plein les bottes pour pas un maravédis. Certains se risquaient à déserter. S'ils étaient repris, Waldemar le bourreau appliquait une justice expéditive. Waldemar était un fervent de la religion nouvelle ; aussi se faisait-il un devoir d'agrémenter le mouvement fatal de son glaive d'une citation appropriée des Écritures.

L'armée impériale campa quelque temps à San Giovanni d'où elle menaçait à la fois Florence et les États du Pape. Le duc de Ferrare prêta 15 000 ducats à Bourbon qu'il fit distribuer aux lansquenets.

Don Alphonse de Ferrare, vert comme la colique, surgit sur ces entrefaites sous sa tente. « Signor von Frundsberg ! Signor von Frundsberg !... » C'est à peu près tout ce qu'il put dire tant il était secoué, le vaillant condottiere. Son neveu, Ferdinand de Gonzague, accourut sur ses pas. Brièvement il expliqua que les Espagnols, n'ayant eu que le fumet des 15 000 ducats, s'étaient révoltés. Ils avaient fait irruption sous la tente du Connétable alors qu'il se mettait à table en compagnie du duc de Ferrare et de Philibert de Chalon. La musique que Don Alphonse traînait avec lui, où qu'il aille, avait dû s'interrompre. Le guitariste préféré de sa femme Donna Lucrèce, la fille du Pape Borgia, avait été tué ainsi que deux valets du Connétable. Les rebelles avaient fait main basse sur ce qu'il restait de vaisselle d'or. Plusieurs compagnies de lansquenets qui bivouaquaient non loin de là, et dont l'appétit n'avait pas été calmé par les 15 000 ducats, entendant le tumulte, se mirent de la partie. L'affaire tournait à la sédition.

« Toujours des demi-mesures, les Français ne sont capables que de demi-mesures et on perd une bataille et son âme, à cause de demi-mesures. Décidément, il fallait se méfier de ce Bourbon ! » C'est ce qu'il s'était dit à cet instant, le capitaine Georg. Ensuite, tout alla si vite. Sa tente fut renversée. Il se trouva bientôt entouré d'une horde dépenaillée en laquelle il eut peine à reconnaître ses lansquenets. Il se revit hissé sur un tambour, haranguant ses troupes. Les appelant « ses chers enfants ». Essayant de leur faire entendre raison. Mais rien n'y faisait. Le charme était rompu. Et puis ces femelles par-derrière avec leurs marmailles, qui excitaient ses chers petits à la révolte ! De quel droit ces filles vérolées, à la poitrine flasque, à la bouche ombreuse se mêlaient-elles de leurs affaires ? Oui, de quel droit ces entrailles rances et avides élevaient-elles la voix ? N'était-ce point là un terrain réservé ? Des affaires d'hommes entre eux ! Il avait vu les piques se diriger vers lui. Il s'était senti le sanglier à la curée. Qui allait le servir ? Lequel de ses enfants oserait lui porter le coup de grâce ? Et puis ce fut le noir. Quand il était revenu à lui, il était assis sur un tambour. Il voulut parler, mais aucun mot ne venait ; se lever, mais ses jambes se refusaient à le soutenir. Ses lansquenets avaient disparu. Il était seul, entouré de ces Italiens qui lui déversaient des paroles mielleuses. Des consolations pires que son mal. C'était le 17 mars de l'an 1527 et il gelait à pierre fendre dans les monts de Toscane.

Et c'est ainsi qu'il se retrouva à Ferrare chez Don Alphonse, entre les mains d'Abraham Portaleone, ce circoncis qui voulait lui décrasser les artères. Un an, il était demeuré en cet illusoire et géométrique miroitement de places, d'arcades, de façades diamantées, en bossages, derrière lesquelles s'affairait un ramassis de sourdes créatures, noir grouillamini de spadassins à la commande, d'espions, d'ambassadeurs sournois qui retournent les traités comme des gants en peau de chamois. Une architecture minérale, chauffée à blanc par la canicule où, dans l'éblouissement d'une lumière crépitante, les formes, les couleurs, les visages et jusqu'aux sons se décomposent. Tout y devient un mouvement tremblé qui rend parfaitement l'obscure palpitation de la vie guettée par le néant. Une frénésie tragique réduite à l'état de buée. Aussi, quiconque s'y risquerait devient alors le vertige d'un songe s'abîmant dans un songe.

Il était demeuré un an dans une salle basse du Castello, à macérer dans une étuve ; à mitonner dans des bains de soufre, d'huile chaude et de boue provenant d'immondes solfatares ; à se faire racler la couenne par le seigneur des bains, un eunuque byzantin. Supportant avec constance les insolences de Cecchino, le joueur de luth du duc, dépêché auprès de lui pour couvrir ses cris quand on s'acharnait à l'étriller dans l'eau chaude. Il avait dû subir également le bouffon espagnol Diego avec ses chausses bleues à raies hyacinthe et dont les facétieuses grimaces lui provoquaient ensuite, dans son sommeil, d'horribles cauchemars.

« Et comment se porte notre brave capitaine Georg ce matin ? » « Mais fort bien, comme Votre Altesse peut le voir », ânonnait-il. « Bien ! bien ! surtout, ne vous forcez pas à me parler, vous risqueriez une nouvelle attaque… » Régulièrement, on lui présentait alors une ardoise sur laquelle, avec une craie, il traçait quelques mots de la main gauche, la seule dont il pût se servir. « Oui, je comprends… » faisait immanquablement Don Alphonse, en se demandant s'il serait jamais débarrassé de cette exagération de la bravoure tudesque, de cette gracieuse bouffissure encore tout emplie des orages de la guerre dont, alors qu'il allait fiancer son fils Hercule avec une princesse des fleurs de lys, Renée de France fille cadette du feu Roi Louis, cousine et belle-sœur du Roi François, la présence dans Ferrare était devenue compromettante. C'est que les temps avaient changé et la politique aussi. Et puis l'Empereur était si désespérant ! Comme un gros ver blanc, penché sur la carte de France, la mâchoire pendante, il semblait digérer fort mal les promesses faites et pas tenues, mastiquant et assistant, l'œil terne, au spectacle de son siècle. N'aurait-il rien compris au bouillonnement des esprits ? C'est qu'il est lent à l'extrême.

« Comment me débarrasser de ce Boche avant que n'arrive Madame Renée... » se demande Mgr Alphonse.

C'est qu'il était encore un seigneur de la guerre. Qu'il claque des doigts et les régiments se lèveront : même foutus, même crevés ils marcheront encore une fois à son appel. Comme leurs frères, comme leurs pères, et avant eux encore le père de leurs pères. Rien que pour lui, pour l'Empire, pour l'Allemagne. *Heilige Deutschland !* Mais qu'est-ce qu'ils en ont à ficher ces métèques, en bas roses et fistule au cul, de la Sainte Allemagne !

Ainsi, durant des semaines, allèrent les pensées du vieux soldat.

Parfois, il se faisait monter en chaise sur la terrasse du Castello et, du seul œil qui lui restait, s'abîmait dans la contemplation de la plate et grasse plaine qui s'étendait au pied des remparts. Une campagne abondante, marquetée de vergers épais, de potagers artistiquement fignolés dans leur ordonnance géométrique, séparés par des haies de cyprès et de cannes vertes. De l'autre côté, des barges à fond plat oscillaient sur les eaux de la darce qui exhalaient une odeur recuite de marais. Plus loin à l'horizon, telle que l'avait peinte Dosso Dossi pour servir d'arrière-paysage à son portrait commandé par Don Alphonse afin de lui faire passer la pilule du départ, s'étirait la plaine lombarde mamelonnée de meules blondes et où circulait un air solide et parfumé d'herbe fraîchement coupée.

Le capitaine Georg s'épuisait en cette contemplation du paysage italien dont généralement il ressortait l'œil injecté de sang, avec un grand dégoût au cœur. Le monde allait son train, mais pour autant fallait-il qu'il éprouvât dans son âme et sa chair cette lassitude, ces répugnances, ce sentiment de culpabilité, de souillure que laisse la trahison, pire : un amour non partagé ? Car c'était bien de cela qu'il s'agissait : d'un dépit amoureux. Il avait suffi que deux ou trois têtes un peu échauffées crient : *Nach Rom !* pour que tous les autres, tous ses chers petits qu'il croyait attachés à lui par un lien de sang, se mettent à leur tour à hurler : *Nach Rom ! Nach Rom !*

Mgr de Bourbon n'avait pas fait trop de manières pour empocher ses lansquenets ; et eux non plus pour le suivre. Et lui, en plan, était demeuré hagard, assis sur son tambour.

Le 7 mai 1527 au matin, lui avait-on écrit, alors qu'au pied des remparts la brume matinale se dissipait lentement, l'assaut fut donné à Rome par l'armée impériale que commandait le Connétable de Bourbon. Les lansquenets furent les premiers à prendre pied sur le chemin de ronde et à se répandre aussitôt par vagues continues dans les ruelles du Borgo, tuant, pillant, violant aux cris de : *Vivat Luther Papa !* Ah mes braves petits ! s'écria le capitaine Georg en parcourant la lettre. Cependant, ce qui le mit le plus en joie fut la description du Pape, la soutane entre les dents, courant par la galerie qui relie le Vatican au château Saint-Ange, entouré de ses cardinaux, la trouille au cul, ainsi que d'une horde de ratichons emportant les annales secrètes de la Papauté. Par la galerie de la cité Léonine, ils allaient s'enfermer dans le Saint-Ange. Au même moment, le Connétable, escaladant les remparts, reçut une décharge d'arquebuse. La balle lui transperça le ventre à la hauteur de l'aine. « Nom de dieu ! je suis cuit ! » s'écria-t-il. Mais les chroniques du temps rapportèrent ses paroles après leur avoir donné un fumet de chevalerie.

Le soir, on exposa son corps à la Sixtine. Les lansquenets groupés autour du catafalque chantèrent « *O West Wald ! O West Wind !* » – enfin, ceux qui n'étaient pas à baiser putains et catins, à foutre du ratichon ou à leur couper les roubignoles dont ils se faisaient de jolis colliers. De la loggia du Saint-Ange de vieilles badernes cardinalices se rinçaient l'œil en regardant en bas, dans la prairie, de grands Tyroliens nus, jouer au ballon avec des crânes de saintes reliques avant d'aller piquer une tête dans le Tibre. L'anarchie et le double jeu se répandirent dans la ville. Le pillage tourna au marché noir. On s'en mit plein les fouilles. Des antiques par flopées, des tiares, des crucifix, des tableaux et même deux des grandes tapisseries de Raphaël disparurent. On soupçonna la marquise de Mantoue et son fils Don Ferrante. Après le meurtre, le pillage et la luxure vint la peste…

Quand il se sentait las de son inutilité, le capitaine Georg se faisait relire la lettre et cela suffisait à le ragaillardir. « Grâce à la guerre et à la souffrance, l'homme est supérieur aux dieux. » Il se redressait tant bien que mal. Le jour tombait. Il lui fallait regagner ses appartements. Il faisait un signe aux deux pages en rose qu'on le remît sur sa chaise. « Oui, l'homme par la guerre est supérieur à Dieu et puis s'il n'y avait pas un peu de malheur dans ce monde, nous pourrions nous croire au Paradis et ce serait horrible !… »

Jusqu'au vertige, il avait enduré sans rien dire la

ronde de séduction menée autour de lui par ces beaux messieurs musqués. Écouté, l'œil fixe, leurs arguments, leurs belles raisons et toute la panoplie de *concetti* dont ils les agrémentaient. Sur une patte, sur l'autre, jouant du mouchoir ou de la manchette frivole. C'est qu'ils en avaient pris, des gants, pour lui cracher le morceau. Mgr Alphonse se demande... Vous savez, le climat de Ferrare, en été, dans votre état...

Il les avait laissés s'avancer. La fixité glaciale de son regard n'avait pu endiguer la purge d'excuses tortillées qu'ils lui avaient servie. D'un geste il donna l'ordre à son *Brandmeister* de dissiper ces moucherons : «*Ja, ja, Sein Exzellenz, nach Heim, Morgen früh, will marchieren*», dit le monstre à la mâchoire de cuir. Il se fit soudain dans la chambre, entre ses murs aux fresques loqueteuses, un friselis d'ailes et d'élytres soutenu par un sourd bourdonnement de contentement. Puis revint le silence.

Et c'est ainsi qu'il s'était retrouvé en chemin pour l'Allemagne, en ce mois de mai de 1528. Il avait traversé le Pô puis remonté l'Adige sur une longue barge à fond plat, si chargée de coffres, de chevaux, qu'elle avait failli couler à plusieurs reprises. Il se dirigeait à présent vers les Alpes. Il allait, étendu, au fond d'une litière aux armes des Este. La cage du babouin, cadeau de Don Alphonse, se balançait au-dessus de sa tête. Le singe se grattait sans trop de façons le cul. Pour ne rien oublier, il faudrait ajouter à la troupe Cecchino, le joueur de luth, cadeau également de Mgr de Ferrare, encore plus empoisonné que le singe. C'était l'impertinence même que doublait une fantaisie débridée. Il savait mettre dans sa vie autant de virtuosité et de désinvolture que dans son art. Seize ans, pas encore de poil au menton mais déjà plus avancé dans la rouerie qu'un de ces vieux galants perclus d'une chtouille endémique. Il ne se passait pas un jour qu'il n'eût imaginé une nouvelle effronterie dont l'excellent capitaine faisait les frais. Le vieux soldat se montrait bougon mais au fond de lui riait de son toupet et de cette virtuosité joyeuse à inventer la vie. Une vie d'insouciance qui compte pour du beurre le lendemain ; cette même vie qui s'échappait de lui et qu'il pressentait bouillonnante de promesses chez le gamin.

Au loin, là-bas, très loin, une troupe de chevau-légers mettait le feu à des fermes – probablement des Béarnais de M. de Montluc, s'était-il dit, qui amusait le tapis, pour voir, comme si la partie n'avait pas été jouée, comme si oublier n'était pas la meilleure faculté de l'homme ; le vieux soldat prononça alors bien clairement cette phrase : « Au fond qu'ai-je perdu ? Mes plus chers souvenirs ! Que signifie tout cela ? Tôt ou tard, il faudra bien laisser derrière soi cet affreux désordre… Et devenir un peu de chair nue et inerte avec, ce dont le monde se foutra bien, de vieilles et honorables blessures au bord d'un chemin, d'un fossé, sans nom, et dont personne ne saura rien… »

Mourut-il en chemin ? Ou eut-il le temps de regagner son Tyrol ? Aucune chronique de ces temps troublés ne le mentionne, laissant notre imagination insatisfaite. Cependant, un conte tyrolien de cette époque qui, selon ses différentes versions, évoque des fantômes, des vampires ou des *serial killers*, dont l'écrivain Edgar Allan Poe eut très certainement connaissance, tout en n'ayant aucun lien apparent avec la *Vie illustre* de Georg von Frundsberg, pourrait contenir quelques indices qui nous éclaireraient sur les derniers moments du vieux reître.

En effet, dans une ou deux des versions de ce conte, le fantôme assassin qui terrorisait les villages du Haut-Adige au cours du XVIe siècle n'aurait été qu'un singe. Aussitôt, nous repensons à notre babouin au cul pelé. Or quelle que soit l'humeur buissonnière de l'auteur anonyme de la *Vie de Georg Frundsberg* et les variations abondantes qu'il s'autorise, la décence qui sévit aujourd'hui me les fait éliminer dans la dernière version d'un texte infiniment plus dru en son original. Ne commençait-il pas dans une langue assez zobine qui pouvait par endroits rappeler l'Arétin, parodiant l'imparodiable : « Je chante les petites frôleuses, la fistule anale du Pape, nos armes rouillées, l'héroïque raclée de Pavie ainsi que nos amours vérolées… » C'était plus que n'auraient pu le supporter nos estomacs délicats ; nous qui croyons au progrès de l'humanité, à la joie sans trop de travail, aux placebos contre les déficits de la Santé, et qui nous insurgeons contre l'esprit de révolte que certains pensent la moitié révélée du visage de Dieu.

Or, sentant ses forces diminuer et la mort, un peu plus chaque jour, le harceler, il souhaita voir le portrait que le maître Dosso Dossi avait exécuté à la demande du duc de Ferrare. Le soleil tapait dur. Cette halte, pour un caprice de vieillard, mit de mauvaise humeur la petite troupe qui espérait gagner au plus vite la fraîcheur des montagnes. On maugréa, on traîna des pieds, mais on finit par accéder à la demande du vieux soldat. La toile fut sortie non sans mal du dernier chariot et présentée au capitaine après qu'on l'eut débarrassée des linges et des cordes qui l'entouraient pour la protéger. C'était un seigneur de la guerre qui se trouvait là devant lui, posé sur le remblai de la route. Et l'arrière-pays qu'il apercevait à l'horizon, tout en bosselures avec ses petites villes aux multiples tours, ses bouquets de cyprès, ses oliveraies bien peignées et le fleuve poussif qui n'en finissait pas de rêvasser au loin dans la plaine, était comme l'agrandissement de la nature qui servait de fond au tableau. Le teint vermeil, rutilant dans sa cuirasse, et sur la tête le béret à crevés, orné de plumes incarnates, vraiment il avait fière allure, le capitaine Georg. Cependant, son œil droit clos le chiffonnait. Chacun avait beau y aller d'un compliment sur la croûte, cet œil clos, on le sentait bien, le chagrinait. Et non seulement l'œil clos mais aussi cette lune ronde qui venait dans ce ciel azuré en plein midi comme un cheveu sur la soupe. Et puis il y avait le singe également, qui s'accrochait à ses basques et tirait la langue. Certes il aimait bien Rodrigue, le babouin, cadeau de Don Alphonse pour le divertir durant sa maladie, mais aller jusqu'à le faire figurer auprès de lui dans un tableau qu'il destinait à sa galerie des portraits, c'était une autre affaire. Cecchino devina le malaise du vieux et, avec l'insolence qui le caractérisait, il devança sa colère contre le peintre : « Mais voyons, Georg mon chou, il n'y a là rien que de très à la mode. Ce ne sont que des symboles qui permettent de rendre le tableau plus lisible. La lune par exemple éclairant un singe car même si Rodrigue est Rodrigue, c'est néanmoins un sale macaque… » « Un babouin, rectifia le vieux soldat, piqué qu'on eût pu prendre Rodrigue pour un vulgaire magot, et même le plus charmant des cynocéphales. Sache que Rodrigue entend tout, comprend tout… et d'ici qu'il prenne la mouche... » « Bien, bien d'accord... un babouin sous la lune. Selon Plutarque, la lune est le séjour des hommes bons après leur mort. Ce sera donc le tien puisque tu fus bon pour ton Cecchino ; elle est aussi le temps qui passe. Quant au singe, il est le double de l'homme. Il rêve mais ne parle pas parce qu'il est trop sage. Comme toi, mon chou ! Maintenant, de l'homme et du singe quelle est l'ombre de l'autre ? À toi de me le dire. Je parie fort que Rodrigue qui, au fond de lui, est cruel, cynique et insensible, finira par te chouraver ta lune comme il t'a dérobé ton œil... » Alors Cecchino fit un pas vers la litière et, collant sa bouche à l'oreille du vieux capitaine, lui balança sans plus d'égards : « Ne t'en fais pas, vieux débris de mon cœur, c'est ressemblant à la perfection... Vrai, je ne flagorne en rien... Tu me connais... Oui ! comme te voilà joliment dindonné et bardé de velours. C'est que le Dosso est un vrai maestro. Il a su à merveille décortiquer la carapace du vieux crabe pour mettre au jour la fleur bleue, le pimpant myosotis que tu es en réalité. Et puis cet œil, qu'est-ce que tu y trouves à redire ?... C'est épatant la façon dont il l'a rendu... Cyclopéen, homérique et en même temps tellement aguicheur... Vraiment Georg ! » Le vieux soldat ne pouvait en entendre davantage. Pour un peu, si ses forces ne l'avaient pas trahi, il l'eût écrasé d'un coup de poing le loustic. Oh ! pourquoi un jour s'était-il laissé aller à y porter la main, comme ça, sans y penser, comme en un beau verger aux odeurs emmiellées, la main malgré vous s'avance pour chaparder un fruit ? La petite crapule n'avait rien dit sur le coup. Elle s'était laissé faire avec un sourire qui en disait long... Eh oui toi aussi tu y viens, gros cochon...

c'est ce qu'il avait lu dans ses yeux. Chaque fois qu'il y revenait, il lui donnait un ducat d'or que l'autre empochait dès qu'il avait joui. Et maintenant…

Frundsberg ferma l'œil et émit un petit hoquet. Rien de démesuré, de tonitruant. Juste une sorte de petit cri. L'œil demeura clos. Cecchino se pencha sur lui. Du pouce, il palpa la jugulaire. Il était passé, c'était clair. Avec la dextérité d'un voleur à la tire, il subtilisa, à sa ceinture, la cordelette de soie et d'or que ce dernier destinait naguère au Pape Clément VII. Une corde qui valait une bonne grosse bourse de doublons à présent, une relique presque. En d'autres temps, il lui eût pris sa bourse ; mais à présent, il trouvait qu'une bourse, même confortablement garnie, était bien en dessous de ce qu'il pouvait espérer. Il connaissait son monde et savait qu'il fallait se méfier des larcins à la petite semaine lorsque, comme lui, on envisageait les choses à long terme. Il se voulait un virtuose, non un tire-laine de bas étage. À présent, Cecchino n'avait que faire d'aller gratter du luth en Allemagne, c'est à Rome qu'il se rendrait. Il se mettrait à genoux devant le Pape et lui remettrait la cordelette en signe d'allégeance et le soir, dans son bordel du Belvédère, il jouerait un fandango endiablé sur lequel danserait une pute mauresque. Et le Saint-Père lui dirait : « Cecchino mon enfant, toi qui as eu pour maître le grand Dalla Viola de Ferrare et qui vient de montrer ta dextérité au luth, je te fais patricien romain et te donne les revenus d'une abbaye… » Cecchino coupa court à ses rêveries. Il était temps de se tirer des pattes de ces Allemands. « Mon pauvre maître ! mon cher capitaine qui fut comme un second père pour moi, pourquoi m'abandonner ainsi ? Non, je ne veux pas que tu meures... Ah ! Oh ! Aïe ! comme te voilà froid... » Et Cecchino en remettait. Les deux estafiers en train de rempaqueter le tableau adossèrent celui-ci contre un arbre pour courir vers la litière. Le *Brandmeister* sauta de cheval et accourut également ; de même que les vieux lansquenets qui fermaient l'arrière-garde. Et chacun de s'affairer autour de la litière. On alla chercher des sels au fond d'un coffre. On les fit respirer au vieux soldat. Cecchino avait profité de ce mouvement pour subtiliser un cheval. Il s'élança au grand galop à travers les oliveraies, le rire aux lèvres du bon tour qu'il avait joué aux Boches.

Il file comme une flèche, nez au sol, penché sur l'encolure de son cheval. Il a pris la piste, il ne la lâchera plus jusqu'à Rome. Il va rapide, le ventre de son cheval rase l'herbe.

Sur la colline, le *Brandmeister* éructe des injures de son mufle de carnassier sanglant. Cecchino ne les entend pas. Il a abandonné les chemins militaires pour de petits sentiers où l'été chante à tue-tête. Peu à peu il retrouve sa latinité. La fréquentation à la longue de l'allemand mélancolique l'en avait fait douter. De nouveau, il a des pépiements d'oiseaux dans les oreilles et sa botte est ornée de liserons bleus. Le monde est à portée de main.

Le grand capitaine, tout père des lansquenets qu'il fût, était mort comme d'autres avant lui sur le chemin du retour. Autour de lui, chacun fut saisi de panique. Le sauve-qui-peut fut général. Sans plus d'égards pour le vainqueur de la Bicoque et de Pavie, il fut planté là. Il se trouvera toujours un voyageur égaré sur cette route pour donner une sépulture convenable à cette vieille baderne.

Déjà, le jour inclinait lentement quand le capitaine sentit un liquide chaud lui couler dans le cou. Il fit un effort surhumain pour sortir du sommeil cataleptique dans lequel il était plongé. Il lui semblait écarter des brouillards aussi pesants que le plomb pour revenir à la surface de la vie. Il ouvrit l'œil. La première chose qu'il aperçut, ce fut lui. Lui en pied, qui se tenait devant un paysage avec une lune sur sa tête, à ses pieds son dogue, et Rodrigue le babouin en pendant. Il eut un moment d'effroi. Le silence autour de lui, un silence d'après la bataille, lorsqu'on compte les morts. Mais n'était-il pas mort ? Il constata qu'il était seul. On l'avait abandonné comme une charogne au milieu du chemin. Depuis longtemps, il n'avait plus d'illusions sur le monde. Une dernière giclée dans le cou lui fit lever la tête. C'était Rodrigue qui, accoutré d'un falzar de velours zinzolin agrémenté de grelots, s'était débraguetté et lui pissait encore dessus. Avoir vu, de ses yeux vu, le chevalier de Bayard à l'agonie sous un arbre, tenant son étendard sur sa poitrine, entouré de fidèles et aussi de ses vainqueurs, tous admirateurs de sa bravoure, et se retrouver là au bord d'une route, moins de quatre ans après, seul, abandonné, ses bagages pillés, le beau coffret en émaux de Limoges, cadeau du Connétable de Bourbon, disparu, envolé, c'était à n'y pas croire ! Une dérision de l'histoire, pensa-t-il, qui ramenait son destin à égalité avec les crevés, les foutus, gueules cassées, chairs sanguinolentes qu'il avait laissés dans la boue, au bord du chemin, souvent enterrés vivants, des obscurs, des anonymes, des clopinards de la dèche qui l'avaient suivi jeunes, frais, croyant encore à la guerre alors qu'il leur avait promis des pillages, des viols, des meurtres. Oh ! ces nuits éclatantes de rapines où les cris d'agonie répondaient aux cris de plaisir. L'or luisait au reflet des flammes. Le vieux esquissa un sourire qui se transforma en une horrible grimace. Le singe, dans sa cage, émit un cri d'effroi. Messer Georg, rassemblant alors ce qui lui restait de force, se redressa sur ses coussins. À plusieurs reprises, il tenta sans grand succès d'allonger son bras vers la cage du babouin. Finalement, il réussit à l'ouvrir. Rodrigue hésita un instant avant de se risquer dehors. Il se gratta le cul, fit sonner ses grelots et sauta sur les coussins de la litière. « Va, mon Rodrigue ! Fais retour à la nature libre et heureux. Va-t'en à Rome chaparder les bananes du Pape et lui chanter des *Kyrie* de ta manière en lui pissotant sur la tête… Pour moi, mes charmes sont rompus, aussi en suis-je réduit au seul pouvoir qui me reste de rendre aux éléments ma pauvre âme et à la terre ma vérole… » et ce disant, il poussa un soupir. Mourut-il alors ? Plusieurs historiens l'affirment. Cependant, le léger Brantôme le suggère à peine. Quant au comte de Gobineau, ne pouvant imaginer la mort solitaire d'un tel héros, il le fait participer au siège de Rome. Ni les uns ni les autres n'évoquent en tout cas la présence d'un babouin nommé Rodrigue dans l'intimité du vieux lansquenet. Je suis le seul et je sais ce dont je parle.

L'Italie à la vagabonde

Notre voyage à pied fut long. Nous trouvâmes parfois du secours là où nous en attendions le moins. Auprès des partisans et également des paysans, qui nous donnèrent la plupart du temps le gîte et le manger. Et au matin, quand leur route pour se rendre aux champs se trouvait dans la direction de la nôtre ils nous faisaient monter dans leurs carrioles. Je me laissais guider par Marthe. J'étais sans ressort, traînais des pieds. Marthe, elle, semblait avoir repiqué une jeunesse, jusqu'à ignorer les dangers. S'il lui arrivait un instant de les envisager, le plaisir de cette embardée printanière les lui faisait oublier aussitôt. À son allure leste, on n'aurait jamais soupçonné son âge. Assise sur les balles de luzerne fraîchement coupées, au milieu d'une cargaison de choux, le fichu noué sur la tête comme les paysannes, elle interrogeait dans un italien parfait les journaliers qui se trouvaient assis à nos côtés. Elle glanait sans en avoir l'air des renseignements susceptibles de nous aider. C'est qu'il fallait nous faufiler entre les Américains de la Ve Armée et les colonnes de panzers fuyant vers le nord, qu'ils talonnaient. Les partisans fourmillaient dans la campagne et nous risquions autant d'eux que des Allemands ou des Américains.

Une fin d'après-midi, alors que nous marchions à couvert dans le fossé d'un chemin vicinal, nous vîmes, débouchant soudain devant nous, les chars allemands. À l'avant de l'un d'eux était étendu un jeune soldat ; son casque de Waffen SS lui avait été retiré et ses cheveux blonds auréolaient sa tête dans le soleil couchant. Sa vareuse était entièrement déboutonnée et laissait apparaître un large torse d'où s'échappait un cou violent supportant une tête pâle et mélancolique à la bouche d'enfant boudeur.

Sur le bord du chemin, les femmes, souvent jeunes, des paysannes, et leurs hommes, se tenaient silencieux, fascinés comme leur père avant eux et encore avant eux les pères de ceux-là, saluant la figure éternelle et éphémère de l'élu, le jeune dieu guerrier, regagnant ses contrées hyperboréennes. Dans le silence presque religieux qui se créait spontanément sur le passage du convoi, on pressentait un mystère comme l'incarnation d'un mythe très ancien. Cependant, cette extase quasi religieuse infusait d'une volupté ambiguë, lourde, qui ramenait brutalement, pour des esprits rationnels, cette abstraction poétique du héros pur et vierge, au sexe, au sang, à la violence de vieilles coutumes barbares.

Marthe et moi vîmes passer ce cortège funèbre. Bien que ne connaissant que trop ce genre de musique puissante que la Germanie vous balance quand elle met la gomme aux grandes orgues, nous ne pûmes réfréner notre émotion. Il y avait là un savoir-faire millénaire pour exalter tout à la fois la puissance, la race, la jeunesse, la beauté et la mort.

J'appris, par un partisan qui se trouvait au bord de la route à regarder ce triomphal défilé des vaincus, que ce jeune dieu, qui semblait méditer dans son sommeil on ne sait quel rêve de victoire, avait conduit les plus féroces attaques contre sa brigade et pris part aux massacres de Marzabotto, petit bourg sur le Reno au sud de Bologne. Alors, tapotant de la main sa veste qui bossait, il me dit froidement : « *Ah ! porca miseria !* je crois bien sans me vanter que c'est cette petite chérie-là qui lui a troué la peau, à cet enfant de pute ! » Et croyant que je mettais en doute ses propos, il entrouvrit sa veste de chasse pour me laisser voir la mitraillette qu'il portait à l'épaule. Cependant, quand le char se présenta à sa hauteur, il se découvrit devant le fils de pute. Le mythe du jeune SS mort avait encore de beaux jours devant lui.

De nuit, nous longeâmes les berges du lac de Garde. À Gardone, nous soudoyâmes, avec quelques bijoux dont s'était munie Marthe, des mariniers qui nous firent passer sur l'autre rive afin d'éviter Salò où se trouvait encore, à ce qu'on disait, une poignée de fascistes… Nous embarquâmes de nuit. Un partisan profita du passage. Il nous apprit que les siens tenaient les rues de Milan et qu'ils contrôlaient Gênes et Venise aussi. Et il ajouta : « La ligne gothique du feld-maréchal Kesselring de La Spezia à Pesaro a été enfoncée. Je ne vous dis pas le sauve-qui-peut général qui s'en est suivi… Chez les Allemands mais aussi chez les Italiens. À Rome, les vieilles princesses, qui ne se sont pas contentées de tailler simplement des pipes aux Allemands, sont claquemurées de trouille dans leur palais… En ce moment, si je suis bien renseigné, le général SS Wolff négocie en Suisse une capitulation avec les services secrets américains… » Nous allions à la rame lentement. L'eau clapotait. Nous avions de la chance, c'était une nuit sans lune. De temps à autre, cependant, le marinier jetait un filet pour donner le change. Le partisan, un jeune étudiant en architecture de Padoue, était intarissable. D'une voix sourde il nous donna les dernières nouvelles du front. Et tandis qu'il parlait nous nous disions en nous-mêmes que dans cet immense désordre il était peu probable qu'on prêtât attention à une vieille paysanne aux cheveux noués dans un foulard à la façon lombarde qu'accompagnait un jeune homme au type méditerranéen prononcé, se faufilant par les champs de maïs.

Le printemps de cette année 1945 fut glorieux. Il éclatait généreusement en son trop-plein de sève. Cependant, ses fastes ne pouvaient masquer le spectacle de désolation qu'offraient les routes. Ces carcasses de camions incendiés et de tanks, ces décombres pour la ferraille finirent par disparaître sous un enchevêtrement de capucines sauvages, de mauves et de liserons. Toutefois, dans ce fouillis inextricable de taules froissées, d'arbres abattus, de floraison anarchique, les effluves printaniers dégageaient une insidieuse et fade odeur de mort ; les charognes de chevaux bourdonnant de mouches et, brassés dans une même folie meurtrière, les corps de partisans sommairement exécutés emmêlés aux soldats du désespoir, ces lansquenets modernes de l'absurde, répandaient dans l'air une pestilence quasi moyenâgeuse.

En chemin, nous apprîmes qu'à l'heure où nous traversions en barque le lac de Garde, non loin de là, de l'autre côté, près de Dongo, Mussolini avait été arrêté par les brigadistes alors qu'il se cachait, vêtu d'un uniforme de SS, sous des couvertures au fond d'un char allemand. Il criait et se démenait ; jurait par tous les saints qu'il se trouvait prisonnier malgré lui dans ce trou à rat ; que les Allemands l'y avaient enfermé pour l'étouffer. C'est à grand-peine qu'on l'avait extirpé du char. Il menaçait, ordonnait puis, saisi d'un abattement soudain, suppliait comme un enfant. Il roulait des yeux effarés. Il demeura ainsi à mariner une nuit dans l'incertitude de son sort. Au matin, on l'emmena vers un verger avec sa maîtresse qui se cramponnait à lui et ne voulait pas le lâcher ; lui ne se souciait guère d'elle. Il n'en avait que foutre de cette pétasse. C'était lui, lui seul, le Duce, l'important. Sauver sa peau ! Et pour le reste, que le monde s'éteigne. On le colla contre un mur. Il ne comprenait toujours pas. Il fallait l'expédier rapidement. La première mitraillette s'enraya. La maîtresse qu'on avait écartée en profita pour se jeter sur son amant. Le brigadiste, qui avait pris l'arme d'un camarade, fit partir une giclée de balles et les deux corps s'affaissèrent. Les dépouilles furent expédiées aussitôt à Milan ; là, on pendit les corps à des crocs de boucherie sur la piazza Loretto, où ils demeurèrent plusieurs jours exposés aux regards de la foule.

Vers Ferrare

« J'espère tout de même que l'on va voir bientôt apparaître sur l'un de ces écriteaux le nom de Ferrare… » me dit Marthe un matin, non sans impatience. « Les partisans, pour tromper les Allemands, et ensuite ceux-ci, pour égarer les Américains, ont changé la signalisation des routes. Si l'on arrive à Ferrare, ce sera un miracle… » Marthe, malgré tout ce qu'elle avait enduré, et pas seulement durant cette guerre, espérait toujours. Elle qui, pendant trente ans, ne s'était pas souciée, du moins le pensais-je alors, de ce fils, cet Ulrich qui était mon père, se révélait, sur le sol italien, posséder un cœur de mère, prête à prendre tous les risques pour le retrouver.

Je découvrais chaque jour de nouvelles facettes de son caractère. Cette Marthe gaie, primesautière, presque fantasque dans les situations les plus périlleuses, s'était depuis longtemps imposée secrètement à moi. Quand autrefois elle me faisait répéter les fables de La Fontaine par exemple. C'était une artiste-née. Son univers était le théâtre, aussi n'avait-elle jamais envisagé la vie autrement que du point de vue des coulisses. Même en gouvernante, le cheveu tiré, strictement habillée d'un tailleur de couleur neutre, elle demeurait la *prima ballerina* qu'elle avait été ; et quand elle ramassait un verre d'alcool ou une tasse de café oubliés par un domestique, elle y mettait la même grâce que jadis dans *Giselle* sur la scène de l'Opéra de Vienne ou du Théâtre Impérial de Saint-Pétersbourg pour cueillir une marguerite de papier.

Tous les stratagèmes qu'elle avait retenus de sa jeunesse au théâtre, elle les employait à présent pour détourner l'attention. Un jour, c'était en très vieille paysanne que je la découvrais grimée ; le lendemain, en romanichelle. Où trouvait-elle les nippes dont elle s'affublait, ainsi que celles qu'elle me faisait revêtir ? Une fois que nous étions mis en romanichelles et que nous proposions le grand jeu en échange d'un quignon de pain, les villageois nous chassèrent avec des pierres. Alors que je me plaignais de cette comédie qui n'avait fait que nous attirer de mauvais coups, elle me répondit : « Mieux vaut recevoir, mon petit chou, quelques cailloux que de se faire coller une balle dans la nuque ; toi comme ancien de la SS et moi comme une Française indigne, partageant le lit d'un Autrichien qui recevait Göring et le gratin des nazis chez lui… » Cela avait été dit sans reproche, presque gaiement. La vie était comme elle était et il fallait la prendre ainsi. « Faire sa place au soleil ! je ne connais pas une expression plus bête. Tout n'est qu'ombres, grouillements, défiances dans un demi-jour opaque. Où vois-tu la lumière ? Faire sa place, c'est condescendre à entrer dans l'arène et participer au carnage de la vie. Je ne sais pas pourquoi je te raconte cela aujourd'hui, mais c'est une chose qui m'a toujours troublée. À l'Opéra, dans ma jeunesse, lors des concours de danse de fin d'année, ma seule présence sur scène, je le sentais aux regards, désespérait une bonne dizaine de danseuses, les tuait d'avance ni plus ni moins. Au dernier examen, après que j'ai dansé, une de mes camarades se défenestra. Depuis, sa mort m'a toujours hantée. Je n'étais en rien responsable de son geste ; en réussissant mieux qu'elle à l'examen je n'avais fait que mettre en évidence qu'elle n'avait pas les nerfs – ce suicide le prouva – pour être une grande ballerine, même si elle en avait le talent. C'était une petiote toute maigrelette, l'évanescence même avec des bras qui appelaient l'infini. Le contraire des petites boulottes bien en chair, un peu cochonnes dont le public raffolait alors. Elle était comme mon double, mais moi je trouvais la force d'imposer ce style nouveau. La mère avait dû bouffer des rats durant le siège de Paris, alors que la mienne avait eu la chance de pouvoir se réfugier à la campagne… On cherche toujours le pourquoi. Pourquoi ? Et encore aujourd'hui je me pose et repose cette question. C'est son souvenir qui me conduisit à abandonner la danse. Chaque fois que j'entrais en scène je l'apercevais, parmi la cohorte des cygnes ou des Willis. Et je me sentais comme obligée de danser pour elle, pour moi. À ce rythme, l'épuisement me guettait. La rencontre avec Hynko… me sauva. Mais le bruit que fit cette soudaine retraite parut encore plus injuste aux camarades que ma présence avait contraintes à demeurer dans le rang. Quel gâchis ! C'était ce qui se murmurait dans les théâtres… »

Marthe et moi étions assis sous un chêne-liège et elle me racontait par bribes ce dont sa vie avait été faite : ses aspirations, ses désirs et jusqu'au tissu de ses songes. Quand elle avait évoqué Hynko, elle avait hésité à ajouter « ton grand-père », comme si les jeux étaient faits depuis longtemps et qu'à jamais le comte Tassilo, bien que je n'eusse aucun sang de lui, dût être mon grand-père. Il était trop tard pour allumer des contre-feux au destin. Marthe avait masqué depuis un demi-siècle ses impatiences et ses inquiétudes. Cette sérénité feinte lui avait rendu tolérable, presque léger, son état de quasi-prisonnière à Schwarzauge ; l'épouvantable ennui d'une solitude partagée. Son attachement à grand-père Tassilo avait dû être immense, autant que le remords dont il était né, pour étouffer en elle cette impatience de vie, cette fièvre, cette avidité de connaître.

Malgré les dangers que nous courions, je sentais cette petite vieille de soixante-dix ans renaître. Son impatience à obtenir de la vie ce que celle-ci lui avait refusé était attendrissant. Ce n'était pas tant une avidité de jouissance, mais la peur que son plaisir soit moins grand que celui qu'elle s'était imaginé.

Les iris sauvages au bord de la route embaumaient. Soudain, comme jaillie de la poussière que soulevaient les gros Dodge de l'armée américaine, une pancarte indiquait : Ferrara, 9 km.

4

Un honnête SS à la retraite

3 bis *avenue Rachel*

Comme l'année dernière, et l'année d'avant et celle d'avant encore, je ne quitterai pas Paris cette année pour les vacances. D'ailleurs, qu'est-ce que j'irais faire au bord de la mer ? La dernière fois que j'ai voulu m'y risquer, ce fut l'année où Paulot perdit sa femme. Je n'ai jamais vu la mer et je pense que je ne la verrai jamais. Encore une chose que j'aurai ratée. Et mes mots ne seront jamais chargés de son sel. Il y a un polissage du langage qui se fait par la mer et dont j'aurai toujours à souffrir l'absence. Je n'habite aucune langue. Je vis dans un corps qui m'échappe, que je sens hostile malgré la gentillesse et les efforts de Paulot. Parfois le soir, quand je m'assois à la terrasse d'un café, que la lumière du jour commence à décliner et que s'agite la grande ville avec les néons qui s'allument, les bruits des voitures, les rencontres au petit bonheur du coin de la rue, le clebs en vadrouille sur le boulevard, je sens l'air autour de moi s'épaissir, comme chargé de miasmes mêlés de ce qui n'est pas encore mûr et de ce qui a trop mûri.

Je n'irai pas à la mer donc, quant à la femme de mon cousin Paulot, on ne peut pas dire que sa mort l'ait bouleversé. Je crois pourtant qu'il l'aimait, bien qu'il ne m'en ait jamais parlé plus que ça. Il l'aimait un peu comme on vit, par intermittence.

Le soir même de l'enterrement, il retournait chez Madame Arthur, le cabaret de la rue des Martyrs qui s'était ouvert à la place du Divan japonais. Il y tenait le piano, entre autres pour accompagner le tour de chant de la Maslova, une grande sauterelle qui s'appelait Roger et qui avait été tourneur naguère chez Renault. On se demande bien qui avait bien pu lui dégoter ce nom d'une héroïne de Tolstoï. D'autant que dans sa robe collante pailletée noir et rouge, avec sa gueule de jument efflanquée, rien en elle ne pouvait faire songer, ni de près ni de loin, à la jeune fille séduite et abandonnée de *Résurrection*. C'était un grand salsifis, au visage plâtré, avec des cernes mauves autour des yeux et une bouche incarnate cruelle et fine comme une lame de couteau. Elle avait repris à son compte une partie du répertoire d'Yvette Guilbert dont *Le Fiacre*, et surtout son cheval de bataille, *Madame Arthur*, que me chantait avec tant de gouaille Marthe dans ma jeunesse. Paulot, tous les soirs sur les dix heures, se rendait à pied de l'avenue Rachel à la rue des Martyrs. Je crois bien que la Maslova, qui le protégeait contre les intrigues qui ne manquent jamais de survenir dans les coulisses d'un cabaret, avait un léger béguin pour lui.

Évidemment, le violon lui manquait. Il l'avait accroché une fois pour toutes, dans le salon, où il figurait comme une relique de l'époque des grandes espérances. Les jours où Paulot y pensait trop, il me prenait par l'épaule. « Allez viens, Kuno ! On va s'en jeter un derrière la cravate au Cyrano. » C'est dire que cela remonte loin, puisque ça fait bien une vingtaine d'années qu'a disparu cette brasserie de la place Blanche, nid des surréalistes et des tapineurs qui s'y étaient rabattus depuis que Graff avait fermé.

Tante Léo, héroïne de la Résistance

L'abandon du violon, pour lequel il était doué, avait laissé chez Paulot une blessure profonde. Et pourtant, c'était de son plein gré qu'il avait plaqué là le conservatoire de la rue de Madrid. « J'ai fait le tour de ce maudit instrument, et tous les sons que je pourrais maintenant en tirer seraient bien en dessous de ceux dont j'ai pu rêver. » Puis il y avait eu l'Occupation, durant laquelle, pour faire bouillir la marmite, il avait dû se livrer au marché noir ; par ailleurs, ce trafic ne l'avait pas empêché d'être résistant. Il était devenu une sorte de Mata-Hari pour tatas boches en uniforme ou sans, comme il plaisantait ; pêchant parfois du très gros poisson, Gestapo, Abwehr et tout le toutim.

Tante Léo, de son côté, avait installé un poste émetteur dans une chapelle désaffectée du cimetière Montmartre avec la complicité du gardien de la porte de l'avenue Rachel. À force d'amener une ou deux fois par semaine des fleurs sur la tombe de son vieil amant Maurice Frundsberg, ils avaient fait connaissance. Vous savez comme on se lie. Un bonjour par-ci, un bonsoir par-là ; et puis on en vient rapidement à quelques banalités d'ordre météorologique puis sur la difficulté des temps... Léo avait le contact humain facile. On aurait pu penser qu'elle bricolait ; que pour elle prendre des risques, c'était comme au théâtre. On découvrit par la suite qu'elle avait été une véritable boîte aux lettres et que les renseignements codés qu'elle transmettait par radio à Lyon, où se trouvait son correspondant, et ensuite, quand le réseau de ce dernier fut découvert, directement à Londres, étaient non seulement de toute première main mais souvent d'une importance capitale. Quelques-uns de ces tuyaux provenaient des nuits chaudes de Paulot à l'hôtel Regina, où il les glanait entre les bras d'une souris grise de la Kommandantur ou d'un major de la SS.

Léo, un beau matin, ne revint pas. Elle s'était fait cueillir à l'aube, alors qu'elle attendait pour sortir du cimetière que le gardien ouvrît la porte de l'avenue Rachel. Paulot, qui venait de rentrer quelques minutes plus tôt d'une de ses « nuits Mata-Hari », entendit vaguement dans son premier sommeil des portes de voitures claquer et celles-ci démarrer en trombe, sans se douter que c'était sa grand-mère que la Gestapo venait d'arrêter.

Longtemps, il crut à la culpabilité du gardien. Il n'en était rien. Étrangement, celle qui l'avait donnée à la Gestapo était une petite vieille, logeant rue Caulaincourt, et probablement lectrice de *Je suis partout*. Veuve de son état depuis peu, elle fréquentait le cimetière aux mêmes heures que Léo. La régularité des visites, la douleur affichée de cette personne aux cheveux pleins de chichis qui fleurait sa théâtreuse, avaient au bout de quelque temps indisposé la vieille. Elle se sentait comme frustrée de sa douleur par celle d'une inconnue. Son ombre glissa le long des allées. Elle allait trotte-menu, en sautillant entre les tombes pour se tapir derrière un mausolée flanqué d'un ange aux ailes moussues. De là elle aiguisait sa haine contre l'inconnue trop maquillée, trop perchée sur talons. Un jour, elle se pencha et vit que sur la pierre tombale était gravée une étoile de David. Elle tenait sa vengeance. Elle épia encore quelques semaines, puis écrivit à la Gestapo. Comme elle ne recevait pas de réponse, elle se rendit avenue Foch. Elle y trouva une oreille attentive et un cœur compatissant. Sa douleur, qu'elle en soit certaine dorénavant, n'aurait plus de concurrence déloyale. On consulta les fichiers et l'on fut tout étonné de trouver que, par je ne sais quelle défaillance du système, la famille Frundsberg avait échappé aux diverses rafles. On mit au point une souricière au domicile de la rue du Faubourg-du-Temple et près de la tombe du patriarche, le défunt propriétaire de « Au vison parisien ».

Au petit matin, le 17 janvier 1944, la veuve Frundsberg et ses deux filles furent arrêtées à leur domicile, pensant avoir été dénoncées par la concierge à qui elles avaient chipoté ses étrennes. À peu près à la même heure, à bord d'une 11 CV Citroën, placée entre deux agents de la Gestapo, en manteau de cuir noir comme il se doit, Léo arrivait à la prison du Cherche-Midi. Le lendemain, elle fut transférée à Drancy et embarquée le même jour dans le fourgon où se trouvait déjà la famille de Maurice Frundsberg. Jusqu'au dernier moment, elle dut penser qu'elle avait été arrêtée pour son appartenance à la Résistance ; évidemment, elle était loin de penser qu'elle était devenue sans le savoir un membre à part entière de la famille de ce vieux grigou de Maurice.

Quand, après la guerre, Paulot reçut à la place de sa grand-mère la médaille de la Résistance à titre posthume, toujours goguenard – c'était une façon d'être pour ne pas se laisser émouvoir et pisser de l'œil –, il demanda au général de Bénouville, qui la lui remettait, si c'était comme juive d'honneur qu'elle avait gagné le gros lot ou pour son flirt par radio avec Londres.

Je possédais bien un uniforme de lieutenant de la 10e SS Panzerdivision, caché au fond de mon placard comme l'avait cafté à Paulot Mme Alvarez, la concierge qui, deux heures par semaine, montait agiter le plumeau à l'appartement, autant dire qu'elle ne faisait rien si ce n'est fouillasser partout. La bignole était veuve d'un ancien du POUM mort d'épuisement au camp d'internement d'Argelès, le même jour que décédait à Collioure son frère d'armes, le grand poète Antonio Machado, comme elle ne manquait jamais de le préciser quand on la mettait sur le sujet de la guerre d'Espagne, sa jeunesse à elle. Il ne fallait pas la confondre avec une « Rouge ». Surtout pas lui parler de la Ibarruri, cette chienne de Staline, depuis que les Russes avaient fait assassiner en 37 Andrès Nin dans les jardins du Retiro à Madrid, l'homme dont elle vénérait le plus la mémoire, après celle de son défunt mari.

Poumiste par dévotion maritale donc, anarchiste par tradition familiale, elle était catholique dans l'âme et ne manquait jamais, lorsqu'elle passait devant la chapelle de Sainte-Rita sur le boulevard de Clichy, d'y entrer pour y déposer un cierge.

« Fais-lui un frais, entortille-la… Elle demande que cela… C'est une brave femme… m'avait dit Paulot. Raconte-lui ce que tu veux… Tiens, invente que c'était un déguisement dont tu te servais pendant la guerre pour t'introduire à la Gestapo… »

Si je lui avais dit que c'était pour faire le tapin, c'est pas un cierge mais une douzaine que la brave Mme Alvarez serait illico allée porter chez sainte Rita, patronne des causes désespérées.

Vrai ! Un bel uniforme flambant neuf ! C'est qu'elles avaient coûté cher, ces fringues. Aussi y tenais-je. Et puis, cela relançait en moi des souvenirs. Même si votre jeunesse a été bousillée par la guerre, il y a toujours à racler dans les coins des petits moments de bonheur, un peu de nostalgie. Je suis certain que même de l'enfer, si on sait se tenir un peu, on revient avec des photos souvenirs. Pour dire que je courais toujours après ce temps de l'innocence qui, tôt, avait fui chez moi, si tant est qu'il eût jamais existé.

Je m'étais fait faire cet uniforme par un petit tailleur juif de la rue d'Aboukir que l'idée avait amusé. Je venais d'arriver à Paris après de longues pérégrinations à travers l'Italie sur lesquelles je passerai. À Turin j'avais pu trouver auprès de trafiquants près de la gare un passeport français en contrebande. Je rappliquai direct en France par le Turin-Chambéry-Paris, qui en fait d'express nous fit passer par Montluçon puis, comme la gare des Aubrais avait été bombardée, on nous aiguilla sur Laroche-Migennes. Après plus de quarante-huit heures de train, je débarquai à Paris. Je n'avais plus de famille. La seule qui me restât était Paulot. Le cousin Paulot et la tante Léo. Cependant, je ne tenais pas à aller les voir sur-le-champ. Je redoutais leurs questions et mes réponses plus encore. À ressasser sa vieille guerre et ses misères, à remoudre des souvenirs, on finit par se persuader de son malheur ; on rouvre de vieilles blessures, au risque de les infecter pour toujours.

La mort soudaine à Ferrare de ma grand-mère Marthe – c'est étrange que, depuis sa mort, je puisse l'évoquer comme une grand-mère – m'avait bouleversé au-delà de ce que j'aurais imaginé. J'étais soudain comme amputé d'un membre. Je l'aimais certes, et le plus tendrement du monde, mais plus que mon amour pour elle qui demeure et demeurera toujours aussi vivace, c'était une partie de ma préhistoire qu'elle emportait avec elle. Beaucoup de choses que j'aurais voulu connaître de « grand-père » Tassilo, du comte Hynko, de « grand-mère » Malvina, d'Ulrich mon père avec qui elle avait, durant vingt ans, entretenu une correspondance au nez et à la barbe de « grand-père » Tassilo, sans que celui-ci se soit douté de rien ; car comment sinon eût-elle su qu'il avait changé son nom en celui d'Ulrico Urslingano et qu'en reprenant le cabinet de son beau-père, le professeur Portaleone, il était devenu l'un des tout premiers ophtalmologues de la Péninsule ?

La mort d'une grand-mère

Lorsque nous arrivâmes à Ferrare, le jour déclinait. Nous étions fourbus. La cité avait été décrétée ville ouverte. L'armée américaine, qui avait nettoyé entre Bologne et le Pô ce qui restait de poches allemandes, contrôlait la ville. Des tirs sur les toits crépitaient encore ; probablement quelques fascistes qui s'étaient terrés jusque-là dans les *valli*, des irréductibles de la République de Salò. La vie, cependant, reprenait. On enlevait avec une vieille pelleteuse les sacs de sable que les Allemands avaient entreposés en quinconce sur la place du Castello en guise de barrage. Marthe avait abandonné son foulard de paysanne. Elle arborait un air de touriste parmi une population encore hébétée où les troupeaux de vaches se mêlaient aux convois de jeeps. On venait de passer sans difficulté l'octroi à la porta Pô, et Marthe se dirigeait d'un pas assuré. Je la suivais sans rien dire. Elle remonta la viale Cavour. Puis tourna à droite pour retrouver la via Mazzini à la hauteur de la Synagogue. En la voyant ainsi s'engager sans hésiter dans telle rue plutôt que dans telle autre, j'eus la certitude que ce n'était pas la première fois qu'elle venait dans cette ville. Elle en avait une connaissance trop parfaite. Finalement, on se retrouva, après être passés devant le Palais des diamants, dans un bas quartier aux rues étroites où l'humidité du canal proche se devinait par les remontées de salpêtre sur les façades des maisons. C'était pour la plupart des demeures anciennes, d'apparence secrète, ouvrant sur des cours intérieures, souvent sur des jardins jouxtant les vieux remparts. On était dans l'ancien ghetto, ce qu'on aurait sans doute ignoré, si sous certains porches n'avaient été scellées des *mezouzah*. Certaines avaient été brisées. Et connaissant les mœurs violentes de ces messieurs de la Gestapo et de leurs sbires, j'imaginais les coups de crosse qu'ils y avaient donnés.

Marthe semblait ne plus se reconnaître dans ce dédale de ruelles. À un moment, lasse de tourner en rond, et ayant aperçu une vieille femme qui avait tiré une chaise en paille devant sa porte et demeurait là, seule, tout de noir vêtue, assise tranquillement et fixant la maison d'en face de ses yeux vides, Marthe s'approcha et lui demanda en italien si elle savait où se trouvait la maison du professeur Portaleone. La vieille, en guise de réponse, fit un mouvement de menton lui désignant la maison d'en face dont elle n'avait pas détaché son regard. « Ah ! » fit Marthe, soulagée de toucher enfin au but. Elle se risqua à interroger alors la vieille, devinant bien que celle-ci n'avait plus tout à fait ses esprits. « *Il professore ?* » « *E morto il professore et la sua familia anche. Tutti son' morti in questa casa. Dappertutto la morte, la morte...* » La vieille, le regard fixe, vaticinait des mots mystérieux. Marthe pâlit et d'une main s'appuya contre le mur. « *E il dottore Ulrico ?* » demanda-t-elle. « *Morto anche ! E la sua sposa con lui...* » « *E suoi due figli ?* » « *Morti...* » Mes jambes se dérobaient et ce fut à mon tour de m'appuyer contre le mur. Je me découvrais deux frères dont j'avais ignoré jusqu'à l'existence et, dans le même instant, la mort me les enlevait. Je me tournai vers Marthe. Je cherchai un secours. Elle demeura muette. Mes parents étaient morts dans un accident : j'avais grandi avec cette idée. J'étais orphelin, irrémédiablement orphelin. Dans la sérénité grise des demi-jours de l'enfance, cela m'auréolait d'un malheur intéressant. J'étais l'orphelin. Celui de Schwarzauge. Quand Marthe me révéla l'existence de ma famille à Ferrare, se gardant bien d'évoquer mes deux frères, je ressentis presque une petite déception. Cependant, apprendre comme cela, sur le tard, et dans le même temps, l'existence et la mort de ces deux frères, me bouleversa. Ô comme je les aimais d'amers regrets ! Comme je les eusse aimés !

La vieille, pythie biblique, perchée tel un oiseau nocturne sur sa chaise à moitié défoncée, repassait les événements. Elle hululait la mort. Un an plus tôt, sur l'ordre personnel d'Heinrich Müller, le quartier avait été cerné de nuit et les occupants, pour la plupart de très vieilles familles juives demeurées attachées à leur ancien ghetto, avaient été raflés et déportés vers l'Allemagne.

À ce qu'il ressortait du récit, mon père portait l'étoile juive ainsi que toute sa famille. Alors, Marthe avait hurlé qu'il n'était pas juif. La vieille ne voulait rien savoir et continuait. «*Si, si, giudeo il dottore... la sua mamma era ebrea...*» «*Ma non sono ebrea...*» Marthe aurait eu beau proclamer à la face de Dieu qu'elle n'était pas juive, la vieille demeurait sourde et continuait, hagarde. S'y déroulait un génocide précis et minutieux dans un jour indécis où la brume, montant du canal, s'effilochait le long des rues aux pavés gras. Des files d'hommes, de femmes et d'enfants progressaient dans cette lumière louche, le long des murs lépreux, en direction des camions stationnés sur la place aux Herbes. La ville sommeillait. Aucune fenêtre ne s'ouvrit à leur passage. On sentait que la vieille couvait ses événements pour leur donner, chaque fois qu'elle se mettait en peine de les évoquer, un peu plus d'acuité.

«*Non è la madre del dottore Ulrico... non è la madre!*» cria la vieille en direction de Marthe qui, de plus en plus pâle, se bouchait les oreilles pour ne plus l'entendre. Mais la vieille continuait à crier en la pointant du doigt. À un moment, interrompant ses cris, d'une voix étrangement rauque, elle entonna une sorte de longue litanie. Un petit vent humide s'était levé. Elle modulait en un rythme savant une kyrielle de noms. On eût dit qu'elle récitait un *Kaddish* à la mémoire des juifs de Ferrare qui formaient comme une guirlande de cendres et d'os. Les noms du professeur Portaleone, de sa fille et de son gendre Ulrico côtoyaient ceux des Levi-Minzi, Erminia et Adriana, deux vieilles filles sèches qui avaient refusé les plus beaux partis de Ferrare et même des *goïm* de « la haute » pour ne pas avoir à se quitter ; à leur nom s'attachait celui de leur neveu Gigi Ottolenghi, le play-boy, l'enfant gâté de la famille, certainement le meilleur fusil de la ville et également un sacré coup au dire de ses conquêtes, cancre au-delà du permis, à qui, quoique n'ayant jamais pu décrocher son diplôme d'ingénieur agronome, on donnait cependant du *signor ingegnere*, étant donné sa générosité en macreuses, sarcelles et canards sauvages à l'époque des chasses aux gibiers d'eau. À celui de Gigi s'attachait le nom de l'*avvocato* Beppe Camaioli, qui avait voulu le tuer lorsqu'il avait appris que sa fille unique avait été séduite et engrossée par ce *voyou*, et qui, pour couper à ce déshonneur qu'aurait provoqué cet état de fille-mère, avait fait appel à une faiseuse d'anges *goy*. Évoquant ainsi en cette lumière d'un jour déclinant ces noms les uns après les autres, la vieille pensait-elle ressusciter la petite communauté juive de Ferrare dont la plupart des membres furent, à l'automne 1943, quelques jours après Kippour, déportés vers le camp de Fossoli, d'où les Allemands les acheminèrent sur Auschwitz ?

Marthe eut probablement, à cet instant, la vision des cendres de son fils mélangées à celles de Malvina ; car Malvina avait été déportée, également, à Auschwitz-Birkenau. Elle y aspirait, elle l'attendait, elle l'avait souhaitée, cette arrestation. Pourquoi ? Pour lui dire son amour si proche de la haine. Pour définitivement lui voler ce fils qu'elle, Marthe, lui avait donné par amour.

L'ombre de Malvina plana étrangement ce soir-là sur Ferrare. Elle était devenue son remords, sa plaie ouverte... Tous les fils qui lui avaient permis de tisser sa vie d'abnégation, par une sorte d'injustice quand un destin vous échappe, avaient également servi à tisser cette étoile jaune, celle portée par son fils, également celle portée par la femme qui fut la seule passion de sa vie.

«*La madre non è...*», cela lui faisait comme un bourdonnement à l'âme. Marthe porta subitement la main à sa poitrine comme si quelqu'un venait de la ferrer. Elle parut se débattre. Tourna sur elle-même tel un papillon nocturne pris dans la lumière, ainsi que font les ballerines lorsque, après la scène de la folie dans *Giselle*, elles rendent leur rôle aux ténèbres. Sur le pavé Marthe s'abattit avec cette légèreté soudain retrouvée au moment même de sa mort et qui, jadis, sur les plus grandes scènes du monde, déclenchait les applaudissements alors que le rideau tombait sur le premier acte de son ballet fétiche.

La vieille et sa chaise avaient disparu. À se demander si elle avait jamais eu quelque consistance. Qui sait ? l'émanation d'un remords, une vapeur, un mauvais songe... Je demeurai dans la rue vide. Le soir était venu. Marthe gisait à mes pieds.

Le soir même, le responsable de l'état civil à la mairie, après que je lui eus raconté ce qui était racontable et surtout compréhensible dans l'histoire de la vie de Marthe, me donna la permission écrite de la faire inhumer dans le cimetière juif de la ville. Je n'avais aucune idée alors de ce que serait la suite que j'allais donner à ma vie. Aussi, pour l'heure, pensai-je qu'il ne se trouvait de possible sépulture pour Marthe qu'à reposer auprès de la famille par alliance de son fils. Le fonctionnaire qui m'avait reçu avait, tout le long de notre entretien, affiché une expression de bienveillance. Il était heureux que je me fusse adressé à lui ; tirant même une satisfaction à me faciliter ma démarche ; à liquider, en quelque sorte, cette affaire déplaisante qui lui tombait sur le râble à un moment peu propice ; en fait plutôt mal avec tous ces Américains dans la ville. « *Un gran bordello signor, un gran bordello ! lei non può immaginare.* » Et il agitait ses mains pour bien montrer que, si la situation présente le dépassait complètement, il mettait toutefois un point d'honneur à régler cette affaire de cimetière juif.

Et tandis qu'il signait l'avis de décès, il ne faisait que répéter d'une voix de châtré, égosillée congénitalement ou par trop de cigarettes : « *E si ! veramente una ebrea la madre francese del dottore Ulrico... Veramente... Veramente...* »

Il semblait vraiment concerné par mon affaire, ce petit homme aux cheveux rares, teints sans doute, en tout cas lissés à la brillantine sur un crâne poli comme une croûte de fromage. *Ciao !* m'avait-il fait de derrière son bureau, qui aurait pu être celui d'un placeur d'assurances aux Generali di Venezia, ou même à celles de Trieste. Le sort en avait décidé autrement : derrière ce bureau recouvert d'une fine glace transparente sur laquelle semblait flotter un sous-main en similicuir garni d'un buvard vert, renvoyant le reflet vague et brouillé de ses mains agitées et de son museau de rongeur, il était devenu ce préposé aux décès, ce comptable des morts, moderne et ridicule Anubis. Il semblait si concerné qu'à l'instant où j'allais refermer la porte sur un ultime *ciao* tandis qu'il agitait en l'air une main molle, je le soupçonnai non seulement d'avoir connu le dottore Ulrico comme il me l'avait dit, mais – qui sait ? – d'avoir prêté son savoir sur les vivants et les morts en dressant d'une plume méticuleuse, de son écriture proprette, pour les Allemands et leurs sbires italiens de la *Casa del Fascio* ou du sinistre *Squadrismo*, la liste des juifs à déporter : quatre-vingt-trois juifs ferrarais parmi lesquels mon père, ma mère, mes deux jeunes frères et mon grand-père paternel – sans compter les autres réfugiés des villes du nord de l'Italie.

La levée du corps eut lieu le surlendemain à la morgue de l'Arcispedale Sant'Anna où les *carabinieri* avaient conduit Marthe, pensant qu'il ne s'agissait que d'un simple évanouissement et que sans doute on pourrait la réanimer. Comme je ne voulais surtout pas me faire remarquer, je laissai dire. Ce furent eux d'ailleurs qui me conseillèrent de m'adresser, au cas où ma parente décéderait, au signor Pimpinati à l'état civil. Pimpinati était le nom, comment ne s'en souviendrait-on pas ? de la sémillante croûte de fromage teinte et peut-être un peu peinte. Pimpinati, n'est-ce pas délicieux pour un donneur à la Gestapo ?

Marthe était étendue sur une table de marbre de l'amphithéâtre. On l'avait enroulée dans un drap de lin bis. Je ne sais comment il se trouvait là un rabbin. Probablement envoyé par Pimpinati, qui ne voulait pas faire les choses à moitié. La toilette funèbre ayant été effectuée par ses soins avant mon arrivée, on plaça le corps dans un cercueil de sapin, sans ferrures ni ornementations. Lorsque ce fut fait, le rabbin tourna sept fois autour de la bière en baragouinant des choses incompréhensibles. On posa le couvercle et le cercueil, porté sur les épaules de quatre gaillards des pompes funèbres, traversa la cour de l'hôpital. Une charrette de fortune attendait dehors, corso della Giovecca. Le convoi funèbre quitta rapidement le corso pour s'engager dans la via Borgo dei Leoni puis, à la hauteur du Palazzo Bevilacqua, tourna dans le corso di Porta Mare, puis encore dans la via delle Vigne qui menait au cimetière juif en contre-bas des remparts. Le rabbin avait abrégé les haltes rituelles de la procession et tout le tremblement du *schofar* et des cantilènes bibliques. Un parfum frais d'herbes printanières et d'iris sauvages nous assaillit dès que nous fûmes dans l'allée principale du cimetière. Les stèles marquant les tombes, parfois séculaires, émergeaient avec un air penché de cette délicieuse anarchie de verdure. Le cimetière donnait l'impression d'avoir été abandonné depuis que les journaliers n'y fauchaient plus les foins. Deux ans et il était revenu à l'état de jungle. La tombe avait été creusée au petit matin et l'odeur de la terre fraîchement remuée ramenait en moi des souvenirs d'enfance. Après quelques nouvelles prières, on descendit sans son couvercle la bière dans le trou. Je m'étais éloigné à cet instant du bord de la tombe. Et j'étais prêt à faire remarquer qu'on avait oublié de fermer le cercueil quand je vis un des gaillards qui l'avait porté sur l'épaule depuis l'entrée du cimetière déverser un seau de chaux dans le trou. Cela faisait, paraît-il, ce que j'appris par la suite, partie du rituel. Il sauta ensuite dans le trou pour visser le couvercle avec une désinvolture que je trouvai blessante pour grand-mère. Marthe était devenue définitivement mon aïeule et aujourd'hui, après tant d'années, c'est toujours en tant que telle que je pense à elle, même s'il m'arrive parfois encore de dire : Mlle Marthe.

C'est alors que le rabbin se précipita sur moi. Il s'agrippait au col de ma veste qu'il ne voulait plus lâcher. Il tenta même de le déchirer. Je pensais avoir affaire à un fou pris d'une crise soudaine. Je me débattis comme je pus pour lui faire lâcher prise. C'est que j'y tenais, à ma veste. Et apparemment, lui aussi. Cela faisait également partie du rituel, ce que j'ignorais. Finalement je lui balançai un coup de poing qui fit voler son feutre noir dans le trou et l'étendit dans l'herbe au milieu des liserons. Je me sauvai en sautant entre les tombes alors que le rabbin, furieux, se frottant la mâchoire me criait : « *In chelalà !... In chelalà !...* » Par la suite j'appris que cela voulait dire, en dialecte judéo-ferrarais : va te faire foutre ! Ou plutôt, si vraiment on veut y mettre les formes : va au diable !

Je ne suis jamais retourné au cimetière juif de Ferrare. Je n'ai pas le culte des morts, seulement celui du souvenir. Et puis, si on allait découvrir la supercherie : une *goy* enterrée par un ancien officier de la Waffen SS au milieu de la fine fleur du peuple élu, du Gotha juif, répertorié et amplement cité par Léopold Zunz. L'important, c'est que Marthe Gomard dite Guimard y soit ensevelie auprès des Luzzati, des Cancino, des De Rossi, des Lattes, des Bassani, des Levi, des Finzi, des Leonino... en place et lieu de son fils Ulrich von Urslingen, juif par quiproquo, probablement aussi par élection, à moins que ce ne soit par désespoir.

Une page de ma vie venait de se tourner ; demeurait de cette époque, pour seul témoin, la petite hulotte empaillée de « grand-père » Tassilo.

Dures nécessités et gigolailleries...

Paulot se foutait totalement de ce que je pouvais lui raconter sur Marthe. Léo ne lui avait que rarement parlé de sa sœur. Au fil des années, elle était devenue un peu comme dans certaines familles l'oncle de Madagascar qui, aux dernières nouvelles, aurait fait fortune et qui n'allait pas manquer de débarquer avec le pactole, alors qu'il était mort et enterré depuis dix ans ou n'avait même jamais existé.

En revanche, Paulot montrait de la curiosité pour la vie que j'avais menée durant les deux ans où j'avais traîné dans Paris sans oser venir sonner à l'appartement de l'avenue Rachel.

J'avais beau lui répéter que j'avais honte de moi et de mon passé, que je me dégoûtais au physique comme au moral, que toute joie de vivre s'était éteinte en moi, je sentais bien qu'il ne me croyait pas. « À d'autres, ton roman de dèche et de désespérance ! »

« Je dormais dans les gares si tu veux vraiment le savoir, Paulot, et je vivais de petites arnaques... » Et c'est vrai que, durant un an, je ne vécus que dans les gares, au gré du hasard des rencontres. Je vis débarquer des trains des êtres hâves, qui n'avaient plus rien d'humain à l'exception de leurs regards d'enfants étonnés qui auraient découvert, par-delà la mort, le reflet fugitif de la vie. Il m'était impossible de les soutenir. De les croiser même. Leurs yeux étaient comme d'immenses lacs sans fond. Ils ne nous voyaient pas. Ils suivaient les pigeons qui s'envolaient par rafales vers les grandes verrières en quête d'un jour blême. Je leur en voulais d'exister, de vivre, de s'accrocher à cette vie qu'ils semblaient mépriser. Je m'en voulais de m'en vouloir. J'étais entré dans le temps du soupçon.

Et cependant, autour de ces morts-vivants, insouciante, déplacée avec ses luxuriances, ses fantaisies cocasses, la vie reprenait le dessus, appelant à l'oubli. Une putain allait et venait entre les civières, fumant majestueusement, comme une impératrice des faubourgs, perchée sur des chaussures aux semelles compensées en liège. Un monsieur important avec une montre de gousset agitait son pétard sous le nez d'un groupe de militaires qui semblait ignorer son manège jusqu'au moment où l'un d'eux le suivit au sous-sol où se trouvaient les toilettes.

« … Ainsi, t'as fait la retape à la gare de l'Est… s'écria Paulot. Il y a pas de mal à ça ! À ta place, j'en aurais fait autant ! » Ce que j'aimais chez Paulot, c'était sa franchise et cette façon de nommer un chat un chat. Cependant, il avait ses pudeurs. Jamais par exemple il ne m'avait reparlé de notre nuit de jadis chez la mère Madeleine avec Zohra. Une seule fois il l'avait évoquée, comme ça en passant, sans s'étendre, quand il me raconta « sa » Résistance à l'hôtel Regina. Elle lui avait servi plusieurs fois d'appât pour arriver jusqu'aux gros poissons de la Gestapo. Finalement, à ce jeu, elle s'était fait poisser ; après quelques jours en cellule à la prison du Cherche-Midi pour lui dessaler la mémoire, vu qu'elle demeurait muette comme une carpe, on l'avait amenée un matin, à l'aube, à la Cascade du bois de Boulogne et là collée à un arbre : tra ta ta… Et ce bruit d'un pistolet-mitrailleur était tout ce qui demeurait de l'adorable Zohra.

« Alors, avec le François-Georges, ça a tout de même gazé un peu… Parce que les michetons, c'est bien beau… Ils s'intéressent à vos malheurs, mais comme tout cela a un temps… Au bout d'un moment, faut passer à la casserole et manger du polochon... » Pour ne pas se la dorer, ça il ne se la dorait pas la pilule, le Paulot ! Il envisageait les choses froidement. Cela eût pu paraître cynique, mais la gouaille qu'il y mettait enrobait le tout d'une humanité rassurante.

J'avais toujours voulu me perdre dans une grande ville comme Paris. Oublier les apparences pour me fondre dans ses mystères, ses ombres. Éprouver ses poisons, ses suintements. Creuser jusqu'au tuf pour y poser les fondations d'un pays d'élection. Avec Paulot, j'entrais au cœur d'un langage, d'une saveur, d'un parfum. Ma lourdeur à son contact fondait, me semblait-il ; je me dégraissais de ma « bocherie ».

François-Georges Champdorges mettait une gourmette chaque fois qu'il se faisait conduire dans sa Delage par son chauffeur, gare de l'Est. Il prenait un billet de quai car il préférait les pissotières près de la salle d'attente à celles du grand hall. Dès qu'il apparaissait, les petits truqueurs se poussaient du coude : « Tiens voilà l'avocat ! » ou encore : « Voilà le ghetto qui rapplique ! » Il était en effet avocat et juif. De ce dernier état il était à la fois fier et honteux. Sa famille avait changé son nom de Kornfeld en Champdorges au moment de l'affaire Dreyfus. Il en plaisantait d'ailleurs. Ça fait très théâtre, avouait-il, en tirant sur les poignets de sa chemise pour les faire ressortir de son veston, tic qu'il avait pris, on peut l'imaginer, quand il plaidait en robe. « Très théâtre, n'est-ce pas ? Champmeslé, Champfleury... »

Il avait coupé à l'étoile jaune et aux tracasseries qui s'ensuivirent en filant dès les premières lois juives de

Vichy à Monte-Carlo, où il connaissait un membre de la famille princière avec lequel il avait été au collège. Son cabinet avait continué sans lui durant l'Occupation, dirigé par un homme de paille, que lui avait fourni l'avocat de Chambrun, le gendre de Laval.

Il m'avait entendu parler à des prisonniers qu'un peloton de soldats français ramenait au train pour l'Allemagne. Bien que je ne fusse pas exactement son type – c'est ce qu'il m'expliqua par la suite – je lui tapai dans l'œil ou, à dire vrai, dans l'oreille. Il aimait le stéréotype de l'Allemand : blond, yeux bleus, visage carré et volontaire, et d'une taille se baladant entre le mètre quatre-vingts et le mètre quatre-vingt-dix. J'avais les cheveux châtains, les yeux bruns et, quoique de taille convenable, je n'avais rien cependant pour satisfaire à un engagement dans les grenadiers de l'Électeur de Brandebourg. En revanche, je m'exprime en allemand avec cette politesse cassante que je dois à mon éducation et probablement à ma caste. Ce ton de commandement le fit gamberger. Soudain, je fus entièrement déshabillé du regard. Il jaugea mes larges épaules, mes reins étroits, mes jambes musclées. Je n'avais aucune envie de faciliter son manège. Je le décourageai presque. Il me suivit cependant au sous-sol et vint se planter devant l'urinoir voisin du mien. Les deux jambes bien écartées, il sifflotait négligemment « L'heure exquise »... de *La Veuve joyeuse*. Je me retins pour ne pas éclater de rire. Le rire va rarement de pair avec les excitations du sexe. Mieux vaut l'air vachard, voire douloureux que la gaieté.

C'est en remontant l'escalier qu'il m'adressa la parole. Il m'invita à prendre une bière dans l'une des brasseries en face de la gare. « Les Allemands aiment bien la bière, n'est-ce pas ? L'Allemagne est le pays de la bière. Vous devez assurément aimer la bière ? » « Je ne suis pas allemand... » « Ah !... » fit-il, désappointé. « Non. Je suis autrichien. En fait moitié autrichien, moitié italien... » Il parut rasséréné. « Joli mélange ! J'aime beaucoup les Autrichiens. Vienne, Grinzing, les valses de Strauss... » « Oui ! Oui ! » Je pensais que si je ne mettais pas un holà à ses élans, je ne couperais pas à ces écœurantes viennoiseries. « Je suis tyrolien... » lui balançai-je. « Tyrolien, mais quelle merveille ! J'ai une amie qui avait un chalet à Kitzbühel avant guerre. Peut-être la connaissez-vous... » Évidemment, je la connaissais. C'était une Américaine richissime, un sac d'os sans âge, infiniment portée sur les cocktails exotiques et sur les professeurs de ski, qui avait voulu louer une année un des *lodges* de Schwarzauge mais que grand-père Tassilo avait éconduite quand il avait appris qu'elle avait été décrétée *persona non grata* par le Bürgmeister de Kitzbühel. C'est que, non contente de s'attaquer aux moniteurs, elle était passée aux classes de neige. Un nouvel écueil pointait à l'horizon. Celui de la mondanité qui, comme le rire, n'incline pas à la baise de rencontre.

Il voulut me faire visiter son appartement. Il fallut que je m'extasie sur la moindre de ses croûtes. Il voulut ensuite me faire écouter quelque chose de viennois. Il me fit asseoir sur le grand canapé du salon et mit sur le gramophone des airs d'opérettes viennoises chantés par Fritzi Massari. À un certain moment, il me prit la main. « Sais-tu, me dit-il avec cet emportement que devait susciter en lui la musique, que j'adore les Allemands ?... Chez moi, c'est un travers... presque une faute socioculturelle pour ne pas dire socioconfessionnelle… C'est que… Vois-tu… Je suis… » Il était délicieusement effrayé du mot qu'il allait lâcher. Cela, probablement, faisait partie de son mécanisme sexuel. Accoler le mot juif à celui d'Allemand appartenait à une transgression qui le mettait dans tous ses états. « Comment ? » fis-je en prenant un malin plaisir à lui faire répéter. « Juif, mais bon dieu ! tu as de la cire dans les oreilles ! Oui ! Juif ! Ou si tu préfères, youpin ! Youtre aussi ! Baptisé au coupe-cigare, au sécateur !… Que faut-il que je te dise !… »

Je connaissais ce besoin d'agrandir sa blessure, de gratter ses plaies. J'allais bientôt découvrir que le hasard m'avait mis face à un miroir qui me renvoyait quelque chose qui aurait pu être le reflet grotesque de ma personne. François-Georges s'en voulait d'être juif, et pédéraste probablement aussi. Mais surtout, d'avoir vécu confortablement calé dans un fauteuil au bar de l'hôtel de Paris à siroter des *margaritas* en regardant la mer tandis que ses congénères étaient conduits à l'abattoir. Il était de cette étoffe d'homme à avoir perpétuellement la conscience encombrée. Il était né coupable. Et pour survivre à la honte d'être né, il cherchait désespérément, par le chemin de la dérision et de l'avilissement, une porte de sortie.

Il tira de dessous les coussins du canapé une cravache qu'il me tendit. « Allez frappe ! Frappe le vilain juif !… Frappe ! » Et comme je ne me résignais pas à lui balancer des coups, il revint à la charge : « Regardez-moi ce sale Boche ! Ça fait cramer des innocents ; et quand il s'agit de donner une correction à une méchante tapette comme moi, ça fait sa fleur bleue ! Comme s'il pouvait y avoir de la sensibilité chez un

Boche ! Manquerait plus que cela ! Ce serait le pompon !... »

Je lui arrachai la cravache et lui appliquai un bon coup sur les mains. Ce ne fut pas difficile. Je détestais ses mains aux doigts grassouillets avec une chevalière à l'annulaire. « Bien, petit ! Bien ! On finira par faire de vous un vrai petit bourreau... Même si tu n'es pas tout à fait mon genre, tu me plais... »

Il m'installa dans une chambre au fond de l'appartement. Il me fit faire la tournée des magasins. Il bandait à l'idée de dépenser son fric pour m'habiller. Le soir, il m'emmena au Bœuf sur le toit. Il était de ceux qui tiennent à montrer leurs conquêtes. C'est lui qui eut l'idée de me faire faire un uniforme. Il m'amena chez le tailleur de la rue d'Aboukir.

Lorsqu'une semaine plus tard la porte du salon s'ouvrit pour laisser passer en grand uniforme, botté, cravache à la main, un lieutenant de la Panzerdivision SS « Frundsberg », il faillit s'évanouir. Une pâmoison où se mêlaient à la fois la peur, la jouissance et l'extase mystique. « Je le savais... Je le savais... ça ne trompait pas... Tout dans ta démarche me le disait... J'ai du nez pour ça, oui ! J'ai vraiment du nez !... La cravache... La cravache... Montre-toi aussi salope que moi !... » Il avait fait glisser son pantalon sur ses chaussures et me tendait son cul.

Il était ridicule ainsi, son pantalon baissé avec ses bas retenus à mi-mollets par des jarretières, ses couilles pendantes et une queue qui, d'instant en instant, se fripait. Il avait l'air d'un gosse à qui l'on aurait promis un caramel et auquel on avait à la place donné le martinet. Je ne pus m'empêcher d'éclater de rire. Il rajusta son pantalon. Son visage s'était durci.

Sa voix doucereuse était devenue cassante. Il me menaça de la police et d'un inspecteur de la Mondaine qui saurait bien me reconduire à la frontière. Finalement, il se calma. Il voulait en finir avec moi. Il avait dû s'apercevoir qu'on était le vendredi soir et que le sabbat commençait. Malgré ses efforts d'avilissement, il demeurait attaché aux conventions. Les souillures et les humiliations qu'il recherchait avec acharnement étaient un rituel religieux renversé. Une manière de messe noire. Il fut cependant très généreux. Il me permit d'emporter les vêtements qu'il m'avait achetés, ainsi que l'uniforme, et il me remit une enveloppe de 500 000 francs.

« Un demi-million ! Mais c'est que c'était une somme à cette époque ! Tu aurais dû t'accrocher, Kuno ! C'était la poule aux œufs d'or, ce zigue ! » s'écria Paulot avec son sens pratique.

Allemagne année zéro

Ayant empoché l'enveloppe, j'abandonnai à son sort Maître François-Georges Champdorges. Dans l'instant où je tournai le coin de l'avenue pour m'engager dans la rue Piccini, je n'y pensais déjà plus.

Le soir même, je me retrouvais à la gare de l'Est pour prendre le train. Il me fallait retourner en Allemagne pour savoir. J'avais lu dans un journal que le chef de la division Adolf-Hitler, le général Sepp Dietrich, avait été condamné à dix années de prison, qu'il purgeait dans la forteresse de Landsberg. Je devais à tout prix le rencontrer. L'interroger pour soulager ma conscience. N'était-ce pas lui qui m'avait prévenu contre mes deux caporaux, Dieter et Helmut ? J'avais à présent besoin de connaître la vérité. Pour la quiétude de mon âme plutôt que pour mon hygiène personnelle. J'avais tué ces deux gosses qui, peut-être, ne me voulaient rien. Ou simplement d'en connaître un peu plus sur la vie et la mort du lansquenet, si semblable à la leur.

Quand je fus introduit dans la cellule de Sepp Dietrich, je ne pus me retenir, simple réflexe, de claquer des talons ; et probablement aurais-je balancé mon bras pour un salut hitlérien si je n'avais vu se dessiner sur le visage du prisonnier un sourire sarcastique. « Hein ! ça nous marque à vie, une aventure pareille ! »

La voix était la même. Tranchante et goguenarde à la fois avec cet accent bavarois du peuple reconnaissable entre mille. Cependant, la prestance du seigneur de la guerre avait complètement laissé place à celle d'un petit fonctionnaire, déplumé et un peu tassé. Il me parut minable avec cette chemise d'un blanc douteux qu'il portait le col ouvert, rabattu sur le revers de sa veste. « Le mimile parfait, quoi ! » s'était exclamé Paulot avec son sens du raccourci, quand je lui avais avoué ce voyage et mon désappointement à la vue du grand guerrier.

Oui, exactement, un mimile, mais sous cette croûte encore bien tangible, un vrai pouvoir de nuisance.

Je n'eus pas besoin de me présenter. Il me reconnut d'emblée. « Voici mon petit juif. Le seul juif de la Waffen SS. Une bénédiction pour notre corps d'élite. C'est qu'il faut de tout pour faire un monde, même du métèque… Ce mot dans ma bouche ne tire pas à conséquence, en fait ne veut rien dire… aujourd'hui d'ailleurs plus rien ne veut rien dire… Cependant, il veut savoir, mon petit juif… C'est qu'aujourd'hui, tout le monde aimerait savoir… Pourquoi ? Pourquoi ?

Oui pourquoi sommes-nous devenus le peuple élu de l'horreur ? Hitler ? Le parti nazi ? Ils ont le dos large ! Pourquoi ? Faudra donc vivre avec ses lourdeurs d'estomac, n'est-ce pas ?... Savoir si on n'a pas été totalement un monstre... Prendre sa température... Combien de degrés dans l'ignoble ?... On a des regrets pour ses deux caporaux auxquels on a fait la peau, avant qu'ils ne vous la fassent... Pas de regrets à avoir... Est-ce que moi j'ai des regrets pour les trente otages américains que j'ai fait fusiller en Alsace ?... Bavures ! Que des bavures tout cela !... Va le vendredi soir à la Hofbraühaus de Munich et inscris-toi à l'amicale des anciens SS... Tu y retrouveras sans difficulté du petit caporal et du gradé reconvertis dans la banque ou dans l'immobilier... Et si tu veux aller cultiver des salsifis au Paraguay ou de la betterave en Syrie, ils t'organiseront le voyage... À ce que je me suis laissé dire, notre Führer jouerait les filles de l'air en Amazonie grâce à leur sens aigu du tourisme... C'est qu'il ne voulait pas, Adolf, finir empaillé dans une vitrine du Kremlin... » Et il continua ainsi...

Il fallait décrypter ce flux de paroles ininterrompues. Il en ressortait, dans l'affaire qui me concernait, la culpabilité de Max Vögelbach. Il lui fallait m'éliminer. Je le croyais mort. Sepp Dietrich me détrompa. Cette salope était passée au travers des mailles du filet. Il était même arrivé à se faire blanchir par les services secrets américains. Mieux : avec l'argent du Plan Marshall qu'il avait obtenu on ne sait comment, il avait pu racheter le domaine de Schwarzauge à l'État autrichien, qui l'avait placé sous séquestre. Il était enfin dans les pantoufles de « grand-père » Tassilo qu'il avait naguère fait chanter après l'avoir bien foutu. Demander justice, rouvrir de vieux dossiers afin de réclamer mon héritage ou exercer une vengeance ? À d'autres. Je laisse le hasard chaotique s'en charger.

Il paraît qu'aujourd'hui, il vivrait prospère et honoré ; ayant reconstruit Schwarzauge avec les dommages de guerre, il l'aurait transformé en « Relais et Châteaux ». Il aurait également rétabli les grandes chasses de l'automne. Et tout cela avec l'appui de banquiers juifs et d'aristocrates allemands un tantinet amnésiques.

Je n'ai jamais tenté non plus de récupérer les tableaux de Schwarzauge. J'en ai revu certains à Vienne lors du même voyage. C'est que je me devais d'y retourner dans ce vieux gâteau moisi. Une promesse faite à Marthe. Aller m'incliner dans le cimetière de Grinzing sur la tombe de « grand-mère » Malvina. Mais puisqu'elle est vide ? Justement, c'est parce qu'elle est vide qu'il faudra que tu y ailles, m'avait-elle dit. J'y fus. Il neigeait. Avec peine trouvai-je la tombe comme me l'avait indiqué le gardien. J'en déblayai la neige. Le nom : Malvina von Hirschwitz apparut surmonté d'une étoile de David. C'est en revenant à ma pension de famille que je m'entendis héler dans le tram par un fantôme : Kuku !... Kuku !... Avant de filer par le premier train, je me précipitai au Kunsthistorisches Museum pour voir le portrait du père du capitaine Georg par Cranach, une détrempe vernis sur tilleul. À Bâle où je me rendis ensuite, je vis un Holbein représentant, si j'ai bonne mémoire, Fulco von Urslingen, coiffé de son grand bonnet de fourrure ; ainsi que le portrait de « grand-père » Tassilo en hallebardier à la bataille de Marignan peint par Ferdinand

Hodler. On prétend que le Dosso Dossi serait à présent à Dresde ; d'autres m'assurent qu'on peut le voir au musée Getty de Malibu. Que croire ? Actuellement, aucun catalogue raisonné du peintre ferrarais n'en fait mention. Au point que, certains jours, je ne suis pas loin de penser que je l'ai imaginé.

« Mais c'est que tout ça représente pas mal de blé ! » « Ne sois pas aussi matérialiste, Paulot... Vraiment ! Tu ne penses qu'au fric !... » « Quand tu n'en as pas, faut bien y rêver un peu... »

Paulot, suite et fin

Ça, c'était tout Paulot. Sa vie entière s'était passée à rêver, à se prêter des destins. S'il arpentait le trottoir devant Pleyel à la sortie d'un concert de l'Orchestre Lamoureux, un étui de violon sous le bras, c'était pour mieux s'imaginer le grand virtuose qu'il aurait pu être. Le songe était son refuge contre la médiocrité de sa vie. Une vie qu'il assumait par ailleurs entièrement, avec ses petites joies occasionnelles qu'il enjolivait par des bouffées de fantaisie. Parfois, il se levait une vieille, comme il disait. C'est qu'il aimait forcer le trait jusqu'au cynisme, s'affranchir au moins au regard des autres d'un sentiment comme l'amour, qui aurait pu l'assujettir voire le rendre prisonnier. « Eh oui, mon petit vieux ! Eh oui ! Comment crois-tu qu'on arrive à faire la soudure en fin de mois ! Ce n'est pas en foutant des arpèges au cul de la Maslova qu'on fait bouillir la marmite ! » se croyait-il obligé alors de préciser. Et ça, c'était encore tout Paulot ! Parce que question fric, avec les gonzesses, c'était plutôt lui qui casquait.

Il turbinait dur. Prof de violon deux fois par semaine au lycée Jules-Ferry. Leçons particulières avec des cancres qui lui bousillaient les tympans. Et le soir, tapeur chez Madame Arthur. Et avec cela, rien d'aigri. Au contraire, il aimait aider les jeunes ; il s'employait à découvrir les talents. Il fallait le voir un soir alors qu'il revenait d'une répétition, rue des Martyrs. Il était excité comme une puce. « T'aurais vu la Maslova, la tronche qu'elle tirait… Mais c'est bien de sa faute… Elle faisait sa mijaurée… Chantera… Chantera pas… La gueule du mec ne lui revenait pas… C'est vrai qu'avec ses oreilles de chou, son nez à la Croquignol, c'est pas un prix de beauté… Mais bon dieu ! quel talent ! Ça pour avoir du *schmalz*, lui il en a à revendre, le Julien Grix. En fait, il s'appelle Gainsbourg, et plus youpin que lui, tu meurs… Mais ce talent… mon vieux, ce talent ! Et sympa avec ça ! Sans me vexer, avec beaucoup de gentillesse, il m'a montré comment il fallait arpéger sa chanson. Valse à trois temps avec de la rondeur dans le valseur… si vous voyez ce que je veux dire, maître… Et il me disait maître pas du tout pour se foutre de ma poire… C'est la Lucky Sarcell qui s'est dévouée… Et je peux te dire qu'elle tient là un succès… et quand elle a détaillé le refrain, la Sarcell :

Antoine le casseur
C'est lui que j'ai dans mon cœur !
Avec son blaze,
Il a du vase
Il réussit toujours son coup…
C'est pour lui
Qu'j'fais le tapin
Que je vends mon valseur
Et le toutim…

je te dis pas, ce qu'elles étaient vertes, la Maslova et la Chantaline... »

On vivait confortables avenue Rachel. Les soirs d'été, on se mettait au balcon. La mère Alvarez nous avait à la bonne. Il me faisait la tambouille et je lui lisais mes notes sur la *Vie de Georg Frundsberg*.

Parfois, il me donnait son avis. « Non, Kuno ! Non ! Là tu exagères ! Un babouin, mais est-ce que tu as déjà vu la gueule d'un babouin ? » J'étais bien obligé de lui avouer que non. « Dans le tableau, c'est pourtant... » « Tu es certain qu'il s'agit d'un babouin ? » Et comme vraiment je n'en avais aucune idée, on prenait le bus direction le Zoo de Vincennes. Et devant le rocher des babouins j'étais bien forcé d'en convenir : Rodrigue n'avait rien d'un babouin ; il ressemblait plutôt à ceux du rocher d'à côté, sortes de macaques. On partagea notre cornet de cacahuètes entre les babouins et les macaques ; et je jurai à Paulot que je reprendrais mes notes et que je ferais de Rodrigue, définitivement, un macaque. Je n'en fis rien car je trouvais le nom de babouin plus expressif que celui de macaque, et finalement plus poétique, dans le côté joufflu que le mot suggère. Le babouin et le lansquenet. Il y avait là déjà comme un couple. Quelque chose comme Sancho Pança et son maître Antonio Quixana, plus connu sous le nom de Don Quichotte. En un mot : babouin faisait plus artiste.

À quelque temps de là, Paulot se mit à tousser d'une façon inquiétante. Il ne voulait pas consulter, rien savoir pour se soigner. Je finis par trouver, au fond de l'armoire à pharmacie, de vieux cataplasmes du bon Dr Rigolot qui devaient dater de l'époque de tante

Léo. Autant dire que cela lui fit l'effet d'un cautère sur une jambe de bois. Je l'emmenai de force à l'hôpital. « Cancer de la gorge, il est foutu, me dit le médecin. Le cancer des fumeurs », ajouta-t-il. C'est vrai que Paulot y allait plutôt fort côté clopes. Il lui fallait ses trois paquets de Boyard maïs par jour. Et quand on ne trouva plus de Boyard, il fuma des gauloises, mais cette fois quatre paquets, vu que les gauloises c'était bien moins toxique que les Boyard. Il avait commencé à tousser le 3 novembre 1971 : il mourut à l'aube du 4 décembre de la même année. Trois semaines avant sa mort, il tenait encore le piano chez Madame Arthur.

Quand on descendit le cercueil de Paulot dans le trou par un petit matin sale et pluvieux, propre aux obsèques furtives des pauvres, elles étaient toutes là les vedettes, Chantaline, Lucky Sarcell et la Maslova. Et bien entendu Mme Alvarez, qui en était une dans son genre. La Maslova, qui avait un sens poussé des situations, affichait sa gueule de cheval avec un maquillage de scène qui avait tourné avec l'aube et la pluie, drapée dans un châle noir de veuve corse. Après l'inhumation, on alla se remonter avec un ballon de rouge dans un troquet de la rue Lepic. On jura, sous le coup de l'émotion, et des tournées, de se revoir. On ne se revit jamais. Sauf, bien évidemment, Mme Alvarez qui continua et continue toujours à déplacer la poussière avec son plumeau dans l'appartement.

J'ai fini par m'encagnarder dans ma solitude avec pour tout compagnon Georg von Frundsberg. Je me plais bien dans ce vieil appartement parmi les faux Gallé de tante Léo, les fauteuils défoncés et l'odeur du vieux matou qui hanta les lieux avant la guerre de 14. Ça a de la patine. J'aime ça. Parfois je me dis que je devrais adopter un chien à la SPA. Mais si j'allais mourir avant lui, qu'est-ce qu'il deviendrait, le clebs ? D'ailleurs Mme Alvarez m'a prévenu. « Si vous prenez un chien, monsieur Kuno, je vous quitte !... »

Tôt ou tard, il faudra bien laisser derrière soi cet affreux désordre !

Qu'est-ce que je pourrais dire ?... Que, depuis longtemps, je ne suis plus moi. Simplement l'histoire d'une âme et de sa désolation. Des mots, des mots et toujours la même ombre épaisse qui occupe l'horizon. J'ai écrit des pages et des pages pour dire l'histoire d'une faillite. J'ai surchargé jusqu'au vertige un manuscrit dont je ne connais ni la provenance, ni l'utilité, de notes personnelles. Je me suis gratté jusqu'au sang, j'ai remué les souvenirs amers d'une vie de raté pour remonter jusqu'aux racines du mal. Je t'en foutrais, du péché originel !

Après la disparition de Paulot, je connus des amitiés de rencontre. Mais toutes répétèrent l'aride obsession de ma première liaison avec Paulot, celle dont il ne fut plus jamais question entre nous. Parfois, je passais des mois sans mettre le nez dehors avec pour seul compagnon la petite hulotte sous un globe de verre que Paulot avait trouvé aux Puces de Clignancourt et que je soupçonne d'être une cloche à melon. Mme Alvarez se chargea de mes commissions. Elle se désolait de me voir dans cet état. « Je n'aurais jamais pensé que vous l'aimiez autant, M. Paulot... » Soudain, allez savoir pourquoi, je rompis avec la solitude. Je parcourais la ville, de préférence de nuit et à pied jusqu'à l'épuisement. À l'aube, je revenais défait et déçu de l'escapade. Peut-être aurais-je dû m'aimer un peu plus, me pardonner...

C'est en revenant d'une de ces nuits de marche, titubant de fatigue, que Mme Alvarez, qui me guettait tout en rentrant les poubelles, me cria : « Monsieur Kulo (elle n'avait jamais pu prononcer mon nom de famille et se contentait d'estropier mon prénom) quelqu'un est venu pour vous… Je lui ai dit de repasser… C'est une gueule cassée, vous le reconnaîtrez… » Ça avait dû lui paraître si étonnant qu'on ait pu me demander, un tel événement, qu'elle s'était sentie obligée de demeurer à m'attendre sur le pas de la porte. « Ah bon… » dis-je, sans plus de commentaires. Mais mon cœur battait. Qui pouvait bien connaître mon adresse ? Savoir que je vivais encore ?

C'était l'été. Paris était vide. Le temps tournait à l'orage. Un de ces orages qui menacent sans jamais éclater et vous mettent les nerfs à vif. Les passants rasaient les murs à la recherche d'une ombre étroite. L'asphalte mou dégageait une odeur d'urine. Je revenais de la place Clichy en remontant lentement par le boulevard, où j'étais allé prendre un bock au Wepler. En fait, une demi-douzaine de bocks, au moins. C'est que j'aime mieux boire comme cela, par petits coups, que de commander un demi et puis ensuite un autre. On fait traîner, le temps passe lentement. Et on finit par devenir quelqu'un aux yeux du serveur. J'arrivais à la hauteur de l'avenue Rachel et m'apprêtais à y tourner quand je fus heurté par un grand escogriffe. Il portait une veste de toile verte aux boutons en simili-corne, avec une bride dans le dos et des soufflets sur les côtés. Une veste bien allemande. « *Entschuldigen Sie !* » fis-je. Pour moi, l'inconnu sur lequel je venais de buter ne pouvait être qu'allemand. « *Gar nichts, Oberleutnant !* » me répondit-il en se mettant au garde-à-vous. Je souffrais à cette époque d'un mal de dos qui me tenait courbé. Une de ces sciatiques qui vous arrive, pan ! comme cela, au saut du lit comme un coup de pistolet dans les reins. Un truc sournois qui vous oblige à prendre une canne et à ne plus jamais la quitter. Je venais d'avoir soixante-trois ans et l'âge commençait à se faire sentir. L'inconnu se tenait dans l'ombre d'un tilleul. Ébloui par la lumière blanche et dure que réverbérait l'asphalte du boulevard, je n'avais pu saisir que sa silhouette. Grand, droit, large d'épaules, il me surplombait de sa taille ; ce qui n'était pas difficile, vu mes ennuis de dos. Peu à peu, mes yeux s'accommodant à l'ombre que dispensaient les arbres de l'avenue, je finis par distinguer ses yeux. Des yeux bleu acier, presque gris, des yeux couleur de mer Baltique, froids, impitoyables, où cependant dansait une lueur étonnée et rieuse. Il me tenait au bout de son regard. Il ne restait dans ce visage de vivant que ce regard, car le nez avait été emporté, ne laissant que deux trous hideux. La mâchoire, gainée de cuir, était soutenue par une mentonnière de cuir également. Le bras droit manquait. « *Bist du Dieter ?* » Pourquoi d'ailleurs lui poser la question, puisque j'en étais certain. Ce regard ne trompait pas. C'était bien le même qui me poursuivait chaque nuit dans mon sommeil. Ce dormeur éveillé aux yeux grands ouverts, couleur de la mer du Nord sur laquelle dérivait, au gré des vagues grises, un dormeur qui rêvait d'un autre. Emboîtage atroce fait de regards et de remords que, chaque nuit, j'essayais de démêler.

« *Klar ! Ich bin Dieter ! Sein Rottenführer !* » Il me tendit sa main gauche. J'hésitais à la prendre. Il perçut mon trouble. Alors, il posa sa main sur mon épaule. Sa chevelure était toujours aussi blonde, à l'exception des tempes grisonnantes.

Le soir même, il partagea mon repas. Je lui proposai un café qu'il refusa mais il accepta un vieux fond de cognac. Il s'était assis dans le fauteuil de Paulot. Il me fixait. Je n'osais lui demander comment il m'avait retrouvé. Probablement par l'amicale des anciens de la SS Frundsberg Division. Je ne le questionnai pas non plus sur la façon dont il avait vécu jusqu'ici, ni sur la manière dont il avait pu sauver sa peau du tank en feu. Jamais le nom d'Helmut ne fut évoqué dans notre conversation. Il était venu directement de la gare, où il avait laissé sa valise à la consigne. Aussi me demanda-t-il où il pourrait trouver un hôtel pour la nuit. Je lui proposai de rester dormir. Il ne refusa pas. Je l'installai dans la chambre de Paulot. Cela fait à présent huit ans et il y est toujours. Il s'est mis au français, qu'il parle presque sans accent. Parfois, nous allons à la cinémathèque de Chaillot lorsqu'on y redonne de vieux films allemands. Il aime beaucoup Emil Jannings, Conrad Veidt, mais surtout Hans Albers. Un soir nous sommes restés à la séance qui suivait *La Rue sans joie* et nous avons vu *Le Bal des maudits* avec Marlon Brando dans le rôle de l'officier nazi. À la sortie, il m'a demandé : « Sommes-nous maudits aussi ?... » Je lui ai répondu en allemand : « *Dich schauen ist meine ewige Strafe.* (Te regarder est mon châtiment éternel.) »

Se doute-t-il que, lorsque je me réveille, je m'étonne d'être toujours en vie ? Dans mon sommeil je l'imagine entrant dans ma chambre et se glissant jusqu'au pied de mon lit. Il tient un Luger à la main qu'il appuie sur ma tempe. Chaque nuit, je fais le même rêve et chaque fois je me réveille en sursaut, le visage baigné de sueur.

Il a haussé les épaules et m'a tapé dans le dos. Est-ce ce jour-là que nous nous sommes arrêtés chez Carrette, place du Trocadéro, pour prendre un café ? Il faisait beau. Les marronniers étaient en fleur. Nous étions assis à une table en terrasse, près de l'allée menant à la pâtisserie. Un couple en sortait. L'homme, un vieux monsieur élégant, portait d'une main un paquet de gâteaux et soutenait de l'autre une petite femme avec des lunettes noires. Elle se prit les pieds malencontreusement dans ma canne, qui dépassait. Une serveuse se précipita pour la retenir. Son compagnon en lâcha son paquet. Je m'excusai comme je pus. La vieille dame me dit qu'il n'y avait pas de mal et que c'était sa faute. La serveuse ramassa le paquet de gâteaux et le couple reprit sa marche à pas comptés. « Généralement, il vient seul pour acheter les gâteaux. Elle, on la voit rarement. Elle est devenue complètement aveugle… Évidemment vous l'avez reconnue ? » Et comme je restais sans répondre, la serveuse ajouta avec une certaine fierté : « C'est Simone Simon, l'actrice… Vous savez bien… *Le Lac aux dames… La Bête humaine…* Voulez-vous encore un café ? » « Non, merci. L'addition s'il vous plaît… » Me tournant vers Dieter, je lui dis : « Je l'ai connue jadis, un été, au bord d'un lac en Autriche. Elle était jeune et moi aussi… » « Tu me raconteras ?… » « Oui, si j'ai encore le temps… je te dirai tout et même ce qui ne sera jamais, ce qui se trouve au-delà, juste au-delà… »

Depuis longtemps, Dieter ne s'intéresse plus à la vie de Georg von Frundsberg. Il préfère de beaucoup les notes que j'ai accumulées en marge du livre. Je suis son aîné de cinq ans. Nous allons bientôt fêter ses soixante ans et cependant il demeure en lui, comme à un enfant, un insatiable goût des contes. Il fut le premier à prononcer le mot de «roman» à propos de ma pile de notes. Alors que je n'y vois qu'un contre-chant de désillusions ; un contre-feu à l'ardeur guerrière des lansquenets. Le regret, également, de ce que nous perdons, de ce qui se dissipe avec les années. Cette jeunesse dévoyée qui nous colle à la peau... Nos plus chers souvenirs...

Table

Du même auteur

LOUIS II DE BAVIÈRE, *biographie*, Éditions spéciales, 1973.

LES CHEVALIERS DU CRÉPUSCULE, *roman*, J.-C. Lattès, 1975.

LES FUNÉRAILLES DE LA SARDINE, *roman*, Grasset, 1986. (Prix Médicis.)

LES FILLES DU CALVAIRE, *roman*, Grasset, 1991. (Prix Goncourt.)

LA SAINTE FAMILLE, *roman*, Grasset, 1996.

LE SONGE DE PHARAON, *roman*, Grasset, 1998.

LES PETITES MAZARINES, Grasset, 1999.

Composition réalisée par INTERLIGNE

IMPRIMÉ EN ESPAGNE PAR LIBERDUPLEX
Barcelone
Dépôt légal éditeur : 42284-04/2004
LIBRAIRIE GÉNÉRALE FRANÇAISE - 43, quai de Grenelle - 75015 Paris.

ISBN : 2-253-07280-X

30/3086/3